赤子之秀

李子顺 著

北京时代华文书局

图书在版编目（CIP）数据

赤子之秀 / 李子顺著. — 北京：北京时代华文书局，2021.10
ISBN 978-7-5699-4370-2

Ⅰ.①赤… Ⅱ.①李… Ⅲ.①李子秀—传记 Ⅳ.①K825.2

中国版本图书馆 CIP 数据核字（2021）第 172893 号

赤子之秀
CHIZI ZHI XIU

著　　者	李子顺
出 版 人	陈　涛
责任编辑	周　磊
执行编辑	余荣才
责任校对	陈冬梅
装帧设计	孙丽莉　赵芝英
责任印制	訾　敬

出版发行 | 北京时代华文书局 http://www.bjsdsj.com.cn
　　　　　北京市东城区安定门外大街 138 号皇城国际大厦 A 座 8 楼
　　　　　邮编：100011　电话：010-64267955　64267677

印　　刷 | 三河市嘉科万达彩色印刷有限公司　0316-3156777
　　　　　（如发现印装质量问题，请与印刷厂联系调换）

开　　本	710mm×1000mm　1/16	印　张	25	字　数	370 千字
版　　次	2021 年 10 月第 1 版	印　次	2021 年 10 月第 1 次印刷		
书　　号	ISBN 978-7-5699-4370-2				
定　　价	68.00 元				

版权所有，侵权必究

谨以此书献给：
北京外国语学院附属外国语学校
上海外国语学院
中国人民解放军第三〇二医院
二哥服役的那支英雄的部队
献给一切关心帮助二哥的朋友
献给所有保家卫国的军人

序言
赤子之秀

如果没有记错，在我的几十位同班同学里面，李子秀是第一个远行西去的人。当年有知情的同学告诉我，他得的是肝病，因门脉高压导致动脉破裂，血喷出来没有止住。血能够像呕吐一样，从身体里面喷射出来，这情形把我给吓住了。在我眼里，死亡比它本身的分量要沉重得多。那是1988年，我儿子出生的年份，我还年轻。

子秀没有儿子，但是有婚姻——有过婚姻。只是，他逝去的时候，已是单身，是孤独的一个人。他是海军战士，他的妻子是陆军战士。我见过他们的结婚照，照片上的女人清秀温婉，头微微向他倾斜。我一直不明白，这看似美满的婚姻为什么会在他病重期间陡然破碎，碎得像尘埃一样无影无踪。不知道发生了什么，也不知道为什么发生；只知道死前清醒的某一刻，如果他还是爱着她的话，他的那颗心必定是破碎了。

子顺君保留着哥哥的日记和信件，它们给出了答案。他果然是爱她的，一直爱到了死。没有指责，没有自怨自艾，甚至没有一丝抱怨。有担忧，却是为对方担忧；有设想，竟然是设想自己还能为对方做些什么，哪怕对人家有一点儿益处也好。在没有看到这些文字之前，我想不到子秀是这样一个人。他的善意和从容，以及他近乎无休止的自我反省，超出了我对他的理解。我们小学同班，中学同班，当兵同在一个中队，我自以为了解他，谁知他却是如此陌生的一个人啊！

我相信读者读到这些遗世的文字，也会确认他是一个陌生的人、一个奇怪的人、一个在当下的世界里见不到的人——一个无比珍贵无比纯真的人。他是一个另类，过去如此，而今依旧如此。我的证据，都在这部淳朴而奇异的书里面。读者的答案或许各有不同，也都藏在这部书里面，你们必定会一一找到它们。如果大家存有相近的善意，我相信隐隐的共鸣会从这些朴素的文字中荡漾开来，传得很久很久，并传到很远的地方去。

李子秀的爱，不仅仅给了他身边的人。他爱国家，爱军队，爱工作，爱读书，爱一起跋涉的同路人，爱那些偶遇的弱小且需要扶助的人……他在持续不断的思考和反省之中，将自己的凡身修炼到了近乎圣洁的境界。这一切都意味着什么呢？我有理由相信，在某些当代人眼里，他的思想轨迹及描述这一轨迹的文字，都展示着一种高贵的神秘感。在共和国平民思想史的篇章里面，这个平凡的战士用平凡的笔触，留下了自己的痕迹。由此而言，早逝的子秀无疑是不朽的了。

20世纪60年代初期，我和子秀在寄宿小学读书。周末放假离校前，在空无一人的教室里，我和他会大打出手。不是真的打架，而是练习摔跤。彼此毫无章法，你来我往，摔倒之后还不撒手，在地板上滚来滚去。为什么我们要呆头呆脑地做这种蠢事？我想不起来了。莫非是男人竞争的欲望本能地发作了吗？我不知道。总之，直到有一回，我们的衣服滚得太脏，挨了家长的骂，此事才罢手。后来，我就不怎么理他了。

敢问远在天堂的子秀，你知道我为什么不爱搭理你了吗？

让我现在告诉你吧——因为你这个"混球"竟然当了中队长，让我这个混球感到非常失落、非常孤单。我认为，我是嫉妒你了。你认为呢？你一直非常优秀。所以别怪我，鄙人大约一直都在嫉妒你，且是有着极其充分的理由的。

序言

  借着你的文字面世的机会，我用以上这些零星的文字向你道歉。你的脚步太匆忙了，我与你的亲人和战友仍踟蹰在路上，我们把永恒的怀念和赞美的呼声传递给你，希望远在前方的你能听到，并为此而欣慰。

刘恒*
2021年3月11日午后

---

* 刘恒，现为中国作家协会副主席，北京作家协会主席。

目　录

引言　01
一、读书少年　03
二、报国参军　10
三、上海求学　92
四、重返部队　122
五、恋爱结婚　162
六、投身改革与军队现代化建设　192
七、命运抗争　279
八、永远的怀念　332

后记　356
附录　363

再见子秀　袁　帆　363
忆子秀　冉庆云　367
怀念子秀　王渝来　369
释放正能量　演绎真善美——怀念学友李子秀　李本茂　373
念故友三十二年　宋协民　377
追忆子秀家的饺子　袁明福　380
发小、同学、战友、兄弟——忆子秀二三事　苑国良　382
忆子秀　杨广宁　385
优秀的模样——怀念子秀哥哥　张梅荣　386

引言

　　2019年最后一个周末，妻子在单位值班，孩子们也没有回来，我独坐在沙发上，享受着静静的安逸。上午的阳光透过窗户斜射到房间里，屋里暖洋洋的。不知是一股什么力量推我起身来到书柜前，从书柜下层取出一个小箱子，端放在书桌上，静静凝视，慢慢打开。

　　箱子里收藏着我的二哥李子秀生前写的日记、书信及文稿等，这是他最后的遗物，有近三十年时间没有打开过。箱内最上层是两本相册，边角磨损、封面有些褪色的那本蓝色硬纸皮相册，看上去年代已久，里面的照片是他大学毕业后整理的，都是些1977年之前的照片。另一本塑料烫封的相册还显得有些新，首页上题着"赠给李子秀同志分别留念"，是当年二哥毕业离开上海时，上海籍战友徐士敏所送。这本相册他还没有使用。我把二哥保存的照片进行了整理，将他与徐士敏的合影放在了这本相册的第一页。

　　相册里的每张照片我都印象深刻，从稚嫩懵懂、青涩英俊，到意气风发、沉着自信、坚毅刚强。这一张张照片几乎记录了二哥整个人生旅程，一直到34岁，他的生命就定格在这时。

　　我仍然记得当初整理照片时的心情，内心充满了悲伤，而此刻端详着二哥的照片，却有一种莫名的亲切感，几十年前的往事，一幕幕闪现。

兄弟四人合影（拍摄于1974年8月）①
由于大哥、二哥少小离家，兄弟四人相聚一起的机会很少，这是唯一的一张合影。

---

① 书中照片除注明的外，均为二哥生前保存。

一、读书少年

我家兄弟四人，我上面有三个哥哥。二哥李子秀于1954年7月出生，7岁上学，9岁从母校北极寺小学考入北京外国语学院附属外国语学校①。这是一所由周恩来总理、陈毅副总理亲自提议并推动成立、从幼童开始专门培养为共和国外交事业输送人才的学校，由外交部负责管理。学校是寄宿制，小学、初中、高中连读，开设英语、俄语、法语、西班牙语四个语种，师资由北京外国语学院调入——由大学老师来教中小学生，可见国家对这所学校的重视。学校每个语种都配有外籍老师，当时称为"外国专家"。1963年开始招收第一届学生，经过层层严格的考核选拔，最终录取了小学三年级新生151人、初一新生160人、高一新生97人，可谓万里挑一。二哥是母校唯一推荐并被录取的，入校后分配到俄语班学习②。

学校是在三年困难时期③结束不久后成立的，当时生活条件仍然很艰苦，但这些孩子受到了特别的关照，他们在这里健康快乐地成长着。

---

① 北京外国语学院后更名为北京外国语大学，北京外国语学院附属外国语学校，在本书中简称"外语附校"。

② 本书关于北京外国语学院附属外国语学校的历史情况，参考了鲍安琪《"北外附"的芳华岁月，一代特招的外语幼童》，详见2020年1月6日总第931期《中国新闻周刊》，在此向作者致谢。

③ 三年困难时期，指1959—1961年。

赤子之秀

1964年4月，校长曾远辉先生（后排左三）和法语老师柯忆（后排右一）、语文老师王淑兰（倒数第二排左二）带领小学部的同学在颐和园春游（照片及人物姓名由袁帆先生提供）

　　这是一张二哥他们年级最早的部分师生合影照（见上图）。照片中的孩子们都露着开心的笑容，前排右一是袁帆，倒数第二排左一是二哥，后排右三是吴丽。11年后的一天，他们三人相聚在上海。

　　对这所特殊的学校，有这样的文字记载[①]：

　　　　和平门南边有所学校，八十多年前叫作国立女子师专，是鲁迅和周作人教过书的地方。校园不大，建筑全是洋式，有木地板和拱廊。楼与楼之间的花园也是洋式的，竖着方尖碑和六角形的石柱，

---

① 摘自鲍安琪《"北外附"的芳华岁月，一代特招的外语幼童》。

一、读书少年

还竖着一座架子钟。石碑上刻了很多姓名,是烈士还是捐钱的就不得而知了。校园里有无数燕子和蝙蝠,不知来自何处。有一回,我钻到楼顶的保温层玩耍,摸到一手鸟粪,算是有了答案,而那些倒挂着的"黑鸟"也确系蝙蝠无疑了。

写下这段文字的是二哥的同班同学刘冠军。他也是1969年与二哥一同入伍的战友,现在的名字叫刘恒,是一位编剧、作家。

当年学校图书馆、校园照片(袁帆先生提供)

赤子之秀

1963年，外语附校入学照①

这批从小培养的孩子，在学校里受到了非常好的教育，遗憾的是这段美好的时光没能按规划延续。1966年"文化大革命"爆发，整个国家都陷入混乱的状态中，打乱了国家创办这所学校的初衷，也改变了这些孩子的命运。学校小学部只招收了三届学生就停招了，已录取的这三届学生毕业后也是各奔东西；但无论经历了怎样的艰难困苦，他们大都在后来的工作和事业上取得了不俗的成就。

即便看着眼前二哥的照片，对他少年时的模样，我依然没什么印象。二哥长我8岁，9岁住校，15岁参军，我们在一起生活的时间很短，交集也少。我至今仍然记得，大概在我一两岁时，母亲在总参谋部防化兵某部工作，部队驻地在京北的一个地区。母亲把我放在部队托儿所，周末坐班车回家，大哥和二哥会去花园路防化兵总部接我们。回家的路上，经过北京市第三聋哑学校，学校东墙上有一幅巨大的用涂料绘制的白底人物宣传画，画中的人物高举着拳头。不知何故，每次路过这里，我都被这幅画给吓哭了，以为那个人是个妖怪。大哥、二哥弯腰捡起路边的石子，砸向画中的那个人，我这才不哭了。虽然我那时年幼，但对这件事印象深刻。

1965年，小学五年级照片（一）　　1965年，小学五年级照片（二）

---

① 未做特别说明，本书单人照均是二哥本人。

还有一件事情是我稍微长大些时发生的。二哥每次周末放学回来，邻居家的小伙伴们都会到我家找他玩。大概是一个夏天的夜晚，他在家里给小伙伴们演示一个奇妙的玩具。这是一个有两个火柴盒大小的东西，底座是一块小木板。他将这个玩具放在桌子边沿，然后把一块碗口大小的圆形纸片与它相连——纸片被蜡笔涂成红色，四周还被剪出许多长条空隙；紧接着接上电池，用手轻轻拨动纸片，纸片就快速转动起来，看上去

观玩具

就像太阳在不断喷发着光芒。小伙伴们都凑着头目不转睛地看着，我只能站在外圈，大家都感到非常奇妙。

我上学后才知道那个玩具是电动机。小学五年级时，有一天我在西单商场看到柜台里摆放着一些小牛皮纸袋，纸袋外面画着的图形和二哥当初演示的那个玩具一模一样，标价是0.50元一套，就毫不犹豫地买了两套；回家打开，发现里面是些组装零件，按照说明书去组装，一套也没有成功。原来这不是玩具，而是直流电动机原理的教学演示模型。对于一个没受过任何训练的小学五年级学生来说，手工缠绕电动机定子、转子线圈，几乎是不可能的。电动机对我的诱惑非常大，在北京买不到玩具电动机，我就写信给在上海的二哥，请他给我买台玩具电动机及磷铜丝。寒假时，这两样东西二哥都给我带回来了。

外壳喷着闪亮灰漆的电动机有墨水瓶大小，里面装有磁铁，接通电源，电机飞快地转了起来，不用手去触摸转轴，几乎看不到电机在转动，非常轻微均匀的"唰唰"声听起来格外美妙。在经历了对电动机的惊喜、好奇之后，我开始用这台电动机制作各种玩具；上中学后，很快就与班里几位同样爱好模型制作的同学成为好朋友；后来我们一起制作的舰船模型获得1979年北京市青少年科技作品

三等奖。毫无疑问,那个夜晚"太阳"发出的光芒,激发了我的好奇心。

  小时候,我对大哥的印象就更少了。大哥在1965年——才16岁,就去了东北建设兵团。除了在上幼儿园时的周末,大哥和二哥接我回家外,只记得在一个春节前的夜晚,我躺在床上快睡着了时,只听父亲在门外喊:"你们看谁回来了?"话音未落,父亲便肩扛着大旅行包推门进来,后面跟着的是大哥。父亲为了给家人惊喜,接到大哥探家的电报后没有对我们说。大哥工作的地点紧靠中苏边境,回家要换乘好几次汽车、火车,耗时很长,非常辛苦,几乎是每次到家后,都要足足睡上两天时间。大哥每次探家都会带回沟帮子熏鸡,味道非常香。

1969年夏,外语附校俄5班合影
前排左起:杨丽英、金捷、白良炎、刘淑芳、冯临燕、贫下中农辅导员、陈幼阳、张莉、苏蓝蓝、丁小平、郭小流
二排左起:李季(班主任)、张国华(工宣队[①]师傅)、刘宪平、张大慰、史世忠、二哥、贾燕军、宋晓桐、李振水(贫下中农辅导员)、杨国强、缪韩、贺卫国、黄平江、钱小南(俄语老师)
三排左起:刘冠军、□□□、毛绍基、苑国良、张子镁、吴健、邓晓东、辅导员、袁明福、黄金鹏、刘广德
(照片由袁帆先生提供,学校军代表、解放军报社记者周大可先生拍摄,当天有几位同学因故未到。资料来源:《北京外国语学院附属外国语学校成立50周年纪念刊》)

---

  ① 工宣队,"文革"时期成立的"工人毛泽东思想宣传队"的简称,大学、中学都派有工宣队代表。同时还有军宣队,即"解放军毛泽东思想宣传队"的简称,大学、中学也都派有其代表。

一、读书少年

"文化大革命"爆发后,全国大中小学都停课闹革命,外语附校虽然于1967年复课,但学校和老师都受到严重的冲击,教学受到很大影响。在外语附校上学期间,除了学校签发的那张入伍通知书、几张照片和学生证、公交月票卡外,二哥没有留下其他资料。第08页这张照片是1969年夏他们班在北京房山县西地村人民公社参加夏收劳动时拍摄的,也是二哥他们班小学、初中同窗六载留下的唯一一张集体合影。之后不久,他就参军入伍告别了学校。

从9岁开始,二哥在外语附校学习生活了6年多时间。在这所学校所接受的教育,以及受特殊的学习环境和氛围的影响,打下了他正直、诚实、开朗、热情的品格基础,养成了他好学、钻研、思考的习惯,对他之后的人生产生了深远的影响。从外语附校小学部走出的那些小三届的学生,不论年龄、语种是否相同,他们对这所学校都怀有一种特殊的情感,同学之间保持着深厚的友情。

二、报国参军

1969年秋，根据国家国防战略的需要，海军部队决定从北京、天津两地的大学、中学中招收一批学俄语的学生入伍。当年11月6日，外语附校初二、初三两个年级的俄语班接到海军征兵通知。二哥积极报名，经过部队严格挑选，短短4天时间就完成了政审、体检、转户口等手续，集结出发，由此开启了终其一生的军旅生涯。

同期入伍的有同班同学苑国良、刘冠军、袁明福、史世忠、刘淑芳（女）5人，还有初二年级俄语班宋协民、蒋京宪、张国栋、李静、袁志铭、李中未、石滨（女）、杨京华（女）8人。[①]他们也是"文化大革命"期间外语附校第一批参军入伍的学生。

这份由学校签发的入伍通知书（见第11页）二哥一直保存着。由于长久的折叠，圆珠笔的墨迹及红色印章都浸入略显发黄的纸里。

1969年11月11日，二哥启程的那天，父亲上班，我和三哥上学，只有母亲请假送他去学校。中午我放学回家的时候，看到母亲一个人在流泪。大

车站相送

---

① 入伍同学的姓名由宋协民先生提供。

北京外國語学院附属外國語学校

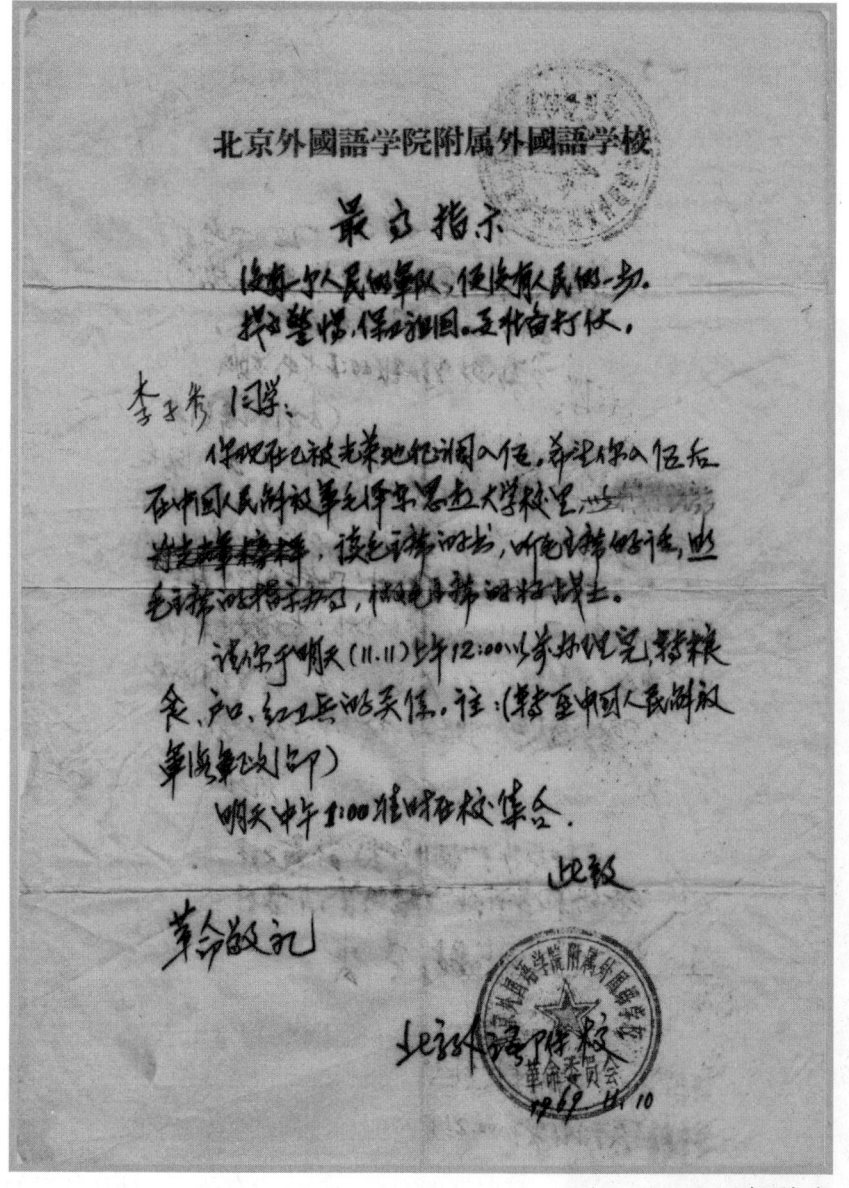

最高指示

没有一个人民的军队，便没有人民的一切。
提高警惕，保卫祖国。要准备打仗。

李玉祥 同学：

你现在已被光荣地批准入伍。希望你入伍后在中国人民解放军毛泽东思想大学校里，……对党忠诚老实，读毛主席的书，听毛主席的话，照毛主席的指示办事，做毛主席的好战士。

请你于明天(11.11)上午12:00以前到校报到，带好粮食，饭卡，红卫兵游泳练，证。(寄至中国人民解放军后勤军政部)

明天中午1:00准时在校集会。

此致

革命敬礼

北京外国语学院附属外国语学校
革命委员会
1969.11.10

入伍通知书

哥16岁就去了东北，现在二哥又参军离家，部队驻扎在哪里也不知道，这一别不知何时才能相见，母亲牵挂思念的心情可想而知。我也不知该怎样去安慰母亲。

记不清是何时收到二哥寄回的第一封家信。父母看完信后告诉我们，二哥服役的部队就驻扎在北京山区，离家并不是非常遥远。父母没有对我们讲信中的任何内容，只是把他穿军装的照片给了我们；信也没有让我们看，连同信封一起放在炉膛里烧掉了。后续的信仍是如此处理，可能是二哥在信中有所交代——听父母说，二哥的工作性质保密。我当时想，既然是海军，为什么不去大海、不在军舰上呢？

部队规定，新兵入伍三年内不允许探亲。大概是入伍第二年，二哥来信说，部队首长同意一位家人去军营看望。为此，全家人都很高兴，父亲代表我们去。记得当时父母还商量着带些什么东西去部队好。

上小学时，因为淘气，我经常挨老师批评。学校有一位上年纪的许老师，她教过我们兄弟四人，批评我时总是说"要向你二哥学习"。不仅学校老师为二哥骄傲，邻居里所有的大人都夸赞二哥非常聪明、懂礼貌、有出息，母亲听了也非常高兴。

那时，二哥留给我的印象，也就如此。

二哥在部队前几年的经历，我完全不了解，这时期的家信一封也没有留下。他所从事的具体工作，生前没有对父母家人提起过一个字。后来，战友将二哥的遗物交给父亲，遗物中有十几

1969年11月入伍留念，身上的军大衣看上去有些肥大

个笔记本及大量文稿，我这才发现，二哥原来有写日记的习惯。保留下来的日记记录了他参军初期及1981年生病前两个时段的事情，所记内容非常广泛。通过日记，我了解到他在部队初期锻炼成长的经历、思想逐渐成熟的轨迹、恋爱过程，以及对积极投身的国家改革开放、军队现代化建设事业所做的有益探索。日记里没有关于工作情况的记录，文稿中有部分是部队工作分析及研究笔记，涉及他所从事的工作内容，还有一些是日常生活记录及书信手稿。

透过这些保留下来的日记、文稿，我才了解到二哥真实完整的一生，这是他留给我的最珍贵的财富。

二哥思维敏捷，逻辑清晰，文笔很好。他写的家信经常有五六页长，在他的日记中，有许多篇幅很长的日记，都是一气呵成，绝少改动。

再次阅读他的日记、书信、文稿，仿佛时空穿越，我又回到了半个世纪前。

1969年11月11日中午，二哥在学校与其他13位同学一起乘车来到位于牛街附近的北京海军接待站，与同期入伍的十几位大学生会合，坐军车出城向部队所在地驶去。一路上，大家的心情既激动又紧张，也不知道目的地在哪里。汽车沿着蜿蜒的盘山公路一路颠簸，傍晚时到达部队农场。当晚，每个人都领到了全新的军装，正式开启了他们的军旅生涯。这些学生兵要在部队农场接受基本的军事训练和劳动锻炼。

那个年代，年轻人写日记是很常见的事情。入伍一个月后，1969年12月7日，二哥写下了第一篇日记，这是他有生以来第一次写日记。日记本的首页上写了"斗私批修永向前"几个字。日记本用的还是牛皮纸封皮，用塑料封皮的日记本是后来才有的事。

1971年，部分同期入伍的外语附校同学及大学生合影
前排左起：李中未、石滨、刘淑芳、苏蓝蓝①
中排左起：赵云生、蒋文彦、王宝臣、韩进水
后排左起：林向义、刘冠军、蒋京宪、苑国良、赵庆臣、张国栋
（赵云生、王宝臣来自北京对外贸易学院，蒋文彦、韩进水来自天津南开大学，林向义、赵庆臣来自北京大学。照片及人物姓名由宋协民先生提供）

1969年12月7日　星期日②

今天交了入团申请书，从今天起，就要用一个团员的标准要求自己，争取早日入团。

晚上和高排长谈了心，排长提了几点希望，自己也搞通了几点认识，以后就要用高标准要求自己，不能中游，要力争上游。

搞臭老好人主义。

---

① 苏蓝蓝，二哥同班同学，稍晚些入伍。
② 文中凡楷体字均是原文引述。

这是二哥留下来的最早的文字，没有特别具体的内容，仅是表达了要求自己进步向上的心愿。字体书写也很一般，透着稚嫩。

为什么要写"搞臭老好人主义"这样的话？日记里没有给出答案。很可能是二哥的二十多位战友中有一半是外语附校同学，因为同学关系，同学间较少展开批评的缘故。

虽然这篇日记的内容很简单，但就此开启了二哥记录自己军旅生涯、思想变迁的生活方式。

12月8日　星期一

今天做了月总结，找出了自己的优点，也找出了自己不足的地方，同志们也提出了一些希望。今后就要用毛主席"发扬成绩、纠正错误，以利再战"的教导，更加努力地学习毛主席著作，彻底改造旧思想，争取更大成绩。

12月9日的日记记录了克服天冷、坚持挑水的思想斗争过程：

对待挑水也有几种思想斗争。在天冷时就想，天冷怕冻着，不愿去挑了；在天好时则愿去，这是因为什么呢？毛主席教导我们要全心全意为人民服务，我之所以有时怕天冷，就是因为还没完全树立全心全意为人民服务的思想，这一点今后要努力培养，不管天多冷也要挑，培养自己"一不怕苦，二不怕死"的革命精神。

如何对待表扬与批评？没受到表扬，就垂头丧气，受到了表扬，就沾沾自喜，这都不是好的态度。要牢记毛主席的伟大教导：虚心使人进步，骄傲使人落后。

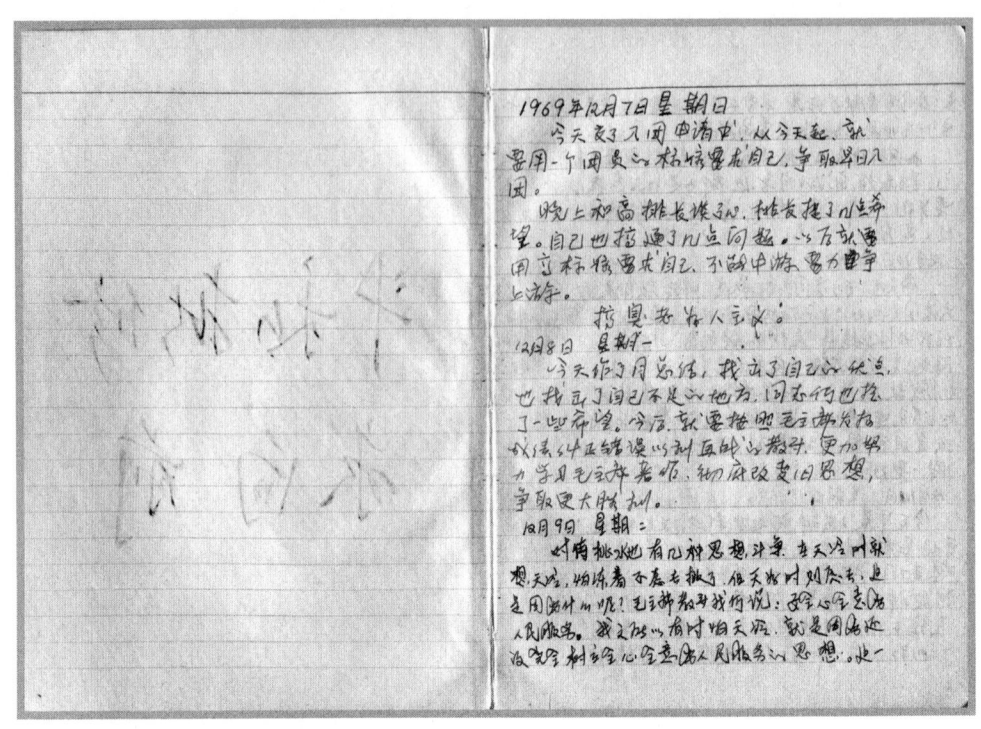

入伍第一篇日记（日记本首页上写有：斗私批修永向前）

不大的一页纸上，就写了三天的日记，从内容上看，也就是一个流水账式的日记。部队征兵大多是在冬季，那时的农场所在地，冬天天气格外寒冷，气温低于零下20℃。早上出操时，由于不允许戴手套、放下棉帽的护耳，长时间暴露在外，许多同学的手和耳朵都冻伤了，手指冻成黑紫色，肿得像胡萝卜一样。

农场生活条件非常艰苦，生活饮用水要赶马车去几里路以外的村子拉；二十多位新兵的到来，使用水更显紧张。领导决定在伙房附近打一口水井，以解决生活用水问题。打井的任务就落在了这些新兵身上。二哥在日记中记载了打井的事情。①

---

① 入伍当天的情况、晨操及打井一事的背景，参考了苑国良先生《往事的追忆——兵之初》一文。

二、报国参军

12月11日　星期四

今天早晨1点钟就起来打井，天气很冷，开始思想有点波动，怕天气冷，怕累。这时想起毛主席的教导"一不怕苦，二不怕死"①，认识到这种怕苦、怕累的思想实在要不得。在往上拉泥时，脚下站的地方不牢靠，如果换个地方必定影响工作，是换还是不换呢？不能换，一定不能换！为了革命，就不能怕苦怕死。自己在毛主席教导的鼓舞下，一直坚持到天亮。虽然累一些，但培养了自己"一不怕苦，二不怕死"的革命精神。

12月12日　星期五

昨天晚上没有睡觉，很困。睡下一会就有了任务，心里很不痛快。听说要让我们去康庄拉石头，心想这任务可够呛。可是面对这艰巨任务，是主动请战，还是等待分配呢？如果主动请战，那就一定去成了，可是一夜没睡觉，现在还累得很；如果不去，倒可以休息会。毛主席教导说："艰苦的工作就像担子，摆在我们的面前，看我们敢不敢承担……有的同志不是这样，享受让给人家，担子拣重的挑，吃苦在别人前头，享受在别人后头。这样的同志就是好同志。"②对！艰苦的工作一定要抢在前头，担子一定要拣重的挑。

通过这件事，我看到"私"字每时每刻都会在我脑海里出现，这就需要加紧思想改造。"私"字一露头，就用毛泽东思想把它斗倒。

狠斗"私"字一闪念。

---

① 《毛泽东百科全书》，光明日报出版社，2003年6月第2版。
② 毛泽东：《关于重庆谈判》，载《毛泽东选集》（第四卷），人民出版社，1964年4月第1版。

在部队只要你是一名军人,就不存在年龄大小的问题。这些离开学校刚刚入伍的十四五岁的孩子就接受了这样艰巨的任务,和大学生们一起于凌晨一点起床打井,第二天没怎么休息还要继续投入战斗。以前,不论是在学校还是在家中,他们从没有受过这样的苦,参加部队对人真是一种特殊的锻炼。

一夜没有睡觉,刚刚躺下就又有了新的任务,心里不痛快,也是一种客观感受。

1969年12月,五位同班小战士在官厅水库的冰面上合影
前排左起:二哥、苑国良
后排左起:袁明福、史世忠、刘冠军

部队非常重视新兵思想教育工作,12月14的日记记载了行军路上,指导员上的第一课是学习《为人民服务》;12月17的日记记载了新兵训练队开展学习

"老三篇"誓师大会活动。"老三篇"是指毛泽东在延安时期所写的《为人民服务》《纪念白求恩》《愚公移山》这三篇文章，学习"老三篇"是当时全社会一项非常重要的政治任务。我在上小学时，学校也要求学生背诵"老三篇"。

12月18日的日记记载了部队教员给新兵上课的事情，这篇日记是这样写的：

12月18日　　星期四

今天听了路教员给我们讲的课，其中谈到的一点是："做好事是真正为人民服务呢，还是为了单纯图表扬？"这个问题要真正在我头脑里搞清楚，就要努力学习毛主席关于为人民服务的教导。毛主席说："白求恩同志毫不利己专门利人的精神，表现在他对工作的极端的负责任，对同志对人民的极端的热忱。"[①]"我们应该谦虚，谨慎，戒骄，戒躁，全心全意地为中国人民服务。"[②]所以，我们为人民服务就要完全彻底、全心全意，中间不能包含一点个人主义。要真正从思想上树立全心全意为人民服务的思想，不能只看到一两件好事，被一件好事绊住脚、蒙住眼，要时时处处自觉地为人民服务。

另外，还要处理好做好事和加强组织纪律性的关系、做好事和自己工作的关系。我觉得做好事不能和组织纪律性发生冲突，铁的纪律是革命成功的保证，如果不重视组织纪律性，或稍微削弱了一点，那要细细剖析起来，就谈不到你是在为人民服务了，在这方面

---

① 毛泽东：《纪念白求恩》，载《毛泽东选集》（第二卷），人民出版社，1964年4月第1版。

② 毛泽东：《两个中国之命运》，载《毛泽东选集》（第三卷），人民出版社，1964年4月第1版。

要特别注意。对待为人民服务要完全彻底，对待自己的工作也要极其负责，二者不能忽视哪一方面，决不能在做好事时很热情，而到自己的工作时就怕脏怕累，拈轻怕重。这方面已有一些例子，自己要千万警惕。如果思想上不重视起来，做好事就不会长久，因为不明确做好事的意义，不是把为人民做点事看成是为人民服务，而是为了从中取得一点私利。我决不能把做一两件好事看成自己是全心全意为人民服务了，只能看成是为人民做了一点事，而更重要的是在思想上、头脑中树立完全彻底、全心全意为人民服务的思想。以上一些看法不知对不对，有待于学习"老三篇"和同志们的帮助，以期得到正确的看法。

革命战士格言：一个人的积极性，只有建立在为人民服务的基础上，才能是持久的、可靠的、牢固的。如果是建立在个人的名利地位上，贪图荣誉上，那就像沙滩上盖的房子，潮水一来，就会被冲垮的。

对于这些刚刚入伍的小战士，做好事是为人民服务还是为了图表扬，还真是个问题。部队为此安排专人给新兵上课。路教员的讲课使二哥明白了两点：一是在思想上明确了做好事不是为了图表扬，二是做好事与本职工作的关系。如果本职工作做不好、挑肥拣瘦，那做好事的目的意义又何在呢？至于自己的想法对不对，他也不是非常明确，有待于继续学习"老三篇"和同志们的帮助。

从一个初中生转换到军人角色，不只是换了一套军装而已，很多方面都要适应调整。其中，思想转变是最重要的。从日记中看出，路教员给新兵们上的这一课，对他很有启发，那句革命战士的格言也深深地影响着他。

在12月21日的日记中，二哥写道：

二、报国参军

12月21日　星期日

今天是我们到训练队的第一个星期天，我决心过一个革命化的星期天。在今天，我要更加努力学习毛主席著作，开展"斗私批修"，不能松劲，处理好为大家做事和为自己做事的关系。晚上，我步行到团部去看电影，在行军中培养了自己"一不怕苦，二不怕死"的精神，又锻炼了自己的行军。看完《宁死不屈》这部反映英雄的阿尔巴尼亚人民反对侵略者的电影后，我很受感动。影片中不朽的英雄——两位女游击队员的英勇行动深深地教育着我，她们为了人民的幸福、祖国的解放、革命的胜利，在敌人面前表现出了宁死不屈的革命气概；最后她们为了祖国、为了人民、为了革命献出了她们年轻的生命，我一定要向她们学习！

我现在是一名中国人民解放军战士了，担负着保卫祖国、保卫人民的神圣职责。我下定决心，努力学习毛主席著作，培养"一不怕苦，二不怕死"的革命精神，像无数英雄那样，当人民需要时，当革命需要时，"上刀山、下火海"也在所不惜。为保卫祖国、保卫人民，我宁愿流尽最后一滴血！

革命英雄主义教育是时代的主旋律，向英雄学习是那个年代每个少年的志向。

这篇日记提供了一个重要的时间线索，这些"学生兵"在接受了一个多月的劳动锻炼后，离开农场，来到部队驻地所在的县城西北角部队临时借用的一个地方地质队的大院，与来自全国其他地方的新兵一起接受各种军事训练。行军去团部看电影，说明团部与新兵训练队之间的距离还是较远的，文字留存了这段经历。

在12月22日的日记中，二哥写道：

我要学习刘冠军同志做好事的热情，切记端正做好事的目的，把它看成是自己树立全心全意为人民服务思想的过程，要开展谈心活动，自觉抓好思想革命化。

战友刘冠军一定是做了许多好事。

刘冠军在1970年制订的一份个人"作风培养计划"①中写道：

1. 工作作风、生活作风等各方面的作风都要努力培养。
2. 集合站队快，步伐要整齐。
3. 起床动作要快，不懒。
4. 大做好事，包括各方面的好事，帮厨，打扫卫生。
5. 不嬉笑打闹，不随便开玩笑，要严肃。
6. 唱歌曲要洪亮，要朝气蓬勃。
7. 对领导要尊重，对同志要团结。
8. 内务卫生自觉遵守，被子"豆腐块"，床单"镜面"。
9. 艰苦朴素，几根针，几条线，有针线的自己干。
10. 不乱花钱，保持劳动人民本色。
11. 吃饭时，不浪费，一点也不浪费。

这样的文字，令人感受到50年前一位15岁小战士对自己的严格要求，也能体会到部队当时的风气。

---

① 摘自刘恒先生《青春计划》一文。

二、报国参军

在12月23日的日记中,二哥记载了和班长谈心的事情:

> 这两天,上级对作风抓得很紧。在这方面,先要从思想上重视,自己对这方面不够注意,有时稀稀拉拉、吊儿郎当,这样不行,要有雷厉风行、闻风而动的精神,做事也应该是这样,能今天做完,决不推到明天。
>
> 晚上,我和班长谈了心,把自己最近的思想摆了出来,得到了班长的帮助。另外,班长提出来,要我注意谦虚谨慎。自己在这方面很差劲,看自己的优点多,看别人的优点少,这就不是好的态度。毛主席要我们谦虚谨慎、戒骄戒躁,全心全意为人民服务,我如果做不到谦虚谨慎,还能做到全心全意为人民服务吗?肯定不行。我今后在这方面要特别注意:首先,要和二班、三班的同志加强团结,多谈心、征求意见,用自己的短处比人家的长处,向别人学习;其次,要正确对待批评,做到有则改之,无则加勉,多找自己不足之处,不能听见不同意见不虚心、发牢骚;最后。对待班里、队里工作要更积极热情,要始终如一,不能仅有三分钟热气。

日记里提到,由于思想上对作风重要性没有足够的重视,存在"稀稀拉拉、吊儿郎当"的现象,显然二哥一时还没有完全适应部队军事化管理要求。从一个天真活泼的大男孩到自觉接受军队纪律条例的严格约束,有一个过程。军队对一个人生活习惯的影响是深刻久远的,尤其是对一个成长中的少年。

与班长谈心时,班长指出,二哥要注意谦虚谨慎。这是二哥在日记中第一次提到骄傲问题。

时年15岁的二哥各方面都处在成长发育阶段,存在许多难以避免的问题,领导及时指出,对他是个非常有益的提醒。他在日记中对自身存在的问题,如看自己的优点多，看别人的优点少，不谦虚、办事拖拉等，有坦诚深刻的检讨。他提醒自己，要正确对待批评，多找自己不足之处，不能听见意见不虚心、发牢骚，工作要更积极热情，要始终如一，不能仅有"三分钟热乎气"，要养成雷厉风行的作风。

非常难得的是，二哥在日记中把自己的问题毫无保留地摆了出来，针对问题，有改进的措施。从这时起，解剖检讨自己就成为他毕生的习惯。

认识问题容易，彻底改正却比较难；不谦虚，骄傲及团结问题，在二哥入伍初期的日记中反复提及，这或许是成长过程中不可缺少的经历。

这年年底的时候，部队开展忆苦思甜教育活动。日记中有多次二哥听战友做忆苦思甜报告的记录，以及12月30日晚上还吃了忆苦饭这样的记录。我上小学时在学校也听过贫下中农的忆苦思甜报告；忆苦饭也吃过，硬硬的，很难吃，不知食堂是怎么做的。

时间很快就来到1970年。元旦这天，二哥在日记中写道：

1970年1月1日　星期四
春风杨柳万千条，八（六）亿神州尽舜尧。
满怀豪情更跃进，飞雪迎春到。

在这光辉灿烂的20世纪70年代的第一个新春时刻，让我们高举"红宝书"，衷心祝愿毛主席万寿无疆！我们怀揣"红宝书"，紧握手中枪，以战斗的姿态，豪迈的跃进步伐，跨入了20世纪70年代的第一个战斗的新春。此时此刻，我拿起"红宝书"，重读毛主席的光辉著作——《为人民服务》，更觉得心中充满着无穷无尽的力量。这新的年代，是全世界人民"反帝""反修"的革命运动更加蓬勃高涨的年代，也是我们更加全心全意为人民服务的年代。在20世纪70

二、报国参军

1970年元旦日记

年代的第一年里，我要更加努力学习毛主席的"老三篇"，彻底改造世界观，要更加努力学习《为人民服务》，真正做到全心全意为人民服务。总结上一个月，我有很多地方做得还很不够。在这新的一年中，我要把我的全部力量，都投入为人民服务中去，做出更大成绩，"争五好、创四好"。

入伍一个月后，二哥在部队迎来了新的一年，心中不免有些激动兴奋。日记中所用的词汇是那个时代特有的"音符"，如今读来，仍能让人回想起那个"热血沸腾"的年代。二哥此时写的日记内容，比初写时充实了许多。

日记中的"争五好、创四好"是指当时在部队掀起的"争当五好战士、创四好连队"的活动，这项活动是1960年中央军委批准开展的。母亲在部队期间曾多次荣立三等功，家里墙上挂着的镜框里镶嵌着母亲的立功奖状，奖状上盖着大红方印。母亲也曾多次获得"五好战士"的荣誉，荣誉证书是一种红色的小硬皮本。

1月5日和6日的日记中，二哥记录了喂猪的事情。

> 今天的天气很冷，风沙很大，在这种天气里喂猪，我是否能坚持呢？学习了毛主席的著作，我就要落实在用上。如果不去喂，我倒也可以舒服一会，但是今天学习的"老三篇"也算是白学了；在为人民服务这一点上，也可以看出自己是一个伪君子，是一个懦夫。"为人民服务，要随时'斗私批修'"，要做劲松，要自觉去为人民服务。虽然风沙大，但没有毛泽东思想威力大，只要用毛泽东思想武装自己，学一点用一点，就斗倒大"私"字，解决大问题，就能树立为人民服务思想。为人民服务，不管环境条件坏还是环境条件好都要一样，现在正是对自己是否真正树立了为人民服务思想的一个小小的考验。今天，由于我用了"老三篇"，所以经受了这一个小小的考验。通过这件小事我认识到，只要学习毛主席的"老三篇"，并落在实处，就能斗倒私心。
>
> 为人民服务，环境条件差和环境条件好一样。

在1月7日和8日的日记中，二哥记载了掏粪的事情。①

---

① 在宋协民先生所写的回忆文章中，也写有和二哥一起清掏厕所的事情。

两天来，在掏粪的工作中，自己体会很深。由于在工作前像老战士那样，先学习了"老三篇"，用"老三篇"武装了自己的头脑，所以在工作中斗倒了出现的"私"字。当往上弄粪块的时候，粪块随时都可能滚下去，那就要弄同志一身大便，也不利于工作，这时就应该用手把粪块搬上来。毛主席教导我们说："白求恩同志毫不利己专门利人的精神，表现在他对工作的极端的负责任。"想起白求恩、张思德同志，再想想老同志的模范作用，我觉得我应该用手去搬，这才是对工作的极端负责任。通过搬粪块，我体会到，粪再臭，但也比不上"私"字臭。搬掉一块粪，就搬掉一个"私"字，手上虽然沾上点粪，但头脑里去掉了"私"字。"斗私批修"的过程，就是活学活用"老三篇"、全心全意为人民服务的思想过程，我以后一定要抓紧一切机会来培养自己为人民服务的思想。

这两篇日记都是记载用"老三篇"战胜私心杂念的经过，类似的事情在此段时间内多有记载。在那个年代，人们的思想都较为单纯，充满革命激情，产生"粪再臭，但也比不上'私'字臭，搬掉一块粪，就搬掉一个'私'字"这样的认识都是正常的。

除了喂猪外，后面的日记中还有清理猪槽、起猪圈等记载，部队生活条件艰苦，改善伙食要靠炊事班养猪来解决，许多战士牺牲休息时间主动参加炊事班的养猪工作，也是做好事的一种表现。

部队新兵来自全国各地，年龄、生活习惯、文化水平各不相同，外语附校的这些战友是新兵中年龄最小的，平时自然是喜欢和同学在一起，让人感到有一种小圈子的氛围。1970年1月10日和11日，二哥在日记中写道：

两天来，班里办了搞好团结学习班，自己在团结问题上，提高了认识水平；检查到自己在团结问题上有很多地方做得不够，没有像白求恩同志那样，对同志、对人民极端的热忱，对同志不够关心；没有开展批评与自我批评，犯了自由主义；结果有害于团体，也有害个人。在这个问题上，自己还要打破面子，丢掉学生习气，只要学习毛主席著作，这个问题一定能够解决。我要充分认识到，过去在学校的团结不是真正的团结，现在我们为了保卫无产阶级专政，就要首先在毛泽东思想的原则上团结起来，从政治上团结，积极促进班里的工作，为革命搞好团结。干革命，还是多团结一些人好。

这是日记中记载的第一次办团结学习班一事。通过在学习班的学习，二哥检讨了自身在团结上存在的问题，如自由主义、学生习气，缺乏批评与自我批评的精神，认识到过去在学校的团结并不是真正的团结，只有在毛泽东思想基础上的团结才是有利于革命工作的团结。在他保存的照片中，有许多外语附校战友的合影，一同入伍的十几名同学，很小就生活在一起，他们之间的感情是非常深厚的。

新兵中有些同志入伍前就加入了共青团，训练队也成立了团小组，两个月后，团组织开始考虑发展新团员的事情，二哥在日记中做了记载：

1月17日　星期六
今天团小组开了团员提名大会，我参加这个会，心情非常激

一脸稚气的英俊少年,同期入伍的外语附校战友合影
(此时他们已经是入伍三年的老兵了,拍摄于1973年1月)
前排左起:刘冠军、李中未、袁志铭
中排左起:李静、宋协民、史世忠、袁明福
后排左起:张国栋、蒋京宪、苑国良、二哥
(人物姓名由宋协民先生提供)

动。这样的会,我生来是第一次参加,我感到这是团组织对我们的极大信任和关心。在参加这个大会前,自己先学习了毛主席语录,(懂得)如何正确对待提名。

毛主席教导我们,有无认真的自我批评,也是我们和其他政党互相区别的显著的标准之一。在开会前自己有一些不正确的看法,觉得入伍两个月,自己做得不够,别人也不够;因为总想着自己,所以对比别人,比来比去,却把自己比得比别人好。对照毛主席的教导,我认识到了自己的错误想法。任何一件事都要先做认真的自我批评,从某种意义上来说,正确的态度来源于正确的自我批评,自己要端正对同志的看法,要多看别人的成绩,多肯定别人的优点，多向别人学习。不承认别人的进步，自己也永远进步不了；只有承认别人进步，然后狠找自己的差距，这样才会飞快地进步。远学英雄近学同志，不学习身边的同志，学英雄也是一句空话。一定要谦虚谨慎，对同志的优点服气，对自己的缺点不服气，继续革命就有朝气。

在这篇日记中，二哥如实记载了自己的想法，比来比去，结果是认为自己比别人表现得要好。通过学习毛主席的教导，他端正了思想认识：要多看别人的成绩，多肯定别人的优点，多向别人学习，才能进步。

对于一个离开父母和家庭的少年来说，环境的影响是巨大的，在部队这所特殊的学校里，二哥不断得到领导和同志们的帮助。2月1日这天，他记录了在训练队最后一次和班长谈心一事。2月2日，将有一部分大龄同志要去新的岗位，可能班长就在其中。临别之际，班长给他提了几条建议。这天的日记，二哥这样写道：

2月1日　星期日

今天和班长进行了在训练队的最后一次谈心，班长又给了我一次帮助，给我提了几点注意的地方。

一、毛主席教导我们："我们应该谦虚谨慎，戒骄戒躁，全心全意为人民服务。"注意谦虚谨慎，多向别人学习。

二、毛主席教导我们："团结起来，争取更大的胜利。"①一定要把同志们团结起来，一道工作。

三、关心群众生活，注意工作方法，提高工作方法。

四、坚持火线斗私批修，敢于刺刀见红。

---

① 毛主席语录，载于1969年6月9日《人民日报》。

五、提高政治水平。

六、保持旺胜（盛）的革命热情。

这篇日记中，"旺胜"的"胜"是错别字，"文化大革命"期间继续进行汉字简化，在二哥的日记里，有许多不规范的简化字，但错别字很少。

班长的这六点建议，都是针对二哥的问题而提的，非常中肯。"坚持火线斗私批修，敢于刺刀见红"，就是要勇于开展批评与自我批评，不要顾虑同学关系。班长的分析能力、管理能力都有一定水准。

在二哥的日记中，曾三次提到这位班长，看得出班长对他这位小兵是非常关心爱护的。

这位班长是谁呢？班长就是同期入伍的北京外贸学院的大学生王宝臣[①]先生。2014年，王宝臣先生在一篇回忆部队经历的文章中，一一提到包括二哥在内当年一起入伍的大学生及外语附校同学的姓名。他特别写道："尤其是外语附校那些尚未毕业的小战友，当时也就十四五岁，这在今天看来还都是些未成年的孩子，也同我们成年人一样经受住了部队艰苦生活的锤炼与考验，在困难和压力面前，好像没了性别之分，男女都一样；没了长幼之别，大人和孩子都相同。这些小兵真令人钦佩。部队的史册上，应该为他们撰写馨美之篇。"[②]

由于入伍初期各方面表现都较好，上级任命二哥为副班长。2月3日，二哥在日记中写道：

由于工作的需要，上级让我担任副班长。这对我来说，确实是

[①] 宋协民先生介绍了在新兵训练队的情况，时任班长是王宝臣先生。王宝臣先生转业后先后任中粮集团副总裁、中国金茂集团总裁、董事长。

[②] 摘自王宝臣先生《某某部队　我为您唱赞歌》一文。

件难事，年纪小、经验少，怕干不好。总之，带着"怕"字，带着这个问题，学习毛主席关于为人民服务的教导。毛主席教导我们说："什么叫工作，工作就是斗争……越是困难的地方越是要去，这才是好同志。"①

1970年2月，部队新兵训练队合影（倒数第三排右七是二哥）

革命战士最听党的话，党叫干啥就干啥，这也是自己在决心里所表示的。现在问题就摆在自己面前，自己能把重担子推给人家吗？这是革命工作，是为人民服务，义不容辞，不能怕，无私才无畏，带着"怕"字去工作，工作就搞不好。去掉"怕"字，就会一心一意为人民。

党交给我的任务，不但要做，而且我一定要做好。紧紧依靠群众，虚心向别人学习，工作一定会做好！

---

① 毛泽东：《关于重庆谈判》，载《毛泽东选集》（第四卷），人民出版社，1964年4月第1版。

二、报国参军

1970年2月1日至9日的日记

这两页的日记内容很丰富，左页上端记载的是2月1日班长和二哥谈心时提的六点建议；2月2日记载了一部分"大同志"要去新的岗位，这里的"大同志"应该是指同期入伍的大学生。2月5日是农历除夕，这是二哥参军后在部队过的第一个春节，但在日记中看不出他有任何想家的念头。在这万家团聚的日子，一个15岁的少年会不想家吗？确实如此。不仅他是这样，许多和他一起入伍的战友也是如此。大家每天忙于政治学习、军事训练，顾不上想家。这天的日记中还写道："一定要照毛主席的教导，在节假日里坚持为人民服务。"这也是在那个特殊年代才发生的事情。2月9日，日记中记载了中队举办班长毛泽东思想学习班一事。这个学习班的重点是解决能不能当好班长和怎样当的问题。在这天的日记中，二哥写道：

33

当好班长就必须有无限的忠心，紧密联系群众，遵守纪律，逐渐培养独立工作能力。要毛主席著作带头学，自觉搞好思想革命化；好人好事带头做，自觉做榜样；艰苦工作带头干，自觉培养"一不怕苦，二不怕死"的革命精神。

　　关心群众生活，注意工作方法。要以身作则，发动群众，依靠群众。事务性工作要抓，但思想工作更要抓紧。要帮助同志们提高政治水平，积极协助班长，要配合好，加强自己的责任心，放开手脚，大胆干。

担任副班长，对二哥是个锻炼与考验，尽管有干好的决心，组织上也进行了培训，但班长是要有一定的社会经验、管理能力的，在后续的日记中就反映出一些问题。

在2月21日的日记中，二哥写道：

　　不承认别人的进步也就没有自己的进步，只有承认别人的进步才有自己的进步。进步是永远没有尽头的，一个人要想永远进步，就必须不骄不躁，善于把别人的进步当作自己进步的动力。

这段话表明二哥在思想上有着较清醒的认识，只有谦虚好学，才能不断进步。

在2月22日的日记中，二哥提到了班里团结的问题：

　　班里现在有一些不团结的苗头，自己应该和班长好好总结一下，研究一下。班里的同志如果不能紧密团结在一起，成为一个坚强的集体，那么党和毛主席交给我们的战备任务就必然完不成。对这些问题，只能用毛主席的教导去解决，自己要在下面和同志多谈心，使同志们充分认识到这个问题，多办学习班，一定要把这个问题解决，干革命不搞好团结不行。

在之前2月18日的日记中，二哥写到班里来了一批新战士，至于不团结的原因是什么、和班长沟通没有，后续的日记中没有提及。

部队战备工作抓得很紧，在24日的日记中，二哥记载了在雪地负重行军的事情。

日记中，没有二哥担任副班长后做了哪些具体事情的记载。在他同时期的一本工作记录中，写有一些班组工作的事情，其中一份"创四好班组"措施中有这样的内容：

  要充分认识到时间就是在军队做到：四快——起床快、内务整理快、集合排队快、吃饭快；三严——内务整理严、军事训练严、军容风纪严；一紧——头脑里战备的弦要拉紧。
  要坚持举办毛泽东思想学习班，开好班务会，搞好日小结，使其真正得到总结经验的效果。要保证内务卫生干净整齐，东西放置统一；不喝生水，不随地吐痰；晚上上厕所穿戴好衣帽，防止煤气中毒，保证部队的战斗力。

吃饭不能像现在健康养生提倡的那样细嚼慢咽，而是要快，女兵也要如此。"不喝生水，不随地吐痰；晚上上厕所穿戴好衣帽，防止煤气中毒"，这样的要求是当时部队生活的真实反映。从措施来看，部队的军事训练还是抓得很紧的。

工作记录中有一份二哥草拟的全班落实"三代会"精神措施的稿子，虽然写的是部队工作，但也折射出"文化大革命"时期社会政治生态氛围，整理如下：

为了落实"三代会"精神,把活学活用毛主席著作的群众运动推向新阶段,我们必须比照对毛主席著作的深厚感情,大兴理论联系实际的学风,特订措施如下:

一、开好"讲、用会",要突出毛主席备战思想,突出毛主席为人民服务教导,突出阶级教育,大力颂扬毛泽东思想的伟大,加深对毛主席深厚的无产阶级感情。

二、增加"天天学、天天照"的制度。每人每天找一段毛主席语录指导自己的工作,晚上对照这样的语录检查自己,做到"四查"(查自己的思想想没想打仗,查作风适应不适应打仗,查"四好""五好"措施落实没有,查挑战书落实没有)。

三、针对问题搞好天天读,办好学习班。做到常忆、多看、多学、多讲、狠抓用(忆阶级苦、讲心得体会、用上下功夫)。

四、除了小值日员以外,人人都当小指导员,检查班里落实情况。

以上均为我们的措施,望全体同志即日行动起来,为落实措施,大兴理论联系实际的好学风,把活学活用毛泽东思想群众运动推向新高潮而共同努力。

1970年3月9日

海军"三代会"是海军"第二次活学活用毛泽东思想积极分子、第三次四好连队五好战士代表大会"的简称,于1970年1月27日召开,2月25日结束。二哥所在部队的常志远同志是出席"三代会"的代表。

从这份计划可以看出,为了落实"三代会"精神,他们想尽办法,天天学、天天照、天天读,办好学习班,人人都当小指导员。这些举措今天看似不可想象,但在当时,则是再普通不过的事情。学习计划中也强调了要理论联系实际,这份工作计划的重点是突出政治思想学习和准备打仗。

谈心是这个时期非常重要的一项活动，在二哥的日记中有和指导员、排长、班长、同志们的谈心内容，工作记录中有许多和战友的谈心安排。3月14日的日记中，二哥记载了与战友石滨的谈心活动：

3月14日　星期六

毛主席教导我们："我们应该谦虚，谨慎，戒骄，戒躁，全心全意地为人民服务。"

有了成绩要不忘毛主席的教导、首长的关心和同志们的帮助，成绩面前找差距，继续革命志不移。继续革命只有起点，没有终点，我们跃进一步，就到了一个新起点。对表扬喜洋洋，再走一步就转向。我一定要更严格地要求自己，正确看待自己，自己是沧海一粟，是万众之徒，一点特殊的地方也没有，要虚心向别的同志学习，善于找动力。记住一句格言（烈士豪言壮语），干革命，谦虚谨慎向前看，功劳簿上永远当穷汉。和石滨同志谈过心后，自己又有了很多收获，石滨同志非常谦虚，自己要多向她学习；以后要更多地谈，多多地向别的同志学习。

成绩面前要保持头脑清醒，不骄傲，要虚心继续努力。从日记中可以看出，二哥有意识地提示自己要克服骄傲自满的毛病。石滨是他外语附校初二年级俄语班的同学，比他小一岁，但非常谦虚，所以他表示要多向石滨学习。

对于防止骄傲的问题，二哥在日记中反复提及，3月18日的日记中就这样写道：

毛主席教导我们："虚心使人进步，骄傲使人落后。"①

我再警告你：要时刻牢记毛主席的教导，要谦虚谨慎，决不能头脑发晕；要看到自己所取得的一点成绩，完全是毛主席的教导、首长的关怀、同志们帮助的结果；实际上自己做得还很差，还要更加努力，要虚心。谦虚是一个人进步的保证，如果自己骄傲起来，不求进步，看不起同志，看不起别人，自己就会永远落后了。不能忘记毛主席、党、人民和同志对自己的希望，摆在自己面前的只有一条路，就是发扬成绩纠正错误，踏着英雄的脚印，沿着毛主席的革命路线，谦虚谨慎永向前。

"我再警告你，要时刻牢记毛主席的教导，要谦虚谨慎，决不能头脑发晕。"这样的态度不可谓不坚决，可见对一个15岁的少年而言，改变一种行为习惯是多么困难，真是知易行难。这样的话语也透露着一个少年的单纯。

入伍不久，二哥就递交了入团申请书。1970年3月22日，他光荣地加入了共青团组织，并在这天日记的结尾写道：

现在工作多一点，自己可千万不能倒下去呀，一定要撑住。脑子里不能忘记毛主席的教导，不能忘记工作；乱七八糟的少装点，自己的事一点也不要装；但学习一定要学好，就是把脑袋胀破了，也要拼命干。

只要拼命干，没有任何"难"！

---

① 选自毛泽东在党的"八大"上的开幕词，载于1956年9月16日《人民日报》。

二、报国参军

2月份，上级任命二哥担任副班长，现在又加入了共青团组织，二哥工作积极性非常高。要撑住，不能倒下；"脑袋胀破了，也要拼命干"。通过这样的话，能感受到部队当时紧张的工作状态。

在这篇日记的后面，有战友石滨的留言，应该是石滨看了二哥的日记之后所写，内容是这样的：

李子秀同志：

　　看了你的日记，我受到很大教育和启发。从日记中我看到了你对毛主席的无限忠诚，看到了你学习毛泽东思想、"斗私批修"所取得的进步。给我最深的感觉就是你继续革命的高度自觉性，能够自觉地带着问题学习毛主席著作，自觉地"斗私批修"，自觉地改造世界观，自觉地严格要求自己，这点是最值得我学习的。

　　最近，虽然我们一起加入了团组织，但思想上距离一个团员的标准还差得很远，身上存在着共同的弱点，改掉这些弱点的唯一办法就是活学活用毛主席著作。希望你入团后更加努力、刻苦、认真地活学活用毛主席著作，加速自己世界观的改造，用更高的标准要求自己，保持谦虚、谨慎、不骄不躁的作风，为党、为人民做更多的工作，在继续革命的大道上迈出更大、更坚定、更稳的一步。

　　同时还希望你多多帮助同志，尤其是我。

　　日记写得很好，希望坚持写下去，用它记下我们战斗的一生。

石滨

战友石滨的留言有着强烈的时代色彩，折射出那一年代年轻人的理想信念，洋溢着年轻军人激情远大的抱负与追求，充满着深厚的战友情谊、军人的直率与坦承。他们书写的文字，是历史的刻录。

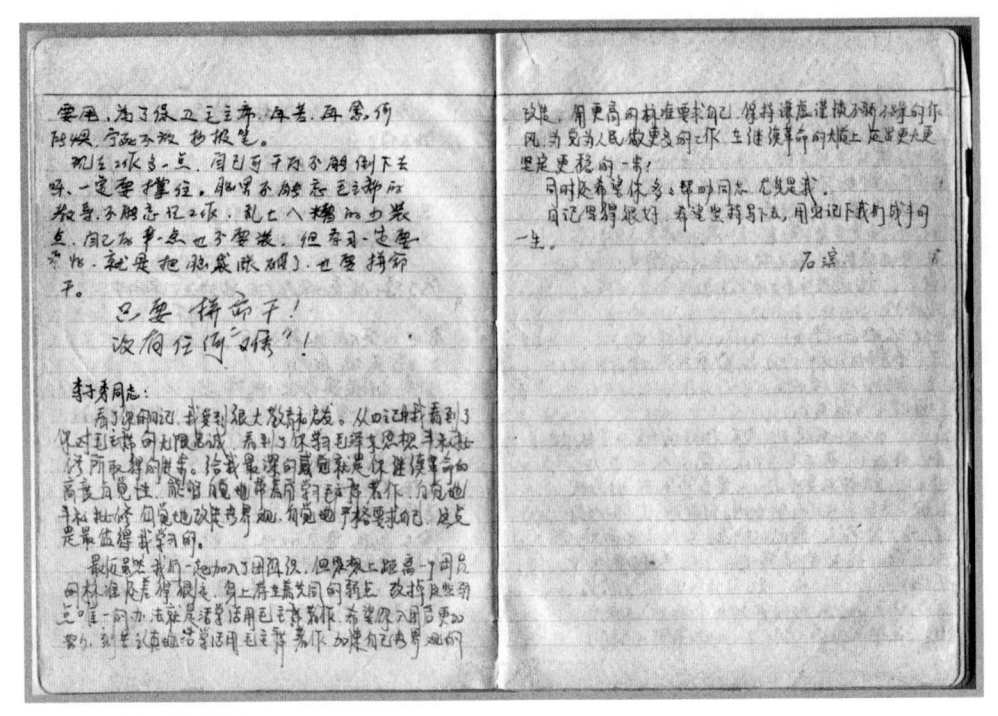

日记中，战友石滨的留言

石滨的这段留言不仅逻辑性强，遣词造句也很有章法，立意高。如果不是知道石滨比二哥还小一岁，很难相信这些文字出自一位年仅14岁的女战士之笔。外语附校的这些同学基础素质很不一般。

二哥对副班长的工作是非常认真的，4月4日的日记中记载了他接受新任务的想法：

4月4日　星期六

毛主席教导我们："只有实事求是，才能完成确定的任务；只有远见卓识，才能不失前进的方向。"[①]

---

① 毛泽东：《中国共产党在民族战争中的地位》，载《毛泽东选集》（第二卷），人民出版社，1964年4月第1版。

二、报国参军

"大公无私，积极努力，克己奉公，埋头苦干的精神，才是可尊敬的。"①

新的工作又布置下来了。在新的工作中，自己一定要更加努力地工作，一定要积极努力，克己奉公，埋头苦干。一个共产党员绝不能把个人利益放在第一位。我也同样，要尽最大力量完成上级交给的任务，积极协助班长工作，绝不能考虑自己；一定要警惕，绝不能让争名誉、抢功劳的思想露头；一定要像以前一样，踏踏实实，埋头苦干；只要为了革命，为了把工作搞好，自己怎样都行，要做好一名党的忠实可靠的助手。

虽然思想上高度重视，但实际工作并不顺利，毕竟一个15岁的男孩，还处在打打闹闹的阶段，现在要作为副班长和班长一起负责十几名战士的工作、学习、生活，完成各种作战训练任务，难度肯定不小。二哥在日记中也记录了担任副班长初期工作中存在的一些问题。

4月6日　星期一

和九班长谈心后，自己确实也受到一些教育。九班长对工作的热情确实使我很受感动，对他的工作，我也感到着急，感到自疚；以后自己要走出去，什么地方有问题，自己就到什么地方解决。

可是，自己的工作在一些地方做得还不那么好，自己也着急，但就是未把大量的积极因素都发挥出来，工作抓不住重心，和班长缺乏统一思想，也怪我自己没有计划，没有用毛主席的教导来指导

---

①　毛泽东：《中国共产党在民族战争中的地位》，载《毛泽东选集》（第二卷），人民出版社，1964年4月第1版。

自己的工作，现在真是离开毛主席的教导，工作就搞不好。自己一定要把工作搞好，一定要有计划、有重心；多向毛主席著作请教，在毛主席著作中找答案；多和同志们谈心，多了解同志们的思想意见；多向同志们、区队长、班长们学习，以形成自己正确的工作计划和工作方法。

不管什么时候，工作是最重要的。

好像九班长的工作遇到了一些问题，但更使二哥焦急的是自己的工作。班里同志们的积极性没有发挥，工作抓不住重点，和班长之间缺乏统一思想，工作没有计划，总之问题是一大堆。主要原因是缺乏经验，没有找到正确的工作方法。在4月9日这天的日记中，二哥写道：

我就是在抓紧上做得太不够了，注意力一会这、一会那，东一下、西一下，哪个也不会搞好。自己在这方面一定要努力，先把自己的思想改造抓紧，把工作分清主次地抓紧。

这是工作状况的客观写照，毕竟一个15岁少年的心智还没有完全成熟。二哥在日记中表示要向区队长、班长学习。

人们写日记，主要记录一些日常生活中发生的事情、所见所闻、人生感悟，以及需要倾诉但又不想为他人所知的事情。二哥在日记中更多的是解剖反思自己，完全坦露自己的思想，直击灵魂，不加任何掩饰。

少年时期就形成这样的习惯，对二哥人格养成的影响至关重要，后来二哥对心理学研究很感兴趣，与他具有的这种非常坦诚的品行不无关系。

4月22日的日记，仍然与总结反思有关。

二、报国参军

4月22日　星期三

毛主席教导我们："团结起来，争取更大的胜利。"

针对班上出现不团结问题，我们今天办了学习班，自己在团结上也存在一些薄弱环节，没有给同志们做一个团结的模范。首先和班长工作配合失调，缺乏统一意见，以至于给下面的同志有些不好的影响。毛主席教导我们："书记和委员……之间的谅解、支援和友谊，比什么都重要。"①自己在相互支持谅解上做得还不好，工作积极性还差，这一点对工作妨碍极大，确应很好纠正。自己还要征求广大同志的意见，改正自己工作中的缺点和错误，使适合于党和革命的需要；对自己一定要严，对别人要宽，要谅解要支持，但对不良现象和工作错误，一定要坚决地指出来，热心帮助。以后自己和班长工作上要互相积极配合，互相支持、谅解、帮助。坚持原则但工作也要灵活，非原则问题就让，求大同存小异，为了搞好我们的工作，对班里的问题自己一定要多多分析，不要被事情的表面现象所迷惑，要抓它的实质。只要用毛泽东思想统率指导自己的工作，工作就一定会做好。"干部的行动，是无声的命令"，我要以自己的行动去影响同志，要做各项工作的模范。

这是二哥在日记中记录的第二次举办团结学习班的事情。上次办学习班时，他还是名战士，提到的问题是自由主义、学生习气、缺乏批评与自我批评的精神，这次的问题是和班长配合失调、两人缺乏统一意见，给工作带来影响。正副班长意见不统一，班里的工作就难以搞好。他在日记中表示一定要和班长在工作上积极配合，互相支持、谅解、帮助，工作要以身作则。认识到在工作中要把握原则与灵活性，求大同存小异，说明他在逐步掌握工作方法。

---

① 毛泽东：《党委会的工作方法》，载《毛泽东选集》，人民出版社，1964年4月第1版。

在4月28日的日记中，二哥写道：

> 现在，周围的同志进步都很快，但是也有的同志对自己要求还不太严格，因而落在了大家后面。看到这些心里总不大好受，绝不能眼看着同志们落后了而视若无睹，我要按照毛主席的教导，热心去帮助同志们。"要想革别人的命，先要革自己的命，把自己的'私'字斗倒。"要注意言传身教，特别是身教。"一人红，红一点；几人红，红一片；只有大家都红，才能颗颗红心向太阳，才能战胜任何敌人、困难。"党把我们13个人汇拢到了一块，我就要保证把11个同志带出来，严格地要求管理，耐心细致地做思想工作，可一定要配合好啊！要求别人做到的，自己首先做到；要求别人干的，自己先去干；要求同志们要发扬"一不怕苦，二不怕死"的精神，自己首先要担风险。只要我们的工作到"家"了，同志们的进步一定会很快的。首先一定要团结同志们，虽然有些同志对自己有意见，但这是好的，证明同志们是在关心自己的进步。只有这样，才能发现自己的缺点，而且同样是在严格要求自己。自己应该团结同志们，关心同志们，把工作做得更好些。

从上面的日记中能感受到二哥有一颗纯洁善良的心，他是一心一意想把班里的工作搞好。

日记中也有一些部队参加社会活动的记载。这年3月和4月，二哥两次参加了部队驻地县政府举行的公审大会，其中4月18日还负责承担公审大会的警戒任务。

5月2日，二哥记录了挖草药的事情：

二、报国参军

今天为了落实毛主席"备战、备荒、为人民"的伟大号召,去挖草药。

刚听说让我去,心里很高兴,但又一想,明天人家都休息,自己又有很多事情办不了了。我猛然意识到,"私"字又在头脑里冒头了。毛主席教导我们:"共产党员无论何时何地都不应以个人利益放在第一位,而应以个人利益服从于民族的和人民群众的利益。"①毛主席要我们"完全""彻底",可我在考虑个人利益,这太不应该了。自己的事是小事,办不了都行,可落实毛主席的伟大指示是大事,一刻也不能耽误。想到这,我非常高兴地去了,决心在这次落实毛主席伟大指示的战斗中做出贡献。

到了目的地下了车,又步行了五六里沙漠地带,我顾不得休息,马上投入了战斗。草药很难挖,根很深,要费很大劲才能挖出一根。这时,自己思想上就产生了不耐烦的情绪,"私"字刚一冒头,我立刻想到,这草药就好像头脑里的私心,根也很深,并且把它挖掉的确也不容易,我就应该使劲挖,像挖草药一样,把"私"字从头脑里斩草除根。通过这次劳动,自己很受教育,从简单的劳动中懂得了一些道理,也为备战工作增加了一份力量。

要像挖草药一样把头脑中的私心挖出去,显示了二哥的决心。挖草药的任务在6月21日(星期天)继续进行,但这天上级安排他在家编排宣传节目。

---

① 毛泽东:《中国共产党在民族战争中的地位》,载《毛泽东选集》(第二卷),人民出版社,1964年4月第1版。

20世纪70年代是国际风云剧烈变幻的年代。

1970年5月21日，二哥在日记中记录了他们头天晚上12点从部队坐卡车出发，凌晨3点多到达天安门广场，参加"首都人民坚决支持世界人民反美革命斗争大会"的事情，参加集会的人们在广场上学习毛主席语录，一遍遍高呼革命口号，等候大会召开。

日记中有这样的文字：

……在《东方红》乐曲中，10点03分，我们最最敬爱的伟大领袖毛主席登上了天安门，当时我啊，心激动得怦怦乱跳，真没想到，不，其实已经想到毛主席要接见我们了。我坐在金水桥前，仰望伟大领袖毛主席，看得太清楚了，我的心太激动了，有多少话要对他老人家讲啊！相距几百米，真想跳过去，握握主席的手，高呼几声"毛主席万岁"！我的一生基本就没有什么可遗憾的了。我在这激动幸福的一刹那，想得可真不少，百感交集……

举行这次集会的背景是，为支持东南亚三国（越南、老挝、柬埔寨）人民的反美斗争，毛泽东主席发表了《全世界人民团结起来，打败美国侵略者及其一切走狗》的文章，并于1970年5月20日晚由中央人民广播电台播出。5月21日，北京市政府在天安门广场举行了声势浩大的"首都人民坚决支持世界人民反美革命斗争大会"群众集会活动，毛泽东、周恩来、柬埔寨王国西哈努克亲王等出席，有50万人参加集会。

"文化大革命"时期，人们对领袖的爱戴是发自内心而又狂热的。这篇日记的文字，生动再现了二哥当时的心情，"心激动得怦怦乱跳，真没想到，不，其实已经想到毛主席要接见我们了"。看到这里，耳边仿佛响起那个年代新闻纪录片中解说员特有的动情声音。

二、报国参军

这篇日记以一个亲历者的视角,记述了这件历史。

1969年4月,毛泽东发表了"深挖洞、广积粮、不称霸"[①]的指示,此后在全国各地开始修建各种防空工事。二哥所在的部队也进行了一次长达20多天的战备施工任务。因在5月24日进行战备转移时,不慎被铁钉扎了脚,所以在5月30日开始施工时,领导安排他做最简单的工作,负责开关水龙头。和水泥的地方离水源较远,需要用水带把水引过来,同时需要随时开关水龙头。

二哥这样记录这天的劳动过程:

5月30日(六)[②]

毛主席教导我们:"越是困难的地方越是要去,这才是好同志。"[③]

今天是施工头一天,主席的教导我牢记心间。

可上级让我看水管,还说因为我脚疼这是理所当然。

这是命令怎么办?立足本职的精神也不能扔一边。

大家抬筐又舞锹,我可两手搬弄水龙头开关;

水滴滴答答往我身上溅,我的心早已钻到沙子水泥那里面。

同志们不怕苦不叫累,谁身上都是连泥带水一大片。

这热腾腾的战斗场面,更使我心里不安。

唉,该死的脚;嘿,坑人的水龙头开关。

[①] 《毛泽东著作专题摘编》,中央文献出版社,2003年11月第1版。
[②] 括号内的文字是星期天数的简写,全书同。
[③] 毛泽东:《关于重庆谈判》,载《毛泽东选集》(第四卷),人民出版社,1964年4月第1版。

急得我心怦怦乱跳，脑袋瓜子眼珠子一块转，
猛然有几个人影闪现在我面前，他们一刻也闲不住：
一会他们的车子上满载大红砖，飞奔快跑似闪箭，
一会他们两筐黄土挑在肩，一会又……
对，我也应该像英雄那样干。
我定下心来仔细看，用水量有时紧来有时慢，
对，趁它用水慢时我就抓紧干；
一看同志们在备料，
我两下就把水龙（头）关；
跑过去拿起一把锹，
越干越来劲，越干心越欢。
看看料备得不老少，已到了用水时间，
三两步跑回把水龙头拧，及时水使同志们满意地把头点。
尽管跑得满头汗，尽管阵阵脚疼往心里钻，
正为培养自己不怕苦不怕死，狠狠改造世界观。
毛主席的教导响在我耳边，同志们的模范行动在我身边，
脚疼使我皮肉有痛苦，却大大促进了改造世界观。
为了落实毛主席的备战思想，我要永远拼命干。
…………
收工时大家都是一身湿，虽然很凉，但心里又热乎又痛快，应该多经这样的顶头风、顶头雨①，冲走骄傲二气。
不投入火热的斗争，就享受不到胜利的快乐。

---

① 当天施工时突然下雨。

二哥以顺口溜的方式，记录了这天参加战备施工的过程。领导考虑到他脚受伤，安排他干些轻松的工作，但看到同志们热火朝天的干劲，他也抑制不住参与其中。那种急于投入战斗的心态，经细致观察终于找到切入点参与劳动过程的描写，把一个机灵、活泼可爱的小战士的形象呈现出来。顺口溜写得形象生动，显示了一定的文字功底，日记中也有上级领导安排他做宣传员、负责出板报等工作的记载。

这本日记中有多处写有要向英雄胡业桃学习的内容。胡业桃是海军航空兵某部战士，1970年1月25日为抢救战友生命英勇牺牲，年仅20岁。胡业桃生前有句话："毛主席著作学在前，改造思想走在前，脏活干在前，危险冲在前。"

二哥在6月4日这天的日记中写道：

> 今天学习了胡业桃同志的英雄事迹，我又受到一次深深的教育，胡业桃同志是我学习的生动的光辉榜样。为了战备施工、为了战友的安全，胡业桃同志英勇牺牲了。我们现在也正在进行紧张的战备施工，自己也决心接受施工中的一切考验，包括死的考验。几天来的施工使自己的"一不怕苦，二不怕死"的精神得到培养。我要以胡业桃同志为榜样，进一步严格要求自己，通过这次战备施工，使自己在学英雄的道路上，跟着英雄大步前进。

战备施工任务紧迫艰巨，6月15日的日记中有这样的记载：

> 今天，战备施工进行到最后阶段，浇灌钢筋水泥门。我在二号工地收工后，听说一号工地水泥门还没有灌好，天又下着雨，如不

及早灌好，雨下大了，水泥就有可能被冲掉的危险。想到毛主席的"发扬勇敢战斗、不怕牺牲不怕疲劳和连续作战的作风"的教导，我浑身充满力量，不顾累和饿，带领同志们全部投入了一号工地的战斗。我们一去，给了一号工地的同志们极大的鼓舞，大家在一起勇猛地干了起来，毛主席的语录声、革命口号声压过了铁锹的碰击声和石头的碰击声。这生动的战斗场面，每个同志那冲天的干劲，对我又是一个生动的教育，我感到只要想到革命工作，就不怕累和饿。

可以想象，战士们齐声高喊着毛主席语录和革命口号、冒雨挥锹热火朝天的工作场景，那是一种什么样的干劲！二哥用笔记下了这真实的一幕。

紧张的战备施工于6月16日结束了。

在6月22日的日记中，二哥记录了和指导员交流的事情：

今天和指导员谈了工作，指导员对工作又做了一些指示。自己对工作有时主动性、责任心不够，工作忽高忽低，很不好。以后在工作多的情况下，要把每一项工作搞好，为中队"创四好"出力，决不拖中队"创四好"这条腿。

通过和指导员的谈心，二哥认识到自己在工作中还带有情绪化的问题，这些都亟待改进。

6月28日，部队开始进行"争五好、创四好"初评工作，二哥在日记中写道：

二、报国参军

初评马上就要开始了，对待这次初评，自己一定要有正确的态度，目的一定要端正。初评绝不是为了评奖状、评荣誉，是为了更好地学习"两个决议"，让毛主席的无产阶级建军路线在部队永远扎根，加强部队"两化"建设。初评对我们来说，是个检查站、加油站，检查自己入伍半年多来的思想革命化程度；要查出差距，继续努力；一定要像王杰[①]同志那样，做到"全不伸手"；要虚心向同志学习，接受帮助；要评出差距，评出方向，评出干劲，评出继续革命的自觉性；坚决打掉泄气、怨气、骄气，换上继续革命的朝气。通过评比，自己要进一步端正"争五好、创四好"的目的，在思想革命的大道上更快前进。

我的态度是：评不上找出差距，不泄气，定出方向，更努力。评上了，不骄傲，虚心来把缺点找，按照主席的教导，戒骄戒躁更快跑。

关于评比的事情，在后续日记中二哥仍有记录。在班里的初评中，他被推选为"五好战士"，但在部队总评中还是落选了。

7月9日的日记加了一个篇名："一次尖锐的教训"。事情的起因是整理白薯地，这天的日记写道：

[①] 王杰（1942—1965），解放军某部工兵连班长，在一次组织民兵训练时，炸药包发生意外，为保护现场12位民兵和人武部干部的生命，在炸药即将爆炸的瞬间，王杰扑向炸药包，英勇牺牲。他用自己的身体换得了12位战友的生命。

7月9日（四）

毛主席教导我们："要认真总结经验。"① "虚心使人进步，骄傲使人落后。"

一次尖锐的教训

今天在修白薯地的时候，有一个同志弄得不太好，当自己去说她的时候，她却说："你自己还没做好，说人家。"自己当时心里一阵阵地冒火，但毛主席教导我们"有则改之，无则加勉""吃一堑，长一智"，当时自己没说什么，走开了……

通过学习毛主席著作，我认识到同志的批评对！自己没有什么理由不接受，我自己弄得也不够好，一般，认真、埋头苦干少。

作为一个副班长，我应该样样在前，埋头苦干，才能给同志树立榜样，这样同志才能心服口服。另一方面，工作中或平常生活中我一定要严格要求自己，不要嘻嘻哈哈，要稳重些；要克服年龄给自己带来的一些不好的东西，嘻嘻哈哈多了，也对工作不利。今天这一件事深刻地教育了我，自己要牢记这深刻尖锐的教训，处处严格要求，以身作则，克服嘻嘻哈哈。

二哥身为副班长，对手下战士的工作提出意见，可这位战士不但不服气还反驳了他，惹得他心里一阵阵冒火，但还是克制住了。能够忍受，对他而言也是一种进步。

冷静下来思考，感知自己做不好而去说别人，就难有威信，作为副班长，以身作则是非常重要的，这件事对二哥是个深刻的教训。人在成长过程中，总会遇到各种各样的问题，只有不断总结经验，才能成长进步。

---

① 《毛泽东百科全书》，光明日报出版社，2003年6月第2版。

1970年7月5日《解放军报》头版刊登了李全洲烈士的事迹

  二哥一直是个乐观开朗的少年，入伍初期的照片里，他大都是微笑着的。他在日记中数次提及不严肃、嘻嘻哈哈的毛病，也意识到由于年龄的原因，时常发生一些无意识的行为，以致影响了工作，所以要学会控制自己。

  在7月10日的日记中，二哥写下了学习英雄李全洲的感受。李全洲是陆军一师某部工兵排副班长，1968年3月20日，他在执行销毁武器弹药任务时，为保护在场战友及人民群众的生命，英勇牺牲，年仅22岁。他在日记中写道：

毛主席教导我们，为人民利益而死，就比泰山还重。

新党章指出，誓为共产主义奋斗终身的共产党员，要下定决心，不怕牺牲，排除万难，去争取胜利。

怀着无限钦佩、崇敬的心情学习了"无限忠于毛主席的好党员——李全洲"同志的光荣事迹。

李全洲同志无限忠于毛主席，无限忠于毛泽东思想。他无限热爱毛主席，无限热爱人民，一不怕苦，二不怕死，先后12次以英勇献身的精神完成抢险任务，以及参与抢救阶级兄弟的行动。在他家四口人都病倒了急需用钱的情况下，他谢绝了领导的关怀，还把自己的津贴给家中（部队里）有困难的同志寄去了。最后，他为了人民，为了同志，献出了自己年轻的生命。他为什么能够做到这些呢？就是有一颗无限忠于毛主席、无限忠于人民的忠心。同志有困难，他想到帮助同志；群众有危险，他想到抢救人民；但他从来没有想到过自己。

他是一个军人，我也是一个军人，他是副班长，我也是副班长，可为什么做得比他差呢？千差万差就差在对毛主席著作学得不如李全洲刻苦，用得不如李全洲同志好。我要努力学习李全洲同志，他是我的好榜样。我要学习他，学习毛泽东思想要一片忠心，宣传毛泽东思想要掏尽红心，为人民服务要一片全心。我要像他那样，尽自己的力量去解决同志们的困难，把革命、人民、同志挂在心上，把自己的一切扔一旁；我活着是为了人民和同志活得更美好些，我死去也同样是为了人民和同志活得更美好些。我一定要像李全洲那样，时时想革命，处处为人民，把自己的一切献给人民。

虚志无毫用，壮志见真行。

1970年7月10日日记

这篇日记简略记录了李全洲烈士的事迹，对比了与烈士的差距，表达了要向英雄学习的强烈愿望。二哥把烈士照片从报纸上裁剪下来贴在这天的日记里，李全洲是他学习的榜样，他立志要把自己的一切献给人民。在二哥一生中，他很少考虑到自己，这种心志也许就是从那个时期开始养成的。

7月11日，是二哥入伍八个月的日子，这天的日记是这样写的：

毛主席教导我们说："一万年太久，只争朝夕。"[①]

今天，自己入伍整八个月了，对自己提两个问题：入伍八个月对人民有什么贡献？对自己又怎么样了呢？

---

① 毛泽东：《满江红·和郭沫若同志》，载《毛泽东诗词》，人民文学出版社，1963年。

今天学习了社论《共产党员应该是无产阶级先进分子》。自己入伍八个月，对自己的要求并不高，没有用一个真正的严格的标准来要求自己、衡量自己。自己也说要向无产阶级先锋队靠拢，可自己的步伐太慢，现在的距离还很远，自己还存在一些致命的弱点，如不把这些快些克服，就更不好了。一定要注意这几点：

一、牢记毛主席"谦虚谨慎、戒骄戒躁"的教导，不要有骄气，不论是在工作中，还是在生活中或是任何问题上，都要谦虚，要向别人学习，严禁主观、命令主义。要用商量的口吻和别人谈问题，要戒骄也要戒躁，要沉着冷静。

二、牢记毛主席所赞扬的埋头苦干、积极努力、克己奉公的精神，要克服华而不实的东西，要做到口上说的，就是手上做的，别的就不要多说，不要夸夸其谈。提倡埋头苦干，扎扎实实去工作、去干活、去干一切事情。

三、牢记毛主席说的"共产党员必须是遵守纪律的模范"的教导，平时要严格要求自己：

（一）要注意作风，要紧张，不要稀拉。

（二）要注意遵守各项操课纪律，按时就息。

（三）要注意生活上的勤俭，不要多花多用。

（四）要注意言谈话语，不要东拉西扯，说话要注意谨慎，要注意影响，要突出政治。

（五）要注意团结同志，但也要注意不要嘻嘻哈哈、胡来瞎闹，不要使关系走向极端化。

四、牢记毛主席最重要的教导，工作要有雷厉风行的作风，工作不要拖拉，想到了、想好了就干，不要今天的事情明天再去干，要敢想敢干，想到想好了就说，说了就干。

二哥认真总结了入伍后存在的一些问题，为纠正这些缺点制定了改进措施，"克服骄傲"被列为最重要的一项。尽管那时每月只有6元的津贴费，但他仍要求自己注意生活上的节俭，不要多花多用，艰苦朴素是那个年代的传统。

日记中多次引用毛主席教导，他把毛泽东思想作为自己的行动指南。

1970年7月15日，这天是二哥16周岁生日，他在日记中写道：

今天自己整整十六岁了，党培养了我十六年，毛主席教导了我十六年，我要是不老老实实为党工作、为人民工作，对得起谁呢？对不起党、对不起毛主席、对不起人民、对不起无数先烈。自己的决心是不是真正的决心，要用自己的行动来检验，只有为实际行动证明的，才是真正的决心，否则就是放空炮。

十六年来自己对党、对人民做的事太少了，这不行，"要对人类有较大的贡献"。今后的时间是宝贵的，正是自己努力为党、为人民工作的时间，一分一秒也不能荒废；心要时刻想着为党工作，行动上要时刻为党的工作而奔忙。一生已被我舍去十六个年头了，自己的一生也许是短的，也许长一些，但不管短与长，只要放到党的事业中去，就会发出巨大的能量。短要短得无愧，长要长得无愧，我要下定决心，为党、为人民、为革命永远战斗。

为党的利益、人民的利益、革命的利益，奋斗终身。

二哥的日记，留下了那个时代人们语言、思想的记录。在解放军这个革命大家庭里，组织的培养教育、英雄人物的榜样作用，使二哥逐步树立了为党、为人民、为革命奋斗终身的信念。此时他才刚满16岁，在以后的岁月里这种信念被不断地筑牢、强化。

1970年7月15日日记

在7月24日的日记中，二哥记录了一次团小组会议：

今天，团小组进行了清评，同志们又对自己提出了一些宝贵意见。自己由于工作主观，很少征求同志们的意见，今天同志们给自己主动地提了出来，这太好了。有些意见自己听了脸有些红，但心里很痛快，因为自己的毛病又被同志发现了一种。能不能正确对待批评，也就是我们能不能进步的问题。勇于接受批评，并认真改正的就是好同志，如果不愿意听取批评意见，就会使自己脱离群众，在思想革命化的大道上就要落后。对这些意见自己要认真考虑，深刻检查，坚决改正，并要吸取教训，绝不可闻而过之，又置之不理。这样的错误总要犯的，必须引起注意。以后自己要注意多主动征求意见，以便及早改正，以免给工作带来更大的损失。

二哥在日记中多次记载了同志们给他提意见，却没有看到有领导和同志们表扬他的记录。从这点上看，他还是较为冷静的。值得钦佩的是，虽然只有16岁，但他面对意见批评没有抱怨，没有找借口，始终是虚心接受的态度，表示要坚决改正。不谦虚、嘻嘻哈哈、工作主观是这个阶段大家对他提出的主要问题。

在7月31日的日记中，二哥写道：

> 几天来，上级交给自己一些动笔、动脑的工作，怎样对待这些工作呢？自己刚开始是不能正确对待的，觉得又耽误了学习时间，别人又不知道，就不愿干。毛主席教导我们："我们所做的一切都是为人民服务，我们有些什么不好的东西舍不得丢掉呢？"①我意识到这是自己的名利思想在作怪。上级交给的任务就应该坚决完成，难道还有什么讨价还价吗？看来自己为人民服务的思想并没有真正树立牢固。雷锋同志为人民做了那么多的好事，可他谁也没有让知道，他懂得什么是真正为人民服务。可是我做这点事，就想让别人知道，这就是做花架子，出风头，争名利，坚决要不得。想到这，我安下心来写材料，至于上级交给的工作有多大的困难，从我嘴里也不能吐出一个"不"字，不能吐出一个"难"字，只应有一个字：

---

① 毛泽东：《1945年的任务》，载《毛泽东百科全书》，光明日报出版社，2003年6月第2版。

"干！"就是要大公无私，埋头苦干，牺牲自己的一切也要完成任务。

干点好事想让别人知道，对于16岁的少年来说，有这样的想法是能理解的，也是人性的自然流露。但二哥认识到，要以雷锋同志为榜样，就要克服头脑中的名利思想。

在8月16日的日记中，二哥写道：

晚上挖沟，自己没有经验，挖得深了，同志们给自己提了出来。可是由于自己的私心杂念作怪，放不下面子，对同志的意见听不进去，非常不虚心。毛主席教导我们："为人民的利益坚持好的，为人民的利益改正错的。"①可是我为什么对错的不但不改正，反而还要坚持呢？自己就是没有想到为人民的利益，只考虑到自己的面子。挖沟是工作的需要，深了对工作就不利，而自己坚持不改就是损害了人民的利益，这难道是一个革命战士做的吗？自己也讲要虚心听取意见，而又总是听不进去，说明自己的思想并非真正的过硬，对于批评认识得并非真正的正确。通过这件事，我认识到，想不到毛主席的教导，想不到人民的利益，没有牢固的思想基础，是不能正确对待批评的，必须加紧思想改造。这件事要不要向大家检讨呢？开始想，算了吧，这点小事大家根本没在意，以后注意就行了。毛主席教导我们："共产党人在工作中有缺点、错误，一经发现，就会改正。他们应该不怕自我批评。有缺点就公开讲出是缺

---

① 毛泽东：《为人民服务》，载《毛泽东选集》（第三卷），人民出版社出版，1964年4月第1版。

点，有错误就公开讲出是错误，一经纠正之后，缺点就不再是缺点，错误也就变成正确了。"①毛主席的教导对我开始时的思想是一个有力的批评。不想亮私，就是怕斗私怕改私，亮是斗和改的前提，不亮出来，说明自己还想保留，那样就根本不能改正。只有向大家讲出来，狠狠地斗，这样在大家的帮助之下，自己才会改正，这样也不会降低威信。虽然向大家检讨的时候脸上发烧，这才说明有了效果，认识到了就要改正，不要执迷不悟，迅速改正错误的人才是聪明人。

诚如日记中所言，"自己也讲要虚心听取意见，而又总是听不进去"。这固然与头脑中是否树立了正确的思想认识有关，但也是青少年心理成长的一个必然过程。能够站出来公开检讨，表明二哥在不断地战胜自我，知道有错即改才能进步。

在8月19日的日记中，二哥再次提到了石滨：

>　　听了石滨的心得后，自己受到很大的启发教育。石滨同志就是能够按照毛主席的教导，能严格要求自己，克制能力非常强，而我自己就差这一点，很多小事往往不能严格要求自己，对自己的思想改造有害无益，比如开玩笑。要突出政治，不突出政治的嘻嘻哈哈要坚决改掉；平时说话也要突出政治，要坚持原则，不要说不突出政治丧失原则的话；处处要严格要求，克服自己的弱点，要培养自己的克制能力，这对工作是有好处的。

---

①　毛泽东：《在延安大学开学典礼的讲话》，载《毛泽东著作专题摘编》，中央文献出版社，2003年11月第1版。

克制力较差，对自己要求不严格，好开玩笑，这是二哥在日记中多次提及的问题。

在8月23日的日记中，二哥写道：

> 毛主席教导我们："我们必须向一切内行的人们（不管什么人）学经济工作。拜他们做老师，恭恭敬敬地学，老老实实地学。不懂就是不懂，不要装懂。"[①]

> 和常班长谈过心后，自己受到了很大教育，收获不小。常班长学习毛主席著作，感情深厚，学了就用。常班长可贵的一点就是对于很平凡的一些小事，也当成改造世界观的战场，贵在"自觉"严格要求自己。而我在这方面就很差劲，对一些小事不能正确对待，忽视了思想斗争，总想做点大事，想搞轰轰烈烈的，认为只有在大场合才能有利于改造思想，在小事中就放松对自己的要求，不注意"小事"中的思想改造。自己之所以许多大事情没干好，就在于"小事"的基础没打牢。毛主席教导我们说："能应用马克思列宁主义的观点，说明一个两个实际问题，那就要受到称赞，就算有了几分成绩。"[②]而这一两个实际问题自己都没有说明，只想大打大干，而不注重平凡事情的人，事情绝成功不了。只有注意小事的磨炼，正确处理小事情，在每一个小问题中都严格要求自己，才能适应革命的需要，才能做好事情。

[①] 毛泽东：《论人民民主专政》，载《毛泽东选集》（第四卷），人民出版社，1964年4月第1版。

[②] 毛泽东：《整顿党的作风》，载《毛泽东选集》（第三卷），人民出版社，1964年4月第1版。

二、报国参军

对比石滨同志，二哥觉得自己在小事上不能严格要求自己，这次和常班长的谈心，他再一次受到启发，认识到只有做好小事，才能做好大事。

通过这一篇篇日记，能够清晰地看出二哥思想逐渐成熟转变的过程，在后续的学习工作中，他逐渐养成了关注细节、把小事做好的习惯。

能够看到别人的优点，虚心学习，是二哥的一个长处，日记中有许多这样的记载。

部队"争五好、创四好"的评比活动结束后，二哥在9月4日这天的日记中写道：

今天进行了总评，自己没有被评为"五好战士"。怎样来对待这件事呢？这也是我面临的一个切实考验。自己没有被评为"五好战士"，这说明自己还不够"五好"条件，还存在一些缺点，只有把缺点改掉，才能成为"五好战士"。在这里，自己要正确对待荣誉，绝不能有名利思想，绝不能因为没评上而闹情绪，也绝不能因为做了很多工作却没评上"五好"而感到泄气、怨气，要用毛泽东思想来找自己的差距，虚心向别的同志学习。总之，自己一定要正确对待这次没评上，要防止泄气、怨气、不服气，要找出差距，鼓起继续革命的朝气。自己一定要认识到，自己虽然做了许多工作，但我们做工作，是为了人民，为了革命，而不是为了"五好"，为了名利，更不能用自己所做的一点工作来炫耀自己，看成是吹嘘自己、为自己争名夺利的资本。刘英俊①同志既不是"五好战士"，又不是党团

---

① 刘英俊（1945—1966），解放军某部重炮连战士，在一次驾驭马拉炮车外出训练时，战马突然受惊冲向人群。当时有6位儿童惊呆在路中，生命极其危险。千钧一发之际，刘英俊不顾个人安危，制服军马。6位孩子得救了，但刘英俊被压在翻倒的马车下身负重伤，因抢救无效，不幸牺牲。

员，但他的思想境界就非常高，才有了那些可歌可泣的英雄事迹，刘英俊同志是我学习的榜样。一个革命战士活着，就应该是一心为革命，一心为人民，不计名利，不计得失，对革命对人民无限忠诚，一心为革命工作；而不应该是为自己的名利去做一些可耻的"努力"。人民需要的是真正的革命战士，是踏踏实实、任劳任怨，经得起风雨，见得起世面的人。我就要做这样的人，是革命者，就能经受住任何考验，而任何考验都不能阻碍影响革命者为人民、为革命工作。

6月初评时，二哥的态度是："评不上找差距，不泄气；评上了，不骄傲，虚心来把缺点找，戒骄戒躁更快跑。"当总评结果出来知道自己落选时，他仍然能坚持这样的态度，说明他确实有一个良好的心态。经过组织的教育培养，他对荣誉有较为清醒的认识，决心向刘英俊学习，正确看待荣誉。

9月6日，是二哥在训练队的最后一天，从日记中得知，他在训练队已经有7个月了。之前同期入伍的大学生在2月份就离开训练队去了新的岗位，至于在训练队具体培训了哪些内容，日记中没有记载。这天的日记他是这样写的：

9月6日（日）

毛主席教导我们："要认真总结经验。"

今天，是自己在训练队的最后一天，到训练队七个月的工作和学习以及其他的一些事情，自己得到了以下几点体会：

一、要能够既当指挥员又当战斗员。

二、要能够严格要求自己，在任何事情中要踏踏实实埋头苦干，少说些，多做些。

三、要能够保持谦虚谨慎的态度，在任何事情中不能主观，要请示商量，要谦虚谨慎。

四、要有妥协的精神。没有这种精神对工作没有好处，要注意大事讲原则，小事讲风格。

五、要注意团结那些和自己意见不同的同志。

能够有上述的体会，说明二哥意识到在工作中应注意的事项，这也是一种进步。他特别提到要团结那些和自己意见不同的同志。

10月13日，二哥写了一篇关于师徒关系的日记：

怎样才能正确处理好师徒关系呢？这同样也要按照毛主席教导的那样：团结、批评、团结。对师傅绝不能因为是自己的师傅而不闻不问，遇到问题也视若无睹，好像是照顾师傅才和师傅好。错了，这样想，这样做就完全错了，这样就害了人，势必有一天使师徒关系恶化。师和徒都是革命同志，都是阶级兄弟，应该互相关心，互相爱护。但这关心绝不是放纵、袒护，而应该是斗争、团结。要正确处理好这些矛盾，在自己的思想上绝不能产生任何不正确的看法。要和师傅开展思想互助，开展思想斗争，但一定要注意方法，这样才是真正的关心。但这还不够，还要在生活上给予关心和爱护。总的来说就是在思想上要互相帮助，生活上要互相关心，只有这样才能建立真正的师徒关系。

这是一个16岁少年对于师徒关系的单纯认识，那个年代提倡"亲不亲，阶级分"，强调思想斗争，二哥也不免受到影响。日记中写到要和师傅开展思想互助，开展思想斗争，但从文字上仍然能感受到二哥内心对师傅的情感。日记中，他还对一些重点词语加了下划线。

我最初看到这篇日记，并不理解其含义，幸好二哥的战友介绍了部队工作的一些特点：任何人单独作业，必须经过师傅的传授，合格以后才能"放单飞"。二哥的日记中包含着非常丰富的信息，这也是他的日记的价值所在。

陈文超先生就是二哥当年的师傅。

1973年，战友合影
前排左起：苑国良、蒋京宪、二哥
后排左起：李静、史世忠、袁明福、陈文超、刘冠军
（照片由陈文超先生提供）

这张珍贵的照片是陈文超先生发给我的。除陈文超外，照片中的七位战友都是外语附校的同学。陈文超先生在2020年10月发来这张照片后，还特地写了一段话：

> 李子秀同志是一位好同志，他身高一米七三左右，浓眉大眼，肤色黝黑，和我有一比。他性格柔和，不是个急性子的人，脑子非常聪明，遇事善于思考，很有主见，和同志关系也处理得非常融洽。在实习过程中，他接受新事物比较快，应该是第一批"放单飞"的，在同期实习的战友中也是佼佼者之一。总之，李子秀同志是一位好同志，只是在他有病期间和他去世时我已调到其他单位了，没能去看他、送他一程，这是我一生的遗憾。愿他在天国平安。

跨越半个世纪，师徒二人完成了一次对话。他们把心底的关切、思念及美好的祝愿传递给对方。

离开训练队到新单位后，10月15日二哥开始独立工作，心情非常激动。这天他在日记中写道：

> 毛主席教导我们："学习的敌人是自己的满足，要认真学习一点东西，必须从不自满开始。对自己，'学而不厌'，对人家，'诲人不倦'，我们应取这种态度。"①
>
> 今天自己独立工作了，这是党和毛主席以及上级首长对自己的关心和信任，但这并不意味自己就行了，应该看到离党和毛主席的

---

① 毛泽东：《中国共产党在民族战争中的地位》，载《毛泽东选集》（第二卷），人民出版社，1964年4月第1版。

要求还差得很远，还不能适应打仗的需要，还要继续学习；千万不能骄傲，要多向别人学习，向实践学习，要对党、对人民极端地负责任，要让毛主席放心才对。

屈指一载已满，朝暮所思已现。

下定决心排万难，革命拼命干。

看得出来，对独立工作，二哥期盼已久，但具体工作是什么？在日记及工作记录中没有任何文字记载，作为一名军人，他始终坚守保密性原则。日记中，他提示自己，决不能骄傲。

这本日记中，除了战友石滨的留言外，张国学副指导员于当年10月27日做了点评，指导员的点评是这样写的：

我的体会

通过学习您的笔记，感觉您对问题的认识较好，能用毛主席的观点去认识事物分析矛盾，这一点应该发扬。

我们学习的目的是用，用的目的有两个：一是改造客观世界，二是改造主观世界；而后者更重要，因为后者好可以促使前者加速变化。望您以后加强理论联系实际的革命学风，不断地前进与进步。

指导员的点评文字不多，但对于一名战士的日记，不仅用"学习"二字，而且在称呼上，用的是"您"，这充分反映出当时相互尊重、平等、友爱的官兵关系，二哥的日记佐证了这一点。他的日记中只有石滨及张国学副指导员二人的留言点评。

二、报国参军

在11月5日的日记中，二哥提到了自己到团部工作，卸任副班长一事。这天的日记是以"好听吗？"为标题：

好听吗？

来到团部已经有一段时间了，有的同志还称呼自己"班长"，虽然自己几次纠正，但他们还是有些习惯；有的同志已经改正了，不再叫自己"班长"了，可是自己思想上又产生了另一种脏东西。当同志称呼自己"班长"时，心里还高兴，觉得很好听，而叫自己名字时，就很不顺耳，觉得不好听。

带着这个问题学习了毛主席教导，毛主席指出："这种人闹什么东西呢？闹名誉，闹地位，闹出风头。"①

自己觉得叫"班长"好听，这就是在闹名誉、闹出风头。难道这"班长"之称真好听吗？同志们的习惯一时不好改，又出于尊重自己，才叫自己"班长"，如果要正确对待这并没有什么，关键就在于自己的态度。如果觉得好听，天长日久就极自然地在自己思想上产生更厉害的想法：班长好听，排长、连长……不更好听吗？这样会造成什么后果呢？可想而知。只贪图好听，就会分不清真假、敌我，就会被阶级敌人的"甜言蜜语"所诱惑，被糖衣炮弹所击中，成了敌人的俘虏，到那时就不会好听了！好听与不好听，要看阶级性，要看自己如何对待。出于工作、按照条例来接受正确的称呼，这并没有什么，但如果我们的出发点有问题，不是为了工作，而是为了好听，那就千错万错。好听与不好听不能单从个人感觉来衡量，必须看其对革命的关系，只有这样，才能使我们永远保持清醒

---

① 毛泽东：《整顿党的作风》，载《毛泽东选集》（第三卷），人民出版社，1964年4月第1版。

头脑，不争名不图利，踏踏实实，忠心耿耿为人民，分清真假、善恶，在阶级斗争中永远站稳无产阶级的坚定立场。

因为去团部工作，二哥不再担任副班长一职，他也主动纠正过其他战友的不准确称呼，但是脑子里还是产生听"班长"顺耳、叫名字不好听的感觉。相信不少人都有过类似的经历，大多数是虚荣心作祟。日记是属于个人隐私性质的，头脑中的各种想法你不说出来，别人怎么会知道呢？二哥能把脑中的念头真实地写出来并加以剖析，展示了他坦荡的胸怀。在称呼引发的问题上，16岁的少年，能有这样的认识，实为不易。

这本日记的最后一页，记录的日期为1970年11月10日。这天的日记有一个标题："工作与团结"。二哥在开篇写道：

干了七个多月的班长工作，自己形成了一种很错误的看法，认为要搞工作就得得罪人，影响团结，所以自己往往从一个极端走向另一个极端。"为了工作，咳，搞不好团结就算了"，一会又"为了团结少说点算了"，所以工作也没有搞好，反而把团结也弄得一塌糊涂。
真的要搞好工作，就要影响团结吗？
毛主席教导我们说："他们必须是能够团结绝大多数人一道工作的无产阶级政治家，不但要团结和自己意见相同的人，而且要善于团结那些和自己意见不同的人……"[①]毛主席就是说，既要搞好工作，又要团结同志，而团结同志的目的正是搞好工作，这是一个

---

① 《关于赫鲁晓夫的假共产主义及其在世界历史上的教训 九评苏共中央的公开信》，《人民日报》1964年7月14日。

有矛盾的统一体。既要搞好工作，又要团结同志；又要团结同志，还要搞好工作，怎样才能处理好这里的矛盾呢？毛主席教导我们："矛盾是普遍存在的，不过按事物的性质不同，矛盾的性质也就不同。"①毛主席还说："因此，研究任何过程，如果是存在着两个以上矛盾的复杂过程的话，就要用全力找出它的主要矛盾。"②工作与团结这两者应该是很统一的，但由于自己没有正确对待，结果产生了矛盾。这矛盾的主要方面是团结，因为只有搞好了团结，大家一条心，相互配合，相互支持帮助，相互补台，才能把工作搞好。但如果搞不好团结，一人一把号，各吹各的调，互相拆台，工作必然是散沙一盘，在这一点上，自己是有着极深刻、极严肃的教训的。可以肯定，搞好了团结对工作是促进，有益无害。但怎样才能处理好呢？这就要牢记毛主席的教导，必须团结绝大多数人一道工作。既要搞好工作，又要团结同志，这首先就要有虚心的精神。在工作中要善于倾听别人的正、反意见，施行对者力行，错者力免，还要加强自我批评，善于对自己的工作进行诚意的自我批评，并欢迎大家批评；实行"有则改之，无则加勉"，要善于向人家学习，向大家学习，把别人的优点学到手。毛主席谆谆教导我们，共产党员要有松树的原则性和柳树的灵活性，两者缺一不可。原则与灵活，原则是目的，灵活是手段，两者的目的都是把工作做好。我们一定要像毛主席教导的那样去做，在工作中要大事讲原则，小事讲风格，要互相关心、互相帮助、互相谅解、互相补台。要了解人家的思想，帮

---

① 毛泽东：《关于正确处理人民内部矛盾的问题》，载《毛泽东百科全书》，光明日报出版社，2003年6月第2版。

② 毛泽东：《矛盾论》，载《毛泽东选集》（第一卷），人民出版社，1964年4月第1版。

助人家认识问题；要调查研究，不要眉毛胡子一把抓，一来就吹胡子瞪眼，盛气凌人，不问青红皂白。只要我们真正牢记毛主席的教导，正确对待工作与团结，就能搞好工作，也能团结同志。

但是我们应该坚决反对那种专横专治、自以为是、自命不凡的极端个人英雄主义，为了自己出风头，为了显示自己，不同别人商量，不尊重人家，不相信人家，这样的人十个就有十个失败。总结自己的教训，就是缺乏谦虚谨慎，没有做到大事讲原则，小事讲风格。今后，我一定要牢记毛主席"团结起来争取更大的胜利"的教导，团结同志一道工作。

这篇日记是二哥对自己的又一次解剖反省。因为骄傲、不谦虚的缘故，团结问题之前就存在，担任副班长后，由于对工作与团结的关系认识不清，认为只要是为了工作，搞不好团结也无所谓，不怕得罪人；而有时为了团结，个别同志工作有问题也不对其批评指正。在处理团结与工作的关系时，常在两个极端中摇摆，不仅工作没有搞好，团结的问题也越发严重了。所幸，他能够及时意识到。通过学习毛主席教导，辩证地看待工作与团结的关系，找到解决问题的答案，关键还在于自己。

二哥非常难得的一点是能够坦诚面对问题，从不回避，成长的道路上有许多坎坷，遇到困难不逃避，认真分析总结，从而不断积累人生经验。

冠以标题来写当天的日记，是二哥日记中的一个变化。之前的一些日记都与"斗私批修"有关，总是在和自己的"私心"斗，没有完结，也走不出自我的怪圈。现在他能够以"工作与团结"为核心，对工作中存在的问题进行分析，跳出自我，不再和头脑中的"私心"斗，表明他在思想认识上有了一定的进步。

入伍第一年，二哥写了227篇日记，全都与他的工作思想有关，很多都是在做自我批评，尤其是在骄傲、不谦虚及团结问题上。因工作性质涉密，日记中除了有限的几次打靶、行军拉练外，没有记载任何具体军事工作内容；有关劳动的事情倒是常见，如挖防空洞、打井、挖草药等。1970年4月27日晚8点，夜观我国第一颗人造地球卫星飞跃头顶星空的情形在日记中也有记载。

日记中提到的有具体姓名的战友、时代人物共73人次。其中，48篇日记中写有要向白求恩、张思德、雷锋、胡业桃等英雄学习的内容，提到胡业桃烈士的最多，有13篇。

部队条件艰苦，伙食怎么样？住宿条件如何？那份班组创"四好"的措施里有晚上上厕所要穿戴好衣帽、防止煤气中毒等内容，是住大通铺吗？平时看书学习是在哪里？这些情况日记里都没有记载。那时，他们每日三餐都是蹲在地上吃饭，连把椅子都没有。

尽管部队当时也受到"文化大革命"的影响冲击，也存在许多问题，但从日记中能看出，二哥所在的部队坚持以学习"老三篇"为人民服务为主导，坚持弘扬革命英雄主义，坚持政治思想学习，坚持严格的军事训练，创"四好"争"五好"，部队内部团结。除了各种政治学习、斗私批修、忆苦思甜外，部队还是开展着正常的军事活动、生产劳动，时刻准备打仗。在这个特殊的年代，部队给他提供了一个难得的健康成长空间。

1970年11月11日，是二哥入伍一周年的日子。非常巧合的是，这天他启用第二本日记本。他在笔记本首页上写道："革命需要什么，我就献出什么；为几万万同胞脱苦难，粉身碎骨也心甘。"在这个有特殊纪念意义的日子里，他在日记中对自己入伍一年来的情况进行了系统的总结。

11月11日（三）

毛主席教导我们："我们的共产党和共产党所领导的八路军、新四军，是革命的队伍。我们这个队伍完全是为着解放人民的，是彻底地为人民的利益工作的。"①

人类总得不断总结经验，有所发现，有所发明，有所创造，有所前进。

发扬成绩，纠正错误，以利再战。

今天，自己入伍已经一年了，在毛泽东思想的哺育下，在首长和同志们的帮助下，自己取得了一些进步，从不关心政治到能努力学习毛主席著作，从不懂得为人民服务，到愿意并且积极地为人民服务，而且也懂得了搞好思想革命化的重要性与迫切性，学会了许多革命道理和革命经验，但是也有许多的深刻教训。自己从一个无知的青年，成长为一个战斗在第一线的毛主席的忠实哨兵。

一年来，自己前进的道路不是平坦的，走过弯路、摔过跤子，产生过思想情绪，是毛主席的教导，给我指明了方向，给我无穷力量。

……一个革命战士应该想什么、说什么、做什么？不应该想的是自己的前途、说的是个人理想、做的是个人琐事。一个真正的革命战士应该想的是人类的解放、说的是为共产主义奋斗的坚强信念、做的是解放全人类的每一件细小平凡的工作。

在看到进步转变的同时，二哥清醒地认识到自身还有许多致命的弱点，如果不及时纠正，必然会影响到工作。为此，他写下以后要注意的六点：

---

① 毛泽东：《为人民服务》，载《毛泽东选集》（第三卷），人民出版社，1964年4月第1版。

1. 要加强政治学习、提高阶级觉悟，善于分析事物发现问题，发现了就要处理解决。

2. 要谦虚谨慎，善于虚心听取意见，并认真改正。

3. 不要夸夸其谈，要埋头苦干，扎实工作。

4. 严格要求自己，养成好的作风，要艰苦朴素。

5. 要密切联系群众、团结同志，善于团结和自己意见不同的同志。

6. 要培养雷厉风行的工作作风，今天的事绝不拖到明天。

这天的日记有6页之多，与入伍初期的日记相比，二哥的思想觉悟、文字能力都有了很大的提高。对比王宝臣班长在同年2月给他提的六条建议，他在有些方面得到改进，有些方面还需要继续改进。此时他才16岁。

11月12日的日记，是二哥围绕"学哲学体会"而写的一篇日记。这个时期，部队开展学哲学的活动。这篇标题为"合与斗"的日记，记录了二哥对这个问题的认识。入伍以来，他们十几个外语附校同学在一起经常是说说笑笑、和和气气的，明知不对，也很少批评指正。但这样的一团和气，对工作不利，对自己对他人都不利，不是真正的合。同志之间，发现有问题和缺点，应该大胆地指出，敢于批评，这才是真正的帮助同志。只有经历思想上的"斗"，才能实现有利于工作、有利于团结的"合"。

在后续的日记里，二哥分别以"斗与学""老与新""迁就敷衍与严格要求""动机与成果""有关与无关""先进与后进"为标题，结合工作事例以辩证的方法，谈了自己对这些问题的认识。从这些日记中看出，通过学习毛主席的哲学著作，他分析判断事物的能力有了一定程度的提高，能够尝试着用辩证的方法看问题。哲学不是他这个年龄段的年轻人看几本书就能搞明白的，哲学也不是纯理论性的东西，它需要有一定的人生积淀来领悟，但此时学哲学带来的收获，使他对学习哲学产生了浓厚的兴趣。

时光飞逝,转眼间就迎来了1971年。二哥在元旦这天的日记中写道:

> 在这新的一年中,我要对自己有新的要求,加紧思想改造,通过不断地学习,不断地提高,要有新的进步;对自己的弱点,要注意尽快克服。只有这样才能更好地完成党交给我们的伟大任务,为人民立新功。

一年之计在于春。新的一年重点要放在哪里?要在哪些方面取得改进?在元月2日的日记中,二哥继续查找自身存在问题的根源,主要是对自己严格要求不够、工作不踏实、待人接物说话不谦虚、不注意作风、工作有些稀拉、不冷静、克制能力差,并举了两个自己失误的例子。在这篇日记的结尾他写道:

> 一个人要前进,就要跌跤子,但是跌了跤子要爬起来,继续前进。跌了跤子不要悲观,不要丧气,要鼓起勇气勇敢向前。革命的征途长得很,必须焕发精神,看清方向,百折不回,勇往直前。

跌跤子就是摔了跟头、犯错误的意思[1],普通话里较少用这个词。在二哥入伍初期的日记里,"跌跤子"一词出现频率较高。跌跤子是湖北方言,新兵训练营的教官是位1964年入伍的武汉籍老兵,二哥受到了这位教官的影响。

能够客观地、毫无保留地剖析自己,这是二哥1986年生病出院后,我与他生活在一起时,留给我的深刻印象。生活中有人因维护自己的面子或出于虚荣

---

[1] "跌跤子"一词的含义,引自严峻先生的解释。

心,不会轻易承认自己的失误、不足,但二哥不是这样。他不仅积极地评价战友的成绩优点,也坦承自己失误、欠缺的地方,这让我非常敬佩。只有谦虚、自信、包容的人才能够做到这一点。在日记中能看出,他在年轻时就养成了不断反思、检讨自己的习惯,正如他在日记中写的"只有不断总结才能进步"。

善于从他人的失败中吸取教训,从他人的成功中总结经验,是二哥的一个突出特点。在1971年1月3日至6日连续4天的日记中,记载了他在听了一位战友的"四个想"经验交流后,结合自己的工作经历,以"事前想一想,事后想一想""正面想一想,反面想一想""全局想一想,局部想一想""站在自己的角度想一想,站在别人的角度想一想"这四个方面的"想一想"谈了自己的理解与体会,能够看出此时的他已经有意识地运用辩证法对事物进行分析,看问题的角度更加全面。在解放军这所大学校里,他如饥似渴地汲取各种养分。

"赌气吗?不,要斗争,要团结",这是1971年1月7日的日记篇名,二哥在这天的日记中写道:

> 和某某同志谈过心后,自己很有启发。我以前和别人有矛盾之后,有时不是按照毛主席的教导去解决而是"赌气","赌气"实质是小资产阶级脆弱思想的一种表现。
>
> 在革命队伍中,同志之间是要互相爱护、互相帮助的,不能互相拆台;有了问题就要解决,不能赌气。一赌气,就会使我们之间互不通气,气越赌越大,终有一天要彻底爆发,损失就大了。有了气,就要互相通气,把气放掉,使我们又互相团结起来。
>
> 有的同志遇到不良现象,有时也爱赌气。对于不良现象赌气,实质上也是老好人思想的变种。对不良现象不去斗争,不去制止,而是赌气,就失去了革命原则,丧失了无产阶级大无畏的斗争精

神，使自己丧失了斗志。赌气会消磨自己的情绪，使自己在处理问题时处于被动的地位。而且，因为不斗争，不良现象就会猖狂起来，对我们影响越来越大，于革命极为不利。

所以，"赌气"这小资产阶级的通病，是一种"一害革命，二害自己"的做法，万万不能要。干革命就不能赌气，要把心胸放得开阔一些，不去计较小事的得失；要从长远的大方向来考虑，小事讲风格，大事讲原则。心胸狭窄，赌气就干不了革命；不能赌气，要斗争，要团结。

赌气是一种心理不成熟、不冷静的表现，赌气不利于团结，也不利于工作。这篇日记反映了二哥善于动脑分析的一个特点。一个人怎样才能不断进步呢？向直接经验、间接经验学习固然是非常重要的，但在日常交往的过程中，发现他人的优点、认识到自己的不足，通过感悟获得启发，那这样进步的源泉就极为丰富了。在之前的日记中二哥有多次这样的记载，在后续的日子里他仍然保持这样的习惯，这也是他较同龄人思想意识超前的基础之一。

二哥要求自己做到心胸开阔，不计较小事，也是品行的一种修炼。

在2月16日的日记中，二哥记录了同志们对他的工作提出意见后的思想状况：

今天和几个同志谈过心之后，同志们热情地给自己指出了不足，充分体现了大家互相关心、互相爱护、互相帮助。带着同志们对自己提出的意见，学习了毛主席关于批评与自我批评的教导，我对这些意见有了正确的认识。

同志们对自己提出意见，本身就是关心自己进步，希望自己改正缺点，干好工作，更快进步，而绝没有也绝不会有什么别的意思。这些缺点正在玷污我们的面貌和侵蚀我们的肌体，同志们正是在帮助自己治疗。这些缺点就是自己前进路上的障碍，可是自己还没有发现，是同志们告诉了自己，这就是对自己的最大帮助。

听到了批评意见，要一分为二来对待，意见说明了自己的不足，但是同志们提出来一经明了，立即改正，就可进步。如果只认为批评是"黑暗面"因而不希望听到意见，结果有障碍也发现不了，必然跌狠跤子，要大大地落后。不要怕脸上有黑，要经常洗脸；不常洗就会灰尘满面，思想这个脸也要常洗，还要请别人帮助洗。只有这样才能保持我们清洁的"面貌"和健全的"肌体"。

这是一个不满17岁的年轻人对待批评意见的态度。二哥认为不同意见甚至批评，并不是阴暗面，而是真正对自己的帮助爱护，只有虚心接受他人的批评并改进，个人、社会才能不断进步，才能保持清洁的"面貌"和健康的"肌体"。朴素的语言道出了生活常识，今天读起来仍然具有生命力。正是有了这样的认识，他才能不断进步。

这篇日记也反映了那个年代战友间的关系，大家能敞开心扉开展批评与自我批评。

在2月17日的日记中，二哥写道：

今天，一件事使我深思。一个同事办了一件事，没有办好，有几个同志就责备起来。我虽然当面没说，但心里也有责怪，怨这位同志不会处理，方法死。后来自己对这件事进行了一番调查，才大吃一惊。原来这位同志没办好事情，是有许多客观原因的：时间、工具等困难和问题，超出了这位同志的准备范围，从而使事情办得不太成功。可是自己为什么却指责那位同志呢？这就是由于自己的"骄气"作怪，认为自己高明，人家方法不好。有了"骄气"，就不愿调查研究，而认为独我为对，一贯正确；有了"骄气"就听不进人家的意见，而专横专制。谦虚的人遇到问题，不是推开问题，而是主动承担责任，总是把自己摆进去，对自己问几个为什么。骄傲的人遇到问题，就把自己划出来，站在外面哇哇乱叫，指手画脚：这也不是，那也不对，不采取人家的有益办法，不倾听人家的有益意见，所以事情总要办坏。

平常中的任何事情都可以检验一个人的"谦""傲"，一个人的一举一动也都可以体现出一个人的"谦""傲"。

我们的思想方法和认识方法要放在谦虚一点、老实一点的基础上，问题摆在眼前，不要回避，不要把自己划出来，不要站在旁边指手画脚、当"事后诸葛亮"，而要把自己划进去，设身处地来想一想，结合实际，看看自己怎样处理。自己对那位同志的内心责备，就是由于自己脱离了实际，把自己划出来了，是"骄气"的反应。

因战友事情没办好，其他同志有责备，二哥嘴上没说，但心里也有些埋怨。这件事也许就这样过去了，但他事后进行了调查，否定了先前的看法，并得到了深刻的教训——之所以心中埋怨，还是因为骄傲在作祟。通过这件事他认识到：工作中要学会换位思考，要体验对方的处境；要调查研究，不要情况还不清楚，就一通埋怨指责；要谦虚，不要凡事总认为自己正确。他提醒自己，今后遇到问题要把自己"摆"进去而不是"划"出来，要设身处地而不是指手画脚，只有这样才能在实践中锻炼提高。

看到这篇日记，我感觉二哥又成熟了些。一个人成长的快与慢，很大程度上取决于他是否善于思考。这篇日记也反映了二哥敢于担当的勇气。

在2月26日的日记中，二哥记录了自己生病住院的事情：

> 今天，自己不幸生了病，上级首长及同志们无微不至地关心自己，安慰自己，并安排自己住了院。在医院里，医生不怕麻烦，千方百计地照顾自己，给我治疗，充分体现了革命大家庭的温暖，体现了党和毛主席对自己的关怀，我深受感动。我绝不能辜负同志们的希望，病愈后要更加努力为革命工作，把自己毕生的力量献给人民。

生病住院不忘党的温暖，这是那个年代人们的一种情怀。革命战士要发扬"一不怕苦，二不怕死"的精神，所以第二天，二哥主动要求出院了。二哥这次住院，没有写信告诉家人。不幸的是，这篇日记讲述的事情，十年后再次成为现实。

1971年年初，部队开展了"反骄立谦"运动。这期间，二哥写了许多篇与此有关的日记。3月6日这天的日记，以"为什么走弯路？找根据，论危害，抓规律"为标题：

> 当前，"反骄立谦"运动已进入第三阶段，找根据，论危害，抓规律。
>
> 回忆自己走过一段弯路的教训，就是吃了"骄傲自满"的亏，落得"昙花一现"的下场。
>
> 刚开始时，进步较快，领导表扬，同志赞扬；就在这赞扬声中，自己也喜洋洋了，就转了向，就看不起别人，嫉妒别人，唯我独尊，一贯正确，渐渐产生了分歧。然而自己仍然是暗自骄傲，有"骄"不斗，"骄"字障目，就看不清形势，看不清问题，使自己在许多问题上陷入盲目性，处于被动的地位，给革命带来了损失，自

己也吃了大亏。

克制能力差、心血来潮、骄傲自满，在这么多阻碍人进步的因素中，骄傲自满是一个极重要的因素，骄傲自满路线必偏，谦虚谨慎才永远向前。

骄傲自满就是前进的终点，后退的开始。不自觉的骄傲，就会跌了跤子不知是怎么跌的，头掉了不知是怎么掉的。阶级斗争、路线斗争是长期存在的，在阶级斗争中千万不能盲目，不能心血来潮、忘乎所以，骄傲自满不得。骄傲了就会忘记阶级斗争，而把革命局部的胜利误认为是全局的胜利，把革命阶段性胜利误以为是彻底胜利；就看不清形势，分不清敌我，适应不了新形势，接受不了新事物，研究不了新问题，就会上大当，吃大亏。

必须认真学习毛主席有关谦虚谨慎的教导，特别要加强自觉性，克服盲目性，时刻保持清醒的头脑、镇定的情绪，永远破"骄"立"谦"，放下包袱，轻装前进。

在这篇日记中，二哥毫无遮掩地回顾了自己入伍初期走过的一段弯路。骄傲自满、心血来潮、克制能力差，这些都是他身上存在的问题，在领导同志们表扬后，因为骄傲，跌了大跟头。有些事情往往也很矛盾，日记中他反反复复提示自己要谦虚不要骄傲，但他察觉不到自身出现的骄傲，以致骄傲问题始终存在，这也许就是成长中的烦恼吧。对于一个男孩来讲，聪明可能就会伴随着骄傲。

3月19日，在"反骄立谦"运动总结谈收获的一篇日记中，二哥写道：

谁正确？这是"反骄立谦"运动中的一个主要问题。自己以前总认为自己是正确的，因而瞧不起别人，使自己脱离群众，遭受失败；认为自己正确，就是摆错了自己和群众的位置，把自己置于他人之上，这样就是有十个也要跌跤子；认为自己正确，就会不再学习，不求上进，在继续革命的道路上停步；认为自己正确，就会瞧不起别人，走向脱离群众的道路；认为自己正确，瞧不起别人，就必然搞不好团结。所以决不能认为自己正确，我要虚心向别人学习，摆正自己和别人的位置，只有这样才能使自己朝气蓬勃，不断进步。

这天的日记仍然是在检讨骄傲的问题。二哥毫不留情地检讨了自己骄傲的根源，就是总觉得自己比别人正确、英明。部队开展的"反骄立谦"运动，给了他认真反思的机会。

从这两篇日记中，能看出二哥在思想上对自己的要求还是很严格的，敢于直面自己的缺点，就如同印证西塞罗①所说："每个人都会犯错误，但是，只有愚人才执过不改。"

1970年3月31日至4月19日，二哥和战友奉命去部队农场种水稻。在日记中，他记录了每天的劳动过程。种田是一件很辛苦的事情，如4月15日的日记中这样写道：

两天来，一直在整修水稻田，我有了深刻体会。天气非常冷，我们下水整地，又拉盖、拉耙、撒种、施肥、放水、修踩等。以前我只知道大米好吃，一会就吃一大碗，有时洒了也不可惜，和农民的思想差距十分大。通过两天的亲身实践，我看到了吃到嘴里的饭来之不易，要经过多少辛勤的劳动，也看到了劳动人民天天也正是在这样辛勤地劳动着，他们把打下的粮食送到我们嘴边，我们有什么理由不珍惜呢？

---

① 西塞罗，古罗马时期著名政治家、哲学家。

《锄禾》这首诗人人皆会背诵，但只有亲自下田耕种，才能真正体会到农民种粮的不易，才会对节约粮食有切身的感受。

　　相册里有一张部队宣传干事拍的照片，就是这篇日记的一个影像见证。4月的塞北农场，天气仍然很冷，照片中的二哥上身穿着棉衣奋力向前拉耙。

和战友们在水稻田拉耙（拍摄于1971年4月）
前端左起：李怀彦、二哥、张德宽、鲁学明
（战友姓名由严峻先生提供）

　　二哥入伍初期的最后一篇日记写于1971年4月21日，这天的日记是以"转化"为标题：

　　　　今天，中队长做了整风动员，这次批修整风，自己认为对于巩固"反骄立谦"成果是很及时的，很必要的。

　　　　怎样来对待这次整风呢？应该承认这是一次考验。是积极地投身进去狠狠地烧一烧呢，还是站在外面烤一烤？应该赶快做出回答。

一、狠狠地烧一烧，这是很痛的。自己的非无产阶级思想很多，表现得也比较充分，如果烧的话，确实难看，也很疼。但是，这些非无产阶级思想好比包袱压在自己的肩上，如果不把它抛掉，就不能进步，就适应不了革命的需要，反而为革命所抛弃。

二、站在旁边烤一烤，这样的确是不痛不痒。但是又有什么好处呢？只能使思想和灵魂渐渐地被非无产阶级的肮脏思想所腐蚀，成为一个对人民、对革命没有一点用处的人。

两种态度，两种结果，第一种是正确的，这是应该承认的。但是真这样做，是要下很大的决心和花费极大力气的。怎样下这个决心呢？要用毛主席提倡的"一不怕苦，二不怕死"的精神。

第二本日记中共写了94篇，其中有28篇日记都写了标题，如"有了成绩怎么办""受了挫折怎么办""为什么没想到"，等等。与第一本日记区别较大的是，第二本日记中思考的内容更多些。变化最大的一点是，这本日记中很少再看到"狠斗私心一闪念"那样的内容，这标志着二哥开始用自己的头脑去观察世界。因而，自我批评的内容在日记中仍占有一定的篇幅。

从日记中看出，骄傲仍然是二哥最大的缺点，他的思想也在反复不断地与骄傲做斗争，他为此感到痛苦与纠结。但骄傲如同牛皮癣一样，是那样难以根治，这也是人性使然吧。

两本日记都写得满满的，几乎每一篇都与二哥的思想状况有关，记录了他入伍后的心路历程。正是有了这些资料，我才得以了解他在部队初期锻炼成长的经历。遗憾的是，没有看到之后的日记。他写没写呢？

日记真实记录了二哥在这一时期的工作生活经历。这也是那一代年轻军人共同走过的历程的缩影。艰苦的环境，磨炼了他们的意志品质；严格的军事化管理，塑造了他们特有的军人气质；英雄人物的榜样力量，坚定了他们的人生信念。历史不会忘记，在和平年代，一批批十四五岁的少年，为保家卫国而投身军营，战斗在特殊的战线上，把最美好的青春都献给了祖国。

虽然年少的二哥有嘻嘻哈哈、爱开玩笑的毛病，但日记中没有一项有关娱乐玩耍事情的记载。两本日记，书写规整，内容严肃。在二哥的一本工作记录本中绘有一幅钢笔画，画面上，一轮红日初升，光芒四射；三艘炮艇在波涛中航行，为首的那艘旗舰桅杆上还飘扬着旗帜……细致认真的钢笔画，展现了一个15岁少年单纯可爱的内心世界。

1970年4月，钢笔画（画面底下记录的是一些工作内容）

1973年2月春节过后，二哥得到了第一次探家机会，只有短短的5天时间。看到眼前的他不仅个子长高了，也变得英俊帅气，母亲眼里含着喜悦的泪水。

二哥所在的部队，是一支英雄的部队，1955年诞生于东海之滨，1963年移师于二哥入伍所在驻地。为了国防事业的需要，部队远离喧嚣的城市，战斗在偏僻寂静的山村。这支部队人才济济，既有全国众多知名大学的毕业生，也有许多十四五岁就参军入伍的少年。他们为了保卫祖国的海疆安全，夜以继日默默无闻地战斗在看不见的战线上。二哥加入这支有着光荣传统的部队，受到了良好的教育与锻炼。

1969年11月入伍留念
稚嫩的表情

1973年8月
充满阳光的微笑

　　二哥参军入伍时，刚刚15岁，还是个不大懂事的孩子。部队的教育熏陶、毛泽东思想的指引、领导和同志们的关心帮助、英雄人物的榜样作用，以及时代氛围的影响，使他像棵小树一样茁壮成长，逐渐树立起报效祖国、报效人民的人生价值观，成为一名有理想、有抱负的坚强战士。部队严格的军事化管理，使他养成了良好的生活习惯，并伴随一生。办事拖拉、嘻嘻哈哈，不严肃，骄傲不谦虚的问题逐步被克服，学习、思考成为他毕生的习惯。在人生成长的关键时期，二哥在解放军这座大学校里接受了锻炼，为他后来的成长打下了坚实的基础。

　　入伍近4年，二哥已成为业务骨干，同期入伍的同学有的已经复员转业，他仍在部队服役；4年时间里既没有立功受奖，也没有入党提干，说明他自身还存在许多缺点和不足，还需要摔打锻炼，这对他或许也是一种考验。

1973年1月，外语附校战友合影
前排左起：史世忠、袁明福、宋协民、李静
后排左起：刘冠军、蒋京宪、苑国良、二哥
（战友名单由宋协民先生提供）

1973年1月，送别战友复员合影
前排左起：苏蓝蓝、石庆书、徐士敏、黄世瑞、王凤春、张仲良、刘强
中排左起：龚良华、张国友、张金峰、史世忠、陈汝华、陈代华、金志华
后排左起：胡新民、二哥、金殿来、张国栋、李怀彦、隋光初、葛建民、周军山
（战友名单由章建武先生提供）

1973年8月，全班战友合影
前排左起：徐士敏、张仲良、石庆书、苏蓝蓝
中排左起：于泽福、陈文超、二哥、张金锋、陈代华
后排左起：王发秀、隋光初、胡新民、葛建民、刘强
（战友名单由宋协民先生提供）

赤子之秀

1973年1月，五位同班同学合影
前排左起：史世忠、袁明福
后排左起：刘冠军、苑国良、二哥

1973年8月，仍然留在部队的三位同班同学
左起：苑国良、二哥、刘冠军

二、报国参军

四个稚气未消的大男孩（1973年8月于中山公园）
左起：史世忠、二哥、袁明福、宋协民[①]

---

① 史世忠、袁明福、宋协民三人于1973年3月复员转业。

三、上海求学

1973年8月,经部队推荐、学校考试,二哥进入上海外国语学院学习,成为当时人们所称的"工农兵学员",所学专业仍然是俄语。15岁从学校到部队,此时19岁的他又从部队到学校,而且这是他第二次经推荐、考试合格后入学。人生中就是有这样的巧合。

临去上海上学前,部队领导批准二哥休假。这是他入伍后第二次探家。上学后,学校每年放寒暑假,这样我们见面的机会就多些。但我那时年龄还小,他与三哥之间的交流更多些。

1974年3月于上海外滩

在上海学习是二哥人生的重大转折,这个转折不是指考上大学改变命运,而是指观察思考的角度变化对他产生的影响。

大学与部队有着很大的差异。部队驻地是在北部一个偏僻的山沟里,信息非常闭塞,各方面都有着严格的纪律约束,人的视野受到很大的局限。而大学是开放性环境,有学识渊博的教师、丰富的书籍,有来自不同地方、具有一定社会经验的工农兵学员，各种思想在这里不断碰撞、交融。

上海是中国历史上最早对外开放的城市之一，人们的思想也相对活跃，物质文化生活领先于全国其他地方。"文化大革命"后期，在上海曾出版一种名叫《摘译》的内部期刊，里面刊载的都是苏联及西方国家的一些最新文学翻译作品。在那个封闭的年代，这些作品成为普通群众了解世界的一个窗口。这种期刊在全国都有一定的影响，每次放假，二哥都会带回一些。像拿破仑在滑铁卢战役中的失利、日俄海战等历史事件，我都是通过《摘译》了解到的。

进入"文化大革命"后期，更多的人开始思考国家的前途与命运。在上海，二哥有更多的机会接触和了解社会。

因这些环境因素的改变，二哥的视野变得格外开阔。他开始以自己的头脑去审视事物，思考问题，思维方法与在上学前相比发生了很大的改变。在上海读书这个阶段，对他后期的思想有至关重要的影响，这是他在上海的最大收获。

大学三年是二哥思想成熟的关键时期，也是他人生最佳的一个学习阶段。他本身对俄语就有一定的基础，所以，学习压力不大。除了专业课以外，他把大量的时间都用在学习阅读上，学校里浩瀚的书籍极大地丰富了他的知识。他博览群书，除了经典的马列著作外，还广泛阅读了西方哲学、政治经济学、历史、逻辑学、社会学、管理学、心理学等方面的著作。

一个人的成长，无不承载着时代的烙印。那个时期，人们主要接受的是革命英雄主义教育，充满家国情怀，当二哥的思想趋于成熟稳定后，他开始意识到对两个弟弟的责任。从此，不论是放假回家还是在家信中，他都和父母沟通，鼓励三哥和我多读书，不要把大好时光荒废掉。也正是在这个阶段开始，他的思想逐渐影响了我。

我是在1969年秋季上小学一年级。记得临入学前，父亲带我去学校见老师面试，实际上也就是考查每个儿童的基础智力，当时也就是数数而已。虽然是

"文化大革命"时期且复课不久,学校、老师普遍受到严重的冲击,但整个社会儒家传统文化的根基还没有被完全摧毁,家长是普遍接受老师严格管教子女的。父亲曾讲过,大哥在上小学时,一天老师来家访,赶上家人正在吃饭,可能是老师认为大哥的态度不好,当着父亲的面,一把就把大哥的筷子给夺了下来,不让大哥吃饭。父亲一面批评大哥,一面向老师道歉,说没有管教好孩子,孩子不懂礼貌,顶撞了老师。这大概就是"养不教,父之过;教不严,师之惰"的一个例子。

上小学时,学校还有留级制度,期末考试语文、数学两科成绩不及格的,下学期就要蹲班留级。二年级时,班里两位男生就留级了。

三年级时,学校举办了首届速算比赛,我获得年级第三名;下一年度比赛,得到年级第五名。当时的奖品就是一张明信片。除了数学竞赛,学校还举办诗歌朗诵比赛、体育比赛等。

学校抓教育的局面并没有得以延续,1974年年底,在大批师道尊严的社会背景下,老师的地位一落千丈,教学秩序被打乱,老师无心教,学生无心学,政治学习、大批判取代了一切。

身在上海的二哥,感受到形势的变化,对此有自己的看法。他不仅在假期回家时和父母交流,督促两个弟弟的学习不要受外界的干扰,在1975年11月7日写给三哥的一封家信中,更是告诫我们,不要受读书无用论的影响,要树立正确的人生观,从小养成良好的生活习惯。信的前部分是这样写的:

友子:

你好!你上次来信我已经收到了。看到你对我走后你的心情的描写,我的心里也颇有同感。自从我1969年参军后一走就是六年多,可我们之间只见了四次面,有许多心里话也没有来得及说。我们一年见一次面,见面时是那么亲切,而离开后又是那么想念,这次回上海后我好几次做梦梦见我们又一道去颐和园、十三陵、天坛玩，可见我们兄弟之间感情是十分深的。小时候你跟着我干了不少事情，经历过困难时期，也受了不少苦。本来二哥我参加工作后应该在政治上、生活上多多关心你，回家后应该让你享享二哥的福，可是由于许多客观上的原因，这些都没有实现或只实现了一部分。我每想到这心里就很惭愧，这是二哥的心情，并不是让你讲究吃穿。我写给爸爸妈妈的信你一定看过了，对于我在信中谈的不知你有什么看法。过去我在政治上对你帮助和辅导是很不够的，这次我回家通过对你的观察，感觉到这几年你在思想上、工作能力上和文学水平上都有了不小的进步，这是使我高兴的，但是也还有一些问题，事物总是一分为二的嘛！有一些我在暑假里已经对你说过，那时你大概还以为二哥开玩笑，实际上是真给你指出了问题。回上海后通过学习，我又思考了一下我们如何在思想上互相帮助，使我们都成为对革命有用的人才，成为有志气、知识广、有能力、有头脑的人，而不要做一个碌碌无为的人，白白地度过自己的一生……

这封信是二哥这年暑假回到上海后写给三哥的，信中对兄弟思念之情的描述，以及"享享二哥的福"这样的话语显得格外真切质朴。1975年时，二哥21岁，三哥17岁，我13岁。

此时的二哥，关心帮助我们已不再是"享享二哥的福"，而是引导我们要如何做人，他在信中就如何培养自己、锻炼自己，具体谈了以下几点：

一、要从小就树立崇高的志愿，远大的抱负。没有抱负的人是盲目的人，是没有头脑的人。

二、关于学习。我们正是年轻的时候，精力充沛，为了今后的进步，必须善于学习，学的东西要多一些、深一些、细一些。学习就是提高自己，长知识、长才干。学习主要有两个方面：第一，学习理论，即向书本学习；第二，向实践学习。不论是数学、物理、化学、文学还是其他科目都要认真学习，要学扎实，不要受"读书无用论"的影响，有文化到哪里都用得着。关于向实践学习的问题，就是说要学习一些社会经验，懂得人情世故，会待人接物，会观察问题、处理问题。

三、要树立正确的思想方法和工作方法。所谓思想方法，就是看别人、看自己、看事情、看矛盾的方法。要有正确的思想方法，就要掌握唯物辩证法，看自己要本着唯物主义，实事求是；自己有什么缺点，有哪些地方比不上别人一定要承认，哪怕是当着别人嘴上不承认，心里也要承认，心里要有"自知之明"。一个人要是骗自己，明明不行非说行，那就完了。一个人要是把别人的长处都学到了，他的本领就大了。

四、要养成独特的性格、好的习惯和言行风度。一个人要养成一种好的性格不容易，要磨炼。作为一个有志气的人必须具备这样几种性格：一是坚强，不畏强暴不畏困难，难办的事不要躲避，办一次动一次脑筋不就是提高一次吗？二是沉着冷静，能控制自己。就是说，在任何情况下，头脑要冷静；事情越是急，就越是让人生气，让人伤心；越是让人兴奋激动，就越要沉着。三要灵活，不要认死理。要学会把原则性和灵活性结合起来，光靠原则性在许多情况下是行不通的。

再谈习惯。一是善于提问题，二是善于分析，三是要心细，四是善于总结。提了问题思想上就有了准备，做起来就主动。善于分析就是说对什么人、什么事要多分析。细心就是待人接物办事情要细心，要细心听别人讲话，细心看别人做事，细心了解情况。细心才能看出问题，才能学到别人的长处，才能防止意外，才能不受骗。总结就更重要了，每办一件事，每处理完一个矛盾都要总结，事情办好了，为什么能办好？要总结出一二三来，事情没办好，为什么没办好？要找出教训来，时间长了，就发现了规律，以后办事就方便了。

再谈风度。一个人的举止，谈笑语调，面部表情，谈话用语都反映了一个人的风度。不要小看风度，这也不是资产阶级情调，无产阶级也要风度。我们的风度应该是稳重、文雅、礼貌、热情、大方，而不是傻里傻气，粗鲁不懂礼貌。

在信的结尾，二哥写道：

希望你以同样的态度去启发帮助顺子，咱们兄弟几个共同进步。在家中诸事要多担些担子，也要注意身体。

这封信长达10页，一气呵成。由于担心邮件超重，二哥把信纸的两边都裁掉了。信中以他对生活的认知及体验，启发我们要做一个有头脑、有理想、有志气、有本领的青年，要认真学习，从小养成一个良好的生活习惯，要注意品德修养。他所讲的这些，用当下的语言表达，就是培养一个人的综合素质能力。在当时的环境下，这样的观点与突出政治的潮流是不相容的。二哥在信中还谈到了风度的问题，在那个年代，提倡要和工农兵打成一片，像穿高跟鞋等都属于资产阶级生活作风，要受到批评。

参军头几年，二哥自己还是个孩子，在组织、同志们的关心帮助下逐渐成长。随着年龄的增长，特别是经过在上海的学习，二哥的思想有了质的飞跃，不但树立了自己的理想、奋斗目标，也意识到他在两个弟弟成长道路上的责任。从此，他担当起我和三哥人生路上的引领者，一生都给予我关爱呵护。

在这封信里，二哥特别嘱咐三哥，要把这封信给我看，也希望三哥用同样的态度去启发帮助我。受父母的教育，我们兄弟四人在入学前都已识字，从小喜爱看书，作文都写得不错，理解能力强，因此二哥在信中讲的道理我完全明白。之前，他留给我的印象只是非常聪明、帅气，不论是从部队回家探亲还是在上海放假回家，他和父母交谈时我都是旁边的听客；去公园游玩，也是带着三哥去，很少带过我。尽管他给我买了电动机、回力鞋，还从上海给我带回一件非常漂亮的领口和袖口镶着白边的天蓝色短袖套头衫（现在叫体恤衫），但单独和我交流的机会很少。这封信如同醍醐灌顶，让我在那个思想混沌的年代，突然间明白了许多道理，知道应该做一个什么样的人！

二哥是我的启蒙老师，是我学习的榜样，从那时起，我就决心向他学习，做有抱负的人。

三哥把这封信交给我后，我时不时就拿出来看看，这封信也因此得以保存。这是家中保留下的二哥写的最早的一封家信，也是家中唯一保存下来的二哥在上海三年间写的一封家信。

二哥在部队的日记写到了1971年4月，此后就没有看到他留下的文字。这封信所展现出的思想内涵与那些日记相比，有了非常大的提升。四年间，他有了很大的改变。

在上海三年时间，除了这封家信外，二哥留下来的文字很少。在他1978年再次开始写日记的那个日记本的最前面，有他整理后誊写的几篇写于上海时的心得体会。这些文字在一定程度上揭示了他思想转变的轨迹，现摘录几篇。

我以为人常想想过去是有好处的，但回忆过去并不是使自己沉溺于对过去的悲观、后悔或兴奋的情绪中而丧失战斗意志和应有的热情，变得消极低沉，而是通过回忆过去来总结过去，有哪些经验教训可以借鉴，这才是可取的态度。从这一点来说，总结过去会给自己今后的前进带来动力。

　　解剖自己是很有益的，要善于用自己历史上的主要时期和主要问题来做例子分析，从中悟出一些经验来：为何成功与受挫，客观主观的原因何在（外语附校时期、入伍初期的教训）？主要问题、主要弱点是什么？

1974年4月

　　这段体会虽然文字不多，却是二哥总结经验方法的一个提炼。入伍初期的日记里，经常可以看到他把自己的问题，包括头脑中的想法拿出来解剖，此时他更加认识到解剖自己的重要性：只有不断地总结经验教训，一个人才能进步更快，才能不断提高自身修养。

　　在上海期间，二哥深刻反思了自己在部队初期存在的一些问题，如骄傲、突出表现自己、工作方法简单、处事不冷静、不分场合对象开玩笑，等等。对此，他都进行了冷静的自我剖析，查找了内在的思想根源。经过这样一个洗礼，他完成了一次蜕变。

　　人的一生是一个自始至终充满着矛盾和矛盾斗争的过程，人的成长与进步正是矛盾的斗争、新旧矛盾斗争的结果，就是说，如果没有矛盾，也就没有人生。

　　虽然人的一生中充满了各种各样的矛盾，但是，这些矛盾是不可能在同一时间、同一空间里同时出现的（当然，不是说几个矛盾不可以同时存在，而是指人生中矛盾的总和），而是以时间、空间和物质为条件，依照矛盾"新陈代谢"的发展规律，不断地表现出来的。任何矛盾是脱离不开它所依靠的时间、空间和物质条件的，当然，根据矛盾所依靠的不同条件和矛盾斗争的不同方式（或解决矛盾的不同方法），以及同时依靠一个条件而存在的矛盾间的联系，各种矛盾的存在时间，它所起的作用（主要或次要作用），和几个矛盾可能同时存在的情况是不同的。

从人的一生来看，刚出生时是不能自理的矛盾；上学后是学习好与坏的矛盾；然后是能否入团、入党的矛盾，参加工作及成家立业的矛盾，工作好与坏的矛盾；然后又是生儿育女的矛盾，直到最后老弱的矛盾。而死亡的主要矛盾在一个人身上取得了最后主导作用时，人的生命也就停止了，一切矛盾也就没有了。当然，这只是大致上的几个主要的矛盾过程。其实人在一生中遇到的思想方面、衣食住行方面的矛盾多极了，这些矛盾都是依不同的条件，按照新陈代谢的规律不断地表现出来。新陈代谢的过程有两种方式，一种是时间的推移和地点的变换导致的，一种是人为地解决的。总之，一个矛盾被克服了，马上就会出现另一个矛盾，旧的矛盾被解决了，马上就会出现新的矛盾；同时原来是次要的矛盾可能随着时间和空间的变化主动代替原来的主要矛盾而成为新的主要矛盾，或者是新的矛盾主动代替旧的矛盾。一句话，矛盾的新陈代谢，在人生中是不会有一刻停止的。在这种意义上可以说，旧矛盾的结束或消亡，正是新矛盾的开始，不过，不是所有的矛盾都会对一个人产生重大影响罢了。

人生矛盾的过程只不过是个例子，它可以说明任何事物的矛盾运动过程。

我们要克服如下两种观点：一、对人生矛盾的认识不足，以为人生是个"简单"的过程。他们开始总是"乐天派",而在复杂的矛盾面前束手无策,难以应付,十分被动,后来或者成熟,或者向"右"转,自卑下去。二、刚刚遇到一两个复杂矛盾,就对人生产生了悲观的看法,自卑起来,他们看不到矛盾和矛盾斗争正是人生进步的动力,因而没有斗争的勇气。

一个人在人生矛盾的面前只有两条路:要么在矛盾面前屈服认输——死掉;要么与矛盾进行斗争——活下去(不怕失败)。因此,可以说,人生的哲学也是斗争的哲学,只有斗争才能前进,不是吗?每经历一次矛盾斗争或每解决一个矛盾,就增长一些知识和经验,就进一步;失败也不要紧,可以找找教训,这也是进步。只有正确的人生观才会产生这样的勇气,当然,斗争的胜败与斗争的目的和以什么世界观指导斗争有着很大的关系。

毛主席说:"不同质的矛盾,只有用不同质的方法才能解决。……用不同的方法去解决不同的矛盾,这是马克思列宁主义者必须严格地遵守的一个原则。"[①]人生中的矛盾是各种各样的,因此在同它们进行斗争时,必须针对不同的矛盾,采取不同的方法,才能正确地解决这些矛盾。人的矛盾总的说来分为精神和物质两个大的方面。精神方面包括:主导思想、思想斗争、分歧、人的关系及政治待遇问题等,物质则无非衣食住行乐等。解决矛盾的首要条件是思想路线(即指导思想)的正确,其次是意志的坚强和决心的不可动摇性。

在分析解决矛盾时,一定要严格依照科学态度,实事求是,要坚决克服主观主义、片面性和表面性。

1976年2月

---

① 毛泽东:《矛盾论》,载《毛泽东选集》(第一卷),人民出版社,1964年4月第1版。

"进步两条根，外因和内因。外因是条件，内因是根本。"这个顺口溜，可以说正确地解释了外因与内因的关系，同时，也说明了内外因在推动事物前进中的作用。

有许多同志不了解内外因的关系，不了解它们各自在事物发展中的作用，因而总是不能正确地制定自己的思想路线、工作方针，工作也总是搞不好。

毛主席说："唯物辩证法认为外因是变化的条件，内因是变化的根据，外因通过内因而起作用。"①

这就是说，对于事物的发展来说，内因的作用是绝对的，而外因的作用则是相对的。按照辩证法的观点来看，正是因为外因的作用有条件性，所以它也就具有一种反作用，即在一定的条件下，它会反作用于内因。一个革命者要正确地认识世界和改造世界，必须学会正确利用外因条件。当然，讲利用外因必须有一个前提，它就是正确地解决了内因。也就是说，在正确地解决了内因条件的情况下，可以更充分、更主动、更正确地利用外因条件。在这一方面，毛主席为我们树立了光辉的典范。

外因条件能否利用得充分得当，完全取决于主观因素之是否正确和主观上对外因的认识是否正确。

外因条件就其属性来说，可以分精神、物质、时间三方面，而就其特性而言，可分为有利与不利两种（这种分法实质上也是比较而言）。就外因的特性而言，如同世界上其他一切事物无不具有两重性一样，外因的有利与不利也具有两重性，也各有两个不同的矛盾着的侧面，这本身就是有利与不利。它们会依照矛盾转化的规律，

---

① 毛泽东：《矛盾论》，载《毛泽东选集》（第一卷），人民出版社，1964年4月第1版。

在一定的条件下，向其相反的方向转化，有利变为不利，不利变为有利。外因的有利与不利是处于经常的相互转化之中的，因此外因有利时不要轻易乐观，而外因不利时也不能悲观。导致外因转化的条件有两个：一、主观对外因条件认识和利用得是否正确得当；二、外因内部矛盾的变化。两个条件中，第一点是经常的和主要的。

综上所述，可归纳为两点：一、外因的有利与不利是会依据一定的条件相互转化的；二、外因有利与不利的相互转化的主要条件是自己主观上对外因条件认识是否正确，利用是否得当。

谈到正确利用外因要注意以下几点：

一、要善于发现有利外因与不利外因，这种发现必须结合每一具体的主观意图（包括工作、学习、作战，等等）。

二、要找出主要有利外因及主要不利外因，这是一个随着事物的发展而要做的经常性的工作。

三、不要把外因看成是一成不变的东西，要承认它们是会变的，只有基于此点，才可能防止有利变不利，才可以做好不利因素的转化工作。

四、对于外因要做好分析研究工作，要在有利因素中看到不利因素，也要在不利因素中看到有利因素。要研究外因与自己主观意图的联系及它和其他别的什么事情的联系。有些因素是这样的，它们在这一范围不利而在另一范围则有利或者相反，我们此时这样利用有利，而彼时那样利用就不利。这种情况很复杂，只有对具体的外因做好具体的分析研究工作，才能保证正确地利用外因。

五、要利用外因而不依赖于外因，但同时我们也必须承认外因对内因的反作用，只有这样才能正确对待自己，正确对待别人（外界）。

我们不是外因论者，但革命的形势和任务要求我们尽可能地把一切可以利用的外因都利用起来，尽可能把不利因素转化为有利因素。

在有利因素面前，我们不能轻易乐观，要谨慎，在不利因素面前我们绝不能悲观，要看到它是可以转变的。我们要鼓起勇气，依靠我们主观的努力去转变它，使它从不利转化为有利。

上述观点对于正确地对待我们工作中的成绩和错误也具有同样的指导意义。

1976年3月

二哥之前的文字，涉及理论方面的内容较少，前面那封写于1975年的家信，谈的也是对人生成长的认识，但这两篇文章，显示出他已具有一定的理论基础。在上海后期，他的思想逐渐成熟，由于掌握了正确的认识论及方法论，加上对逻辑学的学习研究，他的思辨能力显著提升，为日后更深层次研究理论问题打下了坚实的基础。在粉碎"四人帮"特别是党的十一届三中全会之后，他在国家改革开放、干部制度改革、军队现代化建设方面做出了许多有益的思考探索，对改善部队工作有明确的思路想法，这些都得益于在上海期间思想的转变与成熟。

这两篇关于矛盾无时无刻不存在、矛盾内外因的作用及转化的认识体会，对二哥后期的工作生活很有指导意义。其一是建立了正视人生矛盾、不畏困难、勇于挑战的信心；其二是明确解决问题要抓主要矛盾，注意内外因的转化。这对他解决具体工作问题提供了清晰的思路。此时他不满22岁。毛泽东同志的《矛盾论》等有关唯物辩证法的著述，对他很有启迪。

"文化大革命"时期，受国内外形势影响，外语附校很多同学还没有毕业就先后走上了从军之路。同届法语班同学吴立[①]于1969年12月入伍，在福州军区

---

① 吴立，即前文中的吴丽，"文化大革命"期间她改名为吴立。这种情况在当时很常见。

服役；法语班袁帆同学则在1970年12月入列东海舰队。虽然袁帆也是一名海军战士，但几年时间都是在沿海地区的一个深山沟里，干着挖山洞、建机场的工作，条件非常艰苦，但工作很出色。他们似乎有着相同的命运，吴立在1973年考入上海外国语学院继续学习法语，与二哥是同届；袁帆则在1975年被部队推荐到清华大学建筑工程系学习。当初，在外语附校第一学年，法、俄语未分班前，他们三人曾同在一个班学习。

三位当初的同窗少年在上海外国语学院校门前合影

袁帆在前往北京上学的路上，途经上海，特意到上海外国语学院看望分别多年的老同学。1975年10月5日是星期天，天气晴朗。上午，三个当初只是9岁的稚嫩儿童，此时都已是英姿勃发的解放军战士，再次相聚，留下了永恒的瞬间。照片中，两个海军小伙英俊帅气，陆军姑娘漂亮文静。1964年，学校组织春游时，他们三人曾出现在一张合影中。时隔11年，同为军人的他们在

两位英俊的海军战士（左为袁帆）

上海重逢,也是一种奇特的缘分。虹口公园就在上海外国语学院附近,他们一起参观了位于虹口公园内的鲁迅纪念馆,度过了一段愉快难忘的短暂时光。下午,袁帆就踏上开往北京的火车。谁也没有想到,这一别,竟成了袁帆与二哥的永别。真是一生一会。

照片中,为什么两位年轻帅气的海军战士着装不一样?袁帆在东海舰队服役,军纪严明,"十一"之后,部队统一换装;二哥在学校读书,没有直接的上级军事管理单位,着装要求不那么严格;再加上十月的上海天气还比较热,而北方天气已经有些凉意了,也就有了着装的不一样。

1974年5月,海军继1965年改穿灰军装后,率先在全军换装。军官戴大檐帽,士兵的"水兵帽"上有两条黑飘带。在"文化大革命"期间全国军装一片绿的情况下,海军的军服显得格外引人注目。1974年8月,二哥放暑假回家,穿着新军装拍了一张照片,之后就返回上海。

有一天,邻居对母亲说,你家子秀的照片放在照相馆展览呢!全家人都不相信,感觉她可能认错人了。之后,又有一些邻居来讲此事,母亲就去了北太平庄照相馆,回家后告诉我们果真如此。后来,我也专程去照相馆,看到二哥的大幅彩色照片就挂在照相馆的橱窗里,两条有着金色船锚图案、世界海军通行的黑飘带搭在肩上,人显得格外英俊。"文化大革命"时期,提倡艺术为工农兵服务,照相馆将二哥的照片作为军人形象的代表。

1974年8月,水兵照

海军恢复新军装不久,这两条飘带就被要求剪掉了,所以在他们的合影中,看不到军帽上的飘带。个中"原因"说法很多,不过两年之后,飘带又恢复了。

三、上海求学

1975年10月5日,吴立、二哥、袁帆、郭庆刚(自左至右)在鲁迅纪念馆

飘带的取消与恢复,也凸显了那一特殊年代的历史。

那天陪二哥他们三人一起去虹口公园并为他们照相的,是这张照片中的陆军军官郭庆刚先生。郭庆刚是吴立在上海外国语学院的同班同学,来自解放军工程兵某部;郭庆刚同部队的战友赵芳则是和二哥分在一个班;吴立又是二哥的小学校友,大家都是军人,有了这几层关系,郭庆刚和二哥自然也成了熟人。

在班里15位同学中,二哥是年龄最小的。由于之前在外语附校学的就是俄语,且在部队工作中继续使用,相比其他几乎没有俄语基础的同学来说,他在学习上就轻松多了,在学校他也承担了一些社会工作。20世纪70年代的上海不似现在这样开放,来自其他地方的同学听不懂上海本地方言,上海话几乎就是另一门外语。二哥买了一本学习上海方言的书,一边自学一边主动与上海本地同学交流,很快他不仅听得懂也会说上海本地话了,以后同学们一起外出,如需和上海本地人交流，都是由他出面负责。①

郭庆刚先生给我讲了他和二哥出游的一件事。在学校工农兵学员中，军人是最受大家喜爱和尊重的。当时，有一位来自杭州在上海外国语学院进修法语的中学老师，虽然不与郭庆刚同班，但与郭庆刚关系很好。这年"五一"节前夕，这位老师热情邀请郭庆刚去杭州他家玩，郭庆刚就叫上二哥一起去。两人坐火车从上海来到杭州，当晚就住在了位于老城区的老师家。知道二哥会说上海话，老师给他们准备了自行车。这样，两人白天骑车到处游玩，晚上回到老师家。他们游览了西湖、灵隐寺、雷峰塔等景区，两天后坐火车回到上海。

郭庆刚邀二哥一起去，即说明了两人关系很好，同时也因为在上海读书的这些外地同学中，只有他会说上海话。人去多了会给那位老师增加压力，而一个人又显孤单，况且听不懂当地人说的话，连打听道路都不知道该怎么说。那位老师邀请他们去杭州玩这件事，也从侧面反映了那个年代人与人之间淳朴友善的情感。

关于这张他们合影的照片，吴立女士写了如下文字：

> 我和李子秀是北外附小的同学，又于1973年同期考上了上海外国语学院成为大学同学。本该接触频繁，但因语系不同，相距较远（俄语系在虹口区东体育会路的学院本部，德、法语系在虹口区中山北路的学院分部，中间隔着一条铁路），所以很少联系，接触不多。但同为工农兵学员，我们的军人身份、军装和领章帽徽给了我们比其他同学多几分的优越感和自豪感。军人特有的气质总让我们昂首挺胸、步履矫健、足下生风，到哪都是一道靓丽的风景，令人仰慕。特别是李子秀，海军制服笔挺，"大壳帽"威风，一双大眼

---

① 二哥同学王洪民先生讲述了二哥学习上海方言的事情。

睛总是那么炯炯有神！1975年10月5日，同为海军的北外附小同学袁帆途经上海，特意到学校来看我们，三位军人在校牌前留下了难得又难忘的合影。之后，我和李子秀还有我班的另一位军人郭庆刚陪同袁帆去了虹口公园，参观了鲁迅纪念馆。三人的照片是郭庆刚拍的，四人的照片是请纪念馆工作人员拍的。李子秀在校学习成绩很好，聪明大方，健谈，懂得很多，知识面广，工作积极，乐于助人，在系里很活跃，与各班同学交往较多，同学们对他印象深刻。好像他还参加过俄语系演出队，表演过男生小合唱和舞蹈，可谓多才多艺，是个阳光活泼的大男孩。李子秀过早离世，大家都很惋惜。愿他在天之灵一切安好！

袁帆先生以浓烈的笔墨抒发了对二哥的思念。

1973年8月，从部队复员转业的外语附校同学史世忠考入北京电影学院摄影专业学习。1975年1月，史世忠到上海实习，特地来到上海外国语学院看望二哥，还给二哥拍了张模拟部队工作场景的照片。史世忠毕业后分配到长春电影制片厂工作。

1975年1月，模拟部队时期工作照（史世忠拍摄）

四十五年后，史世忠先生写下一篇"忆爱美的子秀"文章：

发小李子秀很爱美，有股干净利索劲儿，搁今儿称作"形象管理"。

擦身而过总能闻着子秀身上溢出的雪花膏味儿；笔直的裤线铁定是经过昨夜细心的枕压；军装的领口处会顽强地翻出一线雪白……在那个极致俭朴素颜的年代，子秀的"小资"和"内秀"，颇为与众不同。

1975年年初，我因实习赴沪，前往上海外院见了正在学外语的子秀，摆拍了一张他戴耳机听录音的模拟工作照；其神态气质俱佳，大有资深艺人的神韵。

打快板、说相声、诗朗诵……伶牙俐齿的子秀在部队历次文艺演出中都充当着一线大牌的角儿；生得周正、浓眉大眼也为他添色加分不少。

斗转星移，失散失联，再闻已然病逝。人未老却往生，惜之念之……

斗转久未联，噩讯亦惘然。
嗟叹当年少，叶落哭岁寒。

史世忠先生回忆，当年在部队时，他曾写过一段相声，是由二哥表演的。关于二哥的"艺术细胞"，在上海外国语学院同学王渝来的回忆文章中也有特别的描述。

上面这张照片是二哥上海外国语学院同宿舍六位同班同学的合影，照片中的王本勤先生时任班长，时隔四十五年，他回忆道：

三、上海求学

1976年7月，操场上的同学
左起：贾南山、王本勤、倪金通、李本茂、二哥、王渝来

　　我印象中的李子秀，大大的眼睛，五官端正，是一个标准的美男子！或许是较早入伍的训练和熏陶，他举止十分大气，为人处世也比较谨慎！在班级里年龄较小的几个同学中显得颇为懂事低调。入学后一年左右，李子秀的成熟得到了我们室友的一致好评！记得大家说得较多的是"这小子将来会有发展"！学习上男生中大概无人能比，现在知道他从小学开始就接触了俄语，比我们超出一大截也不奇怪了！问题是他不显山，不露水，不骄不傲，这就十分难得！那时他才二十岁呀！

　　同为海军战友的王渝来不仅在大学期间与二哥同宿舍，而且毕业后两人又分到同一个部队，他在一篇回忆文章中写道：

赤子之秀

子秀有一双会"说话"的眼睛,爱看书学习,这是上学第一年他给我留下的印象之一。俄语,对于我这个从未接触过外文的人来说,犹如天书。当我还在练发音、背单词、读句子、学语法,每天刻苦学习还感觉跟不上进度时,我发现子秀却很悠闲地在看哲学、经济、传记、军事等题材的书,书页上画满了点、圈、杠等符号,在书的内页空白处,还有一些评语之类的批注。那时,我认为能读这些枯燥无味的书的人,都是有头脑、有志向的人。博览群书,如饥似渴,这是他留给我的最初印象。奇怪的是,学习俄语并"不刻苦"的他,每次作业都是"优秀";每次上课老师提问、他的回答不仅发音准确,而且流利正确,经常受到老师的称赞,是当时班里公认的"学霸"。对于我这个上课怕老师提问、回答问题结结巴巴的人来说,内心满是对他的羡慕和钦佩,于是他成了我初学俄语时的第二个"老师",每当我遇到不懂不会的问题时,子秀总是很耐心地给我讲解。子秀学习没有我刻苦,为什么他学习要比我好呢?这个谜他从来没有说过,我百思也不得其解。多年以后我才知道,子秀上小学时,由于学习成绩优异而被选送到北京外国语学院附小学习俄语,15岁参军入伍,在部队接触的仍然是俄语,难怪他上学第一年学习不刻苦呢,在我们认为很难学的课文对他来说都是小菜一碟啊!

随着接触时间的增多,我发现子秀为人随和,善于交友,幽默诙谐,善于攀谈,活泼开朗是他的另一个特点。三年的大学生活,我只顾埋头苦读,等到毕业时,我才发现子秀的"朋友遍学院"。从老师到同一个系的同学,从学长到学弟学妹们,子秀与他们都建立了广泛的友好联系;无论是学工、学农、学军,他都能与工农兵打成一片,相处融洽。记得1974年我们到上海国棉十九厂学工,我和子秀还有班上另一名女生是一个小组,他是组长,分在白铁车间。子秀很善于与工人拉家常,休息日他就带着我们去工人师傅家里玩耍做客①,师傅们都非常喜欢他。学工结束时,师傅们特地为我们三人每人做了一个精致的白铁皮盒,刷上油漆写上赠语;毕业那年,工人师傅还专程到学校看望他,为我们送行告别。那时,我头脑中经常会冒出一个想法,子秀很适合做外交工作,是个当外交家的"料"。

子秀说话办事很稳重,这也表现在他的日常生活中,走路、游泳、跑步、打篮球的节奏都不是很快,显得四平八稳。在我的记忆中,还没有留下他疾走、飞跑、速游、快步运球的印象。1975年的某月,我们去崇明岛某炮连学军。一天夜晚,一阵短促的紧急集合的哨音把我从睡梦中惊醒,宿舍内漆黑一片没有一丝灯光,我的耳边只有"噗噗噗"的穿衣声、叠被打背包声。几个陆军学员动作真快,当我背包打到一半时,他们已经夺门而出了。子秀睡在我的下铺,当我从上铺跳下来摸鞋穿时,他已经把背包背上了,他低声问:"好了吗?"我说:"快了。"看不出这个平时慢动作的人,"关键时刻"动作还挺快的,看来他这六年兵没有白当。

1975年7月学校放暑假,应我和王洪民的邀请,子秀到河北邯郸和涉县做客。记得在我家时,子秀很讨我母亲高兴。一天酒足饭饱后,子秀的筷子掉地上了,他站起身来把裤腰带松了一个扣儿,然后上身笔直地慢慢蹲下去把筷子捡起来(可能是吃得太饱,不敢

---

① 去工人师傅家玩耍做客,实为家访。二哥在上海时期的一个记事本中写道:"家访要先同工会小组长联系,请他推荐对象,然后把家访内容事先与访问对象商量好,时间最好是下班以后或厂休日,要在工人师傅比较方便的时间去。"记事本还写有与王渝来、张菊珍同分在白铁组,实习带队老师是大学语文老师狄兆俊先生。

赤子之秀

弯腰)。这个动作，让我母亲和我记忆深刻，以至于多少年过去了，我母亲还夸赞他，说子秀说话讨人喜欢，很随和不拘束，像是家里人一样。还有一次，我们应邀到一个上海女生家里做客，晚饭吃的是肉馅饺子，吃完饭，天南海北地聊开了，子秀无意中说了一句："饺子真香啊，真想再吃几个。"他的本意是感谢和称赞的意思，没想到，这句话惹了"祸"。女同学明里陪我们聊天，暗中让她家人又忙开了，而这一切都是在悄悄地进行着，我们对此浑然不知。一小时后，当热腾腾香喷喷的饺子再次端上来时，我们都埋怨子秀"多嘴"。同学在一起无拘无束，快乐开心的时光真美好呀！

子秀身上还有点儿文艺细胞。记得1975年有一次学院开大会，要求每个系都要出节目，系里要求每个班必须出一个节目，班长把任务交给了子秀。子秀找到我和另外两名男生商量出什么节目好，但商量无结果。此时，班里一名擅长跳舞的女生建议我们表演一个男生舞蹈，并自告奋勇愿意做我们的编舞指导，没有其他的选项，我们只好硬着头皮接受了。四个男生都是虎背熊腰，可以说没有一点舞蹈细胞，而子秀又是我们四人中腰最"硬"最"直"的一个①。舞编教我们的都是些柔软的女孩舞蹈动作，当我们上台表演时，近乎木偶般的舞蹈动作没有一点阳刚之气，带着浓厚女人味的舞姿引得满堂哄笑。我清楚地记得，在上海虹桥农村实习时，虹桥区的文艺宣传队与我们联欢，我们四人在田间地头给这些年轻漂亮的专业女演员表演舞蹈，拙笨的表演，把她们看得直捂着嘴笑。表演过后，有个女演员悄悄对我说，你们那个人（指李子秀）跳起舞来像个大螃蟹。哈哈，我们四个帅气的海军小伙全上女编导的当了。

---

① 二哥在1970年7月的一次游泳中，不慎把腰扭了，长期受此困扰。

三、上海求学

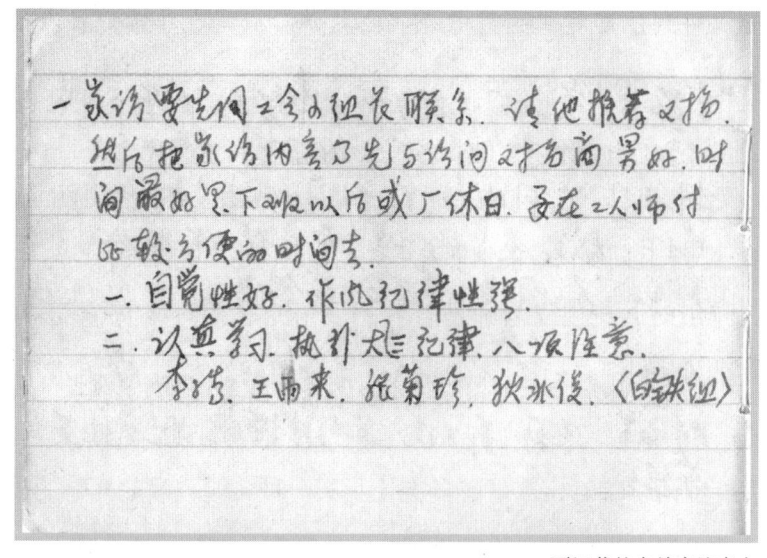

二哥记载的有关家访事宜

王渝来先生的这段文字,真实生动地再现了那个时期的二哥:酷爱读书,少有拘束,活泼开朗,善于沟通交流。国棉十九厂的工人师傅送给二哥的那个制作精致喷着蓝漆的小铁盒他一直保存着。舞蹈自然不是当兵的长项,但班里只有三名女生,要代表班级出节目,同时还要有新意,只好是四位英俊帅气的海军小伙做出牺牲了。不过要教这些没有舞蹈细胞的大兵学习跳舞,编舞肯定是很用心的,下了不少功夫。

编舞是他们班漂亮的女生杨力远,毕业后与二哥分到同一个部队。杨力远女士回忆起当初在上海外国语学院读书的二哥时写道:

李子秀是我的好战友、老同学,我们在一起学习俄语三年。他非常聪明,人品也非常好,正直。入学前我在原部队是广播员,到学校后当了义务播音员,子秀也被选为播音员和我一起为广大师生播送各种时政新闻及同学来稿。他对播音工作尽职尽责,一丝不苟,我们配合得非常好。他的声音非常雄厚,字正腔圆,校园里经常可以听到他那浑正的男中音。他的学习成绩也非常好，人很聪明，同学和老师都很喜欢他。

杨力远女士提到二哥在学校做播音员一事，让我想起当初他放假回家时曾组织我们兄弟三人一起朗诵诗歌的情形。

大学三年级时，班主任老师是著名的俄语专家诸同英[①]教授。有专家的传授，二哥的俄语水平有了很大的提高，大学期间他参与了多部著作的翻译工作。

在上海外国语学院时，二哥曾多次让我买一种名叫"喉症丸"的中药寄过去。那是一种类似小米粒大小的黑色药丸，他说有位老师吃这个药很有效。"喉症丸"的主要功效是治疗咽喉炎。

大学生活是丰富多彩的，二哥在第一学年的下学期参加了学校组织的摩托车驾驶学习班[②]，这是系党支部推荐的。从1975年9月起，他开始自学英语。在上海期间，他和同学们游览了江南一带的名胜古迹。部队上海籍战友徐士敏、无锡籍战友冯国鹏都热情接待了他。在上海，他买了部"海鸥"牌照相机，这大概是二哥一生中最"奢侈"的一件物品。这部相机我至今仍然保存着。

当时，上海的经济较内地要发达许多，每次学校放寒暑假，二哥都会给家人带回许多东西。回力牌运动鞋在当时是国内最有名的，内地很难买到，他给三哥和我各买了一双。母亲身体不太好，他带回虎骨酒，并给父亲买了茅台酒。

---

① 诸同英教授是著名俄语教育专家，曾获中国俄语教育研究学会"中国俄语教育终身成就奖"。

② 学习摩托车驾驶一事，据王洪民先生介绍，因为俄语基础好，二哥被推荐参加学校组织的摩托车驾驶班学习，班里仅他一人被推荐。他保留着一本在上海期间学习英语的笔记本。

三、上海求学

二哥在大学期间加入了党组织，1976年8月，他以优异成绩毕业。

从1973年9月到1976年8月，二哥在上海度过了一段难忘的时光，不仅年龄由19岁增长到22岁，思想也趋于成熟，人也变得自信稳重。

1973年9月入学照　　　　1976年2月于上海　　　　1976年6月于上海

赤子之秀

1969年11月（左）与1975年2月（右）
刚入伍时与入伍5年后

1974年9月，与同学在苏州留园
前排左起：张菊珍、杨力远、赵芳
后排左起：黄奕鹏、二哥

三、上海求学

1975年7月在河北邯郸王洪民（后排左二）家与其弟妹、堂弟妹合影
中排左一为同学王渝来，后排右二为王洪民小学同学胡宝林先生

1975年8月，与三哥在颐和园

1976年5月，在宿舍学习

赤子之秀

1976年7月，在宿舍
前排左起：二哥、王渝来
后排左起：倪锡民、冯欣荣

1976年6月，与战友徐士敏在上海外国语学院

三、上海求学

1976年7月，与战友冯国鹏在无锡

1976年7月，毕业照
前排左起：刘美英、秦锡英（老师）、诸同英（老师）、张友谊（老师）、贾南山
中排左起：赵芳、倪金通、李本茂、冯欣荣、王洪民、杨力远
后排左起：二哥、顾文豪、王本勤、黄奕鹏、倪锡民、王渝来、倪永培
（师生姓名由顾文豪先生提供）

121

四、重返部队

1976年8月,大学毕业后,二哥返回原部队。

从学校到部队、部队到学校,再从学校到部队,每一次变迁,对二哥都带来精神上的升华。

1976年10月,粉碎"四人帮";1977年8月,在党的十一大上,宣布十年"文化大革命"运动结束。

回到部队不久,1977年3月二哥就提干了,这样每年能有一次探亲假。另外,由于到海军总部机关出差时大都是坐长途车往返,而我家距当时的北郊市场长途汽车总站不远。发往部队驻地的长途车,每天只有两趟,如果时间允许,他会在返程发车前的时段,顺道回家看看。这样,相比入伍初期,他回家的次数就多了些。

一天中午,我放学回家发现二哥和两位战友在家,母亲正在收拾碗筷。在他们的谈话中,我第一次听到歌德的作品《浮士德》。还有一次是傍晚,二哥和战友冉庆云到家,由于末班车已经没了,只能是第二天回部队,所以当晚就住在家里。这是我第一次见到冉庆云。二哥把他介绍给全家:才华横溢,学识渊博,是自己非常好的朋友。冉庆云身材与二哥相似,相貌俊秀,谈吐优雅,全家人都很喜欢他。他毕业于洛阳外国语学院,英语专业水平非常高,曾担任海军某款进口直升机资料的翻译工作。家里地方挤,吃过晚饭,父亲叫我去叔叔家临时借宿。

往常家里来了亲戚，我和三哥就要去叔叔或邻居家借宿。冉庆云坚持说不用，大家挤一挤就可以了。看到他态度非常坚决，二哥也表示认可，父亲没有再坚持，我心里也是特别想和二哥他们在一起。当晚，冉庆云、二哥、三哥和我四人挤在一张大床上，谈到很晚。第二天一早，父亲买了早点，二哥他们吃过早饭就坐车返回部队了。

这期间虽然我们偶尔能见面，但时间都很仓促，二哥与我和三哥之间更多的交流仍然是书信方式。写于1978年1月8日的这封信，是我保留的二哥写的第二封信，信的内容仍然是在引导我们。

友子、顺子二弟弟：

你们的来信我都收到了，请你们放心。看了你们的来信，我的心情很复杂，基本上有这么几种成分，就是高兴、遗憾和同情。首先看到你们都在用心学习，在动脑子分析自己所面临的学习问题，这就说明你们在进步，特别是友子对自己的分析总结，是有条理的。只有通过总结分析找出了自己的弱点，才能进步。顺子应该把分析推进到更具体、更有条理的程度，要用心找出学习中带有规律性的问题。其次看到，虽然你们花费了一些努力，取得了一些成绩，但由于前几年"四人帮"的干扰和破坏，教育质量降低，使得你们现在和将来还要花费更大的努力才能把学习成绩提高到较为满意的程度，从这一点来说，我的确感到稍有遗憾。另外，对于你们现在学习的物质条件，我作为一个哥哥是极为同情的，特别是顺子的情况，使二哥我心里很难受，因为没能在物质条件上给你们更大的帮助而深感自疚。这个问题确实使我很苦恼，因为有许多具体问题也要解决，但不管怎么说，我还是要尽最大的努力支援你们。

信的开篇谈到收到我们的信后,二哥的心情很复杂,高兴、遗憾和同情交织在一起,对于没能在物质上给予我们更多的帮助感到愧疚,这是他真实的想法。

虽然二哥很早离家,但我们兄弟之间感情深厚。那时,我和三哥时常给他写信,毫无保留地讲述各自的学习思想情况,请他指导帮助。二哥会对我们的进步给予鼓励,同时也结合信中反映的问题,谈出他的观点并提出针对性建议,有这样一位亦师亦友的兄长是多么的幸运。

这封信主要谈了三个问题。首先是关于学科选择,二哥认为还是要学习理工科。这年三哥将参加高考,我读高中一年级。从1978年开始,学校高三阶段就开始文理科分班了。信中二哥写道:

> 前几天华罗庚教授发表了一篇关于科学体系的文章,主要谈的是学科关系,大致是这样的:全部科学的基础是物理和数学,数学是运算工具,物理是一切科学学科的基础理论,在它们之上才是天文学、地理学、生物学、化学及派生学科如力学等。也就是说,这些学科的内容都是以物理为基础,在这些之上才是应用工程技术学科,如果列一个式子就是:物理、数学→天、地、生、化、力学→应用工程技术。对于一个国家的工农业发展,所需要的就是这个,因此一定要花大功夫、下大力气攻下数理化。

二哥对我们的学习一直非常关心。他认为,实现四个现代化要靠科学技术,粉碎"四人帮"后,要在20世纪末实现四个现代化是全国人民的热切愿望,当时全社会对理工科非常重视。二哥上初中时,"文化大革命"爆发,初中阶段的综合知识教育接受得较少;之后是参军服役;在上海读书也是以学习语言为主,对物理、化学知识接触得很少,数学的底子也较薄弱。他以自身的认知体会,认为文理科相比,理科更为实用重要。

四、重返部队

其次，对于正处在紧张学习阶段的我们，如何约束自己的问题，二哥写道：

一个人精力和时间是有限的，要想干一番事业，就得花费精力和时间，就得在其他问题上少花点时间。既想干一番事业，又想玩得痛快，那岂不矛盾？中国有许多老话都说的是这个问题，如："欲求生快活，需下死功夫。"又如："成人不自在，自在不成人。"等等。这就是说，要干一番事业，就不能自由自在，必须用事业心约束自己。

二哥特别以他的同学刘敏[①]为例：

我的同学刘敏你们还记得她吧，她现在学习是全语种第一名，但是怎么得来的呢？她星期天极少外出，电视从来不看，电影除了新的以外，一律不看，而把这些别人用在消闲的时间都用来学习。

二哥在信中还提示我们，努力付出并不一定就能取得满意的结果，要有承受挫折的思想准备，对此他写道：

对于学习能否成功也必须有两种思想战备，因为学习在实际上也是一种自由竞争。因此一个人可能竞争过他人，也可能竞争不过他人，必须有充分的思想准备，准备接受学习上的挫折和打击，还要有百折不挠的毅力，失败了再干；同时要经常总结和分析自己的学习情况，请别人和老师帮助分析，以发现缺点，采取新的学习方法才能不断进步。

[①] 刘敏，二哥在上海外国语学院时晚届的同学。

第三是兄弟团结问题。三哥比我大四岁，平日里我有时不大爱听他的吩咐，偶尔也有矛盾产生，二哥对此情况也多少有所了解，就在信中告诫我们：

> 几千年前的孔融在四岁时就知道让梨，我们现在还不知道在学习和生活中应该怎样互相帮助吗？总之，你们俩不论谁，都应为了共同的事业而互相自觉地为对方创造有利条件，特别是在家务和生活方面。哥哥关心弟弟，弟弟体谅哥哥，应该形成这么一种习惯。再有，年轻人都有个面子，但什么是光彩，什么是不光彩，要有个标准：学习努力，成绩好，懂道理才是真正的光彩；在小事上出个风头，穿得体面一点并不是真正的光彩。在物质上没有忍耐困难的精神，学习是很难搞好的，事业也是很难成功的。

这封信的后部分，二哥对我俩的书写字体提出了批评：

> 希望你们把字体注意练一下，特别要注意汉语水平的提高，这也是个实际问题。顺子的上封信错误较多，我给纠正了一下，寄回去，以后应注意。字要有基础，工整，清楚，不能乱画。

我之前写信比较潦草，错别字较多，看到二哥在我写的那封信上，纠正了许多错误，心里很惭愧。凡是发现的问题，他都及时指出来，对我们也是严格要求。

这封信写了有7页长，在信的结尾，二哥特别写道：

> 今天是周总理逝世二周年，我们都要学习周总理，以周总理的革命精神激发我们的斗志。

四、重返部队

与三年前的那封信相比，二哥此时对我们的指导更为具体、更有针对性。二哥不仅关注我们的学习，更关注我们的品德修养，能够看出他自身也是在不断成长完善中。

我于1976年上初中。学校离家较远，出家门一直向西，走到北京医科大学宿舍区（现北京大学医学部）东墙那儿向右拐，再向北，穿过北京钢铁学院（现北京科技大学），步行40分钟左右才到学校；中午放学后回家吃饭，往返时间非常紧张。我们那届学生的家离学校都很远，老师对此也非常同情。当时，学校食堂条件有限。第二年，在老师的争取下，学校同意个别路远的同学可以在学校入伙，和老师们一起吃饭，我在其中。那时物价非常便宜，素菜5分钱一份，荤菜一毛钱一份。父母每月给我2元伙食费，二哥知道我在学校食堂吃饭后，基本上每月会寄给我2元钱，这也是他在信中说对我的情况心里感到特别难受后提供的帮助。

兄弟四人当中我年龄最小，如果说父母对我有稍许格外疼爱的话，那么二哥是最关心我的，终其一生。他不仅尽力在物质上给予我帮助，更重要的是在精神上给予我引导和鼓励。

除了1975年的那封信是我特意保留外，其他书信能保留下来，也属偶然，这期间二哥写的许多家信并没有得到保存。

二哥再次写日记是从1978年2月15日开始的。日记本中有他在这天之前，即他返回部队初期、粉碎"四人帮"不久所写的一些思考性短文，能够反映出他这个阶段关注的事项及思想认知。

形式这个东西是个外壳，可以说是一种容器，而内容才是要装的东西，在它们二者之间大致有以下几种关系：

一、形式是可以被不同的内容借用的；

二、形式必须符合内容才能达到形式和内容的完美统一；

三、形式必须随着内容的变化而变化；

四、不同的内容要求不同的形式。

形式和内容应该是辩证统一的，可是在实际上形式和内容常常是不一致的。指示、政策、口号都可以说成是一种形式，只有在实践中有了与指示、政策、口号的本来精神相一致的具体内容之后，它才表现完美了。不幸的是，现在许多东西往往被当作一种空洞的形式而被借用，任人们装进些什么乱七八糟的东西。任何一个指示、口号、一种政策都是可以借用的，都可以曲解，这不仅在于一般原则性的东西都要有具体的内容去充实它，而且还在于政策的具体执行者们怎样去理解它们。就是很具体的东西，也是可以有意识、有目的地去曲解的。

办任何一件事情，没有一定的形式是不行的，然而如果单纯追求形式，不讲实际内容和实际效果，就会走到形式主义、形而上学的道路上去。

1976年10月

分析问题首先要找出它的本质所在，找出问题产生的决定性因素。每个问题的产生都是有促使其产生的因素和条件的，每一件事情的表面现象都是事情本体的局部反映（不过有时是假象罢了）。一个口号、一个动作、一句话、一件事情、一种眼神、一种表情，都反映着人的内心活动。许多事情都是互相联系着的，一件事情的发生，往往会引起与之有关联的事情的连锁反应。

每到一个单位，都要进行细致的观察，了解情况，不要急于发表看法和下结论，要发现这个单位的特点、优点和不足。对这个单位的形势摸清楚了，就可以决定自己的行动了；对领导和下面的同志的情况摸清楚了，就可以正确地处理人际关系，用自己正确的政治见解去影响他们。

一个问题发生以后，一定要注意总结。要总结一下问题为什么会发生，有哪些因素促成，对以后的影响；好的如何发扬，坏的如何杜绝；如何做好转化工作，如何以这件事去教育影响群众。

在搞一项工作之前，应周密订出计划，考虑一下工作的全过程。在从事一个阶段的工作时，要考虑到下一阶段的工作，而当一个阶段的工作完成以后，就能及时开始下一阶段的工作，中间不能松懈情绪，要时刻保持机敏的反应。在处理具体问题时，除了从自己的角度考虑以外，还要注意从别人的角度来考虑；要估计到别人的态度和反应，叫作设身处地或自身体验；要加强对具体问题的研究；要从解决具体问题入手来提高认识和工作能力。

如何促进事情的发展，如何把事情办好，应从与该事情有联系的诸方面、诸因素去想办法，要学会把不利或无关因素转变为有利因素。对待事情不能有漠然置之、与己无关、麻木不仁的态度，而应有主人翁的负责态度，积极主动把事情办好的态度。

对政治形势和宣传形势的动态估计必须依靠与过去形势的比较，并且联系到人们今天的愿望和要求，人们对过去的形势和方针政策的评价。政治宣传要看是否符合实际，是否符合广大人民的愿望和要求。宣传报道上的任何一个动向提法都不是孤立的，是有其原因、有其用意的，要结合当前的全局形势来分析它。

以空洞的口号和形式来替代实际工作是个危险的倾向。

1976年11月

政治运动和思想教育绝不能与实际工作脱节，政治运动和思想教育的指导思想只有一个，这就是通过整顿和提高人们的思想来达到促进实际工作的目的。搞运动、抓思想，就是为了提高和调动人们的思想积极性，促进工作。如果把运动和教育仅仅当作一项不与实际工作相联系的单独任务去完成的话，那就糟了。政治运动是否有效果，是否搞好了，不能只看表面上的东西；也就是说不能只看大字报的篇数、会议的次数、专栏的期数等（这种形式上的数字不能如实反映问题），而要看实际工作是否有促进，是否"一抓三促"了。那种认为只搞运动和教育就能解决一切问题的观点，是一种不实际的空想主义的想法（是幼稚的幻想），还必须有适当的政策和制度、适当的组织和管理。

政治信仰和政治目标不易在一般人心中建立，可建立的是那些较近的、经济的、现实的、可体验的、根据本能的推理认为是可信的具体目标，在进行教育和宣传时必须注意到这一点。

如果实际工作没有起色，那么政治运动就白搞了。

1976年11月

"物质刺激"和"奖金挂帅"这两个口号是可以分解的，只讲"刺激""挂帅"是不行的，但物质和奖金在现阶段还是需要的，还是可以利用的。社会主义的分配原则是各尽所能，按劳分配。劳得多的人，贡献大的人，为什么不可以多分配一些呢？存款还可以获得利息呢。物质和奖金首先是奖励人们的劳动成果，其次是鼓励新的劳动态度和热情，这些必须用政治宣传教育的方式表现出来。

任何一个运动，群众总是会响应的，但是嘴上响应还是行动上响应呢？嘴上响应并不难，但真正从思想上、行动上响应就不那么容易了。正面的东西一定要宣扬，不宣扬就不能在人们面前树立起榜样来，但是这种宣扬一定是实际的、实事求是的，是广大群众看得见摸得着的，绝不能是空洞的脱离实际的。思想教育必须结合实际才会产生效果，华丽的辞藻、激昂的演讲、美好的描绘，固然有一定的号召和鼓舞作用，然而真正能使最广大的群众相信的只有一点，那就是使他们能够得到实际的好处。人们的思想复杂了，社会经验也丰富了，因而就不会轻易盲从了。人们对政治运动的兴趣与人们的物质生活的变化有着极密切的联系。当人面对实际工作的时候，工作热情和负责态度会比干抽象、不具体的工作时高得多，因为前者的效果是直接可见的。

——读《北京日报》关于生产形势的报道感想。

1977年1月

1976年10月，虽然粉碎了"四人帮"，但极"左"路线在某些方面仍然在延续。二哥认为只搞那些空洞的政治宣传是不能解决实际问题的，政治运动和思想教育绝不能与实际工作相脱节，以空洞的口号和形式来替代实际工作是个危险的倾向。

新中国成立后的一系列政治运动中，精神因素的作用被无限扩大。"人有多大胆，地有多大产"，就是这样的例证。二哥入伍初期时的日记中也有受这种影响的描写。经过在上海的学习与思考，他逐渐认识到在日常生活中，人们更关注的是自身利益，关注与自己工作生活有关的事情。从那时开始，他把思考的重点放在如何解决人们工作和生活中的具体困难和提高生活水平，进而调动人们的积极性、提高工作效率方面。虽然此时他没有接触到马斯洛的需求层次理论，但通过学习心理学、社会学、行为学知识，他认为当下广大群众最需要的是迅速解决生活上的困难，人们基本的心理需求满足了，必然会激发出工作热情。

时隔6年，二哥再次提笔书写日记。与入伍初期所写相比，已判若两人。他不再关注自己，而是把视野投射在思想解放、国家经济建设、部队现代化建设上。经历十年动乱，如何恢复建立符合实际、人们能够接受的政治思想理论；怎样尽快凝聚人心，调动广大人民群众的积极性，他以自己的思想认识，进行了深入探讨。从日记中看出，他对许多问题有自己独特的见解，凸显了他的责任与担当。虽然处在一个偏僻寂静的环境中，但他紧贴时代跳动的脉搏，是思想解放的探索者。二哥的日记文笔更加流畅，逻辑严谨，观点鲜明。

1978年2月16日，二哥在日记中记录了听取海军技术专业会议报告后的感想：

今天下午传达了海司领导在技术专业会议上的报告，听后所得的印象是：由于多年来受林彪及"四人帮"的严重干扰和破坏，我们的技术工作远远落后于别人了，这当然令人感到遗憾。作为一名军人，当他听到自己的军种、自己所从事的专业技术工作落后于对手十几年甚至几十年，他心里是一种什么滋味呢？但是这并不能使我们悲观，中华民族是聪明智慧的，是有志气的，看到我们的问题，看到我们落后于他人，这反而会激励我们奋起直追。总结十余年部队正反两方面的经验教训，我深深认识到，空头政治于部队建设的危害是极大的，而且思想工作也不是万能的。任何一项专业技术工作，要想搞出些名堂来，必须首先使从事该项工作的人具有献身事业的信念，发奋图强、刻苦钻研的精神，脚踏实地、一丝不苟的态度，如不具备这些，任何工作休想搞出名堂来。试想一个人不安心工作，做一天和尚撞一天钟，马马虎虎，得过且过，应付了事，他能把什么工作做好呢？

然而，坚定的信念、良好的工作精神和态度如何才能在专业技术工作人员的头脑中树立呢？这除了我们常说的路线教育即思想教育宣传工作以外，十分重要的是具体政策和领导者的工作方法和作风问题。机械的动力是怎样得到的呢？人的奋斗精神又是怎样获得的呢？人有两种食粮，一种是精神的，一种是物质的，光有精神没有物质是不行的。思想教育应扫除那种口号式的和"帽子"式的，因为这种思想工作（或叫宣传教育）是分不出真假马列主义的，而口号式的思想教育往往变为形式主义作风。物质食粮就是政策问题，不解决具体的物质困难，就无法调动群众的积极性，想让汽车跑得快，又不想加油怎么能行呢？代价和收获也是辩证的统一。此外，领导者的工作方法和工作作风也是十分重要的一环。如果一个领导者的工作方法和工作作风恶劣的话，一定会严重挫伤群众的积极性，任何工作也就失去了搞得好的基础。因此，我想领导者如果真想把工作搞好的话，就不要只是开大会、做决议，还是遵照主席的教导，下来搞一番调查研究。

得知自己所从事的专业技术工作严重落后于人，每个人都感到既痛心又不甘，会奋起直追、迎头赶上。二哥长期在一线工作，对部队基层状况较为熟悉。他认为，改变部队工作落后的局面不仅需要技术人员有献身事业的信念和发愤图强、刻苦钻研的精神，领导的工作方法和工作作风也是十分重要的。政治思想工作是必要的，但一定要摆脱"文化大革命"时期那种口号式的空头政治，思想工作一定得让人从内心接受才有效。另外，技术工作是一点一滴积累起来的，要调动专业技术人员积极性，使人们工作有干劲，部队基层的具体困难问题一定得解决才行。他认为，当下改变领导的工作方法和工作作风是非常迫切的。

从这篇日记开始，二哥在日记中大量记录了对部队具体工作的分析，对国家改革开放、干部队伍建设问题的探讨。

粉碎"四人帮"后,部队开始了一系列整改运动。

1978年5月5日,二哥在日记中写下了对部队"查、整、改"运动的看法:

> 轰轰烈烈的"查、整、改"运动已在部队开展起来了,为什么在当前的形势下搞这样一个运动呢?不是因为别的,而是因为问题成了堆,再不整顿就不行了。多年来,由于林彪、"四人帮"的干扰和破坏,部队的建设受到了极大的影响,装备落后,技术下降,纪律松弛,问题成堆。"四人帮"散布了种种反革命谬论,把人们的思想是非观念完全搞混乱了。这十年来,一个政治运动接一个政治运动,这到底是什么运动呢?这是一种脱离实际的堵塞国家政治空间的手段和"四人帮"阴谋的混合物。它对实际工作没有丝毫的益处,只能带来思想上和政治上的混乱,导致国家经济基础的虚弱。事实证明,让一般普通群众一天到晚去谈什么政治,只能使他们的思想产生混乱,使他们对政治丧失兴趣,只有那些与老百姓的物质利益紧密相联系的实际的政治,人们才会给予真正的关心。这次"查、整、改"运动是多年来第一次针对实际问题而进行的政治运动,这些问题是广大群众所不满的,所以这次运动受到广大干部、战士的真心拥护和支持……

"文化大革命"时期,各种政治运动是最重要的工作。总结"文化大革命"的经验教训,二哥认为,让普通群众一天到晚去谈什么政治,只能使他们的思想产生混乱,使他们对政治丧失兴趣,而只有那些与老百姓的物质利益紧密相联系的实际的政治,群众才会给予真正的关心。二哥的这一观点,是对政治概念内涵的最好解释,显示出他深刻的洞察力。

四、重返部队

1978年6月5日，二哥在日记中记录了自己工作调动一事，日记写得非常坦率，把自己这阶段的情绪状况也进行了分析梳理：

> 命运之神——工作的需要，把我从五队调到了一队。这次调动是我八年多来军旅生活中的第一次大的转折，即脱离了戴耳机值班的工作，改为"蹲"办公室"趴"办公桌的工作。在我们这个伟大的革命事业中，特别是在部队这个军事机构中，工作地点的调迁、工作种类的改变是经常发生的，因此，也是不足为怪的，因为是工作的需要。任凭工作需要的浪涛把我抛到哪里，抛到什么工作岗位上，都要把那里的工作做好。
>
> 新的单位在许多方面都不同于老单位，要适应新的工作环境也有一个过程；一定要完成好这个转变过程，在工作和生活中一定要谦虚谨慎，认真好学，改变以前的不良作风和不良影响；不要表现自己，要热情帮助别人，要让自己的言行符合所处的环境。此外，要控制好自己的情绪。我感到最近一个时期，自己的情绪有点浮躁，内心总是有一种空虚的感觉，这似乎是以前所没有的。回部队一年多来，由于环境的影响和自己的放纵，情绪的发展不够健康，这一方面是由于工作和生活确实比较单调，领导者工作作风和政策不实际而引起的，另一方面也是因为自己不注意控制，削弱了毅力和意志，容忍自己的情绪处于一种不正常的状态中所导致的。在一个单位工作了一段时间以后只要和同志们相处得不错，一般都不大愿意轻易变动工作单位，我这次也是这样。参军已经九年，要重新改行学习新的业务，总是有些困难的，就我个人来说是不希望调动单位的。但是，对于组织的决定，任何一个有理智的人都会服从的，更何况是一个共产党员呢？

前途只有一条，那就是迈步前进。

一如既往，二哥的日记是内心的袒露。由于熟悉且适应原工作环境，二哥虽然不想调动工作单位，但绝对服从组织的安排，同时提示自己要尽快适应新的环境，努力把工作做好。

日记中，二哥提醒自己，到新单位后一定要谦虚谨慎，热心助人，克服之前的毛病。另外，他感到自己这个阶段情绪有些浮躁，一定要控制好自己的情绪。此时的他，不论是对工作，还是对自己都有很强的预判、觉察意识。

此时，二哥还不到24岁。

1978年4月至6月，全军政治工作会议在北京召开，这次会议意义重大，对军队的拨乱反正工作具有重要的指导意义。

6月9日，二哥在日记中写下了对这次工作会议的几点体会：

连日来军报刊登了中央领导在全军政治工作会议上的重要讲话，看后深受启发和鼓舞，感到首长的讲话确实说到了我们心里，使人高兴。我认为这次会议确实是非常及时和必要的，是我军政治工作拨乱反正的一次大会。大会提出了一个非常重要、耐人思考的问题：如何在新的历史条件下做好政治工作。通过入伍几年来所见所闻政治工作的正反经验教训，并通过学习首长讲话我有如下几点体会：

一、政治工作是我军的生命线，是保证党对军队的绝对领导、保持我军的无产阶级性质和本色、提高我军战斗力的根本保障。这一点是任何时候、任何条件下也不能怀疑的。历史证明，政治思想工作稍一放松，军队的其他工作就会走上邪路。因为如果不用进步的、积极的思想去教育士兵，资产阶级的思想、旧的思想意识和人的惰性就会泛滥。

二、但是，政治思想工作的内容（相对的）与形式（方法）必须随着时间、对象、形势等的变化而不断变化，必须紧密地联系实际，适应人们的思想，只有这样才能使政治思想工作永远具有强大的作用和旺盛的生命力，才能保证政治工作不流于形式，不脱离实际，不会变成人们讨厌的僵死的东西。

三、因此，政治工作者必须注意研究新的历史条件下的各种新特点（包括人员的、思想的、任务的、形势的等），要真正认识到我们现在所处的时代与前几年、十几年、几十年甚至更远的一些时间相比，到底有了哪些变化（各方面）？随着这些变化我们的政治思想工作应做哪些改进？哪些是属于落后的东西应该抛弃？哪些是现在需要的新东西应该学习和树立？等等。要破迷信保守，敢于创新，善于学习。为此，政治工作者必须抛弃个人主义的狭隘意识，坚持实事求是，深入群众，调查研究，必须以身作则，先行先效，做群众的知心人，通过自己的言传身教和现代化的方式方法把群众的积极性调动起来，把群众团结在党的周围。

四、必须看到，由于林彪、"四人帮"多年来的破坏干扰，我军的政治工作受到十分严重的削弱和影响，在政治思想工作领域和政治工作者中间兴起了许多不正之风，于部队思想和组织危害极大。

由于林彪、"四人帮"的影响，政治工作中的形式主义、教条主义和大话、空话、假话多了，在政治工作者中间官僚主义和投机取巧、不负责任以及故步自封、不愿意做艰苦细致的调查研究和思想工作，不学习、不愿动脑研究新问题的空气浓了。所有这些都应该也必须在批判与学习的过程中、在新的工作实践中、在思想上和组织上逐步纠正过来。

五、基层政治思想工作仍然要以解决实际思想问题为基本任务，尽量把政治思想工作深入人们的物质生活和各种工作中去，要注意研究解决人们的物质生活问题与做好政治思想工作的关系，克服以大篇的动员报告代替实际的思想工作和解决实际问题的错误倾向。

六、培养和教育政治工作者学会应用辩证法，要深刻研究和认识政治工作与实际业务工作的对立统一以及精神变物质、物质变精神的辩证道理，要扫除那种为政治而政治，把政治工作当成一种工作目的的错误的旧认识，敢于承认做政治工作的目的就是要促进实际业务工作的前进，促进物质的增长，保证我军的革命化和现代化。

日记中的六点体会，是二哥多年工作的深刻感悟。政治思想工作一定要破除迷信保守，坚持实事求是，符合时代变化，杜绝形式主义、教条主义。二哥提出的"基层政治思想工作要以解决实际思想问题为基本任务，尽量把政治思想工作深入人们的物质生活和各种工作中去，要注意研究解决人们的物质生活问题与做好政治思想工作的关系，克服以大篇的动员报告代替实际的思想工作和解决实际问题的错误倾向"的观点应是基层正确的政治思想工作的基本方法之一。他在日记中所探讨的问题，全部与具体的工作相联系，体现了他坚持理论联系实际、求真务实的作风。

在这篇日记的前面，二哥写有一段话，反映出他的人生态度：

要么你向错误的东西妥协，和它同流合污；要么你就以极大的毅力保持自己的正直与廉洁，以保证你同错误倾向做坚决的斗争。要想放松自己而又想严于律人，这在实际上是很难办到的。

四、重返部队

1978年6月20日的日记中，二哥写下了对区队整党整风运动的看法，虽然部队整党整风运动刚刚开始，但他已对这次运动的结果做出了预判：

> 整党整风运动在我队已经开始几天了。整风运动是纠正错误思想、打击不良倾向、纯洁组织和思想的一种有效形式，这一点是已被实践（革命的）所证明了的。然而一切事物都有两重性，如果不是利用有效的形式去解决问题，而是为了完成任务而单纯地走一走形式，那么，这个形式不论你把它在外表上搞得多么华丽，它也只能是个形式。由于多年来林彪和"四人帮"的破坏干扰，在领导者与群众中间，在学习、生活和工作领域内都存在许多的问题；存在许多认识不清的东西；存在许多群众有看法但一直得不到解决的问题；很需要在这次整风运动中，让大家敞开思想、畅所欲言，把许多年来是非不清的问题谈个明白；让群众把多年来压在心底的话（不管是对的还是不正确的，不管是批评是建议还是牢骚）都讲出来；让"四人帮"压制多年的民主风气重新发扬起来。最后再来看看，哪些是错误的需要纠正，哪些是缺陷需要补充，哪些是正确的需要坚持。没有的就要建立，特别要注意哪些是属于"四人帮"流毒的产物，应该铲除；哪些是被"四人帮"无理取消而又是为群众所需要的，应该恢复；等等。不论在思想范围、工作范围还是生活范围内，都应这样。总之，要通过整风，造成一种"既有民主又有集中，既有纪律又有自由，既有统一意志又有个人心情舒畅那么一种生动活泼的政治局面"。应该说，这是广大群众对这次整风运动所寄予的希望。
>
> 我注意了一下我们这次整风运动的计划安排和这几天运动的进行情况。我觉得和"以前"所搞的运动没有什么区别，只注意造计

划、定时间、做大篇的报告，造成气氛上的紧张和压力。比如，指定学习多少篇文章、上几次大课、多少时间讨论、讨论多少专题，而且特别强调了个人"三大讲"，通不过的要重来，等等。在计划中什么指针、镜子列了不少，可是怎么指、怎么照却不得要领；计划中说运动的目的是使队里出现一种事业心强、原则性强、政治空气浓的新气象，这些又怎么来衡量呢？难道单靠学习、讨论、动员报告就能达此目的吗？不得一解。而且路线分析也没有拿出个像样的例子，讨论题也还是局限于理论上的空谈，这能解决些什么问题？而那些真正影响着人们的实际问题则一点也没有接触到，因此使人很难相信运动能够达到计划的制订者们所设想的那些宏大的目的。

那么，运动在人们中间引起了什么反响呢？总的印象是，人们对待这次整风的态度和对待"以前"的运动的态度没什么两样；人们的思想没有敞开，心里的话也没有真正讲出来。因而，讨论有时很难继续下去，而且似乎没有一个能引起人们争论的问题，这给人们一种什么印象呢？

领导者对运动的态度又是如何呢？虽然当他们谈及运动时调子、嗓门很高，企图以此引起人们的重视，但实质上他们充其量不过是为了完成一项任务，对上级负个责任。至于运动的现实意义，可能达到的目的，真正要解决哪几个问题，怎样解决，群众对运动有什么想法和看法，他们心中可以说是完全没数的。多年来由于"四人帮"的影响，在基层领导中形成只对上级负责，而不对本单位的群众和实际工作负责的风气实在是太浓厚了，这种风气对事业的危害性是极大的，这多么使人痛心。

我们这些老"运动员"的任务仍然和以前一样，讨论那些讨论过不知多少次、永远也讨论不完而且是自己讨论自己听的讨论题。

我这样来议论运动是不是观点不对呢？可能会有人认为是不对的，但是只要和群众谈谈，实事求是地分析一下，就不会这样认为了。

粉碎"四人帮"后，人们期盼着思想解放、心情舒畅的工作氛围，但这次运动的安排计划与"文化大革命"期间的做法没什么区别，仍然是流于形式，没有触及任何具体问题。因此，二哥判断这次运动不大可能取得什么成效。

受十年"文化大革命"的影响，许多干部自觉或不自觉地养成了形式主义、说空话、大话的习气，特别是一些基层领导习惯于只对上级负责，而不对本单位的群众和实际工作负责，这种风气的危害性是极大的。对这种现象，二哥在日记中坦率地提出自己的看法。

1978年6月22日，二哥在日记中写道：

最近听了几次讲话，引起了我的一些联想。这些讲话调子虽高，但内容不实，道理虽大，然而不深。我总感觉到，多年来由于受林彪和"四人帮"的干扰，加之自己放松要求，有许多领导只安于在大会上讲个话，做个报告，而不重于深入群众调查研究，摸清群众的思想情绪和产生思想问题的各种原因，做深入细致具体的思想工作。这样在他们的讲话中主要的是些口号和报纸上的"大道理"，基本上没有针对群众的具体问题的语言。当然，大道理一定要讲，一定要用大道理来统率小道理，要使群众服从大道理。"二万五"①、吃草根树皮，革命烈士抛头颅、洒热血也要经常讲，

---

① "二万五"，指1934年中国工农红军从江西瑞金开始的二万五千里长征。

使后人当着革命需要时也能毫不犹豫地去忍受艰苦，去挺身牺牲。但是这些道理是不会自然地钻进人们的思想里去的，而是要求我们运用正确的方法，把这些革命的大道理灌输到人们的头脑中去。这就需要我们去了解群众面临哪些具体问题，哪些是可以解决而没有解决的，哪些是由于暂时有困难无法解决，需要群众克服一下的。只要把革命的大道理同群众的具体问题和具体思想结合起来，道理讲得真切，讲得实在，群众是完全可以接受的。

在我们有些"气粗"的领导看来，不论什么困难（不论是因为我们的事业发展得慢，暂时还无力解决的困难，还是因为某些政策问题而人为地造成的困难，以及那些完全可以解决，只是由于领导者的官僚主义而没有解决的困难）群众都应无条件地忍受，不应有一点怨言。群众不反映困难，领导岂不舒服了吗？但如果是那样还要你领导干什么呢？有些领导只会讲在过去如何如何，以此来束缚群众反映困难的意见，但他并没有想到，在战争年代领导又是怎样做的呢？在战争年代，干部战士一样行军打仗冲锋陷阵，艰苦奋斗，因此他们随时能体会到战士的疾苦。但现在不同了，领导工资高了，住进机关了，再加上那么一点官僚主义，不大深入群众调查研究，往往只从自己的角度看问题，所以就不大了解群众的疾苦和各种问题。如果自己本身就忘记了过去的光荣传统，不注意艰苦奋斗了，那么你又怎么能够要求别人呢？再有，社会主义在不断深入，和平时期在不断延长，会出现许多新的问题和新的情况，要求我们的领导也要不断地提高自己的思想水平和工作水平，要认真研究和解决怎样兼顾群众的个人利益和革命的整体利益的问题，决不能图省力，企图靠一个讲话、一篇报告就解决一切问题。我们号召人民群众发扬革命精神，做出一些个人牺牲，原本是通过人民的艰苦奋斗来换得革命事业的更大发展，反过来造福人民。因此我们在教育群众艰苦奋斗的同时，也应该努力解决那些可以解决的问题。如果只是在口头上号召人民去艰苦奋斗，又不去努力地解决群众的具体困难，不去给群众不断地谋福利，这本身不是否认了我们艰苦奋斗、干工作、干革命、干四个现代化的意义了吗？而那些让群众艰苦奋斗，以此来掩盖自己的官僚主义，不负责任和无能所造成的各种问题的领导的作风就更恶劣了。

在战争年代，为了夺取政权，干部和战士同在一个战壕，冒着枪林弹雨，群众的困难领导自然清楚；而现在环境条件发生了极大的变化，如果领导者只顾享受个人的安逸，不深入群众，不了解群众的疾苦，只是一味地要求群众发扬艰苦奋斗精神，却不花力气解决群众的具体困难，这样怎能调动群众的积极性呢？在二哥的认识中，关心群众利益，是特别强调的一点。自此，二哥开始对干部制度改革问题进行持续深入的思考。

部队整党运动结束之后，在7月29日日记中，二哥对这次整党运动进行了深入的总结分析。

怎样评价这次整党

整党运动（6月14日—7月28日）结束了，怎样来评价它呢？用一分为二的观点看问题，首先还应该承认这次运动取得了一定的成绩，比如：群众给党支部提了一百多条意见；多年没有开展过的党组织内同志间的批评与自我批评也搞了一下；相互之间长期不能相通的意见和看法得到了交换；一些同志做了自我批评，讲了一些自己的缺点；等等。但是，总的看来运动的效果并不大，没有达到解放思想、放下包袱、调动全体同志的积极性、使人人都有精神面貌为之一新的感觉，自觉自愿地把工作做好的目的。所以，运动看起来时间较为集中，形式较为"轰隆"，而效果较为空。这主要原因是运动的组织者对于运动的必要性、针对性，单位里存在的问题，哪些是主要问题，要解决哪些问题，这些问题产生的原因是什么，应该怎样解决等都缺乏深入的研究和分析。也就是说没有在怎样把运动真正搞好上下功夫，而是在形式上下了过多的功夫，搞运动仍然没有突破"四人帮"时期的框框。因此，群众并没有真正发动起来，群众的心里话也并没有讲出来（大家常讲：讲了也没用，不如不讲），运动自然就很难深入下去。运动出现这种情况并不是偶然的，是有它一定的历史和社会原因的。

  数年以来，在"四人帮"、林彪的干扰影响下，不少人习惯地认为理论与实践、思想与生活工作都是截然分开、互不相关的，可以不顾实际情况大讲所谓"阶级斗争理论"，可以脱离人们的现实生活状况要人们去限制法权。结果是理论越讲越高，实际越来越糟，这是完全违反马克思主义哲学观点的，是"四人帮"的罪恶。唯物主义认为存在决定意识，人们的思想是社会生活的反映；也就是说人们一定的思想问题总是与生活工作中一定的具体问题相联系的，哪里来的无根无据的思想问题呢？这些思想问题大致可以分为两类：一类属于由实际问题所引发的正常思想问题；一类属于受资产阶级思想影响，摆不正个人与组织、个人利益与革命利益的关系，提出不切实际的无理要求的思想问题。总之，这些思想问题大多数是由于工作和生活中的各种实际矛盾所引起的。那么，应该怎样解决它们呢？多年来某些人（主要是一些干部）认为所谓思想问题就要用理论来解决，就要人们想想"二万五"，来个灵魂深处爆发革命，领导讲讲话，群众发发言，就算是把问题解决过去了。难道他们真是想用理论来解决人们的思想问题吗？也并非如此。主张用理论解决问题的人有这样几点考虑：理论解决问题比较省力，比较显得"左"一些，不致被人戴什么帽子；最后在理论上调子可高一些，形式可花一些，名利也就多一些。在理论上把群众一压，群众就不好讲话了，由此"官"们因为不负责任、无能而给群众造成的困难和矛盾也就掩盖过去了。所以说，以理论解决一切问题真是某些投机取巧的领导者的绝妙的"艺术"。那么，在实际上的情况是怎么样呢？事实已经证明，认为用理论可以解决一切问题的看法是荒谬的。因为人是生活在现实中的，他有头脑，有实际的感觉，他可以把他的感觉和你的理论联系对比一下。你说得天花乱坠，而他看到的则是群众问题成了堆；而领导是高调天天在口，从不下去走走，对群众疾苦漠不关心。你一开口就要群众想想过去战争年代，想想"二万五"，那么，你自己怎么不想想呢？这样一对比，群众就把你看透了。好吧，你不对群众负责，我就不干了，或者我自己想想办法吧。八仙过海，各显神通，各种各样的事就都来了。谁还有精力去搞工作呢？因此，领导如想真正搞好工作，就必须把群众的积极性调动起来；要把群众的积极性调动起来，你就必须想群众所想，急群众所急，做群众所需，真正解决好几个影响群众思想的实际问题，这样比你做十天报告都有用。群众生活工作中的具体困难解决了，那些在讨论中扯来扯去的问题也就自然解决了。当然有些问题一时还解决不了，或有些要求不合实际，仍需要对群众做些理论上的说服教育工作，但这种理论必须是实事求是的，必须是符合实际情况的，而且也必须有领导的关心和努力来做补充。一个运动不去联系、接触和解决群众迫切要求解决的问题，脱离人们的思想去空谈什么理论上的东西，那当然解决不了什么问题，群众也完全有理由对你这个运动厌恶。我们必须清楚思想绝不是孤立存在的，而是社会存在即生活的反映。我们在解决人的思想问题时必须（充分地）注意这一点，这样我们的思想（理论）工作才能有所成效。

二哥在日记中肯定了长达一个多月的整党运动所取得的成绩，但也非常坦率地谈了对这次整党运动的看法；特别是对整党运动脱离实际，只注重外表形式的做法提出了批评；对一些领导仍然沿袭用理论说教来解决实际问题的做法，从思想根源上进行了剖析。他认为，如果不解决群众工作生活中的实际问题，群众的积极性就难以调动发挥，思想工作就难以取得成效，现实中最为重要的还是干部思想作风的转变。

这篇日记的上半部分是对部队整党运动的总体评价。接下来，二哥具体分析了自己所在单位的具体情况：

……我们单位到底有哪些问题？它们产生的原因又是什么呢？单位老同志多，干部多，党员多。这些同志可以说大部分都是明白道理的，通情达理的，愿意把工作做好的，对自己的要求也是严格的，自觉性也是高的。但另一方面，他们中许多人都是有了家庭和孩子的人。许多老同志从十六七岁甚至是十四五岁就参了军，在部队中度过了青年和壮年时期，如今都已是十余年、二十余年军龄的老同志了。他们当中许多人属于夫妻两地分居，在生活上有一些家庭困难。双职工在部队的也会因家庭分散了一些精力，就如同地方上一样，种种柴米油盐的问题都要考虑，可是部队的工作又在许多方面限制着他们。这些同志长年在部队工作，仍然是一般的工作人员（同连队战士一样），各种待遇又比较低，部队本来工作紧张，又加上某些连队搞形式主义，人为造成一些紧张，使这些同志在思想上必然产生疲劳和松懈的情绪，当在事业方面进取不大的时候他们便自然产生解甲归田的想法。尽管单位的老同志们面临着种种具体困难，可是他们在组织未同意自己离队时仍然认真负责地做好日常工作，没人闹情绪化、压铺板①。虽然他们没有做出什么特别突出的成绩（这是受个人才智和历史条件的限制），但多年来，把自己所负责的工作做好了，这就十分难能可贵了。可是当群众刚刚反映一点具体困难，有的人就讲了：你们要想想过去呀，想想"二万五"呀！不错，我们是要常常想想过去，想想"二万五"，不想这些就不能激励我们向前看，就不能激励我们为明天光明的前途而奋斗。但必须明确，正确地想过去，想"二万五"的方法时不但要群众想，领导也要想，大家一块想。我们想想过去，想"二万五"的目的和意义是什么呢？我们的老前辈艰苦奋斗、"二万五"的目的是让全国人民过上幸福的日子；我们今天艰苦奋斗也是希望通过全党全国人民一致的奋斗，使全国人民的生活水平迅速提高，改变我们目前的状况，而绝不是为了掩盖某些领导的官僚主义和不负责任。如果我们永远把过去的水平作为我们今天的标准，我们就失去了艰苦奋斗的根本意义，也没有必要搞四个现代化了。所以，要求群众自觉地发扬"二万五"的精神艰苦奋斗，必须与领导为提高和改善广大人民的生活而努力紧密地结合起来。

当然，并不是说单位的群众就没有缺点了，比如少数同志在考虑问题时还缺乏全局观念，对自己的要求还不够高，自觉性也不是很强，在一些问题上还摆不正个人利益与整体利益的关系，等等。

---

① 压铺板，指为达到复员转业的目的，不起床、不上班的意思。

这些缺点除自身思想革命化抓得不紧这个原因外，也还有一些客观上的原因，其中之一就是缺乏具体细致的思想工作。

根据以上种种情况，对我们这样的单位的要求也就不能同野战部队的连队一样，要从工作的性质、人员的情况这些具体的方面来制订合理的要求。整党也要从这些具体情况出发制订计划，决定通过什么方式解决哪些问题。如果对这些情况问题不分析不研究，凡是问题一律来个理论教育，自己讨论，那么什么问题也解决不了。

有句群众语言说得好："村看村，户看户，群众看干部。"搞运动和做其他任何一项工作一样，干部的表率作用是很重要的。在战争年代，干部作战英勇，战士打仗就顽强，干部的行动是无声的命令。干部实际行动的感召力是十分大的，你在台上讲得口干舌燥，群众有可能无动于衷，而你亲自下来带头干一干，群众也就动起来了。这次整党也是如此。你讲有这么多问题，那么多问题，根本的问题还是支部的问题。支部带头做自我批评，广大党员群众也就做了认真的自我批评。可是在解决问题方面，在工作方面，支部、领导没有什么实际行动，还是老一套，一点没有新起色、新动向，群众自然也动不起来。不能只埋怨群众的观望态度，这是很自然的。正因为这样才需要我们通过实际行动来发动群众。你在台上讲了一大篇理论，结果下来工作还是老样子，群众的话听不进，对群众的意见、建议不理睬，对群众要求的问题不解决，对群众的实际问题漠然置之，还是只对上级负责，对个人名利负责，而不对群众负责，那么群众怎么能真心实意地干起来呢？只能是你搞个形式，大家来应付应付，这样，运动怎么能深入下去呢？群众的观望态度是可以理解的，因为他们被空头理论愚弄的次数太多了，所以他现在不看你理论上讲得如何漂亮，而是看你实际行动做得如何。另外，群众的观望态度还不止在领导身上,也还在于机关方面的表现。大家都在一个大院里生活,你抓部队紧得要死,而机关还是那么逍遥自在,短时间内还影响不大;长此以往,部队同志就会有看法,思想上就会有些消极影响。本来部队就很辛苦。他们要值夜班,干活、出公差他们又一定是主力;电影看不上,在团里他们各种"优惠待遇"又最差,丝毫补贴也没有。这些已对值班部队产生了一些消极影响。机关本应为部队服务,可现在机关成了"老爷",部队成了"下人";在值班部队工作二十余年的老同志办件事情还不如后勤机关部门的一个新兵方便,这难道不使人感到难以接受吗?因此说,要把部队真正整顿好,并不是一件简单的事情。这是一件由多方面因素构成的事情,既要有耐心、细心、合乎情理的思想工作,又要有领导实事求是、真心为群众办事情、解决问题的实际行动,还要使机关的工作和部队协调起来,真正面向部队,为部队服务。这些方面搞好了,不怕部队整顿不好。没有这些实际的工作,你搞一百个花样的运动也没用。

对于我们目前的状况,群众也有许多意见,也都希望能够逐步整顿好一些。群众是要求进步的,但因为他们处于分散和被领导的地位,所以你不能要求他们自发地行动起来,必须有效地组织他们,动员他们。任何一个单位都一样,群众中问题多,单位形势落后,说明这个单位的领导是不行的。而一个单位的群众是积极的,形势是好的,也就说明单位领导是得力的。

以上说的,说明对问题不分析、不研究,按照旧的模式搞运动是不会取得效果的。群众看不到新的实际的东西,看不到领导者解决问题的真心实意,群众也就认为:"什么运动?还不是老一套。"对运动不抱什么希望,心里话也不会讲出来,因为他们觉得讲了也没用。群众没有动员起来，什么事情也搞不好。

由此看来，运动能否搞好，关键要看领导是否真正想通过运动解决一些问题，是只对上级、对自己负责，还是既对上级负责更对人民负责，是否真正把干工作与个人名利分开来了。

当然，对运动的看法也不一样，领导讲成绩是很大的，运动后出了许多"新气象"。其实，这些"新气象"一直是存在的。

通过对这次整党的分析，我们可以看到：任何一种运动都是一个形式，一种手段，它是为目的而存在的，而形式本身并不是目的。如果只注意形式上的过场而不注意效果，那么任何运动不但不能促进工作和学习，反而会对组织、人员思想、工作学习起到一种涣散作用。所以，领导者要想真正解决一些问题，真正把所在单位的工作搞好，就不能只是动动嘴，而是要有解决问题的诚恳态度，多动动腿、动动手，做一些实际的工作。而那些开口就是"大道理"，讲问题只是抽象肯定，而无具体分析，无具体改进措施，又听不进群众意见的人，是永远不想把工作做好的人。

这篇长日记可以说是对这次部队整党运动的一项专题研讨总结。怎样评价这次整党？成绩肯定是有的，毕竟这次整党运动进行了一个多月的时间，群众给支部提了许多意见，开展了批评与自我批评。不过，二哥认为，总体形式隆重，但效果较空。之所以这样认为，是因为虽然整党运动表面上热热闹闹，但基层问题没有解决，干部的工作作风没有改变，大家工作状态还是老样子，没有达到通过整党激发广大群众工作积极性的目的。问题的症结是领导的思想观念没有转变，仍然停留在做表面文章、搞形式主义。

日记中，二哥举例分析了一些基层单位存在的一些具体问题；其中有些问题通过合理的调整是完全可以解决的，关键在于领导有没有这样的意识；对基层存

四、重返部队

在的困难问题是积极想办法解决还是因循守旧，一味地让大家用想想"二万五"来克服；是不是真正地把基层官兵的疾苦放在心上；是不是把工作放在首位；是不是在思想上能认识到解决群众困难对调动积极性的促进作用。这些问题本应该通过这次整党得到解决，但十年动乱造成一些干部的思想严重僵化。

这篇日记长达12页，有5000余字，是二哥写的最长的日记之一。在时间有限的情况下，一气呵成、不加修改地完成如此长篇论述，并且做到层次分明，条理清晰，观点明确，说理充分，充分说明他头脑中具有深厚的积淀，对部队情况了然于胸，理论基础扎实，逻辑严谨，观察敏锐，同时还具有娴熟的文字功底。这是令人钦佩的。

在完成每日紧张的战备值班任务后，二哥花时间、费精力认真思考分析部队工作情况，以极大的热忱投身于军队现代化建设事业，体现出他对部队的忠诚与热爱。

对部队状况持续不断地跟踪分析，最终，二哥产生了对部队改革进行全面系统论述的想法。

二哥所写的日记，形式是日记，但很多都是极具理论价值的文章。

1978年9月22日，二哥在日记中写下了对社会主义民主制度建设问题的思考：

上级和下级，领导和群众之间经常会有矛盾，这并不奇怪，这是因为二者所处的地位不同，看问题的角度不同，结论就不同，处理事情的态度方法也不同导致的。然而这二者不应该是根本对立的，应该是可以统一到一起的。能不能统一到一起呢？完全能！事实证明是这样，领导完全可以既站在自己的角度也站在群众的角度看问题，群众也是一样。然而，在这两方面，领导是主要的一方。我们要求领导体贴群众，群众理解领导，但特别要求领导体贴群众。这是因为一个领导如果不明了群众的意愿，不了解群众的利益和要求，不了解群众的思想和情绪，他就无法成功地领导群众。一个正确的出色的领导必须能从自己包括自己的上级的角度看问题，处理问题，而且还善于从群众（不但是大多数而且也包括少数群众）的角度去看问题，处理问题。只有这样才能将群众和领导的意志有机地结合起来，才能形成强有力的领导中坚。要做到这些就要求领导深入实际、深入群众，真正地充分发扬民主，让群众讲话。

让群众讲话，可以发现群众中那些积极的、合理的建议和办法，可以把群众的智慧与领导的能力结合起来，弥补领导的不足。

让群众讲话，可以听到群众对领导、对工作的正确批评，使领导发现自身的不足并及时改正它们。

让群众讲话，可以听到群众对各方面各种问题的反映，使领导能了解到更多的情况，开阔眼界，明了形势。

让群众讲话，可以发现群众中的消极情绪和不正确的思想，领导才能有的放矢地去教育和帮助群众。

让群众讲话，可以了解到群众的要求愿望，便于领导逐步地满足他们，调动群众的积极性。

让群众讲话，还可以听到来自反面的意见，可以使领导考虑问题、解决问题时更周密一些，有些意见可以使领导引以为戒。

总之，让群众讲话，可以使群众解放思想，畅所欲言；可以使领导开阔眼界，明了情况，考虑周密；可以使领导聪明有力；可以使群众和领导加深了解，互相信任，关系融洽，同心同德，最大限度地使领导和群众的聪明才智结合起来。毫无疑问，这将给我们的工作带来巨大的好处。

而不让群众讲话的人就会使自己与群众处在对立的位置上，得罪群众的人难免一天要垮台。

当然，对群众的意见也要采取辩证的态度，也就是说要分析。因为群众的意见是来自个人，来自不同的角度，出自不同的考虑，它具有全面性；然而又带有分散性，有时也往往带有个人的片面性。所以对它们要分析整理，正确的采纳，错误的要解释教育。总之，要用辩证的、实事求是的态度，用民主的方法对待群众意见。

然而，也有一些人不让群众讲话，怕群众讲话，听不进群众的意见。在他们那里没有群众的意志，只有领导的意志，长官的意志。原因是多方面的：有的是满足于过去的经验——狭隘的一知半解，因而故步自封，自认为领导高明，不相信群众；有的则是意志衰退，贪图安逸，怕动脑筋去研究问题，怕花力气去解决问题，怕个人利益受损失；还有个别的则是居心叵测。总之，他们既不对群众负责，也不对党的利益负责，因为这些与他们的个人利益无直接关系。在这些人看来，群众的积极建议需要他们去组织试验（要冒失败的风险），群众的意见需要他们努力改正，群众的要求困难需要他们花力气解决，群众反映的情况需要他们去了解研究。这些来自群众的东西无一不需要领导去动脑筋，去费力气。这就要求他们的头脑和四肢不停地转动，这无疑要带来精神和肉体上的劳累（有时是极度的），这就是苦，为群众办事的人就是要吃苦。然而，不让群众讲话呢，或者说不理睬群众的意见呢，也就没有那些麻烦事了（个人的麻烦是少了，而党的事业的麻烦就多了），领导岂不清闲自在了吗？在有些心胸狭隘的领导看来，群众积极合理的建议是说明领导的无能，因而一顶"异想天开"加"个人主义"的大帽子就扣了过去；而群众的正确批评意见则暴露了领导的缺点，这怎么得了，"诬陷领导"的帽子先扣上，以后还得给"小鞋"穿；至于群众的要求和牢骚那就更是大逆不道了，一个大口号统统堵住。他们爱听的只有那些阿谀奉承、歌功颂德和小恩小惠式的"群众意见"。

当然，一般来说，人们是希望自己正确的，因而也喜欢听顺耳的声音，就如同人们喜欢好的、美的东西一样。可是在实际中，一个人是绝对不可能一贯正确的，是否正确要听听广大群众的意见，要看看实际效果，决不能以几个人的好话来决定是否正确。不正确就必然受到群众批评，这是很正常的，我们决不能以个人的自尊心来代替党的事业和党的原则。只要不是别有用心的恶意攻击，只要是善意的反映群众关心集体事业的意见（哪怕是尖锐而与事实又不完全相符的），我们就要虚心听取，从中发现合理的东西。要做到这一点是十分不易的，这要求我们的领导要真正站在党的事业立场上，具有高度的对党对人民的责任感，要有较高的政治修养。

我国是个农业国，经济和文化水平很低，封建专制统治延续了几千年，没有经历现代资产阶级革命和资本主义发展时期，传统的封建习惯势力比较顽固，没有实行过民主制度。虽然社会主义改变了生产资料所有制，在一定范围内和一定程度上改变了生产关系，但是在许许多多方面，人们看待事物的眼光，解决问题的方法都留有较深的封建社会的痕迹。许多干部的家长制作风、官僚主义作风就是这一点的证明。我们现行的行政体制、干部制度也有一定的弊端，如干部从上到下一律由上级任命，因此只要不得罪上级、不犯大的错误，就可以一日升官，百年受禄，不管他为不为群众办事情，不管群众对他意见大不大。由此而产生那种不顾群众意见、一人说了算的官僚主义作风。"四人帮"疯狂地破坏党内外民主，践踏社会主义法制，达到了登峰造极的地步，他们猖狂的十年给我们带来的教训是极深刻的。

我们国家在经济上还较落后，要使我国的经济能较快地发展起来，充分发扬民主是重要的方面之一，不民主就会限制人们的各种积极性和创造性，就会压制生产力的发展，就会造成人们之间的对立，最终破坏经济发展。在世界上，凡民主国家的经济总是发展得快些，而专制国家的经济一般都发展较慢。当然，决定因素不只是这一点，但这是重要的一点。

我们国家实行社会主义的民主制度，要做许多工作。因为新中国成立以前较少实行过正常的民主，人们在精神上多年受压抑，而封建专制和小生产家长制的残余还经常自觉不自觉地影响着人们。另外，许多人对民主生活还较为生疏，不大适应，容易走极端而忽视了集中。所有这些都需要我们通过各种途径和手段对人民进行宣传、教育和引导，使他们逐步适应正常的社会主义民主生活。

只要我们坚持实行社会主义民主制度，人民也熟悉了这种民主生活，我们就可以最高地集中人民的意志，党和人民、领导和群众就能够高度统一，我们的事业就会以新的高速度前进！

在日记中以随笔的方式写出这样分量很重的内容，展示了二哥思维开阔、逻辑严谨、洞察敏锐的见解，其中不乏真知灼见。

二哥首先指出，一个合格的领导不仅要站在上级的角度考虑问题，同时也要站在基层群众的角度考虑问题，只有这样才能把领导与群众的思想有机地结合起来；不了解群众的利益和需求，不了解群众的思想和情绪，就无法有效地领导群众。

怎样才能了解群众的真实想法呢？这就需要领导深入群众、深入实际，充分发扬民主、倾听群众的意见呼声。文中进而引申出让群众讲话的问题。日记中，二哥一一列举了让群众讲话的各种益处，概括而言有：让群众讲话可以使领导更全面地了解情况，采纳群众合理的建议，弥补领导考虑问题的短板，加强领导与群众的团结，促进思想解放，从而充分发挥广大群众的积极性、创造性。让群众讲话是推进我们事业健康发展的重要手段。

然而实际工作中，个别领导听不得不同意见，认为提意见就是否定领导的英明正确，是个人主义；对于那些懒政、惰政的领导，提意见就是给领导添麻烦。因此，给领导提意见并不受欢迎甚至被穿"小鞋"。这严重挫伤了广大群众的积极性、参与性，也影响了干群关系。

让群众讲话是社会主义民主制度的基本体现之一。日记的后段，二哥从历史发展、人性弱点及现行的行政体制、干部任免制度等角度分析了一些领导听不进不同声音的成因，说明发扬民主的必要性、重要性。他认为，我们国家在经济上还较落后，要使我国的经济能较快地发展起来，充分发扬民主是重要的方面之一；不实行民主就会限制人们的积极性和创造性，就会压制生产力的发展，就会造成人们之间的对立，最终会影响经济发展。因此，领导要真正站在对党、对人民事业高度负责的立场上，虚心听取人民群众的意见呼声。当然，要使我们这样一个受封建专制影响很深的国家真正实行社会主义的民主制度，还需要一个过程，要做许多工作。但他相信："只要我们坚持实行社会主义民主制度，人民也熟悉了这种民主生活，我们就可以最高地集中人民的意志，党和人民，领导和群众就能够高度统一，我们的事业就会以新的高速度前进！"

在四十多年前那个特殊时期，二哥能够提出如此深刻的观点，展示了他深邃的思想境界、强烈的历史责任感。今天，我们再次阅读仍然能感受到强烈的现实意义。

日记中有相当篇幅谈到了领导的工作方法问题，虽然二哥从事专业技术工作，但文中的观点显示了他在综合管理方面的能力。

1978年5月11日，《光明日报》在头版发表特约评论员的《实践是检验真理的唯一标准》一文，由此在全国引发了一场关于真理标准的大讨论。这场讨论的意义十分重大。1978年10月3日，二哥在日记中记录了对实践是检验真理的唯一标准的认识：

最近一个时期以来，开展了关于实践是检验真理的唯一标准的讨论，我认为这一讨论是十分必要的。真理是从实践中来还是从书本中来，这确实是需要好好讨论的。对这个问题认识清楚了就会有助于我们一系列的方针、政策的制定，有助于我们工作的进步，尤其在当前这个继往开来、百乱待理、大干四个现代化的新的历史时期，弄清楚这一理论问题实在是大有好处的。

通过学习，我也有了这么几点认识。

一、马列主义，毛泽东思想之所以是我们的行动指南，正是因为它们本身是为亿万革命群众的实践所证明了的真理。真理一旦形成便可指导人们的实践，然而它们本身不能代替实践成为检验其他真理的标准，因此，不能否认实践是检验一切真理的唯一标准。

二、在阶级斗争、生产斗争和科学实验这三大领域内的许多具体理论是否是真理，在马列、毛主席著作中是找不到答案的，要在具体的实践中加以检验。

三、马列主义认为，任何真理都是相对的，是随时间、地点、条件而转移的。列宁指出的"十月革命"的道路，是完全适合于苏联国情的，证明是真理，但在中国武装夺取政权就不能走从城市到农村的道路，而要走"井冈山"的道路。

四、由于人类社会和自然界里的许多东西在以前还未被认识或还未出现，所以后人会遇到许多革命导师所未谈到的东西，认识这些新事物中的真理又要靠实践来检验。

五、革命导师某一时间针对某一具体问题所讲的话，不能不分时间、地点、条件无限制地随便套用，要用革命导师的思想原理来对待发展变化了的情况，不能用某一时间的一两句话来束缚人们的手脚。

六、如果认为马列主义毛泽东思想既已被实践证明是真理，就否认对它们的发展补充，把它们僵化，那么，这本身就是否定了它们的真理性。

二哥以一个普通士兵的身份积极参与了这场真理标准的大讨论，并以自己的体会阐述了对实践是检验真理的唯一标准的认识。这篇日记也从一个侧面记录了那场关于真理标准的讨论在全国范围内引发的影响。

10月8日，二哥在日记中探讨了艰苦奋斗与群众切身利益的关系：

对于我们现在的情况来说，人们比较难以接受而整个社会主义事业又十分需要的东西就是"艰苦奋斗"。艰苦奋斗正如同为了跳远而必要的后退一样，暂时的艰苦是为了长远的幸福，但如果达不到这一目的，艰苦奋斗就失灵了。因此，我们在向群众做艰苦奋斗的教育时，应尽可能地给他们一些利益。

人是有思维的动物，都有两方面的要求：第一是物质需求，第二是精神需求。对于一个正常人来说，两者是缺一不可的——既不能合二为一，又不能截然分开。它们在一定的时间内可以互相弥补，但不能互相替代，而是互相联系、互相影响的。我们的领导必须了解精神与物质之间的这种关系，不能一味地要求用精神代替物质，要看到物质变精神、精神变物质的辩证关系。因为它们之间既可以促进，也可以促退。

无数同类个体的特性形成了该类整体的共性，每个人都想活下去的个性形成整个人类为生存而奋斗的共性，这是我们在解释整体利益与个人利益时必须注意的一个问题。我想，每一个革命者参加革命时，他的目的绝不是牺牲，而是解放全体被压迫的人民，也包括解放自己。只是在需要他为实现自己的理想和人民的解放而献出生命时，他才做出牺牲的。同样，我们每一个参加工作的人也都不是为了艰苦而来的，而是希望通过自己和大家共同工作，换来包括自己在内的整体的幸福生活。只是，为实现这一目的而需要我们艰苦时，我们才承担艰苦的。这就要求我们的各级领导在条件许可时，逐步解决人们的实际困难，使他们能在艰苦奋斗中有所收益。艰苦奋斗是一种手段而不是目的，如果丧失了手段的意义后，它就不灵了。对于普通群众来说，理想与信仰不是很坚定的，革命口号的号召力量、思想教育的刺激力量也都是有限的，实际的物质利益是影响他们思想的决定因素。只有当他们在物质上得到好处时，他们的工作热情才会高涨。人们在决定一件事应不应做之前，总是要考虑它的实际价值的大小。如果我们只是在口头上号召群众去发扬革命精神而不去解决群众的那些应该而且可以解决的柴米油盐问题，则群众的积极性就很难调动起来，因为他们不明白这是为谁干。再者，群众是由个人组成的，如果我们只在口头上讲解决群众的困难，而没有具体解决措施，那实际上是在反对解决群众困难。

在实际工作和生活中我们认识到，群众的思想问题总是由具体问题（物质的、精神的）引起的，总是有一定的具体原因的。我们一定要针对这些具体原因去做工作。讲一些大道理不能说不对，但要联系实际,尤其要与群众的具体问题相联系,否则就无用。因为大道理本身缺乏针对性,如同某些看似能治百病但实际上百病不治的药品一样,它可以针对一切人,然而又可以说谁也不针对。因此,我们要做好工作,就不仅要讲大道理、开大会、做动员,而且还要找出导致群众产生思想问题的具体原因,把那些能够解决的问题解决了,人们的思想问题也就自然消失了。当然,对于某些人因不切实际的想法和要求而产生的思想问题要重点进行思想教育,打通思想,使他们能正视现实,抛弃那些个人主义的不切实际的想法和要求;同时,也要解决他们的要求中那些能够解决的具体问题。

这篇日记的核心是阐述发扬艰苦奋斗精神与解决群众实际困难之间的辩证关系。二哥在日记中指出,在一定的时期和一定的阶段,我们需要发扬艰苦奋斗的精神去克服前进道路上的障碍;但我们投身革命工作、投身社会主义建设,说到底还是为了不断改善和提高人们的文化和生活水平;我们不是为了艰苦奋斗而参加工作的,艰苦奋斗不是目的,只是一种手段,发扬艰苦奋斗的精神与解决群众切实困难并不矛盾,都能够起到激发人们干劲的作用。他特别从人性角度出发,分析了物质因素在人们生活中的重要性:如果解决了人们现实生活中的实际困难,就必然会调动人们积极性。但现实的问题是,一些人把艰苦奋斗视为一种万能的武器,有人甚至把艰苦奋斗作为抵御群众要求解决实际困难的挡箭牌。如果领导者一味地要求人们艰苦奋斗,对群众眼下的困难漠然置之,那么人们的积极性又如何调动呢?光喊口号是解决不了问题的。平实的语言显示了二哥严谨的逻辑推理能力,所说在理,富有穿透力。

二哥在这段时间的日记,有大量针对国家民主制度建设,克服干部队伍中的官僚主义、形式主义及部队具体工作的分析思考,以及对思想僵化的批评;所表达的观点,体现了他的思想认知水准。

四、重返部队

  日记中，没有任何二哥在这段时间内具体工作的记录，尽管他出色地完成了各项军事任务。

  1978年11月6日，二哥在日记中记录了他第一次谈恋爱的经历，预示着他的人生将开启一段新的旅程。

1977年10月，军装照　　　　　　　　1978年7月，在延庆龙湾大桥

五、恋爱结婚

俗话说，男大当婚，女大当嫁。二哥的婚事也是这样自然而然发生的。到了符合国家规定的晚婚晚育年龄时，亲戚朋友，包括二哥的小学老师都主动给他介绍对象。可二哥身在部队，回北京也不是很方便。还是母亲的老战友刘阿姨，促成了此事，不仅介绍了对象，还真正落实了男女双方见面。刘阿姨是看着二哥长大的，很喜欢他，介绍的对象是部队医院的一名护士——她的父亲也是现役军人，她家和刘阿姨家关系很好。母亲给二哥去了信，告诉他刘阿姨给他介绍对象一事，让他尽快安排时间回京相见。不久，二哥回信确定了短期休假时间。

1978年11月5日是星期天，二哥与女方见面就安排在刘阿姨家中。女方家和刘阿姨家同在一个部队大院，离我家也不是很远。

日记中，二哥对第一次见面过程做了非常详细的记载。

随着年龄的增长，在我的生活中一个新的内容出现了！

昨天上午怀着激动和略微紧张的心情去刘阿姨家，准备接触一个新鲜的也是必须解决的问题。就感觉来说，有点神秘，还有点前途莫测。

上午10点多一点，正当我和杨叔叔[①]说话时，她来了。当她突

[①] 杨叔叔是刘阿姨的爱人。

然出现在我的面前时，我产生了短暂的紧张和局促感。然而多年的生活经历和自信、理智，使我很快就恢复了平静。她中等身材，不胖不瘦，留着两条长辫，穿着一身整齐干净（似乎是熨过的）的军装，面目表情变化不大，倒也大方，给人总的感觉是比较文静。经杨叔叔介绍之后，我们就算认识了。陪她来的还有她的姐姐（一个非常好的姐姐）和专门去叫她的小曼华①，寒暄几句之后，我们便到另外一间房间去了。刘阿姨为我们打开电视，拿出了糖果，边看电视边陪我们说话，以便我们能够逐步适应今天的气氛。我坐在沙发上，她坐在一把沙发椅上低着头不知在想什么。当时的电视是华主席访问南、罗②的纪录片。其实我也没心思看，搜肠刮肚地想着问题，准备应付那即将开始的会谈，当然表面上还是轻松的，应答自如地说着。这时她的姐姐拿进来一件织了一半的毛衣给了她，于是她就有事做了。我想这是她姐姐的巧妙安排，既可以免去她的尴尬，又可以告诉我：她会织毛衣，一举两得。终于，刘阿姨和她姐姐都以不同的借口出去了，房间里只剩下我们两个和电视里不能下来的人。经过短暂的沉默之后，我们开始了对话，都说了些什么我也记不清了，总之是东一句西一句，没有系统，杂乱无章，也没有什么讨论。谈话过程中出现了几次令人难堪的冷场，好在她姐姐不时地以倒水、削苹果的理由进来，顺便和我们说几句其他内容的话，才使我们得以松懈一下紧张的头脑，继续寻找新的话题。首轮会谈时间很短，还没有形成什么印象，只觉得她话不多，思想似乎不太活跃。中午杨叔叔和刘阿姨留我们吃午饭，她略微推谢了一下

---

① 小曼华是刘阿姨的女儿。
② 指时任中共中央主席华国锋同志访问南斯拉夫、罗马尼亚两个国家。

也就留下来了，饭后我们又简单谈了一会，我便提出告辞了。临行前我们交换了通信地址，这就是首轮会谈的结果吧。今天还见到了她的爸爸妈妈，他们是特意来看看我的，真有意思。由于经验的缺乏，我既没有能自如地、有意识地推动谈话，也未能对第一次接触做出一个结论，这也难怪，总要有个过程嘛。

昨天下午回到家后，她姐姐又来告诉我说，她约我今天去前门①看看，上午9点我应邀赴约了。我们穿过广场，进了劳动人民文化宫，在漫无目的地乱走了一会之后，我提出来坐一会，她同意了。我们谈了许多，范围也较广，我认为我是一个军人，我不喜欢隐瞒我的内心的想法，我非常直率地谈了我的基本想法并提醒她考虑到一些必要的问题，她对我表示了完全的理解。我发现她的心地是善良的，性格也比较温柔，但知识面较窄，我隐约感到她头脑有点不大活跃。两点半钟我们分手了，当她的身影在我的视觉中消失的时候，我似乎有了留恋的感觉，我发现我已经对她产生了好感。当然，这只是初步的感觉，至于将来如何还是难讲的，在这种问题上谁也难打包票。从我这方面来说，我希望她能是一个基本理想的人。我也不希望在我们中间再发生什么其他波折，因为我是个军人，我不在北京，没有那么多的时间和精力花费在这种问题上；同时，吹了再谈这也没什么意思。这只是我的一厢情愿，事情是由两方面组成的，我还应以冷静的头脑面对现实，面对将来。

这是二哥第一次谈恋爱。由介绍人牵线搭桥，男女双方见面，是那个年代谈恋爱最为普遍的一种方式。初次相亲，二哥的心情有些紧张，以致二人独处一室

---

① 前门位于天安门广场附近，现为北京的一个著名旅游景区。

时，平时侃侃而谈的他，竟一时找不到合适的话题。日记生动再现了整个见面的场景。那个年代，几乎每个女人都要会织毛线活，女军人也不例外。这篇日记就是一个很好的例证。

这是二哥在日记里第一次写到个人生活的记录，在恋爱这件事上，他也有着军人的风范，直率坦诚。

日记里提到的女方的姐姐，是退役军人，已婚，来过我家。我的父母对她的评价是热情大方、干练，人也漂亮。看得出，这位姐姐对妹妹是非常关心的。

刘阿姨一家非常热情，为了让二哥他们第一次见面能有更多的时间接触了解，特地准备了午饭。日记里还提到，女方的父母也到刘阿姨家来看二哥。这种情况在男女方初次见面时很少见，可能是刘阿姨大力夸赞二哥，引起了他们的兴趣，急切地想看看这个青年人的庐山真面目。

结婚后，二哥和岳父的关系很好：其一，都是军人身份，情感上就近了一些；其二，他们在军队改革上有许多共同的话题；其三，二哥性格乐观开朗，对长辈谦卑孝敬。岳父岳母一家人都很喜欢他。二哥除了身在部队，不像城市青年那样自由外，其他各方面条件都很优秀。

1978年11月11日是二哥入伍九周年的日子。在这天的日记中，二哥提到了恋爱这件事：

> 今天是我入伍9年整的日子。1969年11月11日，我怀着参军保卫祖国的志愿跨入了解放军的队伍，一晃已经9年过去了。参军时只是个15岁尚未完全懂事的小毛孩子，现在已是二十几岁的大人了，入了团，入了党，成了一名干部。可是，9年了，到底干了些什么呢？成就了些什么事业呢？一无所有。想到此，内心惭愧至极。想想那些老革命家，像我这样年龄的时候早已是投身于中国革命的洪流中

翻江倒海、改天换地的革命者了。那些有作为的人在我这个年龄也已是成就可观了。而我呢？枉度了岁月，一事无成。每想到此，愧悔之情溢于胸怀。然而，后悔不能挽回过去，要紧的是从今后做起，人生尚长，要抓紧学习，争取在可能的时候能多为人民做些贡献。

前几天，在我的生活中又开始了一个新的内容，我原并不想过早地接触这种问题，可是不解决又不行，这是人的一生中必须解决的。我现在感到，这个问题对于我们这样的人来说并不容易，条件太有限了！内心的了解、感情的培养都将受到时间的限制。让我在离开她以后暂时忘记这些吧，但愿我也能像一团火一样投入新的工作和学习之中！

每年的11月11日，对二哥而言都是个值得纪念的日子。每到这天，他都要提示激励自己。真正接触到婚姻恋爱问题，他才感觉到这件事对于军人来说很不容易，方方面面的条件太有限了。

二哥第二次返京与女方见面是在1979年元旦。他在这天日记的结尾部分简单地写了这件事：

在今天上午陪唐①看了电影《追鱼》，中午去西单转了一圈，新的一年就这样开始了，新的一天就这样过去了。年轻人不要被生活所左右，它只是你生命的一部分，你的主要目标应该是事业、工作。

---

① 二哥的恋爱对象姓唐。

五、恋爱结婚

二哥留下的日记，写于元旦的共有四篇，之前两篇分别写于1970年和1971年元旦。1979年元旦这天的日记中到底都写了些什么内容呢？

今天是一九七九年一月一日①，是新的一年的第一天，看着这个日子我的心情十分不平静。从一九六九年到一九七九年②已是整整10个年头了，10年在人类历史长河中只不过是短暂的一瞬，然而它在一代人的历史中显得多么重要啊！人生能有几个10年呢？这10年正是我一生最宝贵的10年——从15岁到25岁，可是在这10年中我都做了些什么？有多少进步呢？扪心自问追悔不及。当然，林彪、"四人帮"的破坏浪费了我的一部分时间，可是我自己又为何随波逐流？又为何白白丢掉了另一部分时间呢？时间在流逝，历史在进步，形势在飞跃，正值全党全军全国人民大干四个现代化的今天，正值祖国迫切需要那些不但具备现代化的思想水平而且具备现代化科学知识的人才的今天，我又多么痛切地感到心有余而力不足啊！看着自己粗大的双手，它握有多少对人民有用的东西呢？当一个热爱祖国的青年看到祖国需要而自己无能为力的时候，他的内心是极为痛苦的，他多么后悔自己浪费青春时的无知和愚昧！

然而，"坐着说莫如起来行！"对着历史痛心疾首地大喊"后悔"却不如从现在开始扎扎实实地、一点一滴地从过去是空白的"零"做起，弥补过去更为了将来。在当前举国齐跃进的大好形势下，我应该受到鼓舞，受到促进，不应留在后悔上，而应由此起步前进，急起直追，要确立为祖国而学习的雄心。

---

① 日记原文如此。
② 同上。

这篇日记与之前11月11日那篇日记中表达的思想完全相同，字里行间充满着报效祖国的强烈愿望。二哥督促自己要把时间、精力都投入工作和学习中去。这天，他虽然与女朋友第二次见面，但他更多的是在想如何抓紧时间掌握更多的知识、本领。粉碎"四人帮"，特别是十一届三中全会以后，人们的思想得到解放，全国人民都投入大干四个现代化的热潮中。日记中二哥对情感的描述也是那个时代的记录。

1979年元旦日记

二哥与女方第三次见面是在1979年1月28日，这天是农历春节。除夕这天下午，二哥才赶到家。这次春节休假，他在家只短暂停留了几天——大哥、二哥早早离家参加工作，所以全家人能在春节时团聚的机会并不多。他在2月1日的日记中写道：

27日下午，在经历了一点曲折之后回到家里，正好哥哥也回来了，全家团聚。28日晚到唐家，长时间不见之后突然见面，心绪反倒不是很好。由于了解甚少，我还难断定她的感情类型，她是不是个通情达理的姑娘还应该有个问号。29日邀她看了一场电影，晚上我们一道去人民大会堂参加春节游艺晚会。大会堂里充满了节日的欢乐气氛，男女老少都兴高采烈地游玩着，大会场放电影，宴会厅在跳舞。我也沉浸在这欢乐的气氛中，几乎因陶醉而忘记在世界上还会有苦恼的事情。有生以来第一次单独陪一个女同志（而且是个姑娘）出来玩而且还赶上春节这个好日子和大会堂这个好地方，周围的一切都显得那么浪漫，我内心中有一种说不出来的幸福的感觉，虽然它可能是短暂的。

　　从大会堂出来感到有些凉意。我们沿着林荫道并肩漫步向车站走去。我们谈了许多，我感到她是个懂道理的人，这是这次接触的主要感觉。

　　今天我们看了电影《三笑》，下午她来我家玩了一会，晚上我们又分手了。她的姐姐是个极为热心的好姐姐，有心于此事。

从这篇日记可以感到，二哥对女方已经产生了好感。

记不清女方第一次来我家是什么时候，但在这篇日记中有记载。她总是穿着军装，人显得很文静，话不多。

二哥的初恋最终也成就了他的婚姻，但过程并不是一帆风顺。二哥写日记这个习惯，保留下了许多真实的生活场景，也让我于无意中了解到他们恋爱、结婚的主要经历。把他全部的有关爱情的日记及与之有关的家信汇集在一起，可以看到40年前一对年轻军人的一段并不平坦的恋爱、结婚的完整过程，也能了解那时年轻人的婚姻恋爱观。

经历三次回京相见、彼此相识四个多月后，事情进展得似乎较为顺利；但一封来信，引发了二哥情感的波澜。

3月26日的日记中，二哥写道：

今天下午收到一封她的来信，看完之后心情十分烦乱。来信说她爸爸可能要转业，因而联想到一旦她爸爸转业，她们家也要外迁，一旦她的家迁走，她在北京就等于无家可归的人了；因而，对于我们现在和以后的生活也要带来许多影响，无疑要增加一些困难和痛苦；因此，对今后的道路产生了一些想法，提出了"与其车到山前必有路，不如现在就把路选好"的想法。这似乎是某种意思的暗示。

二哥分析了对方来信中暗含的几种可能性，包括她是不是有想就此分手的意思。于是，他决定给她写封信，表明对她现在的状况的理解同情，并表示会尽力给予帮助，同时也表明自己的态度，即完全同意并支持她按照自己的心愿选择道路。

在这篇日记的结尾，二哥写道：

我不能不承认，感情刚刚开始建立而且又有好感的时候就这样吹掉，在我的精神上是有刺激的，有痛苦之感。不过，我早有思想准备，在这种问题上是要随时准备吃"苦"的。生活浪涛的打击可以使我感到痛苦，但绝不会使我跌倒，因为我知道一个人应该怎样生活！

信发出去了，但一直没有收到回复。到底她是怎样想的呢？二哥从没经历过这样的事情，也不知该怎样办好，但他认为一定要慎重，因为此事不仅关系到他们二人，而且还关系到刘阿姨与两家的关系。他决定再给她写封信，不论她做出何种选择，他都会尊重，希望这封信能给她以安慰、勇气和决心。在4月12日这天日记的结尾，二哥写道：

> 对于她的处境表示同情，对于她的心情表示理解（包括她另有所爱的处境和心情，虽然这种可能性极小），不论她做出什么选择，我都将以友好的态度对待。至于我所感受到的苦恼和烦乱大可不必使她担心，因为我是个男子，是个已经成熟的军人，是个现代青年。我完全知道应该怎样对待生活，对待自己。我一贯反对那种谈恋爱时好得不得了，一会儿不在一起就不行，而一旦吹了就恨不得把对方吃了的做法。如果不是由于不道德的原因，一般说来就是吹，也应以友好的方式来结束这种关系，全然不必搞得那么紧张。希望我的信能给她以安慰，勇气和决心。
>
> 在一帆风顺中成长起来的人，生命力是不强的，而在工作与生活的波浪中摔打出来的人，才有顽强的生命力。

第二封信发出去后，事情终于有了些变化，在4月25日这天的日记中，二哥写道：

> 事情有时竟是这样的奇怪，令人难以捉摸。前几天，也就是在我给她写了第二封信以后，作为一个回答的表示，她给我来了一个电话——没有来信。在电话里问我的情况怎么样，而当我问她时，她都故意回避不答，一连几个"不知道"，真使我莫名其妙。听那语气，好像是我错解了她上次来信的意思，因而生了我的气。作为一

个男同志，我采取了让步的主动姿态——又给她写了信，表示了如错解了她的意思则请她原谅、重归于好的愿望。昨天晚上，我终于收到她的一封算是答复我第三封信的回信。信中说，我并没有错解她的意思，对于我们目前的关系和现状，她也感到很痛苦，而且她确有其他打算，只是由于某些因素她没有做出违反她心愿的决定，直至现在还犹豫不决。看了这封信之后，我的心情极不平静，内心感到痛苦、失望、愤怒和生活没意思。恋爱的确不是一件容易和轻松的事情，以前我曾那么自信那么无所谓，可是一旦感情触动之后，一切就都变了。但是理智的力量应该战胜一切不正常的情绪，我开始平静了。这种倒霉的事情对人所形成的刺激极可能影响我今后对此类事情的兴趣，实在是没有什么意思，就像是演戏一样，一切从头开始。第一次真情实意变成了一种故意假作，那是一种不珍贵的东西了。但是，这决不能反映在工作上和日常生活中，我必须乐观，必须精神振奋，不能有一点萎靡不振。这是对人的意志的考验，不能让任何人感觉到在我的生活中发生了这个波折。我应该强迫自己不去想这件事，我承认马上忘记是不太可能的，因为这是我诚心所办的事情。另外，由于条件环境和时间的限制，我不可能有更多的机会和精力来搞这种事情，吹了再找，找了又吹，那实在没有什么真正的意思了；因为珍贵的感情将会被破坏，只要双方基本条件差不多，能够说到一起，也就可以了。基于此两点，我一直是以一种积极、认真的态度来处理这件事的（虽然对有些方面感到不太理想，但从未动摇过，因为百分之百的理想是不可能的），只要不伤双方的感情，我尽量不使此事归于失败，我的三封信便能说明这一点（当然，其中表示同意她的任何选择、绝不干扰她的决心的那些话，其实只是为了表明一个男同志在这种事情上的风格和姿态，并非内心自愿说出来的）。所以，当事情发展到今天这个地步，对于我来说，并不是没有刺激的。而且我不否认，这种刺激的结果可能是在几年之内仍然看得到的，因为厌烦了。

鉴于目前这种状况，我决定不再给她回信了，因为，我要说的已经说过了，必要的让步也做了，友好的风格也表示了，也付出了感情上的牺牲，忍受了精神上的痛苦，我是做到仁至义尽了，我不再想说什么或做什么了。尽管她仍在犹豫不定，但那已是她自己的事情了，我不再干扰她的决心，也不去求她同情我。我相信，沉默的结果会使我们互相明白对方，谅解对方，也使我们自己感到满意。

在这种事情上的不遂，虽然是生活中的常事，但对一个正直的青年来说是不好的、伤感的。而从另一方面说，它能给人一种激励的力量，可以使人忘记这些事情而拼命地工作和学习，好像亚瑟[①]就是这样的。我也很希望能到一个边远的地方去、到前线去，去吃苦、去摔打、去经受磨炼，这也许是一种安慰吧？

这篇日记真实记录了二哥当时的心情。

这是二哥第一次谈恋爱。他之前也接触过女孩，"文化大革命"初期家里曾接待过来北京"大串联"的一位辽宁沈阳的女学生。这位女生很喜欢他，回沈阳后，还给他写过信，并寄来照片。部队也有少数的女战友，还有大学时期的女同学，但她们与他都是正常的工作、同学关系。另外，母亲战友的女儿、他自己战友的妹妹也很喜欢他，但他都把她们当作亲妹妹看，从没有触动过恋爱的神经。

初恋给二哥带来了痛苦与烦恼。因为女方父亲可能面临转业离京的事情，

---

① 亚瑟，英国女作家李艾·伏尼契所写小说《牛虻》中的主人公。

所以女方产生了许多想法。他为此给她写了三封信，既表示一切都尊重她的选择，也表示了主动的姿态，毕竟是男同志。但女方态度犹豫不决，让他感到非常苦闷。二哥在感情上是认真的，第一次谈恋爱就触动了真情，但结果让他感到痛苦、失望，与其这样，再继续下去也就没有什么意思了。他没有时间考虑这样的事情，决定不再给她回信了，就这样结束吧！他努力用工作来忘却这件事。

那时，军人谈恋爱是件很困难的事情。因为待遇低，婚后还要两地分居，聚少离多，所以嫁给军人并不是女青年的首选。部队每年探亲时间有限，介绍对象时见个面都不容易。因此，大部分军人择偶要求并不高，只要对方能理解他们，有共同语言就可以了。即便这样，部队仍有许多大龄的未婚军人，他们都是优秀的青年才俊。为了祖国的安宁，军人付出了极大的牺牲。

失恋使二哥的情感受到了伤害，但他努力用意志的力量去忘却其间不愉快的事情。在日记中，二哥提到想到前线、想到艰苦的地方，去接受锻炼，以忘掉那些令人伤心苦恼的事情。

失恋没有影响二哥工作，这期间他继续就思想解放及部队建设进行深入思考，写了许多篇长日记。二哥已不再是入伍初期时的那个少年——努力想纠正骄傲的毛病，但就是无力控制；此时的他，理智的力量已足够强大，能够抑制任何内心的冲动。

没有见到他们之间这段情感矛盾后续发展的记录，但事情的转机出现在5月。5月19日的日记中，二哥写下了这次见面经过：

> 回想起昨天充满了戏剧性的情景，我感到非常有意思。
> 昨天上午，我怀着一种通常在人们去解决一个困难问题时才有的那种难言的心态去唐家。当我来到那十分熟悉的门前时，心里有些激动，往往是这样，当两人之间一旦产生了一点大家都意识到的

矛盾时，内心是有点不正常的，尤其是即将面对面时。举手叩门以后，发现没有反应，难道是她故意回避我吗？我在心里不禁问道。我让情绪镇静了一下，也坦然了一些。这时我透过楼梯拐弯处的窗户，看到她正提着一些东西走来，原来她出去买东西了。于是我从楼上下来，当我走出楼门口时，她也正好面对我走过来。一瞬间，我似乎有点控制不住自己的情绪了；与此同时，我也看出她的面部表情也有些不自然。但我马上镇静下来，向前迎上几步，两人不卑不亢，不冷不热，平静地打了招呼。进屋以后，她给我拿来了糖果，互相说了些无关紧要的话，继而沉默起来。我感到她的心情似乎很忧郁，她在想什么呢？是有什么难言之苦不好开口，还是有什么内心的委屈需要我来安慰？总之，我可以断定，她在想着前一段时间内的那件事情。为了缓和一下气氛，我主动说话了，并且开了几个小玩笑。又过了一会我们的谈话已经很自然了，在我的眼前，她又重新显得那么温柔可爱，我们似乎已经忘记了刚才是怎么一回事。中午，她的妈妈、姐姐都回来了，非常热情而友好地接待了我。下午，当我提出来要告辞时，她善意地挽留了我。晚饭后，我们到林荫道中去散步。5月的北京傍晚还很凉快，我们慢慢地走着、谈着，她的情绪恢复得很好，话也多了，我的心情也变得十分轻松，似乎周围的一切又在对我微笑了。她没有再向我提到她爸爸转业的事情，直觉告诉了我，原来在设想中的事情可能在事实上都是不存在的，那可能是人们精神上的产物，在可靠的事实面前，它们便站不住脚了，她还是属于我的。

看来是雨过天晴了。是谁先打破了他们之间的僵局，日记中没有记载，很可能是女方的姐姐从中做了工作。

恋爱中常常有这样的现象，因一些或有或无的原因而产生的误解，双方一见面就消除了，可见，当面沟通对于增进培养感情是多么重要。在女方家吃完午饭，又留下吃了晚饭，这让我想起小时候，父母批评二哥，说他屁股"沉"。说起原因，还是在外语附校上学时，有一次二哥一个人去大哥的同事家玩，快到吃饭的时候，人家父母留他吃饭，他一点也不客气，在那里吃了许多饺子。从小一个人独立生活在外，他少有拘束。

如实记录自己的心态，是二哥日记中的一个显著特点。恋爱中一些情节、心理活动的描写非常具体生动，有的甚至可以作为故事来阅读。

在5月29日的日记中，二哥对他们之间产生矛盾这件事做了总结：

10天的假期一晃就过去了，当我又回到部队慢慢地回忆假期中的往事时，感到那些事情就发生在昨天，但又好像发生在很久很久以前一样。

这一次，我们有了较多的时间和机会在一起，以便加强了解，感情是随着时间而增长的，了解也需要时间。现在，当我想到她的时候，我已感到她是我生活中不可缺少的部分了；和她在一起，我感到愉快，感到轻松，而一旦分别时又感到十分留恋难舍，这也许就是人们所说的爱情吧。当然，我承认她也有一些缺陷，缺乏社会经验，办事意志力不强。但人也和环境一样，是可以改造的，在这方面，我应尽到我的责任。她正直、善良、文静而多情，这些方面都是我所喜欢的，我应该帮助她，爱护她，谅解她。

她终于承认了她在一个多月前的做法是为了使自己得到安慰，这一点我谅解了她，她也更加信任了我。可以说，她已经把她的心毫无保留地献给了我，让我来保护她吧！

五、恋爱结婚

回想起一个月前的事情，就好像是一段有趣的插曲或一个小小的玩笑。

从日记中看出，之前引发他们之间产生矛盾的原因并非女方父亲要转业，而是她寻求安慰保护的一种潜意识心理。问题解决了，自此，他们的恋爱步入了正轨，初恋的感觉变得是那么的愉悦。

从第一次相见到5月份休假，二哥回过家四次。这得益于工作单位离家不是很远。二人平时更多的是靠书信交往。他们恋爱的进展情况家人并不清楚，也没有看到热恋中二哥写给女朋友的信，那里面一定是充满了浪漫柔情的话语。

多年的工作经验及对心理学、行为学的研究，使二哥的判断力非常敏锐准确，他了解女朋友的长处及性格弱点。

双方交往一年多后，1979年年底，二哥在一封家信中提到了他们之间的事情，信的内容如下：

爸爸妈妈：

你们[①]好！近来你们的身体健康吧，工作忙吗？又有好长时间没有给你们写信了，不知你们近况如何？

前些日子收到了我哥哥写来的信，得知哥哥的工作已经安排好，心里很高兴。当然，俗话说"旧事完了新事来"，既然工作定了，可是工资问题、待遇问题就显出来了。还是老话，熬到今天这种程度了，其他问题只能是一步步慢慢解决吧。听说地方上已经开始搞工资调整了，不知我哥哥能否调上。现在，国家正在逐步进行

[①] 在此篇日记及后续日记的原文中，均用"您们"来称呼父母或长辈们。根据文字规范要求，一律将其改为"你们"。——编者

各种改革，虽说是要搞中国式的现代化，可是实际上肯定要采取西方先进工业国家的企事业的管理方法，将来是靠真本事吃饭，这是毫无疑义的。就业问题是我国的一大社会问题，将来在就业上凭考试，择优录取，这是大势所趋，在工资待遇问题上也会如此。爸爸妈妈已经老了，可以说基本上不存在参加社会竞争的问题了，可是我们哥四个还都面临着这个问题。有远见的人，现在应该抓紧时间学习钻研，以迎接将来的挑战，混日子将来是吃不开的，生活的道路还是要靠自己来走。所以望你们对友、顺二弟还要多加督促，使他们看得远点，不要只看到目前一时的社会现状，尤其不要受那些怠惰的社会思潮的影响。另外，也希望我哥哥能利用时间多学一点东西，不论是科学文化知识方面的，还是技术方面的，刚刚三十的人还正是向上的时候，不要因为生活的负担使自己对将来丧失信心。爱动脑筋、爱学习又肯干的人会改变自己的生活的。说实在的，虽说我现在的情况还算不错，可这也是暂时的，将来也许会碰到许多复杂的问题，比如转业安排工作问题，就是件麻烦的事情。如果在近一二年内回去，恐怕问题还不太大，可是要再拖个三五年的，可能就不太好办了。像我们这种从部队上下来的，不懂地方上的那一套事情，又没有什么适合地方工作的专长，地方上是不大愿意接收的。这事情想起来就让人头疼，当然，光头疼是不行的，必须努力学习，努力创造条件才行。

　　这次全国物价调整后家里的生活受到的影响大吗？妈妈和我哥哥他们都有补贴吗？部队的情况还好，除了国务院补贴五块钱以外，军委还为每个干部增加了五块钱的生活补贴，伙食基本没受什么大的影响。我嫂子近来好吗，她对调的事情现在有点眉目没有？近来社会治安情况不太好，无业青年闹事的很多，主要是偷窃、抢劫和侮辱妇女，请转告我嫂子在那里也要多加小心。小杰子①现在一定进步很大了吧，好长时间没有看到他了，也挺想的。

我近来的情况还好，年轻人爱考虑问题，有时心情不太痛快这也正常。部队的年轻干部普遍如此，恐怕全国的年轻人也是这样，不过我是能够控制好我自己的，请你们放心。

我和小唐的事情也还挺好，她对我确实不错。说实在的，我除了在她开刀②期间给她买了三瓶罐头外，还真没给她再买过一分钱的东西。当然，这并不是我不关心她，实在是我也不大懂得怎样关心人，另外条件也限制了我。她是很关心我的，给我买了衣服、提包、皮鞋，前几天还托别人给我带来了许多吃的。当然，没有这些东西我二十几年活得也挺好，而且我也可以自己买，但是这确实说明她对我还是不错的，对我也比较信任。如果没有什么其他意外的情况，我们俩的事就准备这样定下来了，不知你们二老有什么意见（这个问题以前没有和你们详细谈过，说实在的，一来还确实不能确定，二来也有点不太好意思，望你们谅解）。实事求是地说，现在的姑娘和过去的姑娘，城市的姑娘和农村的姑娘，部队里的姑娘和地方上的姑娘都有许多不同之处，现在的城市姑娘都有工作，有自己的收入，在经济上完全独立，不像过去农村的姑娘在经济上要依靠男方。另外，城市的姑娘（也包括小伙子）都追求像电影里那样浪漫的爱情生活，总希望自己的男朋友能陪着她们看看电影，逛逛公园，这是个潮流。小唐在给我的信中也有这种表示，可是当我给她讲明道理后，她完全理解我，也能正确对待我们的现状，这说

---

① 小杰子，我大哥的孩子。
② 当时，二哥的未婚妻因病做了一个小手术。

明她还是懂道理的。说真的，由于工作的限制，我不能常回北京，也只好苦了她了。另外，小唐当兵太早，又当了这么多年的兵，吃穿不用自己动脑子，又很少接触地方上的事情，所以对待生活上的一些问题及地方上的待人接物都不太熟悉（我也是一样），不如地方上的姑娘那么会来事，会办事；再加上部队医院的护士工作确实也很忙，工作单位也较远，平时又不准常回家，可能还有点不好意思或不习惯，所以没有对你们二位老人表示过什么特别的关心。所有这一切，一来望你们看在儿子的分上多加原谅；二来我慢慢地帮助她，启发她；三来请你们相信，你们抚养的儿子不管怎么样是绝对孝顺你们一辈子的。不知你们能否理解我的意思，多年的部队生活使我对具体的生活问题不大关心，可是许多的具体问题是无法回避的，比如将来的房子问题、必要的家具问题，等等。这些问题，我目前是没有能力解决的，还得请你们及我哥哥多操心。

　　妈妈的工作最近有什么变化吗？天气已经冷了，望你们多保重身体。我哥哥的工作也很累，事又多，望他也适当注意身体，干活量着劲来，千万别弄坏了身体。友子、顺子也要注意劳逸结合，另外天太晚了以后，不要到处乱跑。

　　不多写了。有事来信。

　　祝全家好！

儿：子秀
一九七九年十二月三日

　　参军以后，二哥写了数不清的家信，但这是保存下来的最早一封写给父母的信。这封信涵盖的内容非常丰富，不仅提到了家庭每一个成员，父母、哥嫂、弟弟、侄子，还提到了未婚妻及他自己。二哥虽然人在部队，但挂念着父母，关心着每一位家人。他写的每封家信，都是那样亲切温暖，情感表达是那样的自然流畅。他的这些家信也是那个年代无数普通家庭亲情关系的一个缩影。这封信也记录了当时的社会背景，特别提到了改革开放初期知青返城和物价调整两件大事。大哥在1979年年初调回北京，在婶婶的帮助下，解决了工作问题，大嫂也暂时调到了河北某地工作，后来也调回了北京。粉碎"四人帮"后，尽管当时生活条件仍然艰苦，但知青返城问题的解决，使无数家庭得以团聚，这对当时的社会稳定有着非常重要的意义。

在信中、二哥首先问候了父母的身体情况，谈到了大哥的来信。二哥认为，新的时代已经开启，年轻人还是要多学知识，掌握一技之能以面对今后的竞争。信中谈到对企业管理及就业问题的看法，40年后的今天仍如此。1978年国家开始对物价进行调整，标志着中国经济从几十年不变的计划经济逐步走向市场经济。

这封信的一个重要内容是报告父母，如果没有什么其他意外情况，他和女朋友的关系就那样定了。对女朋友还没有对父母表示过特别的关心，二哥在信中替她做了解释，他恳切地写道："所有这一切，一来望你们看在儿子的分上多加原谅；二来我慢慢地帮助她，启发她；三来请你们相信，你们抚养的儿子不管怎么样是绝对孝顺你们一辈子的。"

我的父母虽然都是从旧社会过来的人，但比较开明，没有干涉过子女的事情，在恋爱结婚上也是如此。

我们兄弟四人，父母对哪个也没少操心。大哥16岁就去了东北地区，让父母牵肠挂肚，后来又有返城的问题；二哥15岁参军，母亲也是放心不下；只有我和三哥一直生活在父母身边。二哥在父母身边的时间最短，相对而言，是让父母最少操心的，而且家里的一些事情，父母写信和他商量的也比较多。

子女成家立业，做父母的肯定是非常高兴的。但二哥感觉到，女朋友和家里的关系还不是很密切，原因他在信中也提到了。家中没有女孩，她来了也没有姐妹陪她说话；和父母交流还有些拘谨，谈恋爱期间大多数她来我家都是二哥陪着；二哥不在北京时，她来家的次数较少，性格不像她姐姐那样外向。她有医学专业的特长，假如每次来时给我的父母量量血压等，这样细小的举动肯定会增进彼此间的情感。但长期生活在部队的人，思想简单，待人接物没有经验。她倒是一个能吃苦的人，不娇气。

这封信中，二哥也提到了他们恋爱期间的一些小细节。女朋友很细心体贴，给他买吃的、穿的、用的，他并不在意这些东西，用他自己的话说，没有这些他二十多年活得也挺好，但这说明女朋友是关心他、爱护他的。而反过来，除了女朋友动手术时给她买了"三瓶罐头"①外，其他方面他一分钱都没有花过。他不是舍不得花钱，而是不知道该怎样去关心表达。15岁参军在外，吃、穿、用问题都不用自己考虑，缺乏这方面的生活经验。另外，身在异地也不方便，同时因忙于工作的缘故，他也很少有时间去考虑这方面的事情。幸好，他女朋友能理解他，这一点很难得，这也许是军人间能够相互理解的一种特殊共性吧。

1979年5月，二哥休假回家，消除了和女朋友之间的误解，之后没有再回家。信中说他们之间的事准备就这样定下来，那一定是依靠书信的方式确定了彼此的终身大事。虽然他们见面次数数得过来，但二哥的才华、人品赢得了女朋友的芳心。以二哥的性格，我想他一定是非常自信地在信中向女朋友提了嫁给他的请求。

1980年6月，二哥回京休假，返回部队后写了一封家信，谈到了有关结婚的事情。信的内容如下：

爸爸妈妈：

你们好！我已在9日下午5点半回到部队，途中一切都好，请你

---

① 只买了"三瓶罐头"，还是单数（不合中国人"好事成双"的心理认知）。信中原文如此。

五、恋爱结婚

们放心勿念。

这次回去十二天说来不短，可是一天到晚忙忙碌碌却也没有干成什么事情。由于条件限制，对于将来我和小唐结婚所需要的许多具体东西，我是心有余而力不足，这一点你们是理解的。说实在的，我也很为难。一方面，我也知道任何一样物质上的东西都是不容易的，怕难为你们；另一方面，我也不能一点不顾及社会舆论的压力和小唐的情况，如今的年轻人毕竟和过去不一样了。我知道你们是理解我的，我也知道为满足我的最低需要也会给你们增加许多麻烦，还望你们尽量成全我们。都说爸爸妈妈最了解自己的孩子，可我不知你们是否真正了解我现在的思想和感情。在一个社会里，总要有不同的人从事不同的工作，有做具体一点的，有做抽象一点的。在全国经历了十余年的政治动乱之后，我们这一代年轻人都深深感到了我们在政治上、经济上的种种弊病，都想为改变这些弊病使国家快点儿进步做一些贡献，我们学习、研究都是为了这一点。可是当你的理想和愿望不能实现的时候，内心是很苦恼的。一般说来，我很少和你们谈到这些，怕的是你们理解不了这一点。说实话，我们的物质生活不算差，在全国比较起来也还算是中上等的。可是，如果一个年轻人只满足于个人生活的安定和平稳，那还是不够的。当然，人年轻时都有理想，可能否实现是另外一个问题，一方面看个人努力，另一方面要看时机与条件。

家里其他的事情也望你们想开些，特别是爸爸，一家人在一起，难免有些小矛盾，过去就过去了。不论老人还是年轻人都有个自尊心，大家都应该维护别人的自尊心。我们这些子女身上的不是，一方面望你们耐心指正，另一方面还应多加原谅。不论对待我们还是对待小杰子都应该讲个方式；方式好，结果也会好的。

另外，妈妈一定要注意身体，不要累着，该休息则休息，不舒服了要尽快去治疗。好，不多写了。

此致

儿：子秀
6月10日

每次探家后返回部队，二哥都及时写信告诉父母一切平安，这种习惯终其一生。看似一件小事，但表明二哥理解父母对子女的牵挂之心，并事事都让父母安心。

这次回京休假，二哥确定了婚期及结婚要办的一些事情。

虽然还有两个月就要结婚了，但此时二哥的心情并不是很好。休假十二天，"可是一天到晚忙忙碌碌却也没有干成什么事情"，这句话是他此时心理的一种暗示。要结婚了，可自己什么也帮不上；父母身体不好，还要为他结婚的事操劳。这些都让他心里感到难过。无奈之下，他甚至写了望父母"尽量成全"的话语。此外，理想与现实的落差，也让他内心感到苦闷："我们这一代年轻人都深深感到了我们在政治上、经济上的种种弊病，都想为改变这些弊病使国家快点儿进步做一些贡献，我们学习、研究都是为了这一点。"自鸦片战争以来，无数关心祖国前途命运的人都有这样的报国心愿。信中内容不是很多，但能感到他内心情感的复杂。

在信中，二哥不忘劝解开导父亲。父亲是较为严厉的，在我们兄弟四人中，只有二哥能够说服父亲。

军人付出的牺牲实在是太多了。在结婚的事情上，除了结婚手续需要他们自己办理外，其他的事情都需要双方家庭来操办，所有亲人都鼎力相助。

单位无法解决住房问题，婚后住在哪里？岳父家为此腾出一间房，算是二哥他们的婚房；未婚妻的两个弟弟挤在另一间房。因为二哥和未婚妻两人绝大部分时间仍然是住在部队,所以也没有添置太多的家具。床是岳父家准备的,我的母亲托人找了张买大衣柜的票——那时大件家具要凭票购买,家具票也是很紧俏的。7月底的一天,我和大哥、三哥骑着三轮车从五道口商场把大衣柜送到二哥岳父家。接下来几天,二哥的行程如下:29日晚上,从部队回到家;30日,拍结婚纪念照,去民政部门办理结婚登记手续——至此,二哥的妻子就是我的二嫂了;31日上午,二哥二嫂忙一些其他事情,下午,邀我和三哥到他岳父家看新房——新房布置得非常简单。

  1980年8月1日,阳光明媚。上午二哥接二嫂坐公交车到家。大哥和他的单位里的朋友们头天就准备了饭菜,亲朋好友、长辈邻居们在一起吃了顿饭,就算是把婚事办了。下午,二哥二嫂两人回到岳父家。

  从1978年11月初次相识到这天结婚,虽然二哥和二嫂两人都在北京,但同为军人的缘故,见面机会很少,没有享受过花前月下,没有卿卿我我,只有通过书信来传递他们之间的思念之情。他们的恋爱、结婚过程,可称得上军人婚姻的一个缩影。

  二哥有近一年的时间没有写日记了。因为结婚的喜悦,也因为结婚迈入人生的一个新阶段而有特别的意义,所以他在结婚这天开始恢复写日记。为此,他还启用了一个新的日记本,首页上仍然写有"先天下之忧而忧,后天下之乐而乐"这些文字。日记是这样写的:

  今天是八月一日,是中国人民解放军建军五十三周年纪念日,在今天这个有纪念意义的日子里我结婚了。我已经明显意识到,从今天起,我已经脱离了人生的一个时期,一个自由而美好的时期,进入了另一个时期,幸福而欢乐的家庭生活时期。结婚这原本是人生中一件重大的幸福的事情,它是爱情发展的必然结果,当我在走过了两年的恋爱道路和我以前的女朋友结婚时,我的确感到我是幸福的。她以前是个好姑娘，今天成了我年轻可爱的妻子，看到她待在我的身边，看到她是那样的高兴活泼，更增添了我的幸福感。

　　人生中真正的爱情只有一次，而最初出现的爱情往往又最珍贵，我为我们双方的感情都没有受到伤害而感到庆幸。我们对爱情都是严肃认真的，因此我们发展得很正常也比较顺利，虽然我们争吵过也赌过气，但双方都在互相信任的基础上谅解了对方，我们都是诚实而坦白的。当然，人总有不足之处，我们双方也是如此，虽然我充分地看到了她的不足，但我仍然承认，她是一个不容易寻找的好姑娘、好妻子，作为一个丈夫，我有责任保护她、帮助她、照顾她。我们一定会终生相爱，白头到老。

　　从1978年11月5日到1980年8月1日，这二十一个月的时间也并不短了，如果总结一下这段生活有什么经验体会的话，那就是双方都要认真地了解对方，在帮助中谅解，在谅解中帮助。

　　有些人说，进入家庭生活之后，人在学习上事业上就开始走下坡路了，这话有一定道理，但也不全对，关键要看人怎样正确对待。我知道，家庭生活会占去我的一些精力，但我的心绝不会动摇和衰老的，我要顽强地在生活中挣扎前进，直到丧失最后一点力量。人应当像巨石下的小草一样，只要还有一分生机就要往上长。

　　我在此时的心情是极为复杂的，幸福、激动和惆怅，顽童、少年、青年时期及与此相连的愉快、自由和幸福都一去不复返了，我会怀念它们，为失去它们而感到凄婉。但我更清楚地看到了今天和将来，要鼓起生活的勇气，向明天前进！

一九八〇年八月一日

五、恋爱结婚

二哥在这篇日记中回顾了自己的恋爱过程。婚姻是神秘而美妙的,此刻,他正沉浸在爱情的幸福之中。他相信他和妻子一定会终生相爱,白头到老。同时,他坚定地表示,有了家庭,并不会影响他对理想信念的追求,他要顽强地在生活中挣扎前进,直到丧失最后一点力量;要像巨石下的小草一样,只要有一分生机就要向上长。

日记中充满了对未来美好生活的憧憬。二哥的心愿一半已经兑现,一半还没有兑现。

8月2日,二哥和二嫂按计划前往秦皇岛开启他们的蜜月之旅,冉庆云在那里等待着他们。他们在此间度过了一段非常幸福快乐的时光。在8月6日的日记里,二哥写道:

> 今天早晨,怀着依依不舍的心情,告别了庆云一家,庆云的妈妈在送我们时流下了眼泪。在这几天里,她一直像亲妈妈一样关心我们,照顾我们,她真是个善良可敬可爱的慈母,在庆云一家人的身上可以看到实在、热情这样一种可亲的品质。庆云、庆敏①一直把我们送进车站,当火车开动,我和小唐挥手和他们告别时,在我的心中出现了一种异样的感觉,似乎舍不得离开他们了。庆云和庆敏是在自己的心情并非很好的情况下陪着我们玩的。人们在忙碌中度过自己的一生,和朋友在一起痛痛快快地玩的时间太少了,这几天的欢乐和愉快对我们是多么难得和可贵呀!
>
> 在结婚时要带着小唐——我现在年轻可爱的妻子——出去游玩的愿望,终于圆满地实现了。四天前,我们高高兴兴地出发,今天

---

① 庆敏,冉庆云的妹妹。

我们愉快而又疲劳地回来了。如果有人问我，在此以前我生活中最幸福的是什么时候，我就会告诉他，是我和我年轻可爱的妻子——小唐在秦皇岛度假的这几天。在几天里我发现我更爱她了，每当我意识到，她是时时刻刻在我的身边时，每当我意识到她并不是以一个女朋友的身份而是以妻子的身份在陪着我时，每当我看到她的笑脸和听到她的笑声时，我就感到无比的幸福，我恨不得冲上去拥抱她，吻她。可惜，在我们生活中，这种美好和欢乐的时间太少了。新的生活在幸福和欢乐中开始了，我要感谢庆云、庆敏和他们全家。

　　回到北京时，已经是下午了。天气燥热，幸好那几斤螃蟹未坏。当我们小两口一路奔跑，跨进家门时，我们才感到我们脏得、累得几乎不能忍耐了。

1980年7月，两个英俊帅气的小伙（左：二哥；右：冉庆云）

　　这篇日记真实记录了二哥他们的幸福感受。他越发喜爱妻子了，日记中还表达了对冉庆云一家的感谢及怀念。

　　二哥保留着一张他和冉庆云合影的照片，从着装、发型上看，与拍结婚照时几乎完全一样，应该是和结婚照同时拍的。冉庆云和他在7月30日中午分手后就回到秦皇岛，准备接待二哥他们。

　　照片中的二哥满脸洋溢着灿烂的笑容，此刻是他一生中最幸福的时刻。

短暂的婚假结束后，二哥返回部队写了一封家信：

爸爸妈妈：

你们好！我已于8日下午回到部队，一切都好，请勿念。

今天提笔给你们写信，心里别是一番滋味。自从15岁时你们送我出来当兵到现在，已是第十一个年头了。男大当婚女大当嫁，我今天也终于结婚了，我在你们身边生活了15个年头，今天我也成家了。说真的，当结婚所带来的忙乱过去之后，我才有时间来回想一下这到底是怎么一回事；想来想去，总觉得又像有这么一回事又像没这么一回事。说有这么一回事，是因为我和小唐毕竟已经结婚成了夫妻；说没有这么一回事，是因为我还总觉得我没有那种一结婚就离开家就和家里分开了那么一种感觉，还总觉得和以往一样那么随随便便。当然在你们看来也许会有些不一样，因为以前回家总是吃、住都在你们的身边，走也是你们送我走，而现在不同了，我都要和你们打一声招呼说：我回去了。虽然和你们离得很近，但也难免使你们有一种儿子从身边离开了的感觉，在你们身边长大的儿子一下子离开了，也确实使老人有点舍不得。虽说我是个不孝之子，你们也常说我，但儿子终究是儿子，哪个离开了做父母的也舍不得，这一点我完全理解。但我也劝你们想开些，因为其一，城市不像农村，一家几代可以住在一起，总是有分开的时候，儿女们长大成人，成家结婚离开父母这都是正常的现象；其二，我和我哥虽然都结了婚，但离家都不远，不要说可以常来看你们，就是像以前一样住在家里吃在家里也仍是可以的。首先从大家的思想上不要产生分开了的感觉，儿女结婚，做父母的历来是又喜又悲，这还要靠你们自己说服自己，既把这看成一种正常现象，又不要认为儿子从自己身边离开了，我们永远是在一起的，只不过是家里住不开，晚上分开住就是了。星期五上午回到家里，看到爸爸身体和精神都不太好：一来可能这几天累的；二来受了些风寒；三来我结婚离家，当爸爸的也有点舍不得和不放心。看到爸爸不舒服的样子，想到这些事，我也挺难过的，希望爸爸妈妈放宽心，不要想得太多，实际上我并没有离开你们，由于结婚回京的次数多一些，可能比没结婚时和你们在一起的时间还要多呢，而且随时都可以和你们吃住在一起。农村流行的那种一结婚就分家的观点我是不赞成的。当然，新的家庭成立了，在经济上、物质上、生活上都有一定的独立性，但是从感情上，从经济物质联系上仍然应该是一体，仍然应该提倡不讲条件的互相帮助，不管谁遇到困难，有条件的都应尽力帮助才对。我们这个家庭是军人、工人、知识分子三合一的家庭，具有多种特色；特别是因为我们这个家庭真正是从艰苦的生活中度过来的，相互之间感情很深，不论是父子、母子之间还是夫妻兄弟之间都有过患难之情，都能够互相理解和原谅，所以尽管我们这个家庭有矛盾，但仍然是个稳定的家庭，是个和睦的家庭。任何一个家庭在形式上的解体都是必然的，但家庭成员之间实质性的联系不一定都会中断，我们应该很好地维护这种联系。在感情上谁也不应首先把对方看成是外人，都应仍像过去一样看作是家里的一员，只有这样，家庭才永远能给我们带来温暖。说了这么多，总起来是一句话，就是我虽然结婚了，但一切都还和过去一样，过去是怎样，今天仍然应该是怎样。

另外，婚事已经办完，一切都很好，爸爸妈妈也不必再考虑什么了，剩下来的事情我去处理吧，把你们累得也够呛。由于时间关系也没有好好和你们聊聊，实在太仓促了，我哥和我嫂子也为我们的事情忙碌了不少时间，全家也没得机会好好在一块聊聊，下次回家再补吧。

不多写了。望爸爸妈妈保重身体，祝全家好！

儿：子秀
1980年8月10日

这是二哥写给父母的与他结婚有关的第三封信。虽然此刻他还在回味着结婚带来的幸福与快乐，但他更多的是想到父母的情感。二哥很小离家，在父母身边的时间非常短，还没有为父母亲做过什么；如今他结婚了，却不能继续与父母同住，这种变化肯定会给父母心理带来影响。父母对子女的牵挂是一辈子的。老人的观念大多是希望儿子住在自己身边，而住在岳父家就感觉有些分开了似的，难免有所失望伤心。所以，二哥信中大部分内容是在劝解父母，不要把他住在岳父家，就认为儿子离开了；虽然他结婚了，不住在家里，但一切都还和过去一样！这个家仍然是一个充满温暖、和睦的家。

能够时刻理解、体谅父母亲的心情，二哥是一个孝子。

二哥的信如同他人一样，是那样的清澈坦诚。对子女结婚后家庭关系的变化，他在信中谈了自己的观点。不论子女成家后是否离开父母，都要永远维系家庭亲情关系，要继续互相帮助。这是二哥的一种价值观念，也是二哥情怀的袒露。

二哥写给父母的信，犹如一阵温暖的春风，习习飘过，总是让人感到是那样的舒适惬意，是那样的淳朴自然。虽然信里没有对父母说一个"爱"字，但朴实无华的文字中流淌着对父母深深的爱。

结婚后，二哥可以每两个星期探家一次，因为能经常见面，以后写给父母的信就少了。

1981年夏，结婚后，二嫂第一次探亲假是在二哥的部队度过的。

二哥生病前，他们的婚姻生活非常幸福美满，双方的父母家人都很高兴。

六、投身改革与军队现代化建设

有关实践是检验真理的唯一标准的讨论，打破了长期束缚人们思想的枷锁，使整个社会重新焕发出活力。1978年年底，二哥有了初恋。长期生活在军营这种封闭隔离的空间，青年男女间的恋爱，带给他一种从未有过的体验。既期待，又紧张；既充满喜悦，又偶有烦恼。即便如此，他把全部的精力仍然放在工作及思考上。部队相对封闭的环境，也给他提供了一个独立思考的空间。

1978年，二哥24岁。正值青春年华，在12月18日的日记中，他写下了这样一番文字：

> 一个现代革命青年必须有一个信仰，树立一种理想。这个信仰就是坚定不移地为人民、为祖国而奋斗；这种理想就是做一个对人民对祖国有用的人，为人民的美好未来而奋斗。如果一个青年人在思想上解决了这个问题，那么他在工作、学习和生活中就会像一团烈火，用自己去为别人、为工作带来光明和温暖；他会有充沛的精力，饱满的热情，不知疲倦，不怕挫折，不斤斤计较个人得失，绝不为一点可怜的自私所苦恼；他能经得起来自各个方面的困难和挫折的磨炼；他能正确认识人生——幸福与苦恼的结合；他有自己的

生活观，有衡量生活的实事求是的标准（当然有时也包括一点自我安慰）；他绝不羡慕、追求那些鄙俗的生活方式；他承认差别，能正确认识差别，但不放松努力；他致力于增长知识和才能而不是穿戴；他的性格是热情的，情绪是乐观的，意志是坚定的，头脑是冷静的；他不允许自己偏激和狂热，绝不在头脑发热时决定问题；他从不满足于现状，而是努力接受新问题，积极主动地向一切学习和工作的新领域进军；他不消极地接受形势，而是积极地去影响和改变形势环境，不达目的决不罢休；他应该懂得更多一些科学知识和原理，并利用这些去解决问题；他办事不从主观的愿望出发，而是严格地从实际出发；他在个人品质方面应该是优良的，有较好的个人修养；他谦虚而不自鄙，坚定而不骄傲，自尊而不虚荣；他能看破红尘，但决不消沉颓废，而是在这社会旋涡中争取自由。

权势的压迫不会使他动摇；

名利的吸引不会使他倾心；

困难的阻挠不会使他惶惑；

生活的清贫不会使他消沉；

唯有人民的事业才是他奋斗的目标和光明的前途。

我们每一个现代青年都应该从传统的旧意识中解放出来，也不要为时髦的潮流所裹挟，放开自己的眼界，打开自己的胸怀，跳出"我"字的可怜小圈子。抛弃失望、消沉和颓废吧，向着人民、民族、祖国的美好目标、光明前途而奋斗，那也是我们的唯一出路！

这是二哥人生信仰的一个宣言，也是他人生价值观念的表白。9年的军旅生涯，不断的学习思考，他确立了坚定的理想信念，形成了明确的人生观、价值观，那就是为了祖国、人民的美好未来而奋斗。他对自己提出了更高、更全面的

1978年12月18日日记

要求，对未来不可知的各种挑战，有充分的思想准备。这篇日记充溢着青年人的激情。

孟子说："富贵不能淫，贫贱不能移，威武不能屈。"一个新时代的青年，把祖国和人民的事业作为自己奋斗的理想，视为自己的责任与担当，他一定有着更顽强的意志、更宽广的胸怀。

坚定的信念不是一天铸就的，如同特质的钢材，需要千锤百炼。自从参军入伍以后，二哥反复地强化这样的信念，他的人生轨迹也印证了这种信念。

在12月20日的日记中，二哥进一步写道：

> 基于实际所做的设想可以是努力的方向，而脱离现实的幻想则纯粹是幻想。这种不切实际的虚无缥缈的幻想会压缩人的聪明才智

和魄力，使人逐渐失去认识和解决实际问题的能力，使人失去研究和思考问题的逻辑性，使人在严酷的现实面前无能为力，使人情绪低沉，丧失斗志。总之，它给人带来的只有消极和落后。

我们应该尽快抛弃这些脱离实际的幻想，而以积极的态度投身于现实生活，去斗争，去学习，去改变不良状况。

在现实矛盾面前退却的人是胆小鬼；

屈服于现实矛盾的人是贾桂①式的懦夫；

回避现实矛盾的人是永远不能进步的；

只有在现实矛盾中积极奋斗者才能推动事物前进，才是我们的榜样！

我们不仅应该懂得"按理说应该怎么办"，更应该明白"在目前的情况下应该怎么办"。

二哥不是幻想主义者，而是一个脚踏实地的实践者。

党的十一届三中全会于1978年12月18日—22日在北京召开，全会公报令二哥感到非常振奋，他在12月25日的日记中写道：

昨天晚上怀着十分兴奋的心情听完了十一届三中全会新闻公报的广播。

这次会议可以说是一次划时代的会议，中央发出了全党工作重心转移的伟大号召。这一决定说出了亿万人民的心声，人民是多么希望赶快停止那些耗钱费力的东西而集中精力用自己的双手把祖国

---

① 贾桂，京剧《法门寺》中的小太监。

尽快建设得强大起来呀！我们从内心深处衷心拥护中央的决定。

公报还谈到调整农业政策及一些政治历史问题。这些实事求是、立足于解决问题、促进形势向好的决定都使人感到振奋。可以相信，只要各级领导干部真正解放思想，带头落实全会精神，我国将会发展得更快。然而遗憾的是，现在有一些干部确实已跟不上形势的步伐，却在拦着别人前进。这种状况不解决，我们的事业发展就会缓慢，哪里的这种情况不解决，哪里的工作就不会出成绩，就仍是死水一潭。而这种状况到什么时候才能解决呢？！

历史证明了十一届三中全会是一次划时代的会议，全会确定的全党工作重心转移的决定，说出了亿万人民的心声，受到了全国人民的拥护，凝聚了全国人民的力量。十一届三中全会吹响了改革开放的号角，重新确立了我党实事求是的路线方针，这更加激励着二哥投身于国家改革建设的洪流中。虽然他身在军营，但时刻关注、思考着国家的政治和经济改革。

中国共产党带领人民夺取政权建立新中国的目标是什么？党的十一届三中全会确定全党工作重心转移的目标又是什么？目标只有一个，那就是改善人民的生活。虽然"文化大革命"已经结束了一段时期，但受极"左"思潮的影响，一些干部思想仍然僵化。他们总是强调所谓政治上的正确，而忽视广大群众的实际利益，也就背离了党的宗旨。二哥在1979年1月12日的日记中写道：

要引导和鼓励群众团结起来，为提高自己的物质生活水平而奋斗。

人民是向往着美好的幸福生活的，人民为此而奋斗，在人民中间蕴藏着巨大的物质力量。我们共产党人的责任在于把人民中间的这种力量充分调动起来，组织起来，使这种力量真正造福于人民。因此，我们必须千方百计地使人民团结起来，鼓励人民向生产、生活的一切新的领域和新的深度进军。我们决不能站在抽象的革命立场上用抽象的政治原则来约束人民搞好生产的积极性，而必须用实事求是的态度来对待人民的生活现状和要求，用一定的经济政策来保护人民的一定的物质利益。当然，在个人和集体、集体和国家的关系中，有一部分群众往往只见到自己个人或自己所在的小集体，这是一种自私心理的表现，需要对他们进行爱祖国、爱人民和"大河有水小河满，大河无水小河干"的教育，但不要过多地占有或牺牲他们的劳动。我们必须想尽办法使每一地区、每一单位的群众在不影响国家和他人应有利益的情况下为本单位的生产找出路，并使他们在相应的时间内能享受到自己努力工作、辛勤劳动带来的果实。

1978年11月24日，安徽凤阳县小岗村18位农民签订了一份秘密的包干保证书，18位农民在保证书上按上了自己鲜红的手印。安徽凤阳一带受天灾人祸的影响，当地农民长期饿着肚子，这次，他们决定要自己想办法解决吃饭问题，这个承包举动在当时是冒着很大的政治风险的。1979年秋收的时候，小岗村粮食获得了历史上的大丰收，人们终于能吃饱饭了。

小岗村的做法在安徽得到推广。但这样一件利国利民的好事，在当时竟受到了质疑甚至批判，好在邓小平及一些中央领导是支持认可的。1982年1月1日，中国共产党历史上第一个关于农村工作的"一号"文件正式出台，决定在全国范围内推广家庭联产承包责任制，由此，广大农村地区迅速走上脱贫的道路。安徽小岗村18位农民发起的农村土地联产承包责任制，在中国改革开放历史上有着重要的意义。

"我们决不能站在抽象的革命立场上用抽象的政治原则来约束人民搞好生产的积极性,而必须用实事求是的态度来对待人民的生活现状和要求,用一定的经济政策来保护人民的一定的物质利益。"二哥在日记中表达的这种观点,与小岗村那些农民的做法不谋而合。虽然身在部队,但他强烈地感受到时代脉搏的跳动,清醒地认识到,当前社会的主要矛盾就是要尽快解决人们的温饱问题。因此,他明确指出,要引导和鼓励群众团结起来,为提高自己的物质生活水平而奋斗。仅仅是这篇日记的开篇语"要引导和鼓励群众团结起来,为提高自己的物质生活水平而奋斗",就凸显了二哥对社会民生问题的关切。

在1979年2月9日的日记中,二哥写道:

> 近来大家没事凑到一起总要议论议论当前的形势,谈谈解放思想、发扬民主、健全法制和改革制度方面的看法和想法。虽然有些看法片面,但总的来说大家是在思国思民,盼望祖国更加富强。可以看到群众的积极性是很高的,但是缺乏优秀的组织者,所以群众的积极性在消耗着、游离着。不怕一个单位乱,怕就怕一个单位的问题不痛不痒。这种局面不打破,工作就难出成绩。
>
> 社会主义制度在全世界范围来说也还是个新生事物,在中国更不例外。这个制度的理论解释和它的实际推行对人民是有好处的,问题在于它是个新生事物。由于我们没有经验,加上种种对抗这种制度的力量的干扰和阻碍,以及旧制度的习惯势力的影响,使得它在实际施行中仍存在许多缺陷。特别是通过近些年的实践,一些不足的地方被人们看得更清楚了。缺陷就得弥补,不足就得改革,这是搞好社会主义制度必须遵循的两点。粉碎"四人帮"以后,党中央和广大人民根据这些年的经验和教训,正在逐步地实施各种改

革，如发扬社会主义民主、健全法制、改革社会管理和经济管理的机制，以及改革一些不适应的机构体制和干部制度等。实践证明，这是完全必要的。任何东西都不可能十全十美和永远正确，所以不修正、不改革的东西是没有的。相反，如果不进行必要的改革，那么不是进步而只有死亡了。改革是必需的，在党的领导下对我们现行制度各方面的不适应的地方进行必要的、实事求是的改革，不能认为是否定社会主义制度，而是让我们的制度更加完善，更加受人民拥护。我们否定的只是那些不足的地方，如果谁认为所有制改变后的一切制度就是十全十美的社会主义制度，那他就错了；如果谁看到了现行制度中的不足而不去改革，那他实际上不是在维护而是在动摇社会主义制度，或是别有用心。

这样大的一个国家，这样多的工作方面，不平衡、不适应的现象在任何地方、任何方面总会出现，改革工作也必须经常进行。怎么能几年、十几年甚至几十年都不搞改革呢？破就是立，改革本身就是进步。现在的问题是破得太少，改得太少。陈旧的东西、过时的东西，不彻底打破，新兴的东西就树立不起来，也就无法引导人们的思想迅速进步。大破才能大立，彻底破才能彻底立，当然，在具体施行时必须依据实际的情况。

日记中，二哥对改革的必要性进行了充分的论述。他是思想解放、改革开放的坚定支持者。

在1979年4月2日日记中，二哥写道：

我们单位是个业务单位，这种工作的特殊性就在于没有定额，没有指标，是一种十分抽象的工作。这样的工作要想出成绩，出成果，主要依靠工作人员自觉主动的积极性和创造性。如果没有这一点，工作是无法做好的。怎样才能充分调动工作人员的积极性和创造性呢？人们都有体会，抽象的、不容易见到成果的工作本身就是对人的一种煎熬，容易消耗人的干劲。因此，为了保持工作人员的积极性，除了进行必要的思想教育外，必须尽量关注他们的切身利益，尽可能满足他们的精神生活和物质生活需要，这样才可能从侧面保证他们把有限的精力尽量用到工作上来。有失才会有得，有得也必须有失，这是辩证的。要想在工作上取得一些成果，就必须给予工作人员一定的益处，使他们安心于自己的工作。因此，可以说关心不关心工作人员的切身利益，为不为工作人员谋求一定的福利，是衡量一个领导、一个机关是否真心愿意搞好工作的镜子。有些领导同志在需要成果的时候就想起工作人员来了，而在不需要的时候就把工作人员的事情忘在脑后了。这样的领导就不是成熟的领导，因为他起码不懂"养兵千日，用兵一时"这个道理。现在有这么一种现象，工作人员的利益没人来提，而一旦提一提就被人说成只顾自己的利益而不顾党的利益。这种情况使人感到很奇怪。不过，这似乎是多年来人们习惯性的认识，似乎群众提一提自己的利益就和党的利益发生了冲突。其实，只要了解党的宗旨和任务的人就会清楚，党的利益是什么呢？除了群众的利益外，党难道还有自己特别的利益吗？没有！党的利益就是群众的利益，群众的利益就是党的利益。当然，党所代表的不是几个人的利益，而是最广大群众的最根本的利益。我们反对只顾少数群众利益而不顾绝大多数群众的利益，也反对离开具体的群众利益去空谈广大群众的利益，因为广大群众的利益从根本上说是由每一个群众的利益组成的。我们反对只顾群众的眼前利益而不顾群众的长远利益，也反对离开群众的眼前利益而空谈长远利益，因为群众的长远利益正是由无数的眼前利益组成的。因此，我们应该极力设法解决群众中那些与他们大多数人的利益、与他们自己的长远利益不相矛盾的困难，把这些能够解决的困难解决了，使群众更积极更努力地工作、学习，创造成绩，为人民的事业做出贡献，这不正是党的利益所在吗？

遗憾的是，我们的一些领导现在还认不清这种关系，他们还不真正了解什么是党的利益。在他们看来，似乎群众的利益只是个人的利益，而党的利益又是一种凌驾于群众利益之上的利益。因此，群众的利益在他们的想象中总是与党的利益相矛盾的。当然，少数群众的某些利益或个别群众的某些利益有时是会和党的利益——全国人民的利益或本单位大多数群众的利益相矛盾的，但这种矛盾是可以解决，可以协调的，党的干部就是在做这种工作。但是，绝不能把所有群众的利益都看成与党的利益相矛盾，更不应该人为地使那些原不与党的利益相矛盾的群众利益矛盾起来。由于官僚主义、形式主义、名利主义作祟，某些领导往往习惯于把上级个别领导的讲话或上级机关某些不合理的规定，或某些传统的习惯做法，或某些抽象的"原则"（实为教条）当作党的利益的化身，甚至某些人把自己的利益也当成党的利益，因此产生了只对上级负责却不对工作和群众负责的干部，以及做一件事情只让上级"满意"而让群众吃苦的现象。这都说明一些干部在表面上似乎在维护党的利益（其实这种利益是怎么回事，他自己也不清楚），实际上他们却在损害党的利益。因为，实际上损害了群众的利益，挫伤了群众的积极性，得罪了群众，也就是在实际上损害党的利益。

针对一些干部存在的模糊认识，二哥在这篇日记中表达了三个观点：

1. 要想在抽象甚至枯燥的工作环境中取得成绩，一定要有积极性、创造性，要长时间保持工作的专注力。而要保持这种工作状态，单位领导就必须关心群众的精神生活、物质生活，解除群众后顾之忧，使他们能全身心投入工作。

2. 从党的宗旨出发，论证了只有人民的利益而没有党的特殊利益、人民的利益就是党的利益这一观点，指出在个别领导干部头脑中认为群众利益是与党的利益对立的错误认识，批驳了所谓存在于人民利益之上的"党的利益"。只有关心群众利益，解决了群众的问题，群众才能更加积极主动地投身于现代化建设，整个国家的经济事业才能不断繁荣，这不正是党的利益所在吗？

3. 对少数人利益与多数人利益、眼前利益与长远利益的辩证关系进行了分析，特别提出不能以长远利益、多数人利益为由，而忽视那些完全可以解决的群众的眼前利益及具体利益。

这些观点充分展示了二哥扎实的理论功底，是对党为人民服务宗旨的真正领悟。个别干部表面上是在维护党的利益，实际上并不是在考虑党和人民的利益，而是在考虑他们自己的个人利益。

这篇日记也表明二哥善于抓主要矛盾，懂得如何激发人的工作热情。

在1978年12月8日的日记中，二哥全面阐述了自己的理想和信仰，在写于1979年4月20日的日记中，他再一次谈到了信仰：

谈谈信仰问题

前一段时间，在一部分青年中好像信仰这个东西不大吃得开，也不大有人提了。不少人认为什么信仰不信仰，干一天活有一天钱花就行了。这是一种很不健康的心理状态。人到底要不要有信仰呢？我认为一个人，特别是一个年轻人不是应该有而是必须有一个信仰，否则是很难想象的。什么是信仰呢？信仰就是精神支柱，是对指导自己生活真理的坚定的崇拜和信任。坚定的政治信仰是人的精神力量的来源，人一旦有了坚定的政治信仰，就会产生巨大的精神力量。这种精神力量可以转化为巨大的物质力量，可以帮助人克服许多物质上的困难。而如果一个人没有信仰那就糟了，那就等于没有了生活的准则，就没有了精神的力量，他就会感到空虚、无聊、颓丧。当然，我们所说的不是迷信而是对真理、对正义的坚信。所以，如果有坚定的信仰，也必须是经过自己头脑的研究和分析而选择的信仰，不能要那种宗教信仰式的迷信。

在这次反击战①期间，我们看到了许多战士在临上前线时和临牺牲时都写下了悲壮的遗书。在一些血写的书信里充满了对人民、对祖国的忠诚热爱，充满了对党的热爱；他们把为人民、为祖国献身，把以一个党员的身份而牺牲，或在临牺牲前能入党当作自己最后的光荣和荣誉，这就是一种坚定的政治信仰。

人们信仰的是真理，而真理又是在实践中可以证实的。除了用宣传的方法外，主要还是通过实践检验来坚定人们的信仰。

人的思想形成脱离不了时代的影响。但不论处在哪个时代，人还是要有所追求、有所精神寄托的。不同时期不同的人有不同的追求，追求真理永远是人的最高尚行为。

二哥是个勤于思考、意志坚定的人，正是由于有坚定的信仰，他才在困难和挫折面前经受住了重重考验。

在1979年4月15日写给三哥的一封家信中，二哥也谈到了信仰问题。

---

① 反击战，指1979年2月开始的对越自卫反击战。

友子：

  你好。本月10日下午收到了你的来信，我看你写信的日期是3号，邮戳上的日期看不清，不知是你写好以后拖了几天才寄来的，还是信在路上被压了几天。

  看了你的来信我很高兴，一是近期很少接到你的信，二是你在信里所谈的问题说明了你在运用自己的思想来认识世界。记得我参军时你还是个小孩子，一晃现在已经是21岁的大人了，尽管还有不少的缺点（谁能没缺点呢？），但是我明显地感到你的进步是很大的，只要你肯动脑筋，我相信你的进步会更大。我体会到一个年轻人还是要有一个比较正确、比较科学、比较合乎客观世界的人生观，也就是说要有一个理想，要有一个精神信仰。有了这些东西，一个人，尤其是年轻人就能够比较正确、比较合理地认识现实、对待现实，才有永不止息的进取精神，才不会消极颓废厌弃人生，也就不会因一时头脑发热而干出那种遗恨终生的荒唐事情来。拿我来说，在我已走过的24年多的道路上，我遇到过不少的问题，也吃过不少的苦头，也有看破红尘的闪念或者说在某些领域里已看破红尘，而且我相信，在今后大半生中我也许会碰到更多的使人苦恼甚至使人绝望的事情，但我相信我自己是不会被它们打倒的，我会用种种努力来抗击它们。当然，抗击的方式有斗争，有改变，也少不了忍受，但我决不会承认我失败——自暴自弃、轻率地玩忽自己的一生。只要我们的社会制度不变，我就要努力为改造世界和自己本身而奋斗，直至自然规律来结束我的生命。我的这些话是什么意思呢？就是要年轻人习惯用冷静的头脑看待现实，用辩证法来分析自己所在的环境，不要让那些偏激的情绪和狂热的冲动来干扰自己的事业，断送自己的人生。在这一点上我相信你，但也希望你更为理智,更为冷静,更会用头脑来思考事情、思索别人。在某些方面要看破红尘,然而在有些方面又不能看破,就是说要科学地看破红尘,实事求是地看破红尘,这样做对年轻人是有好处的,有利于年轻人在事业上的进步。现在社会上有许多问题是年轻人导致的,其中大多数年轻人并非有意要与国家、与人民为难。有些是,个人处境实在不良,要求改变自身的处境。有些人则是思想方法不对头,没有理想,没有信仰,没有理智,当然,受过较好的教育、有较好文化水平的人思想也就开化些,也就不大会干那些荒唐的事情。你是个多年读书的人,但由于前几年"四人帮"的干扰,以及家庭里"小生产"习惯的影响,还由于没有投身于社会大家庭中,眼界不够开阔,所以在你的思想上也是还有一些"小生产"的意识,表现在有时不顾大局,心胸还不够开阔等。这些以前我也和你谈过,你也有了不小的进步,希望你有更大的进步。说上面这些话的意思是,我希望我们兄弟几个都能成为知书达理、豁达大度、具有现代人的眼光、精明强干的人,而不是成为那种目光短浅、心胸狭隘的庸俗之辈。

来信谈到你的学习情况,我也早想写信和你谈谈这个问题。人要进步,就得学习;要想成就一番事业,就得把前人和他人的宝贵知识学到手,再运用到实践中去。不学习的人是绝成不了什么事的,不学无术的人也永远是愚昧无知,必然被历史淘汰。说真的,我现在就很后悔,没有掌握什么真才实学。当然,任何一门知识对社会都有用处,但是有个贡献大小的问题和重点需要的问题。物质生产活动是人类最基本的活动,因此,那些能与生产活动发生直接联系的知识和学问是真正的学问,是真正有用处的。我认为我的脑子并非不好使,不是学不了理工科知识,只是由于历史的原因(或者说是命运的安排）我才从事了文科工作，当然后悔是没有用的。你现在的学习机会，正如你在信中所说，是来之不易的，你应该珍视它，应该最充分地利用它，为自己的今后打下基础。家庭条件和以前没有打下好的基础，给现在的学习带来了一定的困难，这都是客观事实，但这绝不是决定因素。你知道，许多著名科学家和政治家他们的家境曾经是贫寒的，经济也是困难的，但是这些不但没有使他们消极，反而是他们努力奋斗的动力。那些头悬梁、锥刺股、卧薪尝胆的故事你可能都知道。对于没有目标的人来说，再好的条件也是徒有；而对于奋发向上，抱定了坚定不移的奋斗目标的人来说，艰苦的条件正是他们的好课堂。对于你现在来说，要注意两个字：一个是"苦"字，一个是"巧"字。"苦"，就是要下苦功，舍得花气力、花时间甚至要牺牲一部分休息和娱乐时间，不下苦功是成不了名家的。"巧"，就是要经常动脑子来分析总结学习情况，改进学习方法，合理安排学习时间，正确处理学习中的各种关系，也包括请老师指导，向同学学习一些好的经验，等等。要经常找一找自己在学习中的薄弱环节。据我的不全面的看法，底子差，一些基本概念和定理不清楚这只是个结果，只要适当复习一下就行了，关键要针对自己的特点。你的特点是什么呢？我认为你思维不够敏捷，也就是说反应慢一点，记忆力也不是很强，这是不利的一面，但另一方面，你思维的稳定性强，就是说能进行深入的思维，而且对于你理解了的东西接受能力也较强。所以说，只要肯下功夫，多做习题，勤于复习，扩大知识面，注意在实验中和验算中加强对公式和定理的理解，你同样会取得好的成绩。举个例子，比如有两个小孩年龄同样大，一个头脑反应较快，有举一反三、触类旁通的能力，所以他可以不必下太大的功夫就可以取得较好的成绩。而另一个小孩脑子反应慢一点，大脑的再造能力差一些，不能举一反三，所以他就要下苦功夫，用广泛实际的学习来弥补大脑创造能力的不足；而当他的知识范围扩展到一定程度时，他也就具备了熟练思考的能力了，学习成绩也会好的。上面所写的东西是希望你不要怕眼前的一点困难和某些完全可以弥补的不足，要下定决心，刻苦努力，勤于动脑，争取学出些名堂来。当然，也要注意劳逸结合，适当地让大脑休息一下，对学习是有好处的；不过，千万不能让一些别的问题过早地分散你的精力，断送你的人生。为了将来更美好些，现在就要艰苦些，就要付出一定的代价。另外，在有可能的情况下，你还应该辅导一下顺子，他现在学习也较吃力。我对你们的东西是外行，无法给予帮助。你是内行，他在学习中哪些方面有缺陷应加强，在学习方法上有哪些该注意，望你也经常给他讲讲；你也可以适当地考考他，看看他在学习中有哪些问题。兄弟之间，互相帮助是天职。

在来信中谈到的一些政治问题我也有同感，应该看到，这样一个大而穷的国家，发展又这样不平衡，一切问题要想一下子都解决得那么妥当是不太可能的。不能不承认，在"四人帮"横行时、在林彪时期是搞了许多形式、教条、迷信的东西，以至于人们不能用实践、用自己的思维来解决实际的问题，而必须依靠"文件""书本""指示"，这在很大程度上影响了我们的事业。人们一天到晚在政治上大做文章，到底什么是政治呢？多年来解释不清，现在来看，离开了人民的生活，离开了国家经济建设还有什么政治可谈呢？前一段时间开展"实践是检验真理的唯一标准"的讨论，我很赞同。不用实践来检验真理，不从实际出发，只凭官员意志办事，我们的国家就建设不好。当然这个讨论必然涉及主席的某些问题，这也没什么奇怪的。主席的伟大历史功绩是永不磨灭的,他的一些缺点是微不足道的,以前错了的,我们改正过来就行了,纠缠历史的旧账也不好。总之这么一个大国,这样一个社会主义事业,要搞得好是不容易的,出现一些暂时的错误,有一点乱也正常,只要实事求是,知错就改,站在人民的立场上办事,人民就会拥护。目前,一些干部的主观主义、个人主义、官僚主义还相当严重,这是一种历史现象,迟早要解决,但又不能操之过急,事物发展总得有个过程。你现在正在学习,精力有限,要正确对待现实,那么多不合理的事情一个人是管不过来的,所以还是少搞点政治,应潜心于自然科学知识之中,当然,不是说对这些问题一点都不关心,浑如木头一样,而是说要注意把精力主要放在学习上。这一点建议仅供参考。

  11日我回家了,当天回到部队,没有见到你很遗憾;和大哥好好地谈了谈,户口还没落上,这确实使人不安。现在我是心有余而力不足,但愿命运能成全大哥。生活的道路还要靠我们自己去走,靠我们的奋斗去开创美好的生活。因此,我们要努力奋斗,不奋斗的人就要被淘汰。对于任何一件伤脑筋的事情、难办的事情绝不能回避,而要积极地去解决它,哪怕解决不了而碰个头破血流也要去尝试。当然实在解决不了的就只好忍受了——等着外力作用的帮助——也还是为了解决。

  写得不短了,可能你都看烦了,好像还有许多要写,还是留到以后见面再谈吧!

  我的情况一切都好!请放心!

二哥:子秀
一九七九年四月十五日

每次收到二哥写给我们的信，都是件非常高兴的事情。在这封信中，二哥与三哥进行了深入的交流，首先谈到信仰问题。他表示，正是由于有了坚定的信仰，即便在今后的人生道路上遇到使人苦恼甚至使人绝望的事情，他也不会被它们打倒；只要我们的社会制度不变，就努力地为改造世界、改造自己而奋斗，直至自然规律来结束生命。他反复启发我们，一定要树立一个正确的价值观，要有理想、有精神信仰。信中提示三哥，年轻人要避免狂热与偏激，要学会冷静、理智地看待各种社会问题。他在肯定三哥进步的同时，也指出三哥要注意改进的地方。

对于三哥在学习上遇到的问题，二哥以古今中外的例子给三哥以鼓励，虽然他自己没有更多的经验，但他分析了三哥的学习特点，建议在"苦"与"巧"上下功夫，同时建议三哥也要指导我。

二哥在信中同三哥交换了对当前形势的看法。他非常赞同"实践是检验真理的标准"的讨论，对于什么是"政治"，他认为如果离开人民生活，离开国家经济建设，就没有什么政治可谈。他对国家的未来充满信心。他冷静地认识到，对于我们这样一个贫穷落后、发展又极不平衡国家，各种问题一下子都解决是不可能的，要有一个过程。他把这种认识也传递给了三哥。

在紧张繁忙的工作之余，二哥不忘耐心细致地对两个弟弟进行引导。信中所说11日回家，应该是出差顺路回家，并且当天就返回部队了。

二哥写给我们兄弟的信，谈的都是生活中的事情，没有华丽的词汇，没有高谈阔论，也没有居高临下，而是用最通俗易懂的语言把他的思想、观点、建议如潺潺流水般注入我们的心田，手足之情跃然纸上。

写这封信时，二哥也只是24岁的年轻人。但信中的内容充分体现了他的成熟、睿智和大局观。

在1979年5月2日的日记中，二哥写道：

现在，我们进入一个"四化"①的时代，人们想的、说的、干的，都涉及"四化"。国防现代化是我们这些当兵的所急、所盼、所谈的重要内容。实现国防现代化，加速我军现代化，是大家之所想，也说出来了，它们作为一个口号，经常出现在人们的发言、讲话和报告中。可是，再看一看实际情况，我发现有一些人，特别是一些领导干部未必真在想着军队的现代化、着急军队的现代化，他们只是在嘴上喊"现代化"而行动上还是保守化。也就是说，把军队现代化只当作一个时髦口号喊喊而已。实际上，很少有人真正用脑筋来好好想想：国防现代化到底是怎么一回事？怎样才能实现这一目标？在目前应该怎么办？为实现现代化，在本单位现在应该做些什么？因为没人来想这些事情，所以虽然这些口号天天挂在人们嘴上，而且一个喊得比一个响，可实际上一切都是老样子，死气沉沉，花花浮浮，没有多少实际的为四个现代化奋斗的动静。相反，如果谁提出点有助于实现现代化的建议，还会遭到一些非议，遇到种种阻力。

军队的现代化是怎么一回事情呢？它应该包括两个方面：一、武器装备和与之相关联的战术、技术的现代化；二、对部队的管理、教育与组织指挥的现代化。

武器装备的现代化有待于科学技术和工业的进步，所以这一点目前并非每一个现役军人的主要任务。在现在的情况下，所谓军队现代化重点是第二点，即对部队管理、教育和组织指挥的现代化。唯物辩证法告诉我们，在相同的物质条件的基础上，对人的教育和组织的不同，人的能力也就发挥得不同，所获得的实际工作效率也

---

① 四化，是对"工业现代化、农业现代化、国防现代化、科技现代化"的简称。

就不同——因为效率是由物和人两个方面构成的,这一点人们在实际生活中是深有体会的。我们部队的成分、所处的社会环境与过去相比发生了极大的变化,我们的武器装备也有了一些进步,我们将来的作战对象也和以前完全不一样,可是我们现在的管理、教育和组织指挥的方式方法有不少还停留在四十年代、五十年代的水平。这不但限制了人的发展,同时也降低了对现有武器装备的利用率。在管理、教育和组织指挥方面的落后、陈旧,事实已证明不适应当前形势,必须在现代化过程中进行改革。不进行改革,我们就不能在现有物质条件上获得最佳效率。有一些同志认为,军队的现代化建设只是新式飞机、导弹、坦克、军舰等最新式、最现代化的武器和装备,这固然是一个方面,但是没有现代化的人来掌握这些现代化的武器又怎么行呢?在目前还没有新式装备的情况下,该怎么办呢?难道不进行必要的现代化的改革,那些新式装备能很快出现、能充分使用好吗?那是不行的。

　　由于种种原因,多年来人们没有认真思考现代化问题。实现现代化实在不是一个简单的事情,不是坐在沙发上就能解决得了的。它不但要花费脑力,而且要花费体力,甚至有时还得担些风险。若不是从内心真正为祖国着急的人,是很难把现代化的任务真正落实在行动上的。我们现在的一些干部,自身"小生产"的习惯势力还较严重,他们看不到全局,看不到大体,也看不到将来,只看到眼皮下的一点。所以,他们的思想方法保守得很,习惯按部就班,一说到进行一些适应现代化的改革,他们就连连摇头,划定不少的条条框框,在口头上却天天喊着现代化,这很糟糕。

这篇日记虽然谈的是军队现代化的问题，但重点还是讲思想解放。武器装备的更新换代有赖于国家的经济实力及科技发展，而人是如何适应现代化的要求呢？二哥认为，只有解放思想，转变观念，抛弃那些陈旧的、落后于时代发展的条条框框，用新的军事思想理论、组织指挥管理、教育手段开展部队工作，才能适应军队现代化发展的需要。

在1979年5月11日的日记中，二哥写道：

今天下午听了两位公社书记分别做的农村形势报告。报告以大量的事实说明了只要正确执行党的农业政策，就可以推动农业生产的迅速发展。报告还说明了我们的农业政策必须为广大农民着想，必须让农民在付出了辛苦的劳动以后能得到一定的好处，必须保证农民利益的相对独立性且不受侵犯；同时，还要保持政策的稳定性。再加上基层农村干部认真负责地、主动地、创造性地执行这些政策（综合本地的具体情况），由此，我们的农业就大有希望了。这方面很重要的一点就是，基层农村干部必须因地制宜地、切实负责地、创造性地执行上级的政策，如不能做到这一点也是不行的。两位书记的报告，一个讲的是包产到组联系产量的分配方式；一个讲的是公社所有，大队核算，队为基础。这两种分配方式（当然还有其他方式）之所以都取得了一定的成绩，关键就在于结合本地的具体情况来施行不同的分配方式。同时，两个报告极为重要的共同点就是，必须有一个干劲大、责任心强、政策水平高的党支部（党委），没有这一点，其他什么都不行。由于我国农业总体情况比较落后，而且各地情况又不平衡，所以现行的农业政策必须与本地的具体情况相结合，以能最大限度地调动农民积极性、提高粮食产量、巩固农村集体经济为原则。

我国经济十分落后，一方面是科学技术的落后，但目前主要是干部的思想方法和管理方法比较落后，不敢按照经济工作的规律性办事，而是习惯于人为划定的条条框框。我们的技术设备虽然还很落后，但是仍有潜力可挖，最近报上刊登了大量文章谈工业改革问题。由于某些政策、体制、规定、方法上的缺陷，我们还没有最大限度地发挥现有设备的能力，人们的积极性还没有最大限度地发挥出来。如果经过必要的改革和调整，各方面的潜力都挖掘出来，我们定将获得比今天还高得多的效率，这本身也是个思想解放的过程。有些好心的同志对一些支流的消极面比较敏感，一旦看到具体工作中出了一些偏差，就以为大事不好了，就以为发生了政策上的偏差，因而对形势产生了悲观的看法。诚然，在我们的现实生活中存在不少的消极面，但这不是党的现行政策的错误，有些是历史上遗留下来的，有些是正待改革的，不能因为这些支流的东西而否定了主流的东西。现在进行一些必要的改革，正是为了克服当前的不足，堵塞漏洞，以利于更大的发展，也就是以退为进吧。而且，许多方面本来就处于混乱状态之中，本来就在拖着后腿，比如有些地方乱上项目，不计效果乱投资，互相争原料、争动力，结果都散着，谁也发挥不了作用。这种情况必须整顿，必须计算实际的产出效果，讲究经济核算，落实经济责任。

当然，由于我们搞经济工作时间短，中间又多次受到干扰，尤其是近十余年的干扰破坏，在政策上、在工作中出些偏差是难免的，但只要中央和地方、干部和群众同心同德，有了错误及时纠正，我们的国家是完全可以在一个不太长的时间内强大起来的。

两位公社书记通过报告，汇报了他们结合本地的具体情况，采取适当的分配方式，调动了当地广大农民的生产积极性。通过农村的具体实践，二哥认为，只要正确执行党的农业政策、保持政策的稳定性，基层农村干部结合本地的具体情况去执行这些政策，保证农民的利益不受侵犯，那么，我们的农业就大有希望；同样，经济管理工作也必须遵循经济规律办事，只要全国人民同心同德，我们国家完全可以在一个不太长的时间内强大起来。虽然身在军营，但二哥以极大的热情关注着国家经济发展。

又一本日记本被二哥写满了，在新的笔记本首页，写着范仲淹"先天下之忧而忧，后天下之乐而乐"的名言。以这句名言激励自己，表明二哥远大的志向与追求，也体现了他心系天下的思想境界。

这本日记本中，第一篇日记写的是探讨干部制度改革问题，写于1979年5月15日：

> 要实现四个现代化，关键是思想现代化，而在思想现代化方面，干部思想现代化又是个主要的方面。现在，之所以在全国这部大机器中还有些地方没有运转起来或没有充分运转起来，就是因为那里的干部没有发挥作用。群众普遍反映，有一些干部的思想方法落后，责任心差，管理水平低。由于没有健全的干部制度，这些人仍然掌握着一些权力而不能被撤换，这就必然影响到他们所在单位的工作，挫伤那里群众的积极性。为四个现代化计，当务之急必须建立健全干部制度，使我们的干部队伍纯洁坚强，精力旺盛，责任心强。干部制度必然包括培养、考核、选拔、任免等方面的东西，但我想在薪金、任免和监督方面尤其要注意。现在我们的干部制度弊病甚多：一日升官，百日受禄；一人当官，全家升天；此地当不

成，换个地方照当不误。人在生活上没有压力是不行的，容易松懈。据我国的情况和外国的经验来看，对干部进行思想教育是完全必要的，但只是一个方面；另外一方面就是应让干部负有经济上的责任，要有经济上的压力，要充分发挥经济利益在人们的思想活动中的作用。因此，要改革工资制度，要改变目前这种死级套死薪的制度，这不利于调动人们的积极性。应该建立这么一种工资制度，即基本生活费加职务（或岗位或工种）津贴的制度，施行这种制度有以下几种好处：

一、体现按劳分配。

二、使人的思想与生活辩证地结合起来，用经济手段促进思想进步，使人克服懒惰、官僚主义的习气。

三、鼓励人们用新的劳动态度对待工作，加强责任心。

基本工资应怎样设置呢？按照我们社会主义的分配原则，只对那些对社会有贡献者负责（包括因特别原因而丧失劳动能力或劳动机会的人）。那些有能力而不愿劳动者，社会是不能对其负责的，社会不能包养懒汉。所以，只要人参加劳动，就应得到报酬，即起码的生活费，然后对他的工作和工种进行评定，根据他在工作中的实际作用给予津贴（当然，基本生活费的数量和津贴数量必须随着国家经济的好转而不断有所增加），或根据他所任职务的作用给予津贴。在职期间，津贴是不动的，而当他不胜任或有更好的人选而离职时，职务津贴取消，只享受基本生活费（当然应有一些退职津贴，或根据他的在职情况酌情增加生活费）。施行这种制度在客观上将促进人们去学习，去研究，去提高工作能力。

此外，要改革干部的任免制度。除中央机关的干部外，一切企事业单位的干部应一律选举产生。当然，在目前情况下完全实行民主选举是不太可能的,但是应实行过渡;采取领导与群众相结合的方式,由领导提名,群众评议;然后根据群众评议情况,选择那些能力强,作风正,群众威信高的人,由党委集体任命;坚决制止那种领导人提名任命的做法,并且应由干部管理部门事先调查了解。

另外,还要建立对干部的监察制度,应有专门机构在每年的年终对干部进行调查评议,工作无成绩而群众反映又不好的应坚决予以撤换,取消职务津贴。不能徇私情而枉公法,坚决制止把私人关系带进工作和责任中。

采取这样一些措施会带来一些消极的后果吗?只要掌握得好,是不会的。它在实际上将从经济上、制度上保证干部把主要精力用于工作,使他们专心于学习上,致力于工作上,始终保持旺盛的工作热情,直至被能力更强的人所取代。关键的一点是,负责对干部进行调查的部门绝对不能受个别领导人的影响,而在党委内必须实行集体领导。实行上述方法以后,可以充分发挥群众在企业管理中的民主权力,提高他们的主人翁意识,促进他们的责任心。只有使每一个人都意识到所在单位的利害得失是与个人利益得失紧密地联系在一起时,人们才能真正关心这个单位,爱护这个单位,人们的积极性、创造性、责任心才能最大限度地发挥出来。

实现四个现代化,干部队伍是关键。二哥在这篇日记中针对干部制度存在的问题,从薪酬、任命和监督等方面提出一些自己的设想,特别是对干部薪酬提出了方案。

关于薪酬制度的改革,二哥做了初步设想,建议实行基本生活费加职务(岗位)津贴的方式。这种方式与原固定工资方式比,既能调动干部的积极性,又落实了责任压力,把责、权、利有机地结合在一起。他认为发挥人的积极性,思想教育固然是一个方面，但经济利益、公平原则等因素对个体的激励作用更为重要。日记中还提到了员工在现代企业管理中的作用。

40年前，一个24岁的年轻军人，在紧张繁忙的工作之余，利用一切时间潜心研究国家干部管理体系，分析现行制度存在的缺陷，综合运用经济学、社会心理学、管理学、组织行为学等知识原理，从经济利益对个体的影响，民主、公平等因素对群体的激励作用，制度对人性的约束等方面考虑，设想出较为科学合理的薪酬规划，充分说明他对党的事业无限忠诚、对祖国人民无限的热爱，也说明他知识渊博，有远见卓识。

国家工资改革于1985年开始实施，工资结构是由基本工资加岗位工资组成。由此可见，二哥基于科学分析之上的先见性。

改革对于我们来说都是一件新生事物，干部制度是一项非常宏大的体系工程，绝不是一个普通人所能设想构建的，但这并不妨碍我们去思考，特别是对每一个关心祖国前途命运的人。

思考是一种伟大的力量。

从日记中可看到，二哥在1979年3月至5月间，经历了一段近乎失恋的状态，承受着精神上的痛苦。但他是一个有着远大抱负、意志极其坚定的人，绝不会让情绪受到影响。正如他在4月25日日记中所写："这种生活上的不遂，虽然是生活中的常事，但对一个正直的青年来说是不好的，伤感的。而从另一方面来说，它却能给人一种激励的力量，可以使人忘记这些事情而拼命地学习和工作。"从他写给三哥的信及这期间所写的日记中，丝毫察觉不出他处在失恋的状态。他以极大的热情投入部队工作及国家改革开放、军队现代化建设的事业中。也许，这就是他所说的信仰的力量在支撑着他。

1979年6月11日，二哥在日记中写道：

个人修养方面应该注意的几个问题

一、办任何事情都不要急于求成，要正确估量形势，学会努力与等待相结合。

二、说话办事要沉着冷静，要克制情绪的烦躁，不要轻易生气和发火，心胸要开阔，眼光要远一些。

三、办事情要设想得困难些，不要幻想顺利，轻易乐观，尤其不要轻信顺利。

四、丢掉幻想，开动机器，头脑要勤，手脚也要勤。

五、对人热情而不随便，要稳重，要自尊但不能骄傲。

六、说话要有意识，不要信口开河。要考虑到言语的后果，不该说的绝对不说，包括不吹牛，不许诺，不自夸，不谤人。在情绪激动时尤其要注意。

七、要从按理应该和现实状况两个方面去考虑问题，不要片面，不要绝对。

八、要加强意志的锻炼，要乐观。

九、不要轻易发表对人的不成熟的意见，尤其不要凭印象或道听途说对那些不与自己直接接触的人形成成见。即使真有某些不足的人也不应该回避他们，应保持工作上的正常接触。

十、控制思想，不要轻动感情，尤其不要在那些没有现实意义的问题上动感情，不要做非分之想。

十一、要正确估量同志之间的关系，了解每一个人。

十二、不懂不要装懂。

十三、静下心来加强学习，扎扎实实，一点一滴学起。

十四、有事要在白天想，一般不要在睡觉时想。

看到这篇关于个人修养的日记，不禁想起二哥在入伍初期时的日记中经常提醒自己的："要谦虚不要骄傲，要严肃不要嘻嘻哈哈，要养成雷厉风行的作风而不要拖拖拉拉，以及注意团结等问题。"十年时间过去了，他日趋成熟，但仍然保持着时刻检省自己的习惯。

人最难的是认识自己，只有认识到自身问题并不断加以修正，才能进步。一个不到25岁的年轻人，还有许多地方要调整、修炼。

1979年6月15日，二哥在日记中写道：

> 报纸的一个很大进步是敢于反映群众的呼声了。最近，在报刊上、在文艺作品中经常出现一些揭露干部中的阴暗面的文章，看了使人感到痛快。这说明广大群众和上级机关已经注意到了干部中的问题——这一关系到四个现代化实现的快与慢的重要问题了。各级干部是联系党的上级机关与群众的重要桥梁，是党的方针、路线政策的具体执行者，干部的质量与作用的好与坏直接影响到党的路线方针政策贯彻执行的好与坏，直接影响到广大群众的热情与积极性。解决好干部问题势在必行，关系重大，不可等闲视之。
>
> 干部中的问题总的来说是：封建特权思想、官僚主义、思想僵化或半僵化、形式主义、文牍主义、不负责任，所有这些问题对革命事业的破坏性和腐蚀性是极大的。
>
> 所有这些问题在一定程度上是林彪、"四人帮"的干扰破坏造成的，另一方面与干部放松学习，个人主义、私心杂念严重有着密切关系；同时也暴露了我们现行的干部制度中的许多弊病和封建残余势力的顽固。
>
> 当然，说干部中存在这些问题并不是说我们的干部就一团糟

了，完全不是这样。干部中的绝大多数是好的，是对人民负责的，即便是有些存在一定问题的干部通过一定形式的帮助也是可以改变的。我们揭露这些问题、批评这些问题的目的在于使我们的干部队伍更加纯洁，更加有益于人民。

在解决干部问题时，应坚持思想教育，与此同时也必须进行干部制度的改革。多年来没有进行这种改革，实践证明不改革是不行的。

当然，在现在的政治经济环境下，一些干部也有一定的困难，这也是必须注意到的一个问题；但是既然是干部就不能与群众一样，就必须带头忍受困难，向前进。

这篇日记仍然是探讨干部制度改革问题的。

1979年7月6日，二哥在日记中写道：

群众要求改变现状的呼声越来越高，这是一个很好的现象，但这是不是一个新问题呢？不是。自从人类产生等级以来，下面对上面的意见就有了，在我们的整个事业中也不会例外。上下级之间总会产生矛盾，这并不奇怪。只是，我们共产党人是为人民服务的，能够为人民坚持好的，为人民改正错的，可以减少和克服上下级之间的矛盾。但是，由于林彪、"四人帮"的干扰破坏，多年来干部作风出了问题。只是由于林彪、"四人帮"对这两大矛盾的掩盖，才使干部作风问题看上去不太明显。现在"四人帮"被粉碎了，一切工作逐步走上正轨，干部问题也就马上显得突出了。

现在，一些干部的思想方法还相当落后，他们中许多人虽然参加了对封建主义、帝国主义、官僚资本主义的革命，但是受历史的局限，他们并没有彻底革除封建主义的命；非但如此，封建主义的种种习惯势力在他们中间的市场还十分大，什么特权思想、官僚主义、长官意志、家长制作风、不负责任等盖出于此。

由于封建制度在中国延续两千多年，而在历史上又没有发生资产阶级革命，所以这种制度基本上没有受到什么破坏；加之我们的社会主义又正是在生产力落后、文化不发达的情况下，从这种半封建半殖民地的社会中脱胎出来的，所以在社会意识方面，在人的思想方法方面，在各种习惯方面还带有很深的封建社会的痕迹。而在新中国成立后，我们又放松了这方面的工作，特别是林彪、"四人帮"又在这方面起了大量死灰复燃的作用，以致干部制度存在缺陷，在干部中缺乏正常的新陈代谢。所有这些方面，都是在干部队伍中出现一些不正常现象的原因。

当然，由于社会分工不同和工作的需要，在干部与群众之间，在你与他之间不可能出现绝对的平均，设想平均也是不应该的；但是，必须限制超出工作需要的那些特权，我们党进行民主改革，就是为了建设一个新的、受到人民支持拥护的新社会。

要改变现状，方法有：

一、进行教育，宣传好的典型，批评坏的典型。

二、加强党组织和群众对干部的监督。

三、改变干部制度，主要是选拔、撤换和考察。

四、加速生产力的提高和文化的发达。

干部制度改革始终是二哥关注的焦点。在这篇日记中，他分析了在个别领导干部头脑中存在封建特权思想的深层次的原因。在我们这个有着几千年封建专制统治、历史上没有经历民主制度洗礼的国度，是很容易产生那些封建社会的糟粕的。他指出，虽然一些领导参加了反对封建主义、帝国主义的革命运动，但他们并没有意识到在他们身上也有着浓重的封建主义思想，如果没有制度加以制约、没有在头脑中真正树立为人民服务的宗旨，类似的问题难以杜绝。为此他提出了四点建议，特别提到干部制度的建设。

关注改革，关注思想解放，关注干部制度，关注农村经济，关注国家经济建设，关注军队现代化建设，在这些宏观事项之外，二哥对身边细小的事情也同样毫不放松。

1979年7月15日，二哥在日记中写道：

> 对于任何问题要认识清楚，认识深刻，必须对与问题有关的一切因素进行系统、深刻、细致的分析研究，否则就不能深入问题里面去，也不能真正认清问题。所谓系统，就是周到、全面、连贯，而不是支离破碎。所谓深刻，就是循序渐进、去粗取精、由表及里，抓住本质，而不是浮光掠影、道听途说，满足于一知半解。所谓细致，就是抓住那些人们往往不在意、往往忽视细小却能反映出事物间的区别的现象和表现，而不是粗枝大叶、马马虎虎。细小的现象能反映出要害的东西，这在生活中是司空见惯的。细小到什么程度呢？细到一种稍纵即逝的语气、眼神、表情、动作；小到一字之差，一句话之差，等等。往往是这些细小的东西向人们提供了发现某种秘密、了解人的真实内心、证实某个重大事件、解决某个疑难问题的重要线索，或成为暴露人们的意图、泄露某种秘密，以及铸成某个重大错误的原因。如果一个人能够善于抓住和利用这些细小的东西，那么他将在工作和生活中获得更多的成功。要做到这一

点，就必须保持头脑的清醒和冷静，并善于在工作和生活中应用辩证法、逻辑学和心理学。为什么细小的东西反而会有大的影响呢？这是因为：一、由于习惯上、能力上和客观上的种种原因，人们往往忽略或无力或来不及顾及那些细小的地方；二、在不便于用大而明显的方式达到或表明自己的意图时，人们往往采用细小的方式。总之，不论是得于细小还是失于细小，都是因为大的易引起注意而细小则不易为人注意。

"细小"的正确与错误、及时与不及时、恰到好处与不恰当，以及两次的不同等，都是人们可资利用的条件。

细小也就是细微之处，二哥在1970年8月23日的日记中曾写道，与常班长沟通后，认识到干好工作要从小事做起，那时他还是刚入伍的新兵。经过多年工作经验的积累，他认识到通过分析事物细微的表面现象来发现隐藏在背后的本质的重要性。在二哥的遗物中，有大量情报信息分析手稿，能够看出他试图通过细小的变化找出带有规律性的东西，他所从事的工作是一项非常艰巨细致的工作。

思想工作同样也要关注细节。

7月15日这天是二哥25岁生日，此时的他早已全身心投入改革事业、军队现代事业中，日记中也就不可能出现个人生日这样的事情。

1979年7月18日，二哥在日记中写道：

> 今晚看了两部纪录片：《触目惊心》和《对人民的犯罪》。前者反映了公交战线惊人的浪费现象，后者反映了河南驻马店地区苏华等人置灾区人民死活于不顾，克扣中央下拨的救灾款，大肆挥霍以营

私[①]。看完之后我极为气愤。影片中大量铁一般的事实，让我感到，亿万劳动人民用血汗积攒起来的钱，一方面被几万、几十万甚至上百万地白白浪费掉，另一方面被一些恶鬼任意挥霍或装进私人的腰包。凡此种种正发生在"四人帮"的破坏下，全国广大人民正在艰难中苦熬的那些日子里。这怎能不使人痛心，怎能不使人气愤，怎能不使人怒火中烧，怎能不使人痛感大有进行严厉整顿以迅速扭转这种局面的必要！

气愤之余，冷静下来仔细思考，是什么原因导致这些不可饶恕的罪行的发生呢？究其原因，除了"四人帮"的破坏外，主要在于我们的经济管理制度不健全、不严格、弊病太多和领导负责人员责任心太差。经济管理制度不健全的弊病表现在：

一、没有经济核算，不讲价值规律。试想，搞生产，做生意，做买卖，不讲赚还是赔怎能做得好买卖呢？那还不净亏本？还能不为浪费开绿灯？

二、个人在经济利益上的得失与他所负责的工作好坏没有联系。在现阶段劳动仍是谋生的第一手段，钱仍是人们（大多数人）劳动的直接目的，一个人为了自己的生活而劳动与为整个社会创造价值这本来是一致的，是不可分离的。他使社会得到了好处，那么他本人也应该得到好处；如果他损害了社会，他也应受到相应的惩罚，这是无可厚非的。如果使一个人对社会的功过与个人的利益毫无联系，那么还有谁会真正对社会负责呢？在经济上没有压力，在生活上没有压力，还有谁会去努力奋斗呢？

[①] 1975年8月，河南驻马店地区遭受特大洪水灾害，中央拨巨款救灾。驻马店地委书记苏华等人贪污挥霍救灾款达1.6亿。详见1978年9月《人民日报》《光明日报》等报道。

三、体制混乱，结合部位太宽，责任范围不清。由于一件事的责任不清，在单位之间推来推去，造成事情的耽搁和资金时间的浪费，而到追究责任的时候，谁也抓不到。

四、外行人管家必然稀稀拉拉。搞生产、做生意是业务很强的事，再加上这么多年的混乱，闭关自守，不讲价值规律，有很多人不会做生意了。这已是该注意的了，可是又让许多不懂行的人去办，结果必然是吃亏上当，失利折本。

五、不讲岗位责任制，不讲质量标准与办事期限，形成了责任心不强、拿人民的事情当儿戏的现状。

六、没有一定的监督机关和检查制度。这就不能保证应有的和合理的制度与政策的执行，也不能及时发现和改革制度政策上的漏洞与缺陷，也不能及时发现和制止那些不法的行为。

七、放松了对浪费的注意，也没有制裁那些造成重大浪费的人员，人们自然地认为浪费总比贪污强，甚至不认为浪费也是犯罪。

八、放松了对人们当家做主的教育，使人们不认为国家、单位是自己的家，工作与生产不是自己的事情，没有主人翁的意识和责任感。

九、政治宣传、思想教育与实际生活脱节。对群众在思想上的要求太多，而在物质上能给予群众的又太少。也就是说，在思想上对群众的要求与在物质上对群众的要求有矛盾，对人们在思想上的、精神上的要求过高于群众实际生活中的实际状况和在这种状况中所能形成的思想标准和精神境界。

十、在生产、交换、协作等业务方面的体制和关系上存在种种矛盾。

由于上面的种种问题使得真正有责任心的同志无能为力，放纵了那些责任心差的人，更为那些动机不纯、浑水摸鱼发国难财的人打开了方便之门。没有制度，一松百松，有了制度不执行也等于零。有了制度又坚决执行，好同志更认真负责，差一点的同志也会被制度所促进。

苏华等人的问题，一方面说明了旧的封建传统观念和势力在我们的社会中，在我们的一部分干部中、一部分党员中还有很大的市场，还有很牢固的基础；另一方面也说明了没有对干部的必要的监督制度是不行的。有一些同志早年参加了革命，但是在革命胜利以后，他们就不愿再前进了，也把当年的群众忘记了，他们开始搞起个人事业来了。这与历史上的农民起义没有什么区别，是没有经过很好改造的封建农民意识的反映。不制止这一点，我们的事业就有重走封建王朝倾倒的覆辙，这是必须引起全党、全国人民严重关切的事情。怎样来制止这一点呢？除了对干部进行思想教育外，还必须十分注重发挥制度的作用，必须坚决地用制度的力量来约束那些私欲极重的干部，用制度来保护人民和我们的社会主义江山。在许多情况下，单靠思想教育和理论宣传是解决不了问题的，改变任何一种旧的思想习惯势力都离不开制度的力量。

新中国成立初期，党就对腐败问题严惩不贷。毛泽东曾说"贪污和浪费是极大的犯罪"[①]。这两部纪录片恰恰选取了贪污、浪费的两个典型案例。在当时国家经济极其困难、河南灾民亟待救援之时，苏华等人的罪行给党和人民带来了巨大的损失。对此，二哥表示了极大的愤慨。在气愤之余，他冷静地思考是什么原

[①] 毛泽东：《我们的经济政策》，载《毛泽东选集》（第一卷），人民出版社，1964年4月第1版。

因导致这种不可饶恕的罪行发生？他具体归纳了这两个案例中在经济管理制度方面存在的10个弊端，最主要的还是干部监督制度的缺失。

通过对社会学、心理学及行为学的研究，以及大量事例的证明，二哥深刻地认识到人性的复杂性，人的价值取舍会受到外界环境因素的影响而改变。权力导致腐败，绝对的权力导致绝对的腐败。因此，绝不能抱着一成不变、简单美好的愿望企盼一个人会约束自己的行为，一定要用制度来约束人性的阴暗面。没有制度，一松百松；有了制度不执行也等于零；有了制度又坚决执行，好同志就会更认真负责，差一点的同志也会被制度促进。对于干部腐败问题，他疾呼："必须十分重注发挥制度的作用，必须坚决地用制度的力量来约束那些私欲极重的干部，用制度来保护人民和我们的社会主义江山。在许多情况下，单靠思想教育和理论宣传是解决不了问题的，改变任何一种旧的思想习惯势力都离不开制度的力量。"时至今日，这番话仍然具有强烈的现实意义，可以说是一句箴言。

看过这两部纪录片，所有的人都会对影片中苏华等人的行为感到气愤。但二哥不仅仅是愤慨，更重要的是分析其背后的原因，总结经验，思考如何避免此类事件再次发生。他并不是经济学家，只是一名工作在特殊战线上的普通军人，但他的观点切中问题要害。在临入睡前，他奋笔疾书，在很短的时间内就写出这样一篇意义深刻的文章，既反映出二哥思维迅捷敏锐、知识丰富渊博，更展示出他深邃的思想。他以一颗赤诚之心，时刻心系着国家的前途命运，他把信仰落实在每一件具体的事情上。

1979年8月26日，二哥在日记中写道：

今天，各报均报道了中共中央为张闻天同志举行追悼大会的消息，并刊登了张闻天同志的遗作《无产阶级专政下的政治和经济》。

张闻天同志是个好同志，在几十年的革命斗争中为人民立下了功劳，这是不容抹杀的，他的后期遭遇说明了"四人帮"的卑鄙和猖狂，也反映了我们党的党规、党纪仍需完善，以及我们党理论指导和路线制定方面产生了一些偏差。

张闻天同志的遗作《无产阶级专政下的政治和经济》是一篇很好的文章，观点朴实、清晰，深入浅出，是很好的政治经济学教科书。读了之后，除了使人感到十分实在、敬佩外，也为这种正确的观点多年来不能在我们的工作和生活中得到承认、得到体现而感到遗憾。

本来，政治是经济最高最集中的体现，这是马克思主义的基本常识，经济决定政治，政治又反作用于经济。它们之间的这种关系说明了经济是政治最根本的出发点和归宿点，离开了经济去空谈政治就丝毫没有意义了。各个阶级都有自己的政治，但不论哪个阶级，他们的政治最终都反映和代表着他们的经济利益。

无产阶级政治代表着无产阶级最根本的经济利益，说得通俗一点，也就是说是为使无产阶级及全人类逐步地幸福起来而服务的。如果不是为这个，只是为了喝白水、吃野菜，那么这个政治也就没有必要了。所以，不论哪个阶级，不论哪个人，他的政治的好与不好，必须在经济上体现出来。我们国家的政治必须为经济服务，与经济活动密切地联系在一起，与人民群众的生活息息相关。这才是真正的政治，才是人民欢迎的政治。

政治不单是宣传、理论说教，宣传、理论说教等都是政治工作的一种。政治本身不是空洞的，也不是某一件事情或某一方面，政治是由各个不同时期的最主要的工作体现出来的。比如，在民主革命阶段，政治体现为武装夺取政权（让人民有好日子过）；在卫国战争时期，政治体现为武装保卫祖国；而在和平建设时期，政治则应体现为为满足人民不断增长的物质需要而大力发展经济，包括改革和消除那些阻碍生产发展的各种社会和经济本身的因素，迅速提高生产水平。除了这些为人民的生死存亡而服务的实际的政治外，绝没有什么独立永恒的政治。

遗憾的是，这些简单的道理也有许多人弄不明白或忘记了，他们把政治变成空洞的说教，而且硬要人们去服从、去执行，这怎么可能呢？他们不知道，人们决定是否要拥护一种政治的标准只有一个，那就是看你所宣传的政治是不是真正地给他们带来了物质上的好处。

把政治架空起来，把它宣传为纯精神的东西，而不去注意人们的经济利益，不去解决人们的物质需要问题，不去解决发展生产和提高实际工作效率的问题，这是祸国殃民的做法！

张闻天是我党早期重要的领导人，是我党著名的理论家，为人民的解放事业做出了巨大的贡献。二哥读了张闻天同志的遗作《无产阶级专政下的政治和经济》，深有感触。政治是什么？这是他在文中论述的主要观点。

"文化大革命"时期，政治是每一个人必有的符号，政治可以冲击一切，政治可以取代一切。许多违背客观规律、侵害人民利益的做法都是在所谓政治正确的名义下大行其道。"宁要社会主义的草，不要资本主义的苗"就是典型代表。这种做法给党和人民带来巨大的损失。虽然"文化大革命"结束了，但那种极"左"思想、空泛的政治概念在社会上仍然广泛存在。政治是什么？总结十年动乱的经验教训，二哥认为政治不是空洞的口号，不是什么精神上的东西，归结为一点，政治是为了满足人民不断增长的物质文化需要而大力发展经济所制定并实行的一系列具体的政策措施。他的这种观点在当时是非常鲜明独特的。这篇日记显示了他扎实的理论功底。

经过四十年的改革开放，党明确了"人民对美好生活的向往，就是我们奋斗的目标"这一根本的政治主张。

这本日记，二哥写到1979年9月3日，此后的一段时间辍笔；从1978年2月15日恢复写日记，至此共写了77篇。其中，除少数几篇记述个人恋爱、生活的事情外，其余都是围绕解放思想、农村经济建设、改革开放、军队现代化建设、干部制度改革等方面着笔。虽然日记篇数不是很多，但每篇日记主题突出，观点鲜明，有许多篇日记甚至可以作为理论文章来读。

这之后，二哥为什么没有再续写日记？可能是这一时期国际形势复杂紧张，战备值班任务十分艰巨。另外，从他留下的大量手稿分析，这段时间他在着手写一篇关于部队工作改革的报告。

二哥15岁参军入伍，是部队把他从一个尚不懂事的少年培养成一个信念坚定的战士。他对部队充满感情，非常关心部队的发展。针对所在部队工作专业性、技术性突出的特点，以及如何在新的历史条件下提高作战能力，适应现代化国防的需要，经过长时间的思考，他有了系统完整的设想，反复修改完善后将报告提交给上级党委。

这份报告共分"组织问题""业务建设问题""几个理论问题"三个部分，分阶段完成。其目录如下：

第一部分　组织问题

一、干部问题

二、减员问题

三、编制问题

四、部队的管理及规划问题

第二部分　业务建设问题

一、确立以情报为中心的思想，总结经验，挖掘潜力，进行科

学改革

二、改革业务编制

三、改革训练

四、应当承认不同的业务单位之间的差别，合理使用人才

五、确立业务单位的干部服役年限和干部比例

第三部分 几个理论问题

一、提倡教育干部敢于实事求是，对党、对人民负责

二、群众的工作积极性与他们的实际生活状况的关系

三、个人与组织的关系，个人理想与人民需要的关系

四、认真研究生产力和文化的发展、社会的发展带来的战士思想状况的变化，改进政治思想工作的形式与方法

从以上章节标题可以看出，这份报告的内容非常广泛，涉及部队工作的方方面面。更为重要的是，就上述问题，二哥逐一提出了自己的建议方案。

这份报告反映了二哥对党的事业的无限忠诚与热爱，是他立志为国家和民族奉献的一个具体体现；同时也显示了他观察问题敏锐、思考深刻、对矛盾认识准确，以及逻辑思维缜密，对宏观问题把控度高，对若干理论问题见解独到。虽然他只是一名普通的技术干部，但从他思考问题的深度、广度，可见他宏大的视野、超凡的睿智与才华。

在二哥的遗物中，有大量关于这份报告的提纲、初稿、修改稿等。其中，有一份，即第二部分"业务建设问题"的完整稿，由于文章涉及军事内容，故不摘录全文，只把不涉及军事内容的文章结尾摘录如下：

（从世界范围来看）八十年代是个动荡的年代。当然，一般说来战争在三五年之内也许还打不起来，可是谁能肯定这一点呢？即

使可以肯定这一点，那么三五年以后呢？我们不能居安而忘危，要用"一旦战争爆发，我们目前这一套能否适应战争的需要？"这一问题来衡量我们的工作，必须根据客观情况的变化和要求争分夺秒地改革我们的情报工作体制、侦查手段和技术装备。不想到敌方强大的威胁，看不到敌方在技术、战术、装备、军力上的巨大优势，看不到我方和敌方之间的明显差距，看不到"战争"这个危险因素的实际存在而盲目地安于现状，不想方设法使我们尽快强大起来，那是危险的。在这个世界上，谁没有实力，谁没有强有力的打击力量，谁说话办事就不硬。因此，我们必须面对现实，解决实际问题，再不能让那些空洞的东西来分散我们的精力，涣散我们的士气了！再不能让那些空洞僵化的教条来束缚我们的手脚了！

由于条件的限制，一个被领导者不可能全面地看到领导者能看到的那些问题，因此，我想的、说的肯定会有些偏激。另外，由于我在值班部队工作过，又是一个普通业务干部，再加上个人思想方法的原因，所以，可能对这方面的利益说得多些，肯定会有片面的地方。恳切希望指正并原谅我的直言。

此致

敬礼

李子秀

一九八〇年二月七日

在这段结束语中，能感受到二哥作为一名军人强烈的责任心及危机感，感受到他坦荡的胸怀，他对世界列强军事格局的判断仍然符合今天的国际形势。全部文稿有数万字，在完成每日高强度的工作任务之余，他把全部时间和精力都用于思考部队现代化建设，呕心沥血。今天我们终于有了一支强大的国防力量，可谓

六、投身改革与军队现代化建设

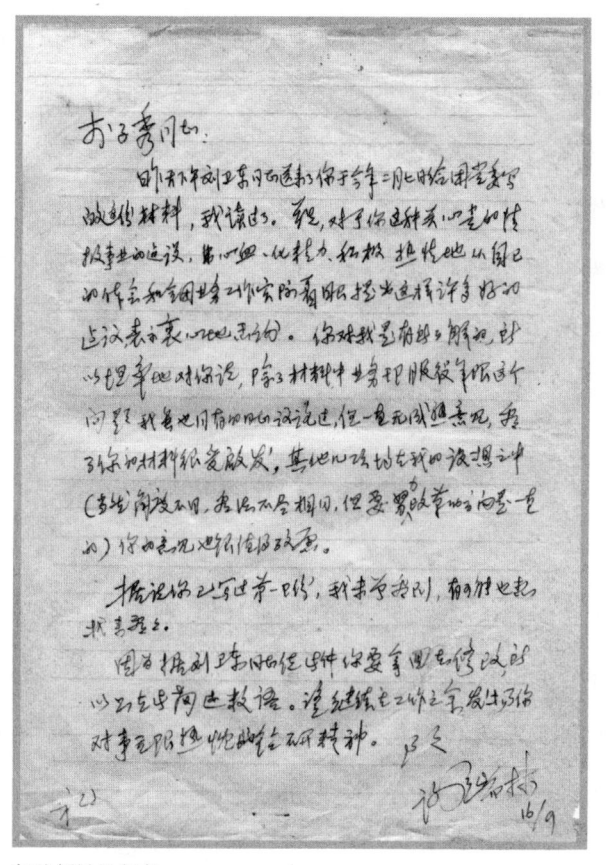

部队领导的留言

了了他的心愿。

报告第二部分还附有一页部队首长对该报告的留言，摘录如下：

李子秀同志：

昨天下午刘卫东同志送来了你于今年二月七日给团党委写的这份材料，我读过了。首先，对于你这种关心党的情报事业的建设，费心血、花精力、积极热情地从自己的体会和全团业务工作实际着眼提出这样多的好的建议，表示衷心的感谢。你对我是有所了解的，所以坦率地对你说，除了材料中业务干部服役年限这个问题我虽也同有的同志议论过，但一直无成熟意见，看到你的材料很受启发，其他几项均在我的设想之中（当然角度不同，看法不尽相同，但要努力改革的方向是一致的）。你的意见也很值得考虑。

据说你已写过第一部分，我未曾看到，有可能也想找来看看。

因为据刘卫东同志说，此件你要拿回去修改，所以只在此简述数语。请继续在工作之余，发扬你对事业无限热忱的钻研精神。

致礼

谢瑞林

9月16日

时任部队领导谢瑞林同志对二哥关心军队现代化事业建设、对部队工作无限热忱的钻研精神给予了高度的肯定。

日记中没有任何与这份报告有关的记录。在二哥的手稿中，还有一份写于1979年7月关于几个理论问题的思考提纲，也是他这时期思考的一些主要问题，摘录如下：

几个理论问题

一、是对人民、对群众、对实际的工作负责，还是对抽象的"党的利益的教条"负责，其实是单纯对上级机关或个别领导人甚至是个人的意志和利益负责？

二、工作的目的是解决实际问题，推动事物前进，还是为了维持"工作"自身的形式和现状？

三、在工资问题上怎样体现按劳分配？（价值理论的再研究）

四、职务是否应一成不变？

五、善于和敢于提出问题是好事还是坏事？

六、应该相信群众的绝大多数还是应该怀疑群众的绝大多数？

七、怎样改革政治机关和部门的工作，使之能促进其他部门的工作而不至于成为扯皮、拉后腿的障碍？

八、应不应该强调效率？

九、怎样克服空洞形式的政治宣传和教育？

十、怎样区别封建主义、资本主义、社会主义，以及分属于它们的东西？怎样认识社会的进步与倒退？怎样区别光荣传统与陈旧的封建保守的习惯？怎样区别积极的革新与瞎胡闹？

十一、使每个人学到更多的东西、掌握更多的知识、生活得更好些，是好事还是坏事？解放下面群众的思想，是好事还是坏事？

十二、怎样看待人们的各种要求，如美、好、甜、爱、舒适，以及其他所有随着生产力和文化的发展而产生和发展起来的新的要求和欲望？

十三、社会主义制度应该约束什么（只应该约束剥削、犯罪、危害他人的行为，而属于自己且又不危害或妨碍他人、不危害和妨碍集体与社会的东西就不应约束）？怎样处理对工作、对人民负责与自己个人的爱好、习惯、个性等的关系？

十四、工作的着眼点应该是精神的还是物质的？应是效果目的还是形式手段？是前者为后者服务和存在，还是后者为前者服务和存在？

十五、应对基层干部进行教育和训练。教育和训练的内容不要只是政治条例，而应是：（1）思想方法，即怎样分析各种问题，用什么方法解决什么问题；（2）工作方法，关心群众生活；（3）思想修养，提高他们的思想涵养；（4）丰富他们的各种知识：心理学、逻辑学、美学（音乐美术等）辩证法及其他文化科学知识。

十六、怎样评价人们的各种习惯、要求（尤其是生活方面的不与工作相矛盾的个人爱好），是否应轻易冠以资产阶级的或无产阶级的？

十七、抽象的条条框框要不要打破？

十八、压力不落实到人头上，不落实到实际上，没有严格的实际的检查，就容易产生形式主义和浮夸。

十九、是真想搞好还是假想搞好？如真想搞好就必须一切从实际出发，在实际工作上下功夫，而不是只停留在口头上。

二十、正确认识生活小事与思想立场的关系。

二十一、消灭只会高喊口号而不知口号内容的现象，坚决纠正只知口号其一不知内容其二、只用口号来搪塞人的做法和现象！

二十二、人是不是需要"刺激"的作用？是否有努力寻求刺激的趋向（不论这种刺激是物质的还是精神的）？

二哥列出的这些理论问题，在今天看来似乎都已不再是问题，然而在当时的环境下，虽然经历了实践是检验真理唯一标准的大讨论，十一届三中全会也已召开一年时间，但在意识形态领域，极"左"思想仍然存在，以至于年轻人穿喇叭裤、传唱流行歌曲都被视为奇装异服、靡靡之音而遭到批判。经历十年"文化大革命"之后，有许多理论是非问题亟待厘清。

二哥是一个思想者，也是解放思想的践行者。

在写日记中断一段时间后，从1980年8月1日，即结婚那天开始，二哥恢复了写日记。1980年10月2日的日记中，记录了他和妻子、战友一起游玩的事情。

又一个国庆节过去了，昨天陪着我年轻可爱的妻子和协民、小谢、海岩、小静、小捷①去香山玩了一趟,大家高高兴兴,非常愉快。

今天又陪着小唐去八大处玩了一天,开始先到她从前的战友小伊那儿待了会儿。我们到时那里已聚了四五个人了,看到她们见面时的那个高兴劲,也不禁想起了我的许多朋友。听着她们兴高采烈、饶有兴趣地回忆着当年的往事时,我也被感染了。是的,她们所经历过的那些具体事我虽未曾经历过,但同样的生活经历我是有的。几年前我和她们一样,都是活泼的年轻人,有过自己美好的令人难忘的往事,所以对于她们回忆起往事时的那种心情,我完完全全地可以理解。小唐14岁略多一点儿就当了兵,那时她还是个什么都不懂、刚刚从农村来到城市的农村小姑娘。在部队里,她渐渐地长大了,懂事了。她吃过和我同样的苦,受过艰苦环境的磨炼。在部队里她的生活和思想都丰富了,感情也丰富了,知识增加了;在这里她开始了对新生活的憧憬,也是在这里她认识了许多人,并与她们中的一部分建立了友谊……是啊,这里的往事,这里的日日夜夜,曾给她、曾给她们留下过多少令人难忘、值得回味的记忆啊!我多么希望她们的回忆能够永远持续下去啊!可是命运总是要捉弄人们的感情,美好的往事不能再来,令人神往、令人怀念的过去已经永远过去了。当年曾经朝夕相处的亲密战友同志,已风流云散天各一方,此时此刻,他们抚今忆昔,有什么感触呢?想到此,我心中不由自主地产生了一种怅然和凄婉的感觉。如果她所怀念、她所留恋的那些往事能重现,能让她重新去体验一下该有多好啊!

离开小伊她们以后,我们就去八大处了,在途中还看到了小唐

---

① 小谢是宋协民的女朋友,小静是石海岩的妹妹,小捷是石海岩父亲战友的孩子。

接受新兵训练的地方。在玩的过程中，虽然我们说说笑笑，自由自在，但在我的心里总有一种难以表达的滋味，一种失意的感觉。小唐的心情似乎也有点抑郁，这大概都是因为失去了欢乐美好的过去和并不如意的现在以及我们马上就要分别的潜意识的缘故吧。只有用丰富多彩、美满的现在来代替往事留给人们的记忆，才能鼓起人们的生活热情，才能改变人们对往事的态度和感情。我应该尽我的努力来满足她的要求和愿望，激发起她新的生活热情和勇气。这，是我的责任。

在为数不多的几篇与妻子有关的日记中，二哥都表达了对妻子的关爱与责任。他在日记中所写，完全是真情流露。

10月3日，二哥就返回了部队。

二哥关注党的建设工作。在1980年11月20日这天的日记中，他写道：

我们应该看到，我们这个党是由许许多多的个人组成的，而这些个人是在中国这块有着自己特色的土地上成长起来的。因此，这块土地上的一切旧有的东西都会以不同的形式在他们的身上留下不同的痕迹。个性的汇集就形成了共性，因此，我们这个党就不可避免地受到旧东西的侵袭，不可避免地沿袭一些旧的东西，而且这些旧的东西必然要在党的工作中表现出来。因此，如果不把我们的党置于人民的监督之下，不在人民的监督下割断自己和旧东西的联系，就必然会犯错误。

另外，我们的党也和一个人一样，经过一段时间的实践，可能获得一方面或几个方面的经验，会获得一些成功，但是不能骄傲自满，因为情况在发展变化，必须不断地学习，不断地认识和研究新事物。我们党是在武装夺取政权的斗争中成长起来的,具有丰富的斗争经验,取得了斗争的成功;可以说,在武装夺取政权这方面我们党是成熟了,但是在建设一个新的国家、巩固一个新制度方面,我们还是幼稚的,仍然要学习要研究。如果自满起来,不学习不研究,就要犯错误。

总之,绝不能把我们党孤立起来看,要研究我们这个民族,要研究我们党的历史,要充分认识到我们党、我们这个新制度与我们的历史的种种必然的联系,在此基础上找出历史给予我们的种种教训,割断我们与历史上那些旧东西的联系。要不断地研究新的情况,不断地学习,不断地改变那些与新的情况不相符的旧理论和旧政策,把自己置于人民的监督之下。只有这样,才能保证我们不再犯曾经犯过的错误,不重蹈前人的覆辙,才能保证我们事业的胜利。

二哥深刻地认识到新中国是从半殖民地半封建社会进入新社会的这一特点,几千年封建集权统治不可避免地影响到每个人,进而影响到我们党。为此,他冷静地指出:"如果不把我们的党置于人民的监督之下,不在人民的监督下割断自己和旧东西的联系,就必然会犯错误。"

人类社会发展历史证明,人性的阴暗面只靠自我约束是很难控制的。任何一个组织都是由不同个体组成的。因此,组织要保持其纯洁性、先进性,也需要各方力量的监督。

二哥认为,党领导我们取得了很大成绩,但不能自满骄傲,在建设新国家、巩固新制度层面有许多要学习的地方,只有不断学习、不断研究才能避免犯错误,才能保证事业不断取得新胜利。

努力挖掘事情背后深层次的原因,是二哥思考问题的一个重要特点。这凸显出他深邃的思想与深刻的洞察力。

1980年11月24日，二哥在日记中写道：

今天，听了一个关于安徽凤阳农村的调查报告。凤阳这个地方历来很穷，经过十年动乱就更穷了，但自从执行了党的新经济政策以后，这里发生了巨大的变化：多年来靠国家救济粮生活的农民不但不再需要救济，反而开始向国家卖余粮了；外出逃荒的人不再逃荒而安心搞生产了，穷的变富了。总之，贫穷落后的面貌正在迅速地改变着。这些事实生动地证明了党的十一届三中全会决定的新农村经济政策是正确的，获得了很大的成功，这真使人感到由衷的高兴和欣慰！

听了这个生动的报告之后，还体会到下面三个问题。

一、要真正解放思想，把摆在群众前进道路上的一切障碍统统搬掉，这样群众向前迈进的积极性才能充分发挥出来。

群众是向往美好生活、向往光明前途的。为了美好的生活，为了光明的前途，他们不惜花费艰苦的劳动。因此，我们必须在给他们指出正确的方向（其实是把大多数群众的前进方向汇集在一起）的基础上，把他们组织起来（有多种多样的组织形式），带领他们向一切生活和工作的深度和广度进军。我们要帮助他们克服前进道路上的困难，要为他们把一切阻挡他们前进的障碍搬掉。这样，也只有这样，才能充分地调动起广大群众的积极性和创造性。可是我们过去不是这样做的，我们不但把农民的方向搞糊涂了，不但没有为他们搬掉原有的障碍，反而人为地给他们增加了新的障碍（比如"一平二调""一大二公"，等等）。既然你把群众前进的道路堵住了，这就必然严重地挫伤群众的积极性，必然严重地阻碍生产力的发展，我们必须牢记这个惨痛的教训。

二、一定要从实际出发，实事求是地解决问题，要讲群众的物质利益，而不能追求符合某些不科学的、抽象的教条主义的原则。

报告中讲到，有些地方的队、社、县干部根据本单位、本地区的实际情况，提出了实行包产到组或包产到户的责任制，但立即遭到了习惯势力的反对。什么不符合中央某某精神呀，什么走回头路呀，什么中央没有说过呀，等等。之所以有这种非议，就是因为有些同志根本不了解农村的实际情况，更谈不上研究；他们既没真正理解中央指示的精神实质，没有意识到我们这个社会主义的实质，又缺乏实事求是的态度，一味地遵循习惯和教条。

我们的社会主义事业，是人民的事业，是让人民获得巨大物质利益的事业。这是我们这个事业的实质，除此之外再没有别的实质。中央的指示精神也是服从这个实质的，只要是有益于人民、有益于国家、符合社会主义的本质原则的事，我们何乐而不为呢！有的人总习惯于等现成的中央指示。须知，中央的任何指示都是根据下面的实际情况产生出来的，是来源于下面、来源于基层的经验总结。如果大家谁都不去为中央提供可产生有经验借鉴的实践活动，都等中央的指示，这岂不等于把中央指示当成无源之水、无本之木了吗？为人民谋利益，这是我党的根本宗旨，不论就全国来说还是就一个地区、一个单位来说，党的政策必须反映、必须代表大多数人民的利益。当然，讲人民的利益，必须同时兼顾人民的眼前利益和人民的长远利益，兼顾局部利益和全局利益，但只要是切实遵循为人民谋利益这个原则，上述两种矛盾就不难解决。那些一味追求简单符合教条、符合某些抽象原则的人，正是忘记了为人民谋利益这一根本点。他们就不能从为人民谋利益这一根本实际出发。说穿了，在有些人的头脑里装的并非上面那两个兼顾的矛盾，也并非下面的具体做法与中央上级指示的矛盾，他们头脑里装的实际是人民的利益与其个人利益的矛盾、人民的意志和他那僵化了的个人意志的矛盾。

三、现在的许多措施都在不同程度地调动着群众的积极性，应该研究为什么这些措施能调动群众的积极性，找出理论根据，这样我们就可以把事情做活。

最近一段时间以来，农村、厂矿企业都采取了一些物质奖励措施，这些奖励措施都不同程度地提高了人们的劳动积极性，提高了劳动效率。但我们对为什么这些物质奖励措施能够提高群众的积极性，它与群众的积极性有什么关系这些问题都缺乏研究。不知是没有意识到呢，还是有意回避。多年以来，我们只提政治思想工作，只提改造思想、思想革命化，可是政治思想工作到底是一种什么形式？它现在是什么现状？它能否达到调动积极性的目的？怎样才能达到调动积极性的目的？思想革命化到底是一个什么东西？怎样才能实现革命化？革命化的标准是什么？它与人们的各种生活实际是一种什么关系？改造思想（也包括改造世界观）是怎么个改造法？人们的积极性是怎样产生的？它与什么有关联？怎样才能调动人们的积极性？等等。对这一系列的问题都缺乏认真的研究，缺乏科学的认识。多年来我们也比较忽视广大群众的积极性在生产建设中的作用，因此，我们犯过理论脱离实际的错误，吃过不少苦头。之所以出现这种情况，与我们满足于自己的狭隘经验和理论有着极为密切的关系，我们把在整个历史进程中只是一小段的武装夺取政权这一特殊的历史阶段中形成的特殊经验和理论当成了普遍真理，用革命的"想当然"代替了实事求是的严肃的科学态度。任何事物都有自己的发展规律,一个事物的不同发展阶段又有不同的发展规律,只有用科学的态度来研究这些规律,用不同的方法手段解决不同规律和处在不同阶段的矛盾,才能达到成功的目的。

人的积极性是心理活动的结果,与一个人的要求愿望,与他与客观世界的种种关系,与整个社会的政治生活、物质生活状况有着极为密切的联系,特别是人的要求和愿望更是直接影响着人的积极性。行为学研究的结果证明,一个人的有意识的努力行为是为了实现一定的要求的。同时,这种努力的结果既决定着满足和目的达到的程度,又影响、决定着人的努力行为的程度。这就是人的积极性产生和发展的客观规律,政治思想工作必须符合这个规律。在现阶段,我国人民群众的物质生活水平还十分低,对物质生活的种种要求(包括对生活保障的要求)便形成了他们的最基本的要求,物质奖励正是对这种要求的满足,因此它能调动人们的积极性。人民群众的这种要求与社会主义的性质也是完全一致的。社会主义的分配原则是按劳分配,用物质奖励来补偿人们超出定额的劳动,鼓励人们多做贡献,这也符合社会主义分配原则。因此,要更多地采取各种奖励措施,配合以科学的政治思想工作,就能更充分地调动人们的积极性。可是也有一些领导反对搞奖励措施,他们看上去对群众得到一点好处就那么不满意、不痛快。其实,正确地实行奖励措施既不会毒害群众的思想也无损群众的利益。一些领导之所以反对搞奖励措施,主要是他们的自私心理和官僚主义思想在作怪,没有真正把群众的利益、把社会主义事业放在首位。

另外,人们的认识活动是随着生产活动的发展变化而发展变化的,在不断扩大且日趋复杂的生产活动和社会活动中,人们会逐渐认识自己与他人、自己与集体和社会的关系，并按照这种关系的要求去做。

实践证明，党的三中全会所做出的一系列正确决定，正在使全国形势逐渐好转，错误的东西正在被纠正、被克服，正确的东西正在越来越多地建立起来。当然，由于历史的原因，由于十年动乱的影响，在拨乱反正的过程中肯定会出现一些暂时的错误。这些错误的原因有的在上边有的在下边，另外也由于认识方法的问题，有的同志把事物发展过程中的开始阶段也当成了错误。所有这些都不足为怪，更不能用这些来否定形势，否定中央的正确方针政策。由于地理和历史的原因，我国的农业状况非常不平衡，因此很难有一条政策可以适合全国所有地方，有时连一个地区也不可能。因此，各地的干部应在正确理解中央总精神的基础上，结合本地的具体情况，正确地采用不同的政策。也有的同志只根据某一地区或某一时的形势对中央提出的三种责任制提出疑问。这主要是他们缺乏政治经济学常识，不了解生产力和生产关系之间的关系。生产关系必须适应生产力的水平，这是政治经济学的基本原则之一。我国农业生产力的水平还十分低，牛耕人锄的情况还十分普遍，广大农民的文化水平还十分低，这种低水平的生产力只能适应相应的生产关系。目前的这三种生产责任制，可以基本上适应我国不同地区的不同生产力水平，大多数地区的实践已证明了这一点。至于有些地区出现的一些问题，主要是干部水平和执行方法问题，完全可以在实践中逐步得到纠正。

安徽凤阳地区开展联产承包责任制已经有一年多时间了，当地的农业生产发生了可喜的变化，这个调查报告说明了党的十一届三中全会所制定的农村改革的政策是正确的。二哥在欣喜之余谈了三点体会：

一、只有解放思想，把摆在前进道路上的一切障碍全部搬掉，人们的积极性才能充分调动起来。各级领导要结合本地区情况正确理解贯彻中央精神，不能搞一刀切。

二、坚持一切从实际出发，实事求是地解决问题，要积极鼓励基层的各种创新举措，要讲群众的物质利益，而不能追求符合某些不科学的、抽象的教条主义原则。

三、要深入研究为什么采取某些措施后，达到了调动人们积极性的目的，这背后有哪些科学依据。

这篇长日记也可以称之为"解放思想，实事求是，充分调动群众积极性"的专题论文。二哥在日记所列第三个问题部分，针对政治思想工作、调动人的积极性等问题连发12问，表明当时人们对这一系列问题还缺乏认真的研究，亟待厘清。连同之前日记所写内容，可以看出二哥是一个冷静的思考者。他对新中国成立后的一些政策失误进行了分析，他认为产生这些问题与我们满足于狭隘的经验和理论有很大的关系，即把在整个历史进程中一小段的武装夺取政权这一特殊历史阶段中形成的特殊经验和理论当作了普遍真理，用"想当然"代替了严肃的科学态度；同时，封建社会的专制统治、威权思想也影响着人们。因此，解放思想绝不是一句空洞的口号，而是要有意识地去打破各种限制、阻碍人们思想自由的桎梏。

在调动人们生产积极性方面，二哥从心理学、社会学、组织行为学角度分析了为什么农村采取家庭联产承包责任制、厂矿企业采取物质奖励等措施后激发了人们的生产积极性、提高了劳动生产效率的原因。这是因为在生产力极其落后的条件下，人们急于改变自身的基本生存条件是最大的内生动力。

二哥在这篇日记中写道，人的积极性是心理活动的结果。心理学是19世纪初传入我国的，其后经过了一段漫长的发展时期。"文化大革命"时期，心理学被视为资产阶级伪科学、唯心主义学说而遭到批判。粉碎"四人帮"后，心理学才得以恢复。二哥在上海读大学时接触到心理学,便对其产生了浓厚的兴趣,通过对部队官兵工作状态,工厂、农村人们生产积极性改变原因的分析,他越发认识到心理学在社会实践中的重要意义。

在二哥的文稿中,有一封写给潘菽①(1897—1988)教授的信。潘菽教授是中国现代心理学主要奠基人之一,清朝光绪年间出生,大学毕业后赴美学习心理学,学成后回国任教,是中国现代心理学泰斗级大师。该信的内容如下:

潘老教授:

您好!首先让我自我介绍一下。我叫李子秀(男),是解放军某部队的一名普通干部,也是一个心理学业余爱好者。我今天给您写这封信,是想向您谈谈我对心理学的研究和应用问题的一点看法,并求得您的指教。

我是最近几年才对心理学感兴趣的,在工作和生活实践中,我深刻认识到,心理学不仅是一门科学,而且是一门十分重要的具有极大实用价值的科学。它的科学理论和研究成果大则可为上级领导机关制定正确的方针政策,小则可为每一个人采用正确的工作、学习和生活的方式方法提供科学的依据,对于我们做好广大群众的思想工作,调动群众的积极性,搞好社会主义建设会有很大的帮助。我从有关材料中了解到心理学的研究和应用在国外已经有了很大的发展,心理学已经被普遍广泛地应用到教育、医疗、商业、管理、治安及作战等许多方面,并获得了一定的成功。国内在心理学的应用方面也有一些成功的例子,如1980年12月28日《解放军报》报道的某团用心理学做好战士思想工作就是一例。另外,犯罪心理学在

---

① 我党高级干部潘汉年、潘梓年分别是潘菽教授的堂兄弟、亲兄弟。

社会治安中的应用、心理学在教育医疗中的应用也是例子。

但是，由于我国是一个农民众多、生产力和科学文化都很不发达的国家，也由于历史的局限和狭隘经验主义的影响，我们在相当长的一段时间内对心理学采取了极为错误的态度，使心理学的研究和应用受到了很大的影响。到目前为止，许多同志，特别是许多领导同志还不了解甚至不承认心理学。由于他们不懂得心理学的科学理论，不了解人的心理活动与客观世界的关系，不了解人的心理活动发生、发展、变化的客观规律，不了解人的心理活动与行为的关系等，所以他们就不能消除对群众心理产生消极影响的因素，不能采取对群众的心理有积极影响的措施。他们往往只凭自己的主观意志去办事，只重事不重人，结果常常挫伤群众的积极性，也影响了工作的效率。这种情况目前在国内还相当普遍地存在着。我在部队基层工作，对此也是深有体会的。党的三中全会以后，许多行业和单位都采取了一些调动群众积极性的措施（如奖励制度、责任制度），有些措施也收到了较好的效果。但是，为什么这些措施能调动人们的积极性，而有些为什么调动不了人们的积极性呢？那些能调动人们积极性的措施与人们的需求之间有什么关系呢？所有这些都没有真正搞清楚，没找到科学理论依据，所有这些都应当在心理学的研究中去寻找答案。因此，抓紧心理学的研究，推广心理学的研究成果，促进心理学的应用，对于我们调动广大群众的积极性，使全国上下同心同德，共渡难关，实在是太必要了！

正如您在《近代心理学剖视》（刊在《百科知识》1980年第2期）一文中所说的，在心理学的发展过程中，由于种种原因，产生过并且现在仍然存在着唯心主义和其他一些模糊不清的观点，但它仍然取得了辉煌的成绩，它的许多研究成果有着无可质疑的客观真理性。如果我们的领导干部能够了解那些研究成果，掌握它们并把它们应用到实践中去，那么一定会大大有助于调动广大群众的积极性，提高工作效率。

现在，我们口不离实现"四化"、振兴中华，要达到这一点，首先要实现思想科学化，要按科学、按客观规律办事。在经济调整过程中，价值规律、经济换算等正在逐步为人们所承认，所重视。可是，怎样把心理学的科学原理和方法运用到管理中去，用以取代政治思想工作中的那些不科学的陈旧方式和内容，提高管理水平，充分调动广大群众的积极性，似乎还没有得到人们应有的注意。因此，应该在继续抓紧心理学研究的同时，大力加强对心理学的宣传和推广。对此，我有如下几点不成熟的想法：

一、继续加强对心理学的研究。一方面要加强对心理学基础理论的研究，另一方面要加强对"行为心理"（或叫应用心理）的研究（这后者在现阶段似乎更为重要）。应在参考国外研究经验和成果的同时，加强对我国人民心理发展变化的研究，加强对我国人民现实心理的研究。除一般心理研究外，还应分别有儿童、少年、青年、中年、老年、工人、农民、军人、干部、知识分子等分类研究（应该承认，近期以来，这方面的研究较前些年有了长足的进步），要加强研究机关的建设。

二、利用报纸、广播介绍心理学，甚至可出版心理学专门刊物。

三、开办心理学的广播或电视讲座，或进行函授，或组织心理学专家到机关厂矿进行巡回讲学。

四、把国内外已有的具有实用价值的研究成果汇编成书籍或材料，向一切可以介绍推广的单位介绍推广。

五、建立心理学情况交流咨询机构，收集心理学研究情况，为一切愿意应用心理学和接受心理学指导的单位和部门提供帮助服务。

六、建议厂矿、企业、机关、学校、部队等单位，设立心理调查分析研究机构，具体负责对本单位人员的心理的调查分析研究和心理学在本单位的应用。

由于多年来不按科学规律办事的习惯和其他一些原因，在心理学的研究、推广和应用的过程中一定会遇到许多阻力，但是真理终究会战胜谬误，科学终究会战胜无知，一切对心理学的错误认识和态度都应该也一定会在研究和应用心理学的过程中得到纠正。心理学的实际应用必将成为我们进入用科学管理社会的新的历史阶段的重要标志之一。

潘老教授，您是心理学界的权威，也是一位前辈，我作为一个心理学爱好者，作为一个晚辈，衷心地希望您能为推动促进心理学在整个社会主义事业中的实际应用，为科学普及及推广，进而为推动和促进管理的科学化和现代化在我国早日实现做出更大的贡献。

以上所谈的看法和想法肯定会有错误或不妥之处，切望潘老教授原谅并批评指正。另外，如有可能，希望您能给推荐一些有关的书籍或材料，将不胜感激！

最后祝您身体健康。

与其说这是一封向前辈学习讨教的信，不如说这是对心理学知识的普及推广、对心理学重要性的阐述、对心理学研究应用的建议。令我敬仰的是，二哥所有的学习研究，都是为了社会的发展、为了人民的事业、为了他热爱的祖国。

如今，二哥的期盼已成为现实，心理学在社会生活中的广泛应用，已成为我们进入用科学管理社会的新的历史阶段的重要标志之一；他的建议已成为现实，心理学研究取得了显著成果；心理学在学校、厂矿、部队及社会综合治理等方面得到了广泛的应用；在一些突发事件中，心理抚慰、干预更是发挥了重要独特的作用。

心理学是一门不断发展中的学科，对心理学的研究应用，还有着极其广阔的空间。

一个普通军人给素昧平生的心理学泰斗写信讨教，充分反映了他虚心好学的精神。

这封信写于1981年10月13日。一个月后，二哥生病住院且一病不起。在病情爆发的前夜，他仍在忘我地学习。他的一生都是这样处在不断地学习和思考之中。二哥是一个多么令人钦佩的人。

1980年12月11日二哥写的日记，如同短篇小说一般，记录了因下雪交通受阻而改坐火车返回部队的经过。

  车厢里烟雾弥漫，脚臭味、汗酸味和刺鼻的土烟草味混合在一起，使人闻了感到头晕恶心。我在靠近车门的地方找了一个位置坐下来，点着了一支烟，慢慢地吸着，这时我才长长地出了一口气，确实感到疲劳了，两天来奔波劳累的情形在一团团的烟雾中浮现出来。

  本来9号我们就应该返回部队，可由于积雪未化，不通车，就改为10号乘火车返回部队驻地。但由于这个通知下达得太晚，有几个人不知道，于是我在10号又担负起通知的责任。可是通知下达完了以后，我却赶不上火车了，只好等11号再返回部队。10号那天，小唐还特地去送我，结果又把我"送"回了家。10号晚上，当我给北郊长途车站打电话，得知11号可以通汽车时，我非常高兴——可少费些周折。可是今天早上起床往窗外一看，我立刻惊呆了——外面白茫茫的一片——昨晚又下了雪。我早早地离开家准备去赶9:40经中转站的火车回部队驻地，来到外面一看，路上的雪已变成了冰，汽车走得比牛车还慢，一旦停下来就走不了了；只见车轮在冰上打滑，路上不时有骑自行车的人摔倒。许多人不敢骑车而改乘汽车上班，车站上站了一大片人，而汽车又迟迟不来。我双手各拿着十多斤重的东西，显然无力和他们竞争，干脆先走两站吧。雪在脚下发出吱吱的响声，向远处望去，一片洁白，好一派景色。可是这场雪又给人们带来了多少麻烦呢？给国家造成多大损失呢（也许对农业有好处）？前天去王府井给战友买东西，平时需要30—40分钟的路程竟走了1小时又20分钟。车上拥挤不堪，售票员的叫喊声，乘客的谩骂声、叹气声和埋怨声乱成一片。人们在怨谁呢？是怨这场雪还是怨售票员和司机、调度员？是怨这车太小、太少还是怨什么呢？难道这种现象就比年轻人穿点时尚衣服、文艺上的一点新探索①能让人容忍吗？10分钟之后走到了换车的地方，这里同样挤得上不了车，只好挤上14路去345路的总站德胜门看看。在德胜门早已形成了几条长长的人龙，我在风雪中熬了近一个小时，终于乘上了去中转火车站的汽车。尽管路上有诸多不顺，车速又慢，心里又担惊受怕——怕赶不上火车白跑一趟，而且快被挤成沙丁鱼罐头中的沙丁鱼了，但总算比火车提前10分钟赶到了中转火车站……

　　透过沾满雾气的车窗向外望去，只见远处平时车水马龙的盘山公路上，连个人影也没有。公路就像一条冻僵的蛇一样无声无息地躺在那里，交通中断了，生产停止了，一场不算太大的雪竟然给我们带来如此严重的后果！难道我们就没办法治服它？难道我们就应听其自然、无动于衷而不去想办法吗？

　　烟团一点点散开，只见被烟雾笼罩着的人们，脸上的表情是那么平静、呆滞、麻木，见不到一点愤怒、急切、不能容忍的表情。也许负有解决上面那些问题的领导，此时正坐在温暖的办公室里的

---

① 当时，某些人把社会上流行的一些歌曲、年轻人的新奇服装，都视为靡靡之音、精神污染加以批判。

> 沙发上抽着烟,品着茶,看报纸呢……

二哥在这篇日记中记录了他因下雪返回部队的曲折经历,将我们一下带回到40年前。一场雪,竟造成了如此的不便。那时,通往二哥部队驻地的只有一条国道和一条铁路。如今,高速公路、高速铁路都通往那里——包括开通的许多趟公交车。改革开放40年来,国家发生了巨大的变化。

二哥有两篇日记写到因下雪不得不乘火车返回部队驻地的情形。

二哥对语法、修辞都有研究,拥有深厚的文学底蕴。他驾驭文字的能力极为娴熟,虽然是以日记随笔的方式,但把因下雪道路受阻乘火车返回部队的过程、场景、心态都刻画得非常传神。文中还讽刺了官僚主义者。

二哥的全部日记中,有四篇是写于元旦这天,下面这篇是四篇中的最后一篇。

> 又一个新的一年的一月一日到来了,真是流光似水。从粉碎"四人帮"到现在整整四年了,全国总的发展形势是好的。党的新农村经济政策取得了可喜的成功,国民经济的调整、改革、整顿、提高已经开始,法制的萌芽已经出现;人们的思想正在从现代迷信中解放出来,研究、思考、探索之风正在兴起;人民的物质利益得到了应有的承认,在理论上承认现实、实事求是的风气日渐浓厚;旧的形式主义、教条主义和一切旧的封建主义现象正在受到批判。否认整个社会进步的观点是错误的,但我们也应看到,我们正面临和将要面临的困难、问题还是相当严重的:经济改革将面临的阻力是巨大的,人民生活上的欠债情况(如住房、就业、分居,等等)还相当严重,与现阶段生产力水平严重不相适应的生产关系(如干部制度等)还没有得到改革,理论上的是非问题还没有真正得到解

决，人民还没有真正当家做主，社会犯罪问题还非常严重，官僚主义还十分猖獗，干群对立的情绪还普遍存在，部队严重的肿散情况还没有得到改变，等等。总之，问题还很严重，需要我们去认真地研究情况，想尽一切办法加以解决，对此绝对不能掉以轻心。所有这些问题，绝不是"形势大好"一句话所能掩盖得住的，否认这些问题、否认还有困难、盲目乐观的观点也是错误的。

我们应该相信，生产力在发展，群众的觉悟也在提高，这是历史的进步，这是什么力量也阻挡不了的。

我们这些正当努力学习、有所作为的年轻人，要认真分析形势，绝不能被一时的现象所迷惑，任何悲观失望的想法都应抛弃，任何不求进取、消沉颓废的行为都应中止。要知道，我们这一代人的根本出路和光明的前途是包含在历史进步的总趋势中的。在新的一年里，要更加努力学习，加紧工作！

昨天晚上到小唐的医院陪着她值了一个小夜班，以前每当我和她同时值夜班时，我都会想她在干着什么，所以早就想去陪着她值个夜班，体验一下她值夜班的滋味，这次终于如愿以偿了。守在她的身边，看着她轻盈的身影在安静的病区里飘来飘去，我感到很幸福。孙、王二位医生在我面前还为小唐没评上正连一事而发了些牢骚。可以看出，她对工作是认真负责的，群众反映也是很好的。我为此而高兴，也为此而更爱她，至于一级半级的也就无所谓了。虽然她很劳累，但我知道，有我陪伴在她的身边，她心里一定是愉快的。真有意思，我陪着她送走了1980年的最后一分钟，迎来了1981年的第一分钟。

十一届三中全会开启了改革开放之路，全国形势有了可喜的变化，虽然存在的问题还很多、很严重，但历史前进的步伐是不可阻挡的。与上一年元旦那天的日记所表达的思想内容相一致，在新的一年，他表示要更加努力地学习和工作。

因为工作性质的缘故，日记中看不到二哥在部队工作情况的记录，更多的是对国家政治经济改革、军队现代化的探讨，记录个人的事情就更少。然而，在有限的个人生活记述中，仍然能感受到他深沉、强烈而又细腻的情感。看着妻子轻盈的身影在安静的病区里飘来飘去，他感到很幸福。他陪着妻子在医院值了一个夜班，新的一年就这样迎来了。

1981年2月5日，二哥在日记中写道：

> 今天是我国人民的传统节日——春节，昨天晚上和小唐一起回家去过除夕。全家九口人——爸爸、妈妈、哥哥、嫂子、友子、顺子，我们俩和小杰子，欢聚一堂，真是热闹。自从一九六五年哥哥去了东北以后，十多年来，我们这还是第一次过一个团圆的春节。哥哥于一九七九年三月调回北京，嫂子于去年元旦调进北京，这一切都亏了爸爸妈妈的努力。爸爸妈妈劳累了一生，看到他们脸上有了幸福愉快的笑容，我也从内心感到高兴。这团圆、欢乐、愉快的情景不禁使我回想起在我们这个家庭里发生过的一切往事，也不禁使我联想到，在我们这块土地上还有多少个家庭没有得到团圆。

这篇日记文字简短，情感丰富。虽然写的是我家除夕阖家团圆一事，但实际上也是记录了十年浩劫结束、改革开放开启后，无数个普普通通的家庭开始过上幸福生活的喜悦。这是历史的真实记录。二哥的日记始终都与整个社会发展密切关联，这也是使命感使然吧。

1981年的春节是我们家第一次全家团圆的春节，但也是最后一次。

二哥简略几笔记下了这个难忘的时刻，但他的思绪如同海底的暗流，奔涌不息。

1981年2月6日，农历正月初二，当年外语附校二哥所在班的同学组织了一次聚会。这天，二哥在日记中写道：

今天，我们在北京外语附校时的同班同学在北师大（北京师范大学，下同）的一间教室里搞了一次老同学聚会。参加这次聚会的共有二十余人，他们是苑国良、刘冠军、史世忠、贾燕军、宋小桐、贺卫国、张大为、毛绍基、吴建、王学俭、夏可林、杨良杰、刘宪平、杨国强，还有我，以及女生刘淑芳、丁晓萍、张莉、白良炎、金捷、苏蓝蓝。①我和他们中的有些人已经有十余年没有见面了，老同学久别重逢，别是一番情谊。当年的顽童如今都已经成为各个行业的劳动者，当年的一切都成了美好的回忆，大家畅谈着分别后多年的经历，兴致盎然，滔滔不绝。老同学都长大成人了，走进了生活，他们中的多数人都对生活充满信心，准备迎接新生活的挑战。我作为他们中间的一员，应该怎样对待未来的生活呢？

对这张合影（见第256页），当天参加聚会的丁小平女士有如下回忆：

这张珍贵的照片摄于1981年年初，在北师大外语系楼前，是俄五班同学离开外语附校十多年后第一次有男女生同时参加的班级聚会活动。当时班里有3位同学在北师大外语系俄语专业学习，我是77届，王学俭是78届，刘宪平是79届，还有张莉——她家住在北师

---

① 这篇日记对当天参加同学聚会人员姓名的记录与实际情况略有出入。

1981年2月6日，外语附校俄五班部分同学合影
前排左起：金捷、苏蓝蓝、张莉、刘淑芳、白良炎、丁小平
中间左起：二哥、宋小桐、贺卫国、张大为、苑国良
三排左起：刘冠军、王学俭、毛绍基、刘宪平
后排左起：杨国强、吴建、夏可林、杨良杰
（照片由袁帆先生提供，资料来自《北京外国语学院附属外国语学校成立50周年纪念刊》）

大家属院内，于是我们就选择了在此相聚。李子秀也兴致勃勃地来了，他还特意把我叫到一边，感谢我们组织了这次活动，给分别了这么多年的发小同学创造了难得的相见机会。我能感到他的话发自肺腑，特别真诚。几年后传来李子秀病逝的消息，那次活动也是好多同学最后一次见到成熟后的他。

这个春节假期的时间，二哥安排得很紧凑，2月6日参加了老同学聚会，2月

7日又应邀去了袁明福家。袁明福刚刚结婚，这天请大家一起相聚。

今天，我们几个从北京外语附校一道参军的老同学应邀去明福家吃喜宴。这些老同学从参军后到现在已经发生了很大的变化：有的复了员，有的调到上级机关工作，有的去读大学，大家都是不满足于现状、力图进取的人。冠军走上了创作之路，并已获得了初步成功；国栋当了高参；明福、世忠当上了摄影师；协民正在争取成为工程师；京宪在上级机关工作，积极进取；国良一直在本部队工作，也积极努力着……大家在一起聊着，谈着。对过去的回忆、对往事的评论、对将来的估计、对前途的设想、对他人的羡慕、对自己的不满，所有这些都在谈笑中表现出来。在这种无拘无束的气氛中，我又产生了一种压抑和跃跃欲试的感觉，这种感觉和昨天在老同学聚会时产生的那种感觉完全一样，我感到了一种挑战的力量！我受到了激励！

我坚信，成功的道路对每一个人都是敞开的，关键是有没有勇气走上这条路，因为走这条路是要花费心血和气力的，要付出艰苦的劳动。生活的道路主要靠自己去闯，而不是等待命运的安排。一个头脑四肢并不比别人少的人，为什么要妄自菲薄、否定自己呢？为什么不能发扬自己的长处去争取成功呢？各人有各人的道路，你不必为别人的路而影响自己，只要你选定的路是有利于人民和祖国的，你就应该勇敢地走下去！成功只来自坚持不懈、百折不挠的努力奋斗。

这两天的同学聚会，对二哥的思想有所触动，更坚定了他的信心。能从老同学身上获得精神力量，也是离开外语附校十多年后，这所学校仍然对他产生影响的一种延续，他为同学们在事业上取得的成绩而感到高兴。

赤子之秀

1976年2月，外语附校部分俄语班同学合影于北京
前排左起：袁明福、杨国强、二哥、黄金鹏、刘广德、李静
后排左起：毛绍基、王学俭、张子美、刘冠军、谢建国、张广平

  在二哥的相册中，保留着一张外语附校初二、初三年级俄语班部分男生1976年的聚会合影。那时，他还在上海读书。
  二哥是一个永不停息的思考者。1981年3月5日，他在日记中写了如下文字：

  今天是3月5日，为了纪念毛主席"向雷锋同志学习"的题词发表18周年，为了响应上级学雷锋、建设精神文明的号召，在上级的布置与安排下，我们二十几个小伙子被派到驻地县医院帮助做好事，打扫卫生。县医院里一块百十平方米的空地上有几小堆垃圾，旁边放着几辆手推车。这点事情几个人干，有半个多小时也就够了，可我们连去带回竟然花费了整整一个下午。为了完成上级规定的"时间"，我们也不管该干不该干，有没有必要，反正手里在干着活就是了。医院里到处是闲散无事、说说笑笑、走走转转的医务人员，看着我们这些大兵一本正经地干着他们认为是全无必要的事情，不知他们在想些什么。

我心里也感到十分好笑。一方面大家不断地在喊，说什么各个行业、各个单位人员过剩，人浮于事，整个社会就业问题解决不了，可为什么还会有那么多的好事可做呢？本单位的人闲着没事干，却要号召外单位的、号召当兵的去他那里做好事，这岂不是有点怪吗？既然有那么多的好事等着当兵的停下自己的工作去做，为什么就不能专门安排一些无业或无事的人员去做呢？现在一号召学雷锋就是做好事，似乎只做好事就是学了雷锋而且雷锋也只是做好事，这真是庸俗和片面，雷锋地下有知也要抗议了。

要学雷锋，但必须弄清楚学他什么？怎么学？让谁学？不把这三个问题搞清楚，就学不好！

我认为，雷锋这样的具有共产主义思想的英雄在我们这种带有封建色彩的社会主义时代产生出来，有他的特殊性，有他一定的特殊历史条件。说他是毛泽东思想哺育成长的，那么在他真正接触到毛主席著作之前就已经是个优秀的同志了。他的强烈的翻身感和报恩思想起不起作用呢？他学习毛主席著作刻苦认真，但是否对主席的思想体系真正理解了呢？对主席如同迷信一样的绝对崇拜起不起作用呢？雷锋在旧社会的悲惨遭遇、解放后他的具体工作和生活环境，他所接触到的具体的领导和同志，当时的历史社会背景等，所有这一切都是他成为英雄人物的特定条件，抛开这些特定的条件去谈雷锋的成长，就不是实事求是的态度，就把雷锋当成了神而不是把他当成"人"。今天时代变了，理论和人们的思想也在发展变化着，六十年代初我们那个理论认识水平所能认识的雷锋，在今天是否还能完全站得住脚呢？是否还能成为今天每一个人能学得了的完美的、科学的、活生生的榜样呢？所以学雷锋，要学什么，怎样学，就成了现实的问题。近年来提倡学雷锋总是片面化，一方面表现在只提雷锋做好事（"四人帮"时提学雷锋更带有严重的实用主义色彩，几乎把雷锋弄成演员了）；另一方面只提让群众学雷锋，而领导学不学，学什么呢？因此让谁学的问题也提出来了。

总之，不用科学的实事求是的观点看待分析雷锋成长的过程和条件原因，不把学什么、怎么学、让谁学的问题在实际上搞清楚，学雷锋就学不好，反而会越学人心越散，弄不好雷锋也要挨骂呢！

由于上面那些问题还没有得到解决，由于我们的某些领导的思想方法还没有真正从形式主义中解放出来，由于实事求是的科学态度还没有真正在他们中间树立起来，由于他们的精力还没有真正地完全集中到如何才能解决部队的实际问题、加强部队建设上来，所以虽然年年提学雷锋，但年年都是一阵风，不但成效甚微，反而产生了许多消极结果，这不能不引起我们的注意。

1981年3月5日这天，大概全国都在开展学雷锋活动，日记里记录了这天二哥和战友们去部队驻地县医院学雷锋的经过，他对这种形式主义的做法提出了质疑。

雷锋身上有许多闪光点，但时代在前进，新时期如何学雷锋，是一个值得思考的问题。志愿者活动是一种很好的方式，一切都应发自内心。

1981年3月26日，二哥在日记中写道：

六、投身改革与军队现代化建设

今天，向谢团长①表示了想走出台情组，做一点行政组织工作的愿望。谢团长对我的想法给予了鼓励，但没有直接表态。

我产生做行政工作的念头已有一段时间了，但一直没有勇气向领导直接提出来。因为：一、我们的干部制度决定了干部的提升和来源，历来由领导和上级机关亲自选择和提拔，毛遂自荐的方式似乎还没有过，所以我这样做不知能否被上级接受，是否会带来其他后果；二、基层工作是十分难做的，而且十分烦琐劳累，不知我能否经受得住工作中种种困难的压力。我这次提出来，是经过认真考虑之后，有了充分的思想准备才决定的，我并不是为了别的，只要能把部队工作搞好就行。

近年来，由于种种原因，部队领导工作的质量大大降低，眼看着部队工作存在着大量问题，我心中十分难过。那些年轻的战士离开了父母、兄弟姐妹，来到部队，难道不应得到组织和干部的引导和帮助吗？那些在精神生活和物质上付出了相当牺牲的干部的实际利益难道不应承认吗？一个领导干部不去努力地工作，以解决部下在思想、工作、生活上的问题，他还叫什么领导呢？可以肯定，我选择的这条道路是坎坷曲折但可以给工作、给同志们带来好处的道路。困难、挫折我都不怕，只要不向困难低头，把自己的智力、能力充分发挥出来，工作是可以做好的。

二哥的日记一如既往地坦诚。

二哥给人的印象是英俊潇洒，才华横溢，风趣幽默，成熟老练，是一个有

---

① 谢团长，即部队主官谢瑞林先生。他于1945年入伍，曾为二哥所在部队培养出大批专业人才。因受林彪集团迫害，他被发往外地；粉碎"四人帮"后，调回部队任主官，是一位非常惜才、爱才的领导。

思想、有主见、有能力的人，但他的内心世界并不全为人所知，即便是他的亲弟弟，我也是在看了他的日记、书信及文稿后，才为他有着如此深厚宽广的思想、平凡高尚的情操所感动。

怎样看待二哥向领导表示希望调整工作一事？这篇日记给出了清晰的答案，他是经过慎重思考后提出的。

在二哥的日记、文稿中，有大量关于军队现代化的探讨、对部队具体工作的分析，也有对部队存在的问题甚至是严重事故的经验总结。对如何改进部队工作面貌，做好干部战士的思想工作，二哥有着清晰的思路。他迫切地想改变部队的工作状况、提高部队现代化管理水平、提高战斗力，在职责权限内积极努力地去解决部队中存在的问题、解决干部战士在工作生活上的困难。做行政管理工作，牵涉面很广，需要协调的事情很多，有很大的难度，但他已做好充分的思想准备。虽然二哥一直从事专业技术工作，但有在部队工作十几年的丰富经验，考虑问题全面，善于抓主要矛盾，业务精湛，在群众中有威信；同时具有管理学、社会学、行为学、心理学等综合知识，做组织行政管理工作能更充分地发挥他的长处。

部队领导对二哥的想法给予了鼓励。这期间，二哥出色地完成了所负责的各项军事任务。

1982年2月，二哥还在生病住院时，组织上就颁布了对他的新任命，可见上级领导对他的信任与重视。

这是二哥写的倒数第二篇日记。

二哥留下的文字，几乎都与工作、思考有关，可以看出他是个思想深邃、思维严谨的人。但生活中的他则是一个乐观、风趣、幽默、充满朝气的年轻人。战友闫芳[①]写了这样的文字来追忆他：

---

① 闫芳，1977年入伍，军校毕业后一直在部队服役，直到退休。

六、投身改革与军队现代化建设

70年代末期,我在部队担任卫生员工作,每天主要的工作就是在药房的小窗口前给干部战士及家属患者发放药品。按照药品管理制度,发药时要核对姓名、性别、年龄、药名、用量,还要专门向患者交代药品的具体服用方法,比如一天三次,一次一片,饭前饭后服用啥的。认识李子秀这个名字大概也是从发药窗口开始的,慢慢熟络起来应该是因为我的闺蜜好友舞姐①的缘故。那时她是我们卫生队的医生,"四个兜"的干部。舞姐长我几岁,当时正和她后来的先生顾大哥处于十分密切的交往中。顾大哥和李子秀是大学同窗,李子秀和舞姐自然也很熟悉,这一来二去地来看病取药,我们便也熟悉起来。因为有顾大哥的印象在先,我对李子秀的最初印象就是个文质彬彬、谈吐文雅、十分爱笑的人。但是,一件事情彻底颠覆了我对他的全部印象。那是我离开部队上学之前,舞姐结婚了。在比较单调的部队生活中,一场婚礼就是我们翘盼已久的大戏了。婚礼②上各种节目花样百出,那叫一个喜庆、一个开心。记得在挤得满满一屋子人的新房里,李子秀先是把一支烟含在嘴里弄湿了一头,然后马上把烟掉了个头让舞姐给他点燃喜烟。这火柴是划了一根又一根,喜烟点了一遍又一遍,就是点不着。子秀战友那个慢悠悠、得意的样子把大伙给乐得笑成一片,最后气得舞姐直接划了根火柴去烧他的鼻子,乐死我了。婚礼结束后,李子秀率领着我们几个小卫生员趴墙根。他告诉我们会有好戏接着看,结果趴了半天累得够呛,透过窗帘缝儿除了看到顾大哥给舞姐梳头啥精彩大戏也没看

---

① 顾文豪先生的夫人李医生退伍后,喜爱跳舞,曾获国内比赛大奖,故而闫芳尊称她为舞姐。

② 顾文豪先生与夫人的婚礼是在1979年5月1日。

着,大伙喊着"不好玩"呼啦啦散去了,李子秀那叫一个懊丧……几十年过去了,每每战友们提起李子秀的名字,并为他英年早逝惋惜时,我都会想起部队的那场婚礼!想起那个幽默滑稽、坏坏地笑着的李子秀!

这段朴实真切的文字,再现了一段部队生活插曲,也把一个风趣幽默的二哥活生生地展现出来。新郎官顾文豪先生是二哥的大学同学,此时二哥本人还是个24岁的单身小伙。

二哥的最后一篇日记写于1981年3月27日,记录了接到妻子电话的事情。起因是前两天他写信给妻子,对她不爱学习、不求上进的态度表示了不满。结婚半年多时间,虽然两个星期探家一次,但有时也会遇到妻子在单位值班。相聚时间有限,他仍然会给妻子写信。妻子在电话里说了些什么,日记中没有记载,但二哥的态度有了改变。这篇日记的结尾写道:

> 要求她在很短的时间里把自己在二十余年中形成的对生活、对个人、对未来的看法都统统改变过来,是不现实的。只要我有信心,讲究方式,适当地要求,积极创造条件,她一定会进步,对学习也会热心,社会经验和生活经验也一定会丰富起来。

关心帮助妻子成长、提高,是二哥结婚时就有的想法。现在他明白不能操之过急,一切都需要时间。

此后,二哥没再写日记,他把全部的精力都投入紧张的工作中。不过,其间他也写了一些重要的文章。

日记是一种私人记录的方式,信手拈来,但要阐述一些更深刻、更具体、更系统的理论问题，不是日记这样随笔而就的方式所能表达的，需要反复斟酌构思，并以最恰当的方式表达和论述。这期间，二哥写了许多篇极具理论深度、富有前瞻性的文章，他身边有许多志同道合的战友，他毫无保留地分享给战友，征求他们的意见。他所写的文章受到战友的一致肯定，遗憾的是这些文稿没能保留下来。

上高中时，我和同年级两位同学关系较好，一个极偶然的机会，得知他俩的亲人——一个是姐姐，一个是姑姑，竟和二哥在同一个部队服役。1980年高考结束后，我们三人相约着去部队看看。在征得各位亲人同意后，于暑假中的一天，我们按亲人们交代的行程，坐长途车前往二哥所在部队驻地。来到部队驻地大门口时，二哥已经在那里等着我们。很快，那两位同学的亲人也赶到了。

当晚，我和二哥住在一个有上下铺的二人房间里。知道二哥的弟弟来部队，晚饭过后，他的许多战友陆续到房间来看望，二哥逐一把他们介绍给我。冉庆云是我已经认识的；二哥发小同学苑国良，名字非常耳熟，但我是第一次见到他本人——长得高大英俊；杨广宁身材瘦高。几乎每一位战友都有故事，杨广宁的姑姑、姑父都在孟良崮战役①中牺牲了；还有一位年轻的士兵，原本是要考潜艇兵的，因为体检中一项咬缆不合格，被刷了下来，这位战士五官长得非常端正。二哥给战友点烟，房间不大，有人站着抽完烟就告辞了，冉庆云、杨广宁等几位战友一直留下，大家谈得兴致高涨。我还即席朗诵了范仲淹的《岳阳楼记》，这晚是我有生以来第一次单独和二哥住在一起。

对于我们到部队后的接待安排，可能二哥他们之前商量过。第二天吃过早饭，二哥便带着我们出部队大门，沿着隆起的水渠在田间穿梭；远处是一排排高大的防护林，脚下是绿油油的水稻田；几朵白云飘浮在蓝天上。匆匆走了一段路

---

① 孟良崮战役，粟裕指挥的一场战役，在这场战役中歼灭了国民党王牌军队74师。

后，我们来到一座空军机场边，坐在机场旁的土坡上，目睹一架架战斗机呼啸着起飞。看完飞机起飞后，二哥又带着我们爬了远处的一座山岭，因天气较热，中午我们就返回部队了。

吃过中饭，下午，我同学的姐夫带着我们骑自行车去了部队所在地的县城。县城离部队驻地较远，有近20公里，由一条两边长有高大树木形成的林荫道通达。

这位同学的姐夫在临近的空军部队服役，这天下午是特地请假陪我们的。同学的姐姐是1970年入伍，已在部队服役十年。女军人面临的实际困难更多些，特别是在婚姻问题上，虽然部队男同志多，女同志少，但选择范围也很有限。同学的姐夫是外地人，虽然已经结婚，但夫妻双方的单位都没有能力解决住房问题，两人平日还是住在各自的部队，只有周末才能聚在一起。

县城非常老旧，不宽的马路两边，散落着一些门脸不大的商店。我在新华书店买了本颜真卿的字帖，算是此行的一个收获。

晚上冉庆云、杨广宁他们继续来看望我。几乎来的人都有抽烟的习惯，二哥的烟瘾不是很大，大家相互递烟，房间里烟雾缭绕。

我们同学三人这次来部队探望，主要是想看看他们工作和生活的地方。部队工作繁忙，我们此行的目的达到了，所以第三天一早我们就返回了。按照二哥他们的建议，在回程的路上我们顺便游览了长城。

就这样，二哥工作和生活的地方我去过了。

结婚以后，二哥可以每两个星期探家一次。虽然见面的次数大大增加了，但他要陪新婚妻子、双方的父母，有时还要为战友办些事情，所以我们之间交流时间很短促，似乎感觉他对我们的关心少了。对此，我有些意见，不久便收到他写给我们的一封长信。

六、投身改革与军队现代化建设

友子，顺子：

你们好。好久没有给你们去信了，记得有一次回家顺子给我提了一条意见，说我结婚后对弟弟们关心得少了，我虚心接受这条意见。不过二哥婚后的事也的确多了，时间也紧一些，这些苦衷还望你们谅解。这封信一来是接受顺子意见的一种表示，二来也是更重要的，是我感到有些问题也应该讲讲。讲些什么呢？我想讲一讲个性修养的问题和家庭道德观念问题。

什么是个性修养呢？个性修养就是自觉地对自己在与他人与整个客观世界的接触中所表现出来的自己特有的与他人不同的那些思想认识上的、感情气质上的、言行上的特点进行培养和改造。那么，为什么人要进行个性上的修养呢？因为个性特点是一个人与整个外部世界接触的方式。既然是方式，就会影响到自己与外界接触的效果，好的方式就会有利于这种接触，不好的方式就会有害于这种接触；即使是同一种方式也会有在这种条件下表现好的、在那种条件下表现为不好的现象。因此，一个人只有根据客观需要有意识地培养和改造自己的个性特点，才能保证自己与外部世界的接触处于一种良好的状态中。为什么要根据客观的需要来改造自己的个性呢？因为客观是实在的世界，它有它的内在规律。一个人只有适应客观世界的规律才能达到自己活动的目的。相反，不能适应客观规律的就会失败，这个认识论上的问题大家是都清楚的。我们常常可以看到一个社会经验丰富、具有良好品质的人往往受到大家的尊敬和爱戴，他也比较容易达到他活动的目的。相反，一个品质低劣的人往往被人们厌恶，他也不会获得什么成功。一个人的个性特点还能反映出他的内心世界的面貌，反映出他的奋斗目标，反映出他的道德观，反映出他对客观世界、对人生意义的认识水平。一个有着明确的奋斗目标、有正确道德观、对人生意义有正确认识的人，往往具有良好的个性修养水平，往往注意个性修养。因为他明白那些不好的个性特点会给自己的事业带来麻烦。相反，一个胸无大志、无所事事的人往往不在乎什么个性修养，因为他没有目标，个性特点自然也不会影响他的目标，个性修养也就没有必要了。我们常常可以看到，一个只为了自己而活的人，他的个性特点往往带有自私偏狭的性质；一个动机不纯、善于投机的人，他的个性特点往往带有虚伪狡诈的性质。所以，要搞好个性修养，必须正确认识客观世界、正确认识自己；要为自己树立一个奋斗的目标，找出一个努力的方向；要对人生意义有一个正确的认识；要培养高尚的道德观。另外，还要真正认识自己、了解自己存在的个性特点，真正搞清楚自己的气质特点、意志特点、性格特点各是什么样子；它们当中，有哪些在什么场合经常有利于自己的活动，有哪些在什么场合常给自己找麻烦。这样你们就会有意识地、自觉地去改造那些不好的个性特点了，就会有目的、有意识地控制自己的各种个性特点，使它们不论在何种条件下都能有利于自己的活动。比如，你们两个在家里有时性情急躁，和父母说话不讲方式，你们之间也闹矛盾，但我相信你们在和领导、同志、老师、同学们的接触中肯定不会是这个样子。为什么呢？因为你们知道，用在家的那一套去对待别人，别人不会买你的账，会影响相互之间的关系，影响你们的活动，不利于你们的活动目的。而在家里呢，你们没什么活动目的，那一套也不会一下从根本上破坏家庭关系，所以你们就不注意了。如果你们能把有益于父母的身体健康和精神愉快，有助于兄弟之间的关系，有助于整个家庭关系的和睦当作自己在家里活动的目的，那么你一定会约束自己的急躁，不会因一点小事就争吵了。再比如友子，有时和别人谈话时的语气、表情、举止显得不那么实在可靠，有些浮夸。这反映出了友子不能勇敢地、实事求是地认识和承认自己的缺点、错误的思想特点，也反映出友子对别人的感觉心理和举止美感的认识不够正确，以为你的那种语气表情可以得到别人的喜欢。当你将来走上社会真正从事各种有目的的社会活动时，你就会发现，你的那种语气、表情是不适应的，你就会有意识地纠正它们了。再如顺子，虽然学习努力，但有时也显得消沉、懒散、萎靡不振，从个性特点上讲这是一种意志上的特点，是意志不够坚强的表现，它反映了奋斗的目标还不够明确和坚定。如果有了明确、坚定的奋斗目标，你就会不懈地努力，使之实现，懒散就会因妨害目标的实现而被克服。因为目标比较模糊，自己还不十分自信，所以当惰性出现时，就会迁就它，目标就被放置一旁，懒散就随之而来。就是同一个性特点也要因人因时而异，比如正直、坦率这个特点，对于相同的人可以接受，但对于心胸狭窄、主观固执的人就不易接受，对伪君子更不适用。

　　古语说得好：人贵有自知之明。一个人对自己的个性有了自知，尔后对外部世界又有了正确的认识，他就可以很好地控制自己的个性特点，就可以使自己的一切言行受意识的支配，他就是一个自觉的人了。一个人的个性修养可以说明一个人在思想上的成熟程度，我希望你们能正确认识到这一点，并努力去做，这对你们将来进入社会是有好处的。

　　再谈家庭道德的问题。这一点也可包括在个性修养的范围之内。爸爸妈妈现在年纪都大了，而且身体又都有病，几十年来他们把我们兄弟四人拉扯大十分不容易，到了晚年他们希望看到自己几十年辛苦操劳的结果，希望得到一点安慰。如果看到儿子成人了，儿敬媳孝，子女幸福，他们就会感到高兴，感到安慰。相反，如果看到儿子们不成器，他们就会伤心难过。对于这一点我们一定要充分理解。他们辛苦了一辈子，经历了和正在经历着许多忧愁和烦恼。过去我们小不懂事，给他们增加了许多麻烦，现在我们都长大了，不应再给他们找麻烦了。做父母的总有一种责任感，要对子女负责，他们都希望子女好学上进，再加上老年人感情上的控制能力降低了，心里有什么总想讲出来，所以他们往往对子女说得多一些。由于历史的局限，两代人在思想认识上也有一定的分歧，往往对同一件事有不同的看法，做父母的又往往要求子女接受自己的看法，虽然他们的看法有时是错误的。不论他们讲得多还是少，也不论他们讲得对与不对，他们在主观愿望上都是为了子女们好。父母的这片苦心，我们一定要体谅；他们讲的我们都要耐心地听，即使有不正确的地方也不要急于争辩，可以慢慢地向他们解释，一时解释不通的要让他们自己慢慢地去认识去明白；顶撞、争吵、赌气不但解决不了问题，反而会使问题复杂化。我们做儿女的对父母也要有一种责任感，要对父母负责，一切有害于父母身体健康和心情愉快的言行在我们中间都应坚决地禁止。父母的要求和愿望我们都应尽力满足，因为他们活在世上的时间不会太长了，尊敬、爱护父母是子女们义不容辞的责任。古话说，万恶淫为首，百善孝为先。对父母不敬不孝（是不想孝敬）的人必然对国不忠，对人不义，是唯利是图、自私自利的小人。我们的祖先有为父母卧冰求鱼、埋儿暖席的事迹，难道我们不能比他们做得更好吗？我们应经常地想想父母对我们的养育之恩，多想想他们的处境和心情，不能只想自己，只图自己痛快。在兄弟之间也是如此，孔老夫子提倡孝悌，对父母要讲孝，对兄弟姐妹要讲悌，悌就是谦让。我们兄弟四人是在患难中长大的，所以我们更应该心胸开阔，宽容大度，兄弟之间要多多谅解和帮助，绝不能斤斤计较、争东抢西。强点的要多帮助弱点的，弱点的也要体谅强点的，而大家都抢，事情就难办了。其实有时事情很小，就是一句话，或多跑几步路，多费几分力，忍让一下就过去了，但客观效果很好。我们都应该像高尔基所说的那样：永远愉快地多给予别人而尽少地从别人那里拿取。古话说：易得者田地，难得者兄弟。我们永远不要忘了我们兄弟四人是一奶同胞的患难兄弟！

不论是对父母还是对兄弟的态度，都反映出一个人对人生价值的认识。如果一个人活着只为自己，他一定心胸狭窄，目光短浅，矛盾重重；如果一个人活着不只为自己，而且为他人活得更好，那他就心胸开阔，目光远大，尊老爱小，心情愉快。在家庭关系中，我们要对自己一言一行的结果负责任，如果你要说的话、要做的事，不能在客观上解决一定的问题，而只是为了满足自己感情上的需要，那么就不能说，不能做。相反，为了解决问题，即使在感情上有些痛苦，该说的也要说，该做的也要做。望你们务必注意到这一点，无论何时何事，要三思而后行！

以上所说，仅供参考，不对之处可以讨论。最后祝你们学习好。

二哥
1981年8月22日

二哥婚后，因为能经常见面，我们间的通信也就少了，但同时他观察我们的距离更近了。从信的内容不难看出，二哥是经过认真思考后提笔给我们写了这封信。他在信中主要和我们交流了两个问题，首先是对个性修养进行了非常全面细致的描述，说明塑造良好的个性修养对于个人在工作和生活中的重要意义，指出应从青少年时期起就塑造个性修养。二哥分别以我和三哥的一些习惯为例，分析了其潜在的根源，引导我们只有加强个性修养，才能改变不良习惯。其次是谈到家庭道德，重点是谈如何孝敬父母。作为兄长，他耐心告诫我们要理解、体谅父母，用恰当的方式和父母沟通。对于兄弟关系，他引用高尔基所说的"永远愉快地多给予别人而尽少地从别人那里拿取"来启发教育我们。

二哥告诫我们的事项他自己首先就做到了。在个性修养方面，入伍初期，骄傲、不谦虚是他非常突出的一个问题，尽管他内心反复提示要克服纠正，但仍然是顽固不化。问题最后是怎样解决的呢？日记里没有答案，但通过这封家信，我想他靠的是个性修养。对人生意义有了正确的认识，有了明确的奋斗目标，就会关注自身的个性修养，就会自觉地时刻关注自己的一言一行，从而约束自己，身上不好的习惯就会逐一被克服。从有意识到无意识地关照自己，是人生觉悟的一种境界。在孝敬父母方面他更是我们的表率。小时候，因为淘气他曾挨过父亲的打，但自从参军以后，他就从未再让父母生气过。他清楚人生不同时期的情感规律，谈到孝敬父母，他指出父母上了年纪，子女也已长大成人，因为生活得到改善，所以孝敬父母更多的就是让父母顺心。对老人而言，耳顺即心顺，所以子女要少说多听，说也要讲究方式方法。二哥生病后遇到一件棘手的事情，想请父亲出面，在信中他把事情说得很婉转，让父亲能够站在他的角度去考虑。父亲能理解他的心情，体谅他的处境，最终接受了他的提议。

对于个性修养的认识，那个时期很少能从书本或课堂中学到，受自身文化水平的限制，父母也没有对我们有过这方面的教育。二哥是如何得来的呢？学习、反思、总结、提炼，这是陪伴他整个人生的习惯。正因为他注重个性修养，有着高尚的品格，所以赢得了领导的信任与战友们的尊重。

信中对个性修养及家庭伦理关系的阐述，展示了二哥的思想境界及对人生的感悟，他在信中写道："如果一个人活着只为自己，他一定心胸狭窄，目光短浅，矛盾重重；如果一个人活着不只为自己，而且为他人活得更好，那他就心胸开阔，目光远大，尊老爱小，心情愉快。"

这封写于四十年前的家信，对今天的年轻人仍具有指导意义。

对于我和三哥思想上的引导，我保存着二哥写的三封信。第一封信写于1975年11月，那还是"文化大革命"时期，当时二哥才21岁，信中他引导和启发我们要做一个有理想、正直善良的人，要认真学习文化，不要受"读书无用论"的影响。第二封信写于1978年1月，刚刚粉碎"四人帮"不久，他对我们的学习方向给予了建议，提示我们韧性和毅力对学习的重要性；另外，指出我和三哥在兄弟团结上的问题，并对我们的字体书写提出批评。第三封信写于1981年8月，是在他结婚一年后，他主要讲了个性修养问题。这三封信之间恰好都间隔了三年时间。写于不同时期的信，二哥所关注的重点也各不相同，但都非常契合我们当时的思想状况、成长特点，对我们有非常重要的启迪、鞭策作用。这三封信的内容也反映了二哥的思想境界在不断升华，人格在日趋完善。

这年10月，二哥给我回了一封信。

顺子：

你好！你和小杰的来信我都收到了。看了你的来信之后，我既高兴又感动，我为你有求知之欲，有上进之心而感到高兴；为你检讨自己，请求我的帮助的诚恳主动的态度而感动！古语说：易得者田地，难得者兄弟。这是说从古至今，得到物质上的东西是容易的，但要真正得到兄弟之间的情谊，做同甘共苦、肝胆相照的患难兄弟就不容易了。我们兄弟四人是一奶同胞，唇齿相依，手足情深要保护和发展我们兄弟之间的信任、谅解和友谊，这是我们几十年的任务之一，也是父母对我们兄弟四人的希望。我常说，我们兄弟四人是在患难中长大的，这一点我们都清楚。1965年，只有16岁的大哥就离家去了东北，一去就是十三年，饱尝了人间的艰苦。爸爸是很少流眼泪的，但在送大哥走时，流下了眼泪。我当时还小，除了觉得哥哥走了，自己失去了保护，为见不到他而感到孤单、难过外，还体会不到更多的东西。现在我充分体会到了当时那次离别，在爸爸妈妈心灵上是多么大的一次创伤啊！以后大哥每次回京，走后妈妈都要哭一次。他们是在为自己的儿子过着艰苦生活、为自己不能保护好自己的儿子而难过，而流泪呀！大哥走后，我、你和友子共同度过的那"文化大革命"中的几年，更使我难以忘怀。那一千多个日日夜夜里的许多往事，至今还历历在目，记忆犹新。每次回想起来，还都是百感交集，思绪万千。这并不是说我的感情脆弱，而是那几年的事情给我的印象和感触太深了。你和友子是我的弟弟，你们小的时候，我就非常喜欢、疼爱你们，当哥哥的哪有不疼爱自己的弟弟的呢？我曾为你们攒过吃的，为保护你们而跟别人动过拳头，带你们去挖子弹，去公园、看电影，也为我无法保护你们而使你们受到别人的欺负而气愤地流下眼泪。参军之后我还为我不能再亲自保护你们，因想你们，担心别人欺负你们而偷偷地流过泪呢！记得7年前第一次回家时，友子大叫着"二哥"从外面跑进屋来，一见到我时眼泪就流下来了。我当时也是既高兴又难过，眼睛也情不自禁地湿润了，现在想起当时的情景我还非常激动！这说明了什么呢？除了说明我们兄弟之间深厚的患难情谊还能说明什么呢？顺子，你可能还没有认真地研究过我，我是一个感情深沉的人，许多内心的感情不会流露到表面上来，尽管它们可能是非常强烈的。我很重感情，许多感情激动的痕迹和引起感情激动的情景都深深地留在我的记忆中，无法消失。我为有过这种情感激动的体验和感受而兴奋，也为失去它而感到遗憾。爸爸和哥哥都来看过我。当我送他们上了返回北京的汽车时，我意识到我们又分手了；看着汽车渐渐远去，直到在我的视线中消失时，我心里就充满了无限凄楚和悲凉的感觉。你是我们兄弟四人中最小的一个，也是大家疼爱的对象。我清楚地记得你小时候，冬天戴一顶帽檐遮住眼睛的棉帽，嘴唇上流着鼻涕，双手喜欢插在上衣的两个兜里，让人又可怜又疼爱。你还记得我带你坐汽车去我们学校和动物园的事吗？友子小时候也让我又心疼又喜爱又可怜。我现在想起你们小时候的样子和你们小时候吃过的苦，心里就很不是滋味。我曾下决心要求自己，不论你们提出什么要求，我都要尽量满足，好像这样我才尽到了我做哥哥的责任，好像这样才对得起小时候的你们，也才能使我在良心上得到一些安慰。当然，我并没有完全做到这一点。

一晃多少年过去了，大哥已经有了孩子，我也结了婚，友子也谈上了恋爱，你也成了一个大小伙子！我们都长大成人了！

至于说到我对你们的帮助问题，我坦率地承认，结婚后，爱人在我的感情中占了一个与你们同等重要的位置，家事也分散掉了我的一些精力，这都需要你们的体谅。但我绝没有不愿意和你们交流的念头，这一点你们务必相信。实际上我在观察、思考和分析你、友子和大哥的情况，我总要指出你们的问题。我希望我们四个都能堂堂正正地做人，都去尽量争取有所作为，所以我怎能不管你们呢？我不是那种只顾自己不顾兄弟的人。但我想以前给你们讲了许多，为什么收效甚微呢？原因是我的理论还没有被你们理解，我也没有仔细地研究你们的情况，所以没有针对你们的具体情况去说、去讲，所以收效不大。这是我近来对你们说得少的原因。我认识到，别人的帮助只有在主观愿望的基础上才能起作用，如我，谁真正帮助过我呢？但我在主观上有奋斗的要求和愿望，我就会根据我奋斗的目标来要求自己，去研究去思考，人就能进步。所以只有当你、当你们真正有了奋斗的愿望，我的理论才能对你们起作用。一个无所事事，只望及时行乐、胸无大志的人，能听进我的话吗？当然，我可以启发他，但决定他的意志的是他的生活环境。顺子，我早就说过，你是个小有抱负的人，我在等待你的觉悟。现在我终于看到了，所以我很高兴。现在我不要求你想得太多，我只要你想想你对自己的一生有什么要求，你要做一个什么样的人？根据什么？下次回去我们好好谈谈，这里就不多写了。

这封信只是对你发出的要求恢复通信的呼吁的一个积极反应，所以不多写了。以后慢慢谈。

祝你学习进步。

二哥
一九八一年十月二十七日

这是二哥生病前写的最后一封家信，还没有等到我们进一步交流，他就因病住院了。

每每读到这封信，我心里都有一种异样的感触。我们兄弟四人，彼此相差四岁，大哥、二哥很早离家，难得有团聚机会，加之年龄的差距，相聚时我们都是满满的兴奋喜悦的心情，没有机会谈及各自内心深处的情感。虽然二哥每封家信写得都很长，但他平时不是一个话特别多的人，也很少谈及往事，为回复我的信他打开了记忆的闸门，也触动了内心深处的情感，那些沉在心底的记忆如水银泻地般倾泻而出：想起大哥去东北时母亲的哭泣；想起小时候带着我们一起玩耍，参军后为不能再保护我们而偷偷流泪；想起父亲去军营看望他后离去的身影；想起第一次探家时，三哥哭喊着奔跑过来……可见他心中的父母养育之恩、手足之情是何其深厚。从小他就深知父母的艰辛，努力照顾着两个弟弟，而且这种责任感一直深深地扎根在他的心底。信中讲述的一些事情，我是第一次听到。父亲在我眼中是很严厉的,我从没有见过父亲掉过眼泪。二哥内心无比坚毅,这方面应该是得自父亲的遗传。

工作中,二哥兢兢业业、一丝不苟;生活中,热情开朗、充满朝气。二哥是一个非常重感情的人,但他克制着自己的情感,许多都埋藏在心底,不轻易表露。遗憾的是,在他生病出院后我们共同生活的一段时间里,我没有提出更多的话题,失去了了解他更多工作和生活经历的机会,也没能更多了解他内心的世界。

二哥一直关心鼓励我。

1979年春,在天安门广场

1979年6月,与冉庆云(左一)、石海岩(右一)在八达岭

1979年春,与战友在天安门广场
左起:王政峰、王景波、二哥

1979年10月与冉庆云(前排右一)、
杨广宁(后排左一)、石海岩(后排右一)合影

七、命运抗争

正当二哥全身心投入紧张的工作时,一场暴病突如其来。

由于长期忙于工作,经常熬夜值班,一段时间内二哥身感不适,但仍然坚持工作。部队返京班车周六下午回市区,周一上午返回部队。1981年11月下旬的一个周末,二哥从部队返回北京。回京的前一个晚上,张建国[①]等战友还到他的房间来送行。大家抽烟聊天,气氛热烈;渴了,大伙就端起桌子上的大搪瓷杯,你一口我一口地喝着,快熄灯时才离去。周六的中午,二哥去了杨广宁、雷燕夫妇的家,杨广宁问他想吃什么?二哥说没什么胃口,做碗面条吧。雷燕就去厨房给他煮了碗汤面。吃饭的时候,雷燕感觉二哥的脸色有些发黄,建议他回北京一定去医院检查一下。稍后,苑国良来宿舍给二哥送行,看到二哥难受的样子,便协助他整理好要带的东西,送他上了班车。下午,二哥就坐车回北京了。

因那天二嫂在单位值夜班,当晚,二哥一个人回家看望父母。感觉他精神状态不错,全家人都没有发现他身体有明显的异常。我再次得知二哥的消息时,他已经住院。原来,二嫂下班回家后,凭着职业敏感,感觉他情况异常,直接带他去解放军第三〇二医院检查;结果发现他的身体各项指标严重超标,确诊为急性肝炎,

---

[①] 张建国,1969年12月入伍,二哥的战友,曾任部队领导,在部队一直工作到退休。在那张1970年新兵训练队大合影中,他位于前排左一。

医院当即收治住院。三〇二医院是全军乃至全国一流的传染病专科医院，之后的几年，二哥都是在这里度过的。按照正常的途径，他应该在海军系统医院治疗，住进三〇二医院与二嫂有一定的关系。他在疾病爆发的前夜住进医院，也是不幸中的万幸。

病情发展得异常迅猛，因为高黄疸，1981年12月，医院向家属下达了第一次病危通知[①]。二嫂把他的病情告诉了我的父母，全家人都非常揪心，每到周末探视时间，家人都会去医院看望他。大哥曾带着我和三哥骑车去了一次，地处丰台区岳各庄的三〇二医院给我的感觉是那样的遥远偏僻，以致我们中途不得不停下来休息，后来我就改坐公交车去医院了。

西单商场附近刚刚开了一家山东德州扒鸡店。1982年春节前，父亲买了一只扒鸡，让我带给二哥。二哥说，医生建议不要吃这类东西，要吃"三高一低"的食物。我具体问了他什么是"三高一低"。感觉他的精神状态尚可，就是脸色较为暗淡。

从小到大，二哥的身体一直都很健康。由于专注于工作，身体出现异常的征兆没有引起他的警觉。住院后，身体机能急剧下降，疾病带来的各种反应使他承受着极大的痛苦。从15岁参军，二哥只有一次生病住院，而且还只住院一天。他从没有如此长时间地离开过工作岗位。1982年1月24日，即除夕这天，他在一张信纸上写了这样一阕词：

曾忧天下有所求，何惧塞外愁。
幡然而今回首，年年空对秋。
事未成，身染疾，岁虚流。
人生难度，虽有壮志，能有机酬？

---

① 在二哥的一个记事本中，记有6次发生病危的时间和病症。

这阕词陈述了二哥的理想追求、过往的经历、被疾病所困的情形，以及壮志未酬的心态。

在同一页信纸上，还写有顾宪成等人的对联：

"风声雨声读书声，声声入耳
家事国事天下事，事事关心——明代顾宪成"；
"心在朝廷，原无论先主后主
名高天下，何必辨襄阳南阳——清人顾嘉衡"

信纸的底端，写有陆游《诉衷情》一词：

"当年万里觅封侯，匹马戍梁州。关河梦断何处？尘暗旧貂裘。
胡未灭，鬓先秋，泪空流。此生谁料，心在天山，身老沧洲。"

陆游、顾宪成、顾嘉衡分属宋、明、清三代文人，他们写的对联和词有着共性：忧国忧民、壮志未酬。

在身体机能严重受损的情形下，二哥仍然能默写出陆游等人的词作，可见这些爱国文人的词作给他留下了何等深刻的印象。二哥创作的那阕词，也有一定的艺术水准。

在另一页纸上，二哥写有这样一首小诗：

晨起推窗但见白，疑为柳絮随风来，
忽感周身寒袭入，恍识残冬雪正皑。
1982年2月18日晨起下雪，病也似有好转，应护士长之邀，写此小绝一首。

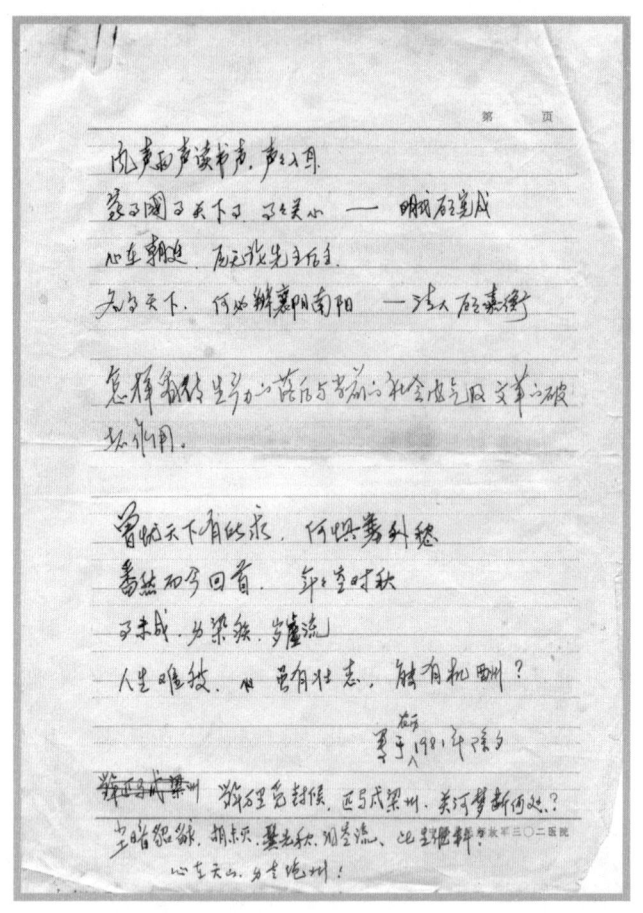

二哥手稿，写于1981年除夕

经过医生的精心治疗，二哥度过了第一个危险期，病情有所好转。这个英俊的28岁的年轻人风趣幽默、豁达乐观、意志坚定、学识渊博，受到了医护人员的喜爱。在二哥的遗物中，还有三〇二医院营房科的一位干部创作并送给他鉴赏的几页诗稿。

部队领导对二哥的病情非常重视，虽然是跨军种住院，但仍尽全力配合医院治疗。住院期间，领导、战友纷纷去医院看望他，有的人甚至牺牲了探家休假时间，有的人则是从部队驻地专程前往医院看望。

七、命运抗争

在一页医院体温记录纸上，留有如下文字：

友爱胜良药，塞北有春风。

只身胆气壮，克病谢群朋。

13日罗、于来探视，少鹏特书句慰我，同志友情于此可见。身为病困，心为情动，而有此小绝一首。

二哥写于医院体温记录纸上的文字

上面文字中提到的"罗""于"分别是指罗孝武先生、于少鹏先生。他们两位都是二哥的兄长、老领导。罗孝武先生在二哥1969年入伍时担任区队长；于少鹏先生毕业于北京大学，1968年入伍，曾和夫人一起多次去三〇二医院看望二哥。

部队领导对二哥的学识才干、工作能力是高度认可的，尽管二哥生病住院，但组织上仍然于1982年2月对他的工作给予新的任命，赋予他更重要的职责。二哥的新搭档在信中热情地鼓励他，祝愿他早日归队，共同携手开创工作新局面。此时，几乎所有的人都相信，他很快就会康复，然而事情并如所愿。

二哥发病时，二嫂刚刚怀孕。身为医务工作者的她对此考虑得更为谨慎周全，最终决定终止妊娠。

二哥的病情反反复复，1982年5月，因为黄疸高，医院再次下发病危通知。经医院精心救治，病情得以稳定，1983年春节前他出院了。

二嫂单位的领导、同事在二哥生病期间也给予了热心的帮助。一些紧缺的药品，他们通过各种渠道为他找来。二哥出院前，二嫂单位特地为他们调整出一间集体宿舍，方便二嫂照顾他。

在二哥生病住院期间，二嫂作为妻子、一名医务人员，给了他极大的关怀温暖，她的作用是其他人无可替代的。为了照顾二哥，二嫂付出了很多，非常辛苦。假如二嫂不是医务人员，情况可能会更严重。

但二哥出院不久，病情复发。1983年7月，他再一次住进三〇二医院。因为黄疸高，医院第三次下发病危通知，医院采取多种方法进行抢救，病情才趋于稳定。

所有的亲人、朋友通过各种方式关心、鼓励二哥。1984年，有一段时间二哥的病情非常危急，急需注射人血白蛋白。但此药国内没有生产，全部是进口，市场紧缺。雷燕通过她在天津医药管理局的亲戚，搞到4支。当天，杨广宁去火车站接到用保温杯包裹的药品，然后坐公交车前往三〇二医院，将这4支人血白蛋白交到了二嫂手中。

1984年7月，因二哥长时间无法到岗履职，为保证部队工作正常开展，组织上不得不将他的岗位进行了调整。

1984年春天，我刚刚参加工作不久，不幸患肝病，在秋天时住进地坛医院。我是在感到身体特别疲倦乏累后去医院检查的，确诊后即向单位告假回家休息。晚上，父母下班回来，我对他们说了我的情况。想着二哥这几年生病，父母处在极大的精神压力和忧愁中，自己无力替父母分忧，反而又给他们添了新的负担，他们是多么不容易，我感到对不起父母，因而我说着说着就哭了。母亲抚摸着我的肩膀安慰我说："不要想这么多，你安心在家养病就好。"

父母白天上班，早上他们会把午饭提前给我做出来。母亲经常会问我想吃些什么。记得夏天的时候，有一天我对母亲说，我想吃蛋卷冰激凌，母亲让父亲买。晚上父亲回到家时，我看到的是鸡蛋卷，而不是蛋卷冰激凌，母亲知道后，还说了父亲。

1984年12月，二哥因为输液反应，医院第四次发出病危通知。

1984年年底，我出院了。1985年春天，父亲单位分给我们家一套房子，我和父母搬了过去。

生病后，我不能去医院看望二哥。在家养病期间，订了许多报刊，当时各种出版物非常丰富。我买了广播报给二哥寄去，那上面有各种节目播出的时间，我想会方便他收听喜爱的节目。住院期间，听收音机是二哥了解外界信息、放松精神的重要途径，一些好的期刊我也寄给他。

我出院后，病情基本稳定。在家休养一段时间后，我准备5月去上班，可复查时出现指标反弹，医生说还要继续在家静养。为此，我的心情很郁闷。

有一年多时间没见二哥了，我想去医院看望他，父母同意了，嘱咐我不要累着。

这是我生病后第一次见二哥。他刚从输液不良反应中恢复不久，由于使用激素治疗的缘故，脸有些发胖，精神状态也不是很好。他躺在床上，勉强微笑着问我恢复情况如何，感觉说话都是在强打精神。我本意是想去看望他，也能缓解一下自己的情绪，但看到他被病魔折磨成那个样子，心里泛起阵阵酸楚，强忍着没让泪水流出来。我感到无法再待下去，坐了一会儿就走了。二哥也没有挽留我。我想，他看到我的模样，心里也一定很难受。

临出医院大门时，医院工作人员拦住了我，怀疑我是病号私自出院，我解释了他们也不听，趁他们在给其他人办理探视手续时，我快步离开了医院。

坐在公交车上，想着二哥被疾病折磨的样子，我的眼泪抑制不住地流了下来。我要是能替他分担一些病痛该多好。

这年夏天的一个傍晚,父母从医院探视回来后,母亲给我做好了晚饭,他们就回房间了,而且还关上了房门。我感到有些奇怪,往常父母从医院回来,都会告诉我有关二哥的一些情况,而且父母房间是很少关门的。

半夜起床去卫生间的时候,看到门厅的灯还亮着,桌子上不知是什么时候摆放了几盘水果、点心,以前家里从没有这种情况。

整个夏天,我的心情一直不太好,有时还忍不住对父母发脾气。1985年11月,我收到一封二哥的来信。

顺子:

你好!近来身体情况好吗?

前一段时间听说你的情绪不太好,原想早给你写封信,不想一拖就到了今日。记得你以前给我来信,总是劝慰我,给我寄来报刊也无非是为我着想,免我郁闷。近半年以来,我在与疾病做斗争的同时,也深刻地检讨了自己的思想和情绪。现在,我的精神状态已经相当不错了。世人常说:"后退一步自然宽,事到临头需想开。"我以前也曾对人说过:"每个人凡有所追求,都会在生活中遇到这样或那样的苦恼,若不能学会把自己从苦恼中解脱出来,就只能让苦恼把自己毁掉。"我认为这些话和这些道理是要经常想一想的。当然,要在感情上接受一个严酷现实是不容易的,是痛苦的,然而出路也正在这里。接受了就有出路,否则就没有出路。感情这东西,常常把我们自己弄得头昏脑涨,必须用理智来约束它,它往往不能帮助我们正确地解决问题。好了,说起道理来你我都可以说上一大通,但要把对他人说的道理变成自己的实践,那就不容易了,我们应在

1984年与小病友在三〇二医院,由于服用激素,二哥的脸部有些浮肿

这方面比一比。

  我现在各方面的情况都比较好,食欲很好,每天可以吃一斤左右,很想吃,睡得也不错,体力也有明显恢复。闲余时间,听听广播(我接受你的建议,多听一些音乐节目,特别是古典的),看看杂志。另外,我开始学习绘画了,先从速写开始,现在已有一点起色了。我想到我还有许多事可以去做,生活是丰富多彩的,我要用乐观积极的态度去更多地接触生活中更广泛的领域,以此来丰富自己的生活,更多地获得乐趣。我还尽可能多地看看他人在身临困境时是怎样与命运搏斗的记述,以及他们在亲身经历中总结出来的

正确格言，以鼓励自己。我还要求自己不去想那些使人产生伤感、痛苦、烦恼、消沉、愤怒、忧郁等不健康情绪的事情，多看光明和希望，多找一些开心的事。总之，要往开处想，不往窄处想。从心理学角度和病理学角度讲，人在患病时，容易想些使人悲观的事，也容易把事看得过分悲观；由此，引起情绪的不稳定，易于急躁烦恼——久病不愈的慢性病患者，尤其如此。因此，对于患者来说，重要的往往不在于治疗和药物，而是病人自己的情绪，可怕的也往往不是疾病本身，而是人在意志上的消退和情绪的低落。望你能说服自己静下心来，好好回想检讨一下自己的情绪状态，理出一个头绪来，想出一条出路来，也给自己定下几条，这样也许会好些。总之，人只要战胜了自己，其他就没有什么可怕的了。不过，设身处地地想一想，由于年龄和一些实际问题的缘故，可能往往由于自己本来尚不成熟，情绪不稳定，又遇到一些不顺心的事，就发作起来，应该想开的地方也常常不易想开。这一方面需要年龄的增长和经历的增加，另一方面就要自己说服自己：何必事事太认真，自寻烦恼，得过且过与世无争，只求内心一个"乐"和一个"静"。好啦，我啰啰嗦嗦写这些供你参考，以后我们多交流。

  一条原则：一切与疾病恢复有害无益的事都不要去想，不要去做。
  衷心祝你愉快，愿你康复！

二哥　子秀
1985年11月9日

  这封信寄到了父亲的单位，父亲下班时带回家，见是写给我的就给了我。
  看了信，得知二哥身体状况好转，我非常高兴，心情一下子好了许多。受疾病的影响，这封信不像之前写给我的信那样有很多内容，主要是分享了他控制情绪的经验和体会，特别谈到情绪对疾病恢复的影响，对我也提出了很好的建议。想想二哥长期住院，在身体状况痛苦虚弱的情况下，仍然能保持乐观、健康的情绪，而我自己，生病才一年多时间，除了化验指标异常外，身体并没有遭受多大的痛苦，但一段时间情绪低落，还对父母发脾气，实在是自己不对。二哥说得非常正确，人不能被情绪所控制，要学会把自己从苦恼中解脱出来。从那时起，我就注意调整自己的情绪，力所能及为父母分担一些事情，不再给父母添烦恼。

这封信我一直很好地收藏着。在家养病期间每当感到情绪低落时，我就拿出这封信来看，顿时不仅心态得到调整，人也仿佛增添了力量。二哥在1981年8月写给我和三哥的信中重点谈到了个性修养问题，现在我和他都处在病困之中，他开导我的这些话虽都是些极为普通的言语，却是一种在特殊情况下的个性修养。人只要战胜了自己，其他就没有什么可怕的了。对此，我是在三十多年后患癌症时才体会到的，经历了生死，一切就都看明白了。

这天晚上，母亲来到我的房间，问二哥在信里说了些什么。我把信念给母亲听，念着念着，发现母亲在用手擦眼泪。

从父母那里知道我的心情不好后，二哥写信劝慰我，指出对于患者来说，重要的往往不在于治疗和药物，而是病人自己的情绪；可怕的也往往不是疾病本身，而是人在意志上的消退和情绪的低落。他的信于我是一个非常有效的心理治疗，我给母亲念信的时候，声音都显得有底气了。母亲为何流泪？我当时想，可能是两个儿子都让母亲如此操心的缘故吧。

母亲为何流泪？从二哥保留的病情记录中，我才知道那个时期他刚刚经历并发腹膜炎的危险，这是他生病以来病情最危急的一次。我回想起1985年夏天父母从医院回来，晚上在餐桌上摆放水果、点心的那件事情，就是因为医院方面已经交代家属要做好后事的准备，父母万般无奈只能用摆放供品这种古老的方式祈求上苍能保佑他。听到二哥在信中是那样地鼓励我，母亲知道二哥不仅是在鼓励我，也是在鼓励他自己，她的这个儿子是多么坚强、多么不容易啊！

然而，母亲此刻并不知道，二哥正承受着妻子要求离婚的沉重打击。

二哥一直对我关爱、呵护备至。知我心境不好，他特地给我写信，以亲身体会谈了如何调整情绪，用理智战胜情感的重要性；以他在困境中仍然对生活充满美好的希望、乐观积极的人生态度来鼓励我。谁能想到，写这封信时，他刚刚从妻子要求离婚引发的情感的惊涛骇浪中挣扎出来。信中所写"要在感情上接受一个严酷现实，是不容易的，是痛苦的"，这句话是他正在承受离婚打击的潜台词。

二哥的预感力非常强。结婚前感到未婚妻与家人的情感关系不是很亲密，也较少关心过父母。为此，他特地写信给父母为未婚妻做解释。第二次住院后，他察觉到妻子和父母的关系有些疏远，便在1984年8月写了一封家信：

爸爸妈妈：

你们好！近来你们的身体好吗？天气渐凉，冷暖无常。你们都上了年纪，千万注意增减衣裳，不要感冒着凉了，只要你们健康我就不担心了。我的近况还不错，病情在稳定中好转，精神、体力、胃口都不错，时常想吃点好的。至于何时出院我不去考虑，什么时候好了，就该出院了。望你们放心勿念，将来好了，再去看望妈妈。

另外告诉顺子，他给我寄的报纸（共三次）都收到了，只是其中一次大概是7月份寄的，可我直到8月中旬才收到，以后不要特意寄了，我这可以买到。顺子的身体不知怎样，告诉他一定不要劳累过度，自己要逐渐熟悉自己的身体，好好调养，争取痊愈。

最后还有一件事我求求你们，这四年以来，小唐为了我确实吃了许多苦，这是大家都看得见的，在三〇一和三〇二医院及我的所有战友、朋友中都出了名了。我耽误了她那么长时间，她为我吃了那么多苦，我心里也很觉得过意不去。没有她的精心照顾，我现在

七、命运抗争

真不知道是什么情况呢。她本人在精神上也有许多苦恼,我想你们真疼我爱我,也应该关心关心她,不要再不理不问她了。她确实有时有点小性子,写给爸爸一封不够礼貌的信,还在电话中向爸爸发了几句脾气;可她毕竟是孩子,你们是长辈,当时又正好我要出院,许多事还没准备好,她心里也着急,还望你们谅解她。我觉得爸爸把那次事看得太重了,心里可能一直对她不满意。说实话,她其实是个老实巴交的孩子,不过不太会说话,不太会办事罢了,这几年的事实完全证明了这一点。还望爸爸能放下公公的架子,看在我的面上,代表妈妈去看看她吧,她确实太需要亲人的关心和体贴安慰了。您如能对她说几句表示理解、关心的话,像关心疼爱我一样去关心她、安慰她,再给她买一点东西,她一定会感谢你们,你们与她的关系也会更好的。这对我也有好处,我听了也会高兴的。你们与她之间需要相互了解、理解和谅解。爸爸可能又要对我不满,要骂我,那您就骂骂解解气吧。不过上面提到的愿望,我还是诚恳地希望您能满足我,时代在变,您也变变吧。不多写了,祝爸爸妈妈身体好。

儿:子秀
1984年8月30日

受疾病影响,二哥写的这封家信篇幅比之前的要短许多,但内容不少。他牵挂着父母,关心我的身体恢复情况。

父亲很严厉,我们小时候因为淘气都挨过父亲的打。二哥参军以后,就没有再惹父亲生气过;做父母的也理解少小离家、一人在外的孤独与难处;见面很不容易,高兴还高兴不过来呢,哪有时间去生气。至于信中恳求父亲代表母亲去看望儿媳妇的这个要求,可能会让父亲感到不满、生气,以致让父亲骂骂他解解气，这只不过是二哥想借此言语来化解父亲之前的心结罢了。他了解父亲的脾气。生活中总有磕磕绊绊，作为儿子、丈夫，病中的他还要协调父母与妻子之间的关系。

信中对二嫂在二哥生病期间的照顾与付出的描写是客观的。确实，这几年二嫂照顾他非常不易，内心也承受着很大的压力，需要亲人的关心、理解与安慰。父母都是疼爱子女的，当时母亲生病，父亲代表母亲去看望了二嫂。

二哥非常体贴疼爱妻子，他享受了爱情带给他的幸福快乐，但爱情也带给他一些有心而无力去改变的苦恼。在结婚前的一封家书中，他写道，希望父母能成全他们，身在部队，结婚所要办的事情都要靠父母家人去办；现在，他躺在病床上，希望父亲不要介意此前不愉快的事情，毕竟她还是个孩子，希望父母能够去关心她、安慰她，他恳切希望父亲能满足他的要求。

二哥虽无比坚强，但有时也很无奈，他做了所能做的努力。

在此期间，二哥的战友、朋友也通过各种方式对二嫂予以关心鼓励。

时代的一粒灰，落在个人头上，就是一座山。二哥与二嫂间的感情原本是很深厚的，但现实极其残酷：二哥的病情反反复复，第一次出院后，在没有任何征兆下复发；病危通知书不知何时就会突然降临；一时很难看清病情发展的结局，不知有没有可能彻底好转。二嫂，一个年轻的女人，对未来也感到很茫然，默默地忍受着孤独与煎熬。

改革开放后，人们的思想观念也发生变化，身边各种因素的影响在不断地撞击人的灵魂，考验着人的意志。面对二哥的病情，是继续同舟共济、不离不弃，还是果断放弃、追求新生活？在巨大的压力与考验面前，性格决定了命运。在二哥生病三年以后，二嫂终于在1985年8月对二哥提出了离婚要求。而此时二哥刚刚迈出鬼门关，精神与身体各方面都还处在极度虚弱、疲惫的状态中。

在二哥的遗物中，有一篇针对二嫂写的离婚信的复信稿，从中能够看出这件事的大致情况。信稿写于1985年8月19日，很长，有十页之多，几乎每页都有大量的涂改。看得出，二哥当时的思绪极为混乱，他以前写东西从未有过这样的情况。

这是二哥写给二嫂的最后一封信，在他的日记中，记录了一些他们恋爱结婚那些幸福美好的往事，但这封信将为他们之间的情感画上句号。他想要说的事情非常多，因为他知道以后再没有机会了。

这封信修改得非常繁乱，很难理出头绪，我努力尝试着还原二哥的思路。这是二哥表明结束婚姻的答复，也是一个被疾病长久折磨、刚刚从死亡线上挣扎过来的战士，面对妻子要求离婚时做出的答复。

　　来信终于收到了。当你昨天临别时对我说我将收到一封信时，我的心就像被蛇咬了一口一样紧缩了起来，我做好了应付最坏事情的准备。尽管如此，当我读完那充满心酸和痛苦的来信时，我心里所感受到的痛苦、迷茫和烦乱，你是可以想象得到的。我失眠了，心里一片混乱，似乎整个世界在我面前一下子全崩溃了。我痛苦至极，我的痛苦不仅仅因为我已清楚地意识到我终于不可挽回地即将失去你——我在这个世界上最亲爱、最可信赖和依靠的人，同时也因为我的愧疚、深重的自责感和担心。近一年来我不止一次地考虑我们之间的婚姻问题，但我一直不敢对你说，我怕你怪我不理解你，怕伤你的心，而且我没有权力也没有勇气做出决定，这个权力只属于你。我非常清楚，我们最终的分手只是个时间问题，我原想待出院后再提此事，因那时可避免许多麻烦，我在身体和精神上也可以准备充足一些。但今天这一问题已不容置疑地摆在我面前，尽管我的心情和感受复杂到难言的程度，但我仍必须鼓起勇气尽快地做出理智的答复，直率地、无保留地说出我的意见，尽快解决好这件事，然而这是多么困难的事情啊。回答这一问题，面对并承认这已不是问题的事实，对我实在是一种近乎难以承受的打击，我痛苦至极，心在流泪，然而我又必须勇敢地承认并接受这不可回避的现实。

你千万不要以为我因病情而对你的感情淡漠了，不，我从认识你的那一天起一直到今天，我都深爱着你；我每次盼望你来看我的心情就如同恋爱时盼望和你相见时一样的激动。

在即将分手时，我又一次回忆起在我生病前我们那一段难忘的生活。那时我们就像两个天真纯洁的孩子似的真心地相亲相爱，在我们之间没有什么也没有过什么可以隐瞒的。我们无所不说，许多往事至今犹历历在目，使人终生难忘。虽然这个世界有那么多令人诅咒的地方和事情，我们的生活也不尽如人意，但只要我们在一起，尽管时间是那样短，都给我们带来安慰和快乐，真是好花好景不长啊。

我们毕竟不是小孩了，我们也不是热恋和新婚初始之人，理智最终应战胜感情，感情上舍不得离开，但理智告诉我应鼓起勇气微笑着离开你。我也清楚像我们这样一直真心相爱的夫妻为客观所迫而不得不忍痛分手，分离之后我们都会极为痛苦的，但暂时的痛苦总比终生的痛苦强些，或许能得到一点补偿的痛苦总比茫茫无际的痛苦强些。对于我来说，和你分手也许会给我一丝良心上的安慰。如果让我眼看着你为我忍受一辈子的牺牲和痛苦，我在良心和感情上都是不能饶恕自己的。以前的痛苦没有将我打倒，即将到来的痛苦虽然沉重、巨大得难以想象，但我将动员我全部的理智、意志和力量去迎接它、承受它，而且争取战胜它。为了我深爱的你，为了你的父母也为了我的父母兄弟、我的那些朋友，我一定争取顽强地生活下去。

你在信中说到你曾多次想过死,这使我很难过,这全是因为我的缘故。我理解你的处境和心情,但我恳求你不要再去想死,为了你的父母姐弟。人来到这个世界上并不是为了死,怎么死、何时死,那是归自然法则考虑的事情。你还年轻,还有精力,路还长,你应该活下去,你想进地狱,阎罗王都是不允许的。所以我劝你,倒是应该认真地、现实地考虑今后怎样生活得好些。常言说"当想开时须想开",想得太开,人生就无意义了,但过于想不开,必然毁自己于痛苦之中。你看曲啸①同志经历了那么多的挫折,不仍然顽强地生活着吗?

至于我们分手后你是否会受到世俗的议论,我想这是难免的,但完全不必介意,更牵扯不到什么道德问题。你为我所做的牺牲,向人们说明了你,人们都看到了,足以说明一切。大多数人是理解你的,你还年轻,你有做一个女人、做一个母亲和做一个名副其实的妻子的权力。如我强行剥夺你这些权力,让你为我而白白牺牲青春乃至终生,那我才是不道德的、自私的小人,那不是一个真正的男子汉所能做出来的。你说你永远不会忘记我,我很感安慰,但我仍希望你,希望你在将来的新生活中、在时间流逝中能渐渐忘记我,因为那对你今后的生活会有益处。

我们真正在一起生活的时间虽然短暂,但由于我们真心相爱、相互信任,所以我可以自信地说,我最了解你、最理解你、最信任你。我深知你不是那种自私虚荣、追求自己享乐的轻浮薄意之人,

---

① 曲啸(1932—2003),20世纪80年代演讲家,在人生最宝贵的青春岁月中,遭受长达22年的冤屈,入狱20年,有过坎坷的经历。但在逆境中,他没有失去生活的信心和勇气。

如果不是到了今天这种万般无奈的境地，你是绝不会提出这些问题的。每当我想到你一个人在外忍受着那些痛苦、委屈，那种种不堪忍受的长久的孤独、寂寞的折磨，我心里就万分难过，我再不能拖累你了。

在这里我还要不厌其烦地向你表示我对你衷心的感谢，是你给了我幸福、愉快和欢乐，是你为我解除了许多的忧愁烦恼，是你用你那真诚的心和全部的爱温暖了我被疾病长久折磨的整个身心。你无微不至地精心照料我，服侍我，帮助我一次次战胜病痛，使我希望之火至今不熄，使我生活的勇气和信心至今仍盛。你所做的这些是我永远无以报答的，所有这些我永远也不会忘记。同时，我还要向你表示我深深的歉疚，我没有尽到一个丈夫应尽的责任，我没有带给你什么幸福，却使你为我吃了那么多的苦，为我付出了许多人都看到的和看不到的巨大的牺牲，我已白白耽误了你近四年的宝贵青春年华。

你看我又写了这么多不解决实际问题的废话。我今天的心情确实是从未有过的迷茫、纷乱和复杂。此时，我又想起了1979年3月至5月①的那段往事。那次你也是向我提出了一连串问题，我也确曾因那种分手的暗示而痛苦、伤感、遗憾。那时我虽然幼稚，但毕竟有颗刚强的心和健壮的身体，还可以做出某种在今天看来既可笑又有欺骗味道的担保，再者那时我们也确实有最后的王牌，而且那毕竟是一种浪漫的考验。而今天不同了，今天面临的不是玩笑而是不可回避的严酷现实，而且我们连得到最后一张王牌的希望都没有。对于我来说，没有其他的路可供选择。

你是了解我的。一个人的东西用久之后还会成为心爱之物不舍

---

① 1979年3月至5月间，二哥处在一种近似失恋的状态。

得丢弃，更何况我要离开与自己共患难的爱妻了。对于我这个曾经是丈夫的人，这无疑是一种难言的深重的痛苦。所以在这即将分手的时候，我觉得有许许多多的话要对你说，我真想把这几年压在心底的想说而没说的话统统说出来，这样也许能减轻一些心理的重负，能有一点自慰。以后我不能再过问你的将来了，所以有一些话应先写在这里。虽然社会进入了所谓开放的八十年代，传统的道德观念和人生价值观念正在不断地受到挑战，但毕竟符合时代精神、能为大多数人所接受的新观念还没有形成，所以我恳求你不要采取对自己、对生活悲观草率、不负责任的态度，应采取认真、严肃、负责的态度，否则你得到的绝不是新的幸福而只是更深的痛苦。另外，对生活也不能太理想化，还是应讲实际些为好。这几年你太疲劳，太虚弱了，你需要保护，需要体贴，需要喘息。所以不论将来的那个"他"是谁，他首先应正派，起码应像我一样真心爱你疼你，而不是仅需要你；婚前应全面检查身体，以免碰上第二个我；年龄差异不能太大，极限不能超过10岁。如你将来真能生活在一个温暖安宁的家庭中，不论我是否离开了这个世界，我都会感到安慰，也就没有牵挂了。

  我可以无愧地对任何人说，你在生活中是我的好妻子、好朋友，在工作中是个好同志，正派、善良、朴素、真诚、体贴人、乐于为别人牺牲自己，不论哪个人和你生活在一起，只要他对你负责，都会从你身上得到温暖和幸福。只是，不知将来谁会有这个福分呢？但作为你的一个真诚的朋友，我仍然要指出，你比较软弱，同时你也不大善于学习思考，缺乏必要的社会经验，因而缺乏与命运和环境抗争的勇气和能力。这些对于你的美好形象不能不说有一定的损害，而且也难免会使你在以后的工作生活中遇到一些麻烦。

我是多么盼望这些能改变，哪怕绝不是为了我。你可能认为我这是毫无意义地老调重弹，但我想这大概是最后一次提及此事了，而且这确实是我发自肺腑的忠告。

好，不写这些使人伤感又没有用的话了，说点实际的吧。首先你要了解一下需要办哪些手续，病人住院可否委托直系亲属代理。你还应考虑怎么向领导解释清楚，我们是双方自愿，是否还需要我的书面说明。另外还有哪些有关事情及需要我做些什么也应一并考虑一下。至于财产问题，不必多想，我们谁也不会去计较。

心情极乱，信也写得乱且枯燥乏味、老调。我的痛苦，我的失望，我的决定，我对你的忠告、恳求、建议和祝愿，都是我无法克制、无法掩饰的心里话，尽管有些话会伤你的心，因为我同样需要你的理解，请多原谅。保重身体，切切。

这封信读起来令人感到一种无以言说的凄凉和伤悲，感受到一个丈夫对妻子刻骨铭心的爱和面对残酷现实的无奈，一对曾经相爱的夫妻，如今他们的婚姻走到了尽头。

在即将分手的时候写这些话语，还有没有意义？只能说二哥实在太爱妻子了。同意妻子的离婚要求，也是爱的一种特殊表达方式；真爱一个人并不是占有，而是要给对方带来幸福。信中的那些忠告建议，就像一位兄长叮嘱小妹一般，无不透露出对妻子的疼爱关切。此时此刻，二哥仍然希望她以后能变得坚强起来，而不要那么软弱，哪怕这已不再是为了他。

结局已定，二哥把想要说的话都说了，这是最后的机会，虽然以后还会见面，但他不会再提这样的话题。

能够设想，一个31岁的年轻人，躺在病床上近四年之久，身体承受着疾病的煎熬摧残，屡次接受死亡的挑战。无疑，妻子是他的精神支柱。现在这个精神支

七、命运抗争

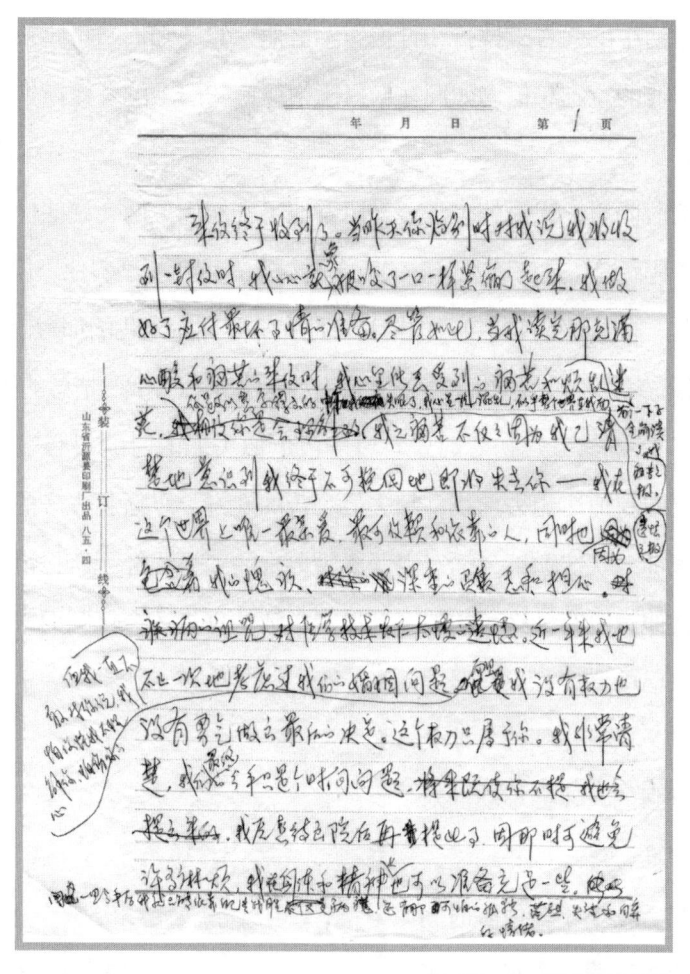

1985年8月19日，写给妻子的信
无处不见的涂改，反映出二哥此刻情绪的剧烈波动

柱突然间垮塌了，他何以承受？虽然二哥在理智上坚强地接受了这残酷的现实，但巨大无情的打击还是使他陷入极度的痛苦、烦乱、迷茫中。他失眠了，神经紊乱导致身体突然间发高烧。医生们也很奇怪，刚刚从危险中恢复过来的他，怎么无缘无故就发烧了呢？医护人员再一次投入紧张的抢救之中。虽然他没有讲原因，但感情上的细微变化，细心的医护人员还是察觉出一丝端倪，他们只能在侧面给二哥以温暖鼓励。

二哥是生活中的强者，挫折和打击压不垮他，他顽强地站了起来，尽管内心很不平静，但他的意志和信念如同在暴风雨中颠簸的船上的罗盘指针，仍能准确地指出方向。

在此后的时间里，二哥的妻子还来照看他吗？他们见面会说些什么？每次见面时他的心情是喜悦还是伤感？情感的因素无一不在困扰折磨着他。但二哥是一个意志坚强的人，他用理智控制自己的情绪。他在11月间写给我的那封信中，没有丝毫流露出婚姻关系面临破裂的信息，而是和我一起分享理智战胜情感的体会。

1979年，二哥与二嫂初恋时曾有过一段近似失恋的时期，心里感到痛苦烦乱。他在日记中写道，想去前线，想去最艰苦的地方，以摆脱失恋的困扰。六年之后，面对死神一次次邀请，面对妻子离婚要求，二哥已经无所畏惧了。人只要战胜自己，其他就没有什么可怕的了，尽管生活的打击还会接踵而来。只有坚强的人才承认自己的错误，只有坚强的人才会谦虚，只有坚强的人才会包容，只有坚强的人才会坦然面对生活的种种磨难。

也许，在后续半年多住院时间里，二嫂继续履行着一个军人妻子的职责。

在二哥的遗物中，有一张画于1985年10月的自画像。画中，二哥表情冷峻，眉头微蹙，目光坚毅，嘴角紧闭，准确传递了他当时的心态。二哥之前并没有绘画基础，绘画完全是在住院期间练就

自画像
久病不愈即兴于三〇二医院，1985年10月18日下午

的。遗物中，还有一些如何学习素描的书籍，那是三〇二医院的医生为他买的。这段时间，他顽强地在与情感、疾病抗争。

遗物中，有一份二哥出院后写给他妻子单位领导的信的手稿，这封信是在他们各自向单位提交离婚申请书之后所写的。

就与小唐离婚一事所做的几点说明

××科各位领导：

我是小唐的爱人，近日我们分别向各自的单位递交了离婚申请书，为使领导理解，特做以下说明。

我与小唐自由恋爱，于1980年8月自愿结婚，婚后我二人感情一直很好，但我不幸于1981年11月患慢性肝炎，至今已有四年多了。在这段漫长困难的时间里，小唐同志一直精心地照顾我，帮助我，用她那无私真诚的爱温暖着我，使我终于战胜病情的多次严重反复，恢复到目前比较稳定的状态。在这段时间里，无论在精神上还是在肉体上她都忍受了许多的困难和痛苦，为我付出了巨大的牺牲。她的行为一直深深地感动着我和其他许多人，以前我们是夫妻，我不便向别人赞扬她，现在，在我们就要分手的时候，我可以实事求是地说，在生活中她曾是我的好妻子，是我最真挚亲密的朋友，在工作中，她是一个完全可以信赖的好同志。在我生病期间，不论遇到多大的困难和苦恼，她都从未向我们双方的领导要求过什么，她不愿意给领导和他人增添麻烦，一切都靠自己努力去克服。她在用很大的精力照顾好我的同时，仍能努力克服种种困难，坚持做好自己的工作，多年无差错，坚持出满勤。在我病情较重时，她常常是下了夜班不顾疲劳和休息赶到医院照顾我，安慰我。有好几次她自己也发烧到39度多，但她仍然一声不吭，带病去上夜班。一个女同志，在长达几年的时间里，能够做到以上这种程度的关照，真是不容易，是难能可贵的，她确实是一个正直可信的好同志！

既然我们互相很了解信任，感情也曾很好，那么为什么现在会要求离婚呢？

我因长时间生病住院，使夫妻长期不能生活在一起，正常的家庭生活得不到保证。现在我虽已出院，但要使身体恢复到使人满意的水平，还需要很长时间，在这期间也很难保证病情不再复发，不再出现其他情况。对于我们将来的生活，我二人感到很悲观。如果我坚持和小唐同志生活下去，势必像一个沉重的包袱压在她的身上，使她忍受更多的困难和痛苦，付出更大的牺牲，长期下去也难免会影响她的工作。作为一个受党多年教育的人，我不能允许自己那样做。基于上述情况，我二人经坦率、痛苦地协商，双方都同意离婚。

就我个人的感情而言，我是舍不得和小唐离婚的，我一直深深地爱着她，而且就一个病人来讲，无论在精神上，生活上我也需要她的帮助与安慰。但一个人如果只想自己的需要，而不想给他人造成的痛苦，那是自私的。再说，我也无权剥夺生活中本应属于小唐的那些东西，在这方面我希望得到大家的理解。在这里我个人还恳切地希望各位领导，在今后的工作生活中，能更多地给小唐以关心和帮助，使她仍能像以前一样积极地工作和生活。最后，请允许我向各位领导及全科同志在我生病期间给予我的关心表示真诚的感谢！

此致

敬礼！

李子秀

1986年3月23日

20世纪80年代，离婚还是个别现象，军人离婚的事例更少，人们的婚姻观念远不如今天这样开放。军人婚姻关系是受到国家法律保护的，在一方生病的情况下提出离婚，难免会让人产生看法。为此，二哥特意致信妻子单位的领导，就离婚一事做了说明，希望单位领导能理解她，也感谢科室同志在他生病期间给予的关心和帮助。

这封信从一个侧面显示了二哥的人品，他一生极少考虑到自己。

大哥大嫂为了让我换个环境，同时也为了缓解父母的压力，提议我去他们那里住一段时间，父母同意了。1985年年底的时候，我去了大哥家，和大哥、大嫂还有侄子生活在一起。

经过医护人员的精心治疗，二哥的病情逐步好转，终于在1986年春天出院了。

出院那天，二嫂单位派车把二哥送回父母身边。

1986年春季的一天，母亲来大哥家看我，告诉我二哥出院回家住了，我听了非常高兴。大哥家离父母家不是很远，第二天上午我就骑车回家去看二哥。

上楼敲门，开门的正是二哥。我叫了声"二哥"，我俩几乎同时伸开双臂紧紧地拥抱在一起，许久没有分开。这是二哥生病后，四年多时间里我们第一次如此近距离相对。饱受疾病折磨，现在他是什么状态呢？我急切地端详着他：二哥身着一身蓝色军装，腰杆笔直，体态基本恢复到生病前；面部没有了服用激素时的那种浮肿，脸上有着浅浅的胡须，两眼炯炯有神，浮现着惊喜的笑容；人还是那样英俊，只是眼底似乎有些深邃。

这是二哥结婚后第一次回到父母家住。在自己家，情感上更为亲近，无须顾忌什么，我们兴奋地交流着各自近期的状况。二哥说他的身体已经有了很大的改善，我在家养病期间，随手写了些东西就放在书桌上，二哥都看到了。他对我写的文章给予了肯定。

中午，二哥给我煮了碗方便面，里面放了鸡蛋、蔬菜。饭后休息了一会儿，我就回到了大哥家。我没有问他，为什么这次出院没住在二嫂那里，想是和我一样暂时换个环境吧，也许是想念父母了。

母亲第二次到大哥家来看我时，告诉我二哥要离婚的事情。我听了心里非常难受，在二哥最困难、最需要亲人帮助的时候，二嫂怎能提出离婚呢！况且，军婚是受到法律保护的呀。

4月份，我收到二哥分别写给大哥、大嫂和我，还有侄子的信。其中，写给侄子的信内容如下：

小杰子：

　　最近身体好吗？学习紧张吗？心情愉快吗？二叔很想你，也一直关心你的情况。小学的生活对于二叔来说已经是整整二十年前的事了，想起来也感到很遥远了，但并不陌生，甚至还很有几分值得怀念呢。那时，我们的各种条件都不如你们现在好，不过我们在学习上感觉还挺轻松的。现在想起来总有些后悔，后悔小时候没有抓紧时间多学一点知识，玩得太多，活干得太多，又加上后来的"文化大革命"，把许多时间都白白耽误了。"书到用时方恨少"，现在大了，想干点什么事，和别的有学问的人在一起，就感到自己知识太少了。真想再重新变回小的时候，一切从头开始，那我一定勤奋努力，刻苦学习，拿出一番"寒毡坐透，铁砚磨穿"的劲头来（我却不大赞同"头悬梁，锥刺股"那种做法，那样做效果不一定好），多学一点，学好一点，将来做一个有用之材。那就不会像现在这样"老大徒伤悲"了。对于现在的小学生活，我不太了解，不过此前一段的报刊广播中，我了解到一些学生和家长以及一些有关人士，对学校单纯注重考试成绩和升学率，因而留的作业太多，使学生负担太重，影响学生身心全面发展的问题反映比较大，不知你对此有什么看法。其实，学生的学习好与不好，与多方面的因素有关。其中，有教师的教授方法、学生的努力程度、学生的身体状况、学生的心理状况，等等。现在你们既是学知识的时期，又是长身体的时期，必要的适量的身体锻炼和玩耍也是不可少的，希望你能来信谈谈这方面的情况。说到将来，你对将来有什么考虑和打算吗？也就是说你将来想干什么，或想成为一个什么样的人。如果没想过，那就应该想一想；如果想过了，就要从现在起开始有所准备，按照自己理想的方向来培养自己，锻炼自己。一个人对社会有没有用，很重要的一点就是看他有没有创造性，要在平时注意培养自己的创造性，比如遇到了一个问题，别人用一种方法解决了，你是否还能找出比别人更好的办法呢？这就是创造性的表现。你现在已经12岁了，可以算半个男子汉了，要开始在爸爸妈妈和老师的帮助指导下，学会独立思考，解决问题，要相信自己的能力，要对自己负责，要发扬自己的自觉性。你现在肯定有自己的想法，对学习、对生活有自己的看法和想法，这都是正常的，因为你现在长大了，但是自己的想法要和父母、和老师交换一下。对老师、对父母，对他们的方法有什么不同意见，你自己怎么认为，你有什么要求和需要，应该经常和他们交换意见。要心平气和地，要认真负责地，如果在大家之间真正形成了互相理解和信任，那么大家就会生活得更愉快，你的学习也会有更好的效果，这对你将来的成长会有好处的。好，我就写到这里吧。对我的以上看法你有什么不同意见，希望来信谈谈，就像和一个老朋友交换意见一样。

　　祝你愉快！

二叔
1986年4月17日

看到这封信，我便想起1975年二哥写给三哥的那封信。那时二哥21岁，身在上海，意气风发，对两位弟弟有嘱咐不完的话语。此时，二哥已32岁，11年的时间，时空巨变，独生子女的教育，还有升学率问题，对老师、家长、学生都是新的课题，同时他的健康情况也发生了很大的变化。二哥很疼爱侄子，在信中以一个朋友的口吻，回忆了他的孩童时代，鼓励侄子能学会独立思考，培养自己的独创性，建议侄子要多和父母沟通、交换意见。侄子在9岁那年写给二哥的一封信中，曾引用王之涣的诗"白日依山尽，黄河入海流。欲穷千里目，更上一层楼"来表达他对叔叔早日康复的祝福。当时，我们都夸赞他写得好。

二哥在1981年写给我和三哥的信中嘱咐我们，父母的话要耐心听，要少说多听；此时，他建议哥嫂要认真听孩子说，鼓励孩子多和父母交流。他非常清楚在人生的不同阶段，角色不同，沟通的方式也要有所改变。

5月份的时候，我回到父母身边。

虽然要照顾我和二哥两个病号，但儿子回到自己的身边，父母很欣慰，换着花样做饭。当我们感觉体力好的时候，晚饭后母亲会带着二哥和我在周边散步。二哥15岁离家参军，和父母在一起生活的时间很短，现在终于有了充裕的时间。他总是能找出各种话题陪父母聊天，有时谈在上海读书的经历，有时提起母亲战友的事情。记得有一次我问他："当兵这么长时间怎么没有立过功呢？"母亲接过话题说："我们那个年代只要工作勤奋努力，就能受到表彰。现在时代不同了，工作性质也不同。"

二哥谈到他能够渡过那几次险情，恢复健康，要特别感恩母亲：首先从优生学的角度，母亲怀他的时候，正值年轻，身体健康；其次他认为是和小时候长期喝母乳有关。他是我们兄弟四人中吃母乳时间最长的，他认为母乳中的特殊成分在关键时候发挥了作用，让他能多次转危为安。他强烈建议如果条件允许，婴儿一定要多吃母乳。

虽然知道二哥要离婚的事情，但父母没有埋怨过他的妻子。

做母亲的，总是牵挂着儿女。1986年6月12日，母亲不幸因心脏病发作离开了人世。

母亲为这个家操劳了一辈子。

母亲的逝世对整个家庭是个沉重的打击。父亲一下子苍老了许多，二哥也深感自责，他原想着是要孝敬父母一辈子，可万万没想到，因为担忧自己，母亲过早地离去了。

母亲善良、勤劳、坚毅，不畏困难，二哥继承了母亲的优点。

母亲去世后，家里就只有父亲、二哥和我三个男人度日；大哥、三哥和嫂子们会在周末时回家看望。

二哥每天按时起床，整理内务，即便在家着便装，也是穿戴整齐，腰杆挺直。平日二哥会主动问父亲想吃些什么，虽然长期在部队很少做饭，但简单的饭菜他还是可以做的。一日三餐，都是二哥和父亲在张罗。

二哥时常陪父亲聊聊家常，谈些国家改革及老家亲戚的一些事情。虽然他很早离家，但对老家亲戚们的了解要比我熟悉得多。二哥有时也会叫上我一起写写毛笔字，然后让父亲来评判谁写的字体好，偶尔也会和父亲一起下下象棋。

二哥还买来推子、削薄剪子等五六件专用理发工具，在家给父亲和我理发。小时候，是父亲为我理发，父亲给我理发是非常热心的，但我总是企图逃避，因为每次理发都会发生夹头发的事情。二哥理发不夹头发，理发的时候，还会聊一些事情，很轻松。二哥在给父亲理发时，我在旁就讲当初父亲理发夹头发的事情，并以此做对比。理完发，父亲也笑了，好像是对过去的事情感到有些歉疚。

二哥理发的技术是入伍初期学会的，部队真能锻炼人。

日子就这样一天天过去了。

出院后，二哥还要按医嘱继续服用中药。父亲拿着他的处方，到中药店抓药，晚上看电视的时候二哥顺便把药煎了。

二哥每天都会用一定的时间来阅读。20世纪80年代初，国内开始有大量的西方哲学、心理学、文学艺术方面的书籍翻译出版，我和二哥买了尼采、弗洛伊德、荣格的一些作品，他认真阅读，有些还做了批注。

学习是二哥一生的习惯。在二哥的遗物中，有一张写于住院期间的便条，上面写道：

每当我看到一本好书的时候，我的心里就好像一间久闭的房间吹进了清新的春风一样，我会在阅读中忘记一切忧愁和烦恼。那书中展开的世界使我神往，使我对未来充满信心和力量。总之，我的愉快、我的快乐、我的精神都寄托在书里，我一生离不开书！

于三〇二医院偶感，1985年11月

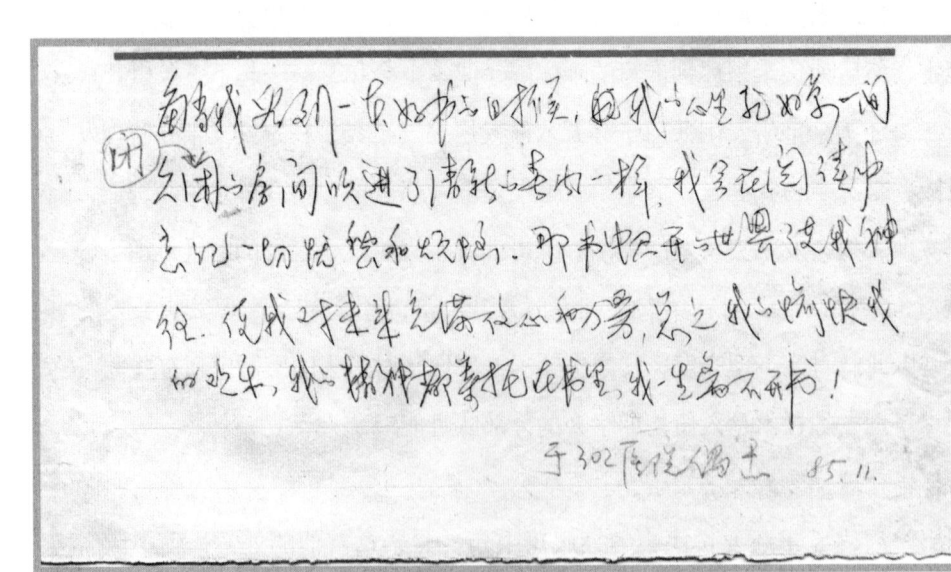

1985年11月，写于三〇二医院偶感

每晚睡觉前，我们都会聊些事情。二哥有时会讲一些住院时的经历，包括他对生死的看法。他说，死亡对他而言并不可怕，只是给生者带来痛苦。他讲住院期间头晕、恶心、疼痛感这些症状他都能够忍受，几乎无法忍受的痛苦是有无数只蚂蚁像在膝盖里爬一样。这种感觉我没有体验过，但我想那一定是极其痛苦的。他还谈到了在最困难的时候，医护人员给予他的关心温暖。他讲到，医院曾多次组织院内外专家对他的病情进行会诊。有一次，一位老中医一边仔细地诊断，一边关切地与他交谈。临走时，这位老中医握着他的手，没说一句话，但一股暖流从老中医那温暖的手流向他的心间。面对慈祥的老医生，各种复杂的情感交织在一起，他的心里发酸，泪水一下子湿润了眼眶。

二哥给我讲了认识冉庆云的过程。他们虽同在一个部队，但一个是俄语方向，一个是英语方向，彼此间没有业务交往。一个极偶然的机会，一个阳光斜照在办公楼上的上午，他正在楼下休息，远处走来一位年轻军人，两人的目光不经意间发生了碰撞，由此二人相识。一经交谈，彼此思想理念、价值观念极其相近，气质相同，从此结为知己。二哥说他们之间达到了近乎不用说什么，只是彼此静静地坐一会儿，就能从对方那里获得想法、力量。他也对我谈起了冉庆云的个人问题。部队情况很复杂，事业发展、个人生活问题都受到很大的制约。冉庆云30多岁了，婚姻问题还没有解决，最终离开了部队，考入天津外国语学院继续深造，冉庆云的家最后也落在了天津。

冉庆云在1982年2月11日写给二哥的信中有这样的话：

> 心中的歌是常有的，有时它唱在口中，有时它又留在心底。无论是唱出来的也好，还是留在心底的也好，它们都是永远存在的。心中有这种歌的人，有时候不用唱出声来，他们之间就已深深地相互感觉到了。我的心里时常荡漾着这种歌，它是我的，也是你的，无论时间和地点发生什么变化，这心中的歌永不改变。

二哥在交谈中常常拿自己来解剖,对曾经发生过的失误,没有丝毫掩饰回避,对于他人处理事情的好的经验和方法给予充分的肯定。他的这种自我反省、自我解剖精神给我留下了非常深刻的印象。张丰收[①]是二哥的一位老战友,年龄比他小,可以说是二哥的一个兄弟。他非常欣赏张丰收,曾特别举例称赞张丰收代表部队在与地方政府处理军地共建一件事情时的灵活做法。在二哥的遗物中有一张日历卡片,背面写着与张丰收在一次交谈后的感悟,能够看出,二哥和战友们就是这样相互激励着的:

因为个人的一点实际利益得到满足而感受到的欢乐和幸福是有限的,只有当你的理念为大多数人或真正的人所理解,只有当你为大多数人的幸福而付出的劳动获得了成功,看到了自己的努力给别人带来了好处时,你才会感到一种无尚的光荣和欢乐,以及深深的幸福。这才是一个无产者应有的胸怀和情操。也许这是高尚的人所寻求的一种心灵安慰吧!

听丰收话有感,1980年2月28日

战友张丰收在协助办理二哥离婚的事情上,代表部队为他做了许多工作。

我也偶尔向二哥请教哲学及逻辑方面的一些问题,他解释得非常通俗易懂。我们也常常在一起静静地听音乐。他很喜欢一首秘鲁歌曲——《山鹰之歌》。这是一首风格独特、曲调优美的歌曲,歌词寓意也很深刻:我宁可是只麻雀,也不愿做一只蜗牛;我宁可是支铁锤,也不愿是一根铁钉……

我们还回忆起当初二哥带我去外语附校的事情,我感觉那实在是太遥远了,

---

① 张丰收,1972年入伍,2003年转业到地方工作。

只依稀记得当时有两位男生在楼道里下棋。

有一段时间，我经常做一种内容非常重复的梦。在梦中，我努力地想迈大步奔跑，可是两条腿像陷在泥地里一样，一步也跑不起来。二哥说他偶尔也做梦，他在梦中像鹰一样翱翔天际。

得知我的母亲病逝后，冉庆云从天津赶来看望。见到冉庆云，父亲、二哥和我都非常高兴，我们聊到很晚。第二天早上，我和二哥送他到车站。当天，冉庆云还要返回学校。这是他最后一次见到二哥。

二哥出院以后，部队定期有同志前来看望，并送来生活费，许多战友包括已经退役的战友也到家中来看望他。遗憾的是，战友太多，大部分人的名字我不记得了。

夏天的一个夜晚，天已经黑了，听到敲门声，我打开房门，只见来人是一对青年男女。男士问："是李子秀的家吗？"我把他们请进屋。男人走在前面，身材有些清瘦，后面的女人我没太注意。二哥迎出来，看到前面的人，非常激动。这是他的上海籍战友徐士敏夫妇，他与徐士敏有近十年时间没有见面了。

徐士敏夫妇走后，二哥给我讲了他与徐士敏之间的友情，他们曾是部队同班战友。徐士敏是通过战友宋协民找到我家的。

二哥去世后，我按照他留存的通讯录上的地址，写信把这个消息告诉了徐士敏，很快就收到了徐士敏的回信。

母亲去世后，二嫂曾来过两次。他们谈事的时候，我曾幻想事情能出现转机。二嫂走后，二哥显得很平静。

我从1980年开始集攒古钱币，那是回老家时无意间发现的，自此对古钱币产生兴趣。凡有机会我就留意收存，遇到家在农村的朋友，我也请他们帮我收集。那时人们没有把钱币看作有价值的东西,只要家里有,基本上都会送给我。我收藏的钱币绝大部分都是这样得来的,不过数量不是很多。

有一天,我把积攒的钱币拿给二哥看。二哥认为这个爱好很好,他说古钱币里的历史知识很多,建议我看一些有关钱币历史的书籍,这样会使收藏的意义更丰富。于是,我托朋友买了《中国钱币史》等书籍,闲暇的时候,我和他都会翻看,对钱币的历史发展有了了解。后来,我又陆续买了一些与钱币有关的书籍,在收藏过程中增长了知识。

父亲抽烟,二哥也抽烟。他有时会和父亲边抽烟边聊天。那年我去二哥所在部队驻地,几乎每一个来看我的战友都抽烟,这也许是和他们的工作性质、生活环境有关吧。

1986年9月2日,部队派人陪同二哥办理完离婚手续,之后就直接把他接回了部队。

二哥和他曾经的妻子就这样平和地分手了,自此之后再无往来。曾经有过那样炽热幸福的爱情,但故事的结局令人感到无限的悲凉和凄婉。

离婚后,二哥的前岳母曾来我家看望过。当时,二哥人在部队,前岳母向我询问了他的近况。

在二哥的遗稿中,有一首写于1986年4月的短诗:

喧嚣的都市交响曲已经停止,
怕人的星星慢慢露出自己的身影。
使银河逊色的万家灯火相继熄灭,
宇宙给入睡的都市盖上了黑夜的棉被。
一缕青烟缠绕着我的愁绪,
昏暗的小灯在墙上投下我孤独的身影。

七、命运抗争

此刻她在干什么？

已经进入梦乡，还是在仍然睁着充满忧愁哀伤的眼睛？

睡梦中也许梦见了将来，

——真有点让人激动，

睡梦中也许梦见不堪回首的往事，

——让人暗自伤情。

有星星伴着月亮，

有巨浪伴着狂风，

有晚霞伴着落日，

有蓝天伴着彩虹。

一两支烟怎解心头的孤寂，

两三杯酒怎疏胸中的哀愁[①]。

我嗟吁不已望着长空，

那里闪烁着无数星星，

哪一双才是她深情的眼睛？

二哥出院后，从没有和家人提起过他妻子的事，但他妻子一定是深深地印刻在他的心底。也许，夜深人静的时候，他会想起那些曾经相爱的往事及病中妻子对他的细心呵护。

就像一只翅膀受伤的雄鹰需要疗伤才能重新振翅腾飞一样，在遭受母亲病逝、妻子离异的双重打击下，部队是二哥坚强的后盾及情感的依托。考虑到他的近况，组织上把他接回部队疗养。在离婚这件事上，部队领导曾做了大量他前妻的工作，但未能如愿。

---

① 此句原诗只写到"两三杯酒"，后面"怎疏胸中的哀愁"是我补上的。

部队驻地是二哥工作的地方,从1969年参军入伍到此,中途去上海读书、此后生病住院,二哥生命中大部分时光是在部队度过的。山区驻地,秋高气爽,空气清新,这里有组织的关怀、领导的呵护,还有许许多多昔日并肩战斗的战友们的关心鼓励,在这里,他平稳地度过了人生低谷。

在二哥的一个日记本中留有这期间战友题写的祝福与鼓励:

> 在斗争中永生。
> 与子秀同志共勉。
> 一九八六年十月二十七日
> 　　　　　战友徐丕友

> 祝子秀战友:
> 早日康复
> 为四化建功
> 　　　　战友:(杨)英法
> 　　　　1986年10月28日

> 持昔日锐气,
> 振男儿雄风。
> 余与子秀多年故交,值子秀来所养病之际,题写两句与之共勉。
> (苑)国良于农历丙寅年秋末

战友徐丕友、杨英法、苑国良赠言

七、命运抗争

愿兄：

　　保持昔日志愿，冲破人生道路险途，重新扬起生活的风帆。

　　　　　　　　　　老战友：严峻
　　　　　　　　　　1986年10月

笑，笑，笑！

愿友永在笑声中生活。

　　　　　　老战友（张）秉森的衷心祝愿
　　　　　　　　一九八六年十月二十七日

慰战友，正视人生士损心不丢；
盼来日，振奋精神唤率志必酬。
　　与君共勉！

　　　　　　　　　　愚弟：（张）丰收
　　　　　　　　　　丙寅年深秋
　　　　　　　　　　一九八六年十月二十三日

老李同志：

　　英语中有句谚语说："A smooth sea never made a brave mariner."

　　意思是说："平静的大海永远练不出勇敢的水手。"愿君无论在多苦的环境中都要勇敢地锻炼自己，永远做一个生活的强者！

　　　　　　　　　　新战友：陆永来赠言
　　　　　　　　　　1986年10月25日

战友严峻、张秉森、张丰收、陆永来赠言

徐丕友先生是二哥的老领导,在新兵训练队时曾任指导员;杨英法1968年入伍,也曾是二哥入伍初期时的基层领导;苑国良是二哥外语附校同学;严峻与二哥同期入伍,曾同住一个宿舍;张秉森曾是二哥的搭档;陆永来是1984年入伍的大学生。

战友张丰收后来回忆道:

> 我与子秀是于1976年夏、秋季认识的,当时他和几位上外同学一起毕业分配到部队。打那以后我们在一个中队里工作、学习和生活,大家在朝夕相处中形成了深厚的友谊,一起上班,一起学习,一起娱乐,一起起居,彼此之间亲密无间,无话不谈。子秀有理想,有担当,工作、学习非常努力,不仅对本职业务很钻研,对中队工作也很上心;是个胸怀大志,脚踏实地的人;又是个热心集体,善于团结的人;和他相处让人心情很放松。怎料这样一个有为青年,却被病魔缠身无法遂愿。虽然许多战友都知道子秀病情严重,但得知子秀逝去的消息时,都觉得不敢相信。子秀英年早逝,是个人的不幸,更是部队建设的损失。至今战友们回忆起来,仍觉得沉痛和惋惜。时间过去三十多年了,我和战友们始终怀念着子秀同志。

这个时期,二哥的身体状况还处在缓慢恢复中。在部队调整一段时间后,1986年10月底二哥从部队驻地直接住进海军总医院继续进行治疗。海军总医院离家不远,我常常骑自行车去医院看他。

二哥在海军总医院得到了系统的恢复,这是他生病后第一次住进海军总医院。针对他的病情,主治王医生给予精心的调治。王医生对二哥的病情提出了非常中肯的建议。非常巧合的是,王医生也是位古钱币爱好者,曾特地把自己收藏的钱币让我欣赏。

1987年3月，二哥从海军总医院出院。经过这段时间的治疗，他的身体状况有了很大的恢复。

闲暇时，我们会去附近的元大都遗址散步。感觉体力没有问题，我们会去更远的地方。二哥在西单商场买了一把二胡，我当时不解，从没听说他有这样的艺术细胞。回到家里，他把二胡架在腿上，一手拉弓，一手按弦，一板一眼地拉动起来。真是多才多艺。二胡也是二哥入伍初期向其他战友学习的。我对乐器很感兴趣，只是之前没有条件。于是，我在家向他学习拉二胡，二哥手把手地教我。一段时间后，父亲能听出我拉出的有些调门的曲子是《学习雷锋好榜样》。

4月份时，我陪二哥去三〇二医院专程看望那些医护人员，我们是坐公交车去的，虽然路途较远，但他心情很好，身体没有感到疲劳。

在家整整休养3年时间后，1987年5月，我终于可以恢复工作了。医生给我的建议是，先暂时上半日班。单位离家不是很远，但每天在路上跑来跑去，不知道身体是否能适应；恰好单位里还保留着我的集体宿舍，于是我就想暂时住在单位宿舍，周末的时候再回家。父亲和二哥都同意我的想法。

二哥在楼下的一家裁缝店做了一套浅米色的西服，周末的时候他带我去裁缝店看进度如何。我感觉布料和款式都不错。

一天临近中午，单位同事告诉我，刚刚有人打电话找我，现在单位门口等着。会是谁呢？我快步走到单位大门，远远地就看见了是二哥。见我走来，他笑着向我招了招手。单位在东直门附近，他以前应很少来过这里，竟然骑着车就这样找到了。

二哥推着车跟着我一起来到宿舍，从袋子里拿出一套衣服，正是之前他在楼下裁缝店那里做的那套西服，说送给我。二哥常年身在部队，他的衣服大部分都是军装，少有便装，我没有接受，但二哥坚持要送给我。衣服我试穿了，很合身。母亲去世后，二哥在生活上给予我更多的关心和照顾。已到午饭时间，我在食堂买了小炒，和二哥一起在宿舍吃了饭。这天天气较热，他一路骑车赶过来，身上也出了些汗。饭后休息了会，我便带二哥在单位浴室冲了个澡，之后让他在我床上小睡了一会儿。下午三点多钟时，二哥就骑车回去了。

二哥在身体逐步得到恢复后，便开始重新拿起笔。他清醒地认识到，疾病已对他的身体造成不可逆转的影响，他无法再像以前那样全身心投入工作学习。根据身体恢复状况，他把关注的重点放在经济管理、法律、社会动态与政治结构，以及心理学研究四个方面。虽然几年间他被疾病所困，但仍保持着思维的敏锐犀利，只是无法一气呵成写出长篇文章。二哥会随笔写下一些想法，摘抄一些感兴趣的期刊内容，包括与病情恢复有关的健康营养方面的知识。生病前，除了看书学习，二哥没有其他业余爱好，收藏钱币成为他后期很感兴趣的一件事情。

1987年6月21日，二哥在一篇短文中写道：

> 对个性的极端限制必然导致社会进步的迟滞。
>
> 中国几千年封建社会进步缓慢而工业国家能在短期内发展起来，说明了这一点。
>
> 对人的个性只应限制那些妨碍和伤害他人的地方。
>
> 总的来说，中国妇女较之男子受的限制和约束更多。解放以后至今从城市来讲，中青年妇女的个性解放的程度已大于男子（指解放率或速度），而妇女的最终解放则在于传统的贞操观的破除，这将导致封建传统的彻底动摇，当然也必然影响到现存的价值观念。
>
> 纵观先进工业国家的发展历史可以预见，随着生产力的发展、生产关系的变革、科学文化的发展，在上层建筑意识形态领域里人们必然要提倡个性的彻底解放。就如同16世纪欧洲文艺复兴时期出

现人文主义思潮一样，人们必然要寻求自我，要求成为社会和自己命运的主人，这是不容置疑的。只有个性得到充分解放，才能发展；也只有人与人之间形成合理的竞争，社会才能快速发展进步。当然，随着个性的解放，社会会出现许多以前未曾遇到过的问题，从现在起就要加以研究。

另外，政府对普通百姓生活的干涉、人为的改变也是使社会出现一些人们难以招架的问题的因素，如独生子女问题，父母素质未提高，便强行只生一个，虽然目前必须这样做，但有许多问题现在还预料不到。

改革是社会性全方位的，不仅仅是经济领域里面的事。因此，不能不承认我们在许多方面存在着问题，要预见到经济改革必然带来的社会变动，要加强社会科学的研究。我们目前正在发展商品经济阶段（或叫前工业化阶段）的生产力，不能忽视与这一阶段相适应的上层建筑和意识形态领域的种种变动，要加强对资本主义国家发展史的研究，吸取经验教训，少走弯路，不能妄自尊大于我们所谓的社会主义，不能对我们面临的现实采取不承认主义。

二哥对国家改革开放仍然保持着极大的关注。文中谈到了他对个性解放的看法，指出个性解放是激发个体创造能力、整个社会活力的重要条件。

1987年时，十一届三中全会确立的"解放思想、改革开放"方针已经贯彻近9年时间，农民的温饱问题基本得到解决，城市改革正在起步阶段。今天，改革开放已有40年时间，国家取得了巨大的成就。现在回看他当初提出的"要加强对资本主义国家发展史的研究，吸取经验教训，少走弯路"的见解，很有超前意识。在改革开放的道路上，西方工业发达国家在环境治理中所走过的弯路、对社会贫富差距扩大的抑制、新加坡在住房保障制度方面的经验等，值得我们学习借鉴。

这期间，二哥继续研究心理学，写下许多与心理学分析有关的文字。他在一段笔记中写道：

> 婴幼儿时的饥渴感和排除身体不适的需要，形成了人的占有、取得和支配欲望的基础，如果这一需要一直给予最佳满足而不加以限制，发展下去，就会成为一个骄横的人。如果用各种方式（包括幼儿具有语言思维能力以后的语言开导方式和用新的更加强烈的肉体不适的方式）加以限制，就可以为以后使幼儿与环境保持适应提供基础。
>
> 当然，婴幼儿的本能需要与外界的限制形成了人的复杂心理，调整后的需要大于限制就会形成进取型、坚强的人，如果限制大于需要便易形成自卑。
>
> 婴幼儿最初喜爱能满足他需要的人，对母亲的好感即是。以后可以发展到对其他一系列能给他带来快感和对他好感的人，而对使他不快的人便产生恐惧、不满、气愤的感情。这两种感情在将来一系列的经历中可以分化为多种复杂感情，如果给予快感和给予不快感集合在一个人身上，便使幼儿形成对此人的复杂情感。人的与环境相适应的能力与过程在一生中都是处在变化和调整中的。人的幼时的天性形成了，人的丧失便有不快与痛苦、人的得到便有快乐的情形，个体心理学亦可以此为依据。

心理学有许多研究分支，婴幼儿时期的心理形成对人的一生影响重大，西方心理学在这方面研究得较为透彻。当前在我国，不论是社会还是家庭，对青少年心理健康发育特性、特征还没有引起足够的重视，时常发生一些令人惋惜的极端

七、命运抗争

事件。如何从小培养一个健康的人格，学会承压，社会、学校、家长、老师都亟待学习补充心理学知识。

在二哥的遗物中，有一份手绘"心理产生发展过程示意图"，这是他研究分析的结果。图上有许多标注，这些标注表明了他对心理学研究所达到的程度：

一、弗洛伊德重点研究了从本能这个心能动力源至行为的这一单一过程，而对外界心能动力源研究得不够，而且对整个心理循环过程缺乏研究，这是许多人对他持批评态度的原因。但弗氏毕竟找到了从人体本能至行为、人格形成这一客观存在的心理发展路线。

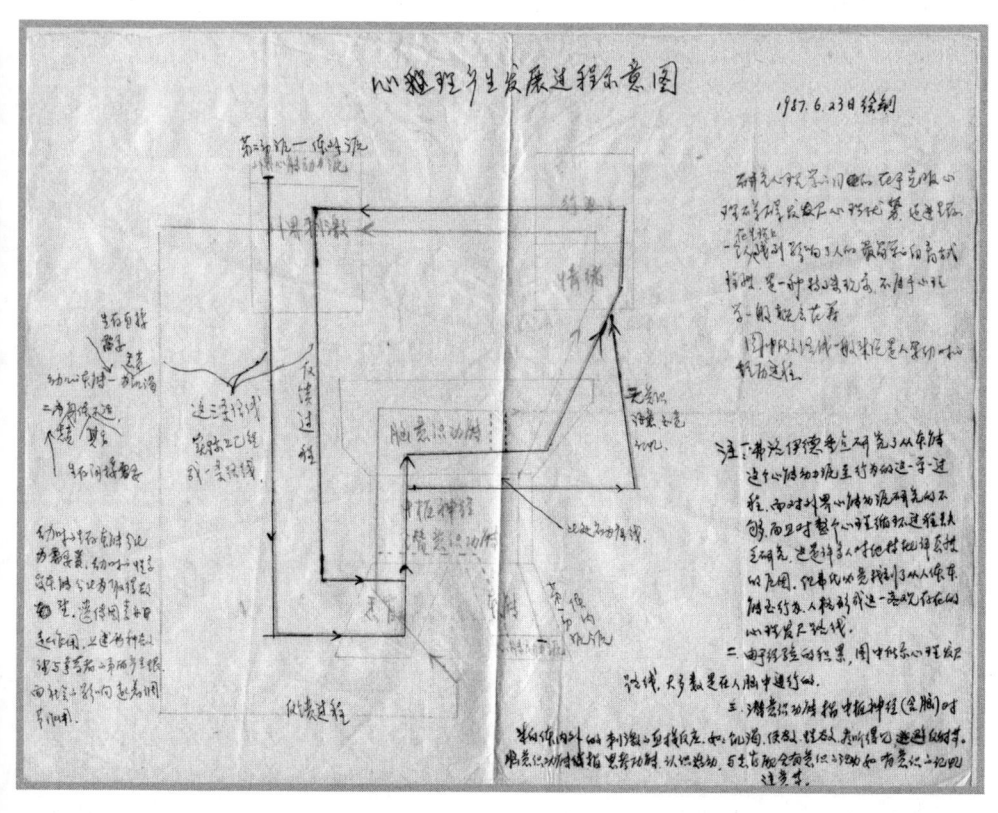

心理产生发展过程示意图（1987年6月23日绘制）

二、由于经验的积累，图中所示心理发展路线，大多数是在人脑中进行的。

三、潜意识功能指中枢神经（含脑）对来自体内外的刺激的直接反应，如饥渴、便欲、性欲、看（听）得见、逃避反射等。脑意识功能指思考功能、认识活动、与感官配合有意识的活动，如有意识的记忆、注意等。

二哥的笔记本中有一份写于1987年7月7日的"军人心理学计划"提纲，能够看出他是在构思写一部有关军人心理学的书籍。在20世纪80年代初就关注军人心理的研究，他可说是这个领域的先行者。提纲如下：

军人心理学计划

一、社会环境与军人心理

二、军人心理的形成

三、军人的荣誉感和责任感、神圣感，牺牲精神

四、军人的犯罪现象

五、军人的特殊性：与故乡亲人的分离，进取心，自由的有限性，个性的被制约性

六、文化教育和美感，感情的丰富

七、军人需要理解

八、我军军人心理的历史变化过程

九、军人心理的民族性、历史性

军人心理的研究对象

军人的职业心理

军人的内部关系

军人与外部的关系

对军人心理有影响的若干问题

军人的家庭

军人的需要

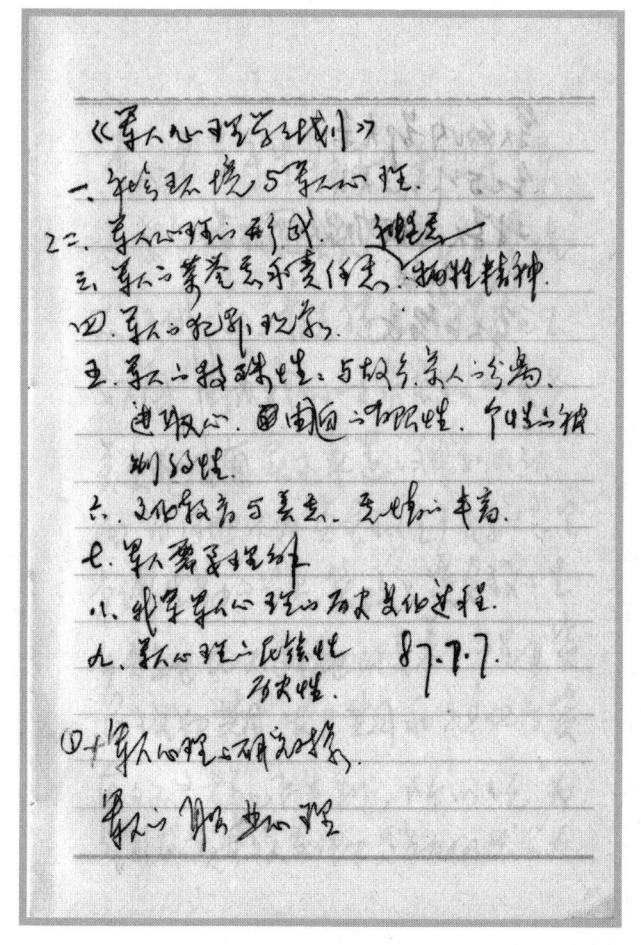

1987年7月7日，军人心理学计划

改革开放没有任何经验可资借鉴，许多措施都是在摸着石头过河。20世纪80年代中期，社会上掀起打破铁饭碗、大锅饭的浪潮。二哥在1987年12月14日写下了对这个问题的看法：

关于铁饭碗、大锅饭是否就一定是生产效率不高、人们积极性不高的根本原因呢？

铁饭碗里不一定有饭，大锅饭不一定好吃。

过分渲染强调"铁饭碗、大锅饭"的消极性，实际上本身就是消极的态度，对人的认识不全面，过分地看重了人的动物性、落后性。

打破铁饭碗、大锅饭只能是权宜之计，是用打屁股的方法逼人走路，而不是用金子引人走路，何况是一种在人们缺乏信仰、缺乏信念，政治思想工作失去作用下不得已的做法。

其实铁饭碗满足了人们安全的需要，而那些因有铁饭碗便不思努力工作的人毕竟是极少数。

在人们的社会活动中不可没有精神的因素，正是现实中的种种不良现象形成了对人们的消极的思想刺激。

现今对人们影响最大的是干部体系中的官僚现象，对人民的不负责任，腐败，为自己谋求特权。这便造成了社会上的离心现象；其次是因不正确的政策导致的非社会商品生产者的那么一小部分人的暴富，而国民经济的主要依靠力量仍然不富裕；再有就是对人们的心理研究不够，思想引导不利；另外民主不够，忽视人们的个性发展，使人们思想压抑，也是重要原因。

改革开放对于我们是件新事物，对改革过程中发生的一些问题，要鼓励大家积极探讨。

七、命运抗争

不幸是一所最好的大学。在这段时间里,二哥总结提炼了他对人生的感悟,写下一些格言:

格言

做自己和世界的旁观者。
别对自己太认真。
生活需要感情色彩的光点。

苦的尽快吞下,
甜的慢慢品尝。

走自己的路,多向别人学,少与别人比。

强者总是居安思危,
弱者总是避险趋安。

利欲熏心的人把一切都当作建造用于个人目的的楼阁的材料。

自私者是人类中最软弱的人。

如果你有所失落,生活会允许也会帮助你去主动寻求补偿。

从心理学角度讲,人在失落后必然会出现新的渴望。对这种渴望的满足同样是珍贵的,有更深的含义。

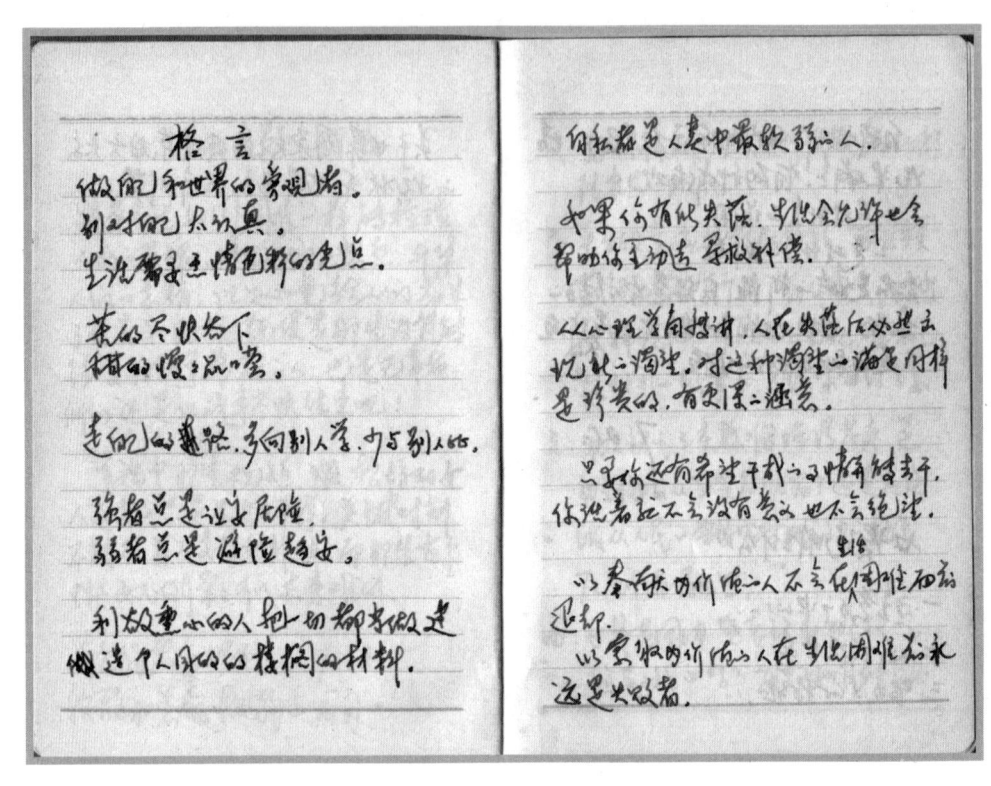

格言（写于1987年7月）

只要你还有希望干成的事情并能去干，你活着就不会没有意义，也不会绝望。

以奉献为价值的人不会在生活困难面前退却，以索取为价值的人在生活困难面前永远是失败者。

自我设计自我价值，要根据个人情况来确定，有两种价值观：一是对社会的作用，二是对自己的作用。前者是社会的价值，后者是个人能力的表现。单纯权力、地位、欲望不是人的价值，只是权力与地位的价值。

二哥还总结了如何发表不同意见的体会：

不要抱着改变对方立场赢得胜利去争吵，只讲清自己的看法即可，不要让人感到你在说教。

要强调共同之处，不要过分强调分歧。

不要以发表不同意见证明自己高人一等。

必须先了解对方立场，以自己的语言重复对方的立场和观点，以求没有误解对方。

不要打断对方的话，不要有不愉快的表示。

在发表意见时，不要一味挑剔，只在主要问题上表明自己的态度。

从海军总医院出院后，二哥身体恢复得不错，终于在7月返回部队工作，这是他时隔6年重返工作岗位。组织上很照顾他，安排了一些力所能及的工作。从二哥写给三〇二医院的信中能了解到一些他在此间的工作情况。在他的手稿中有一份手绘的质量检查流程图和一篇关于情报工作的论文，能够看出二哥对工作是一如既往的认真负责。

这期间的一些周末，二哥曾坐部队班车回家过几次，几乎每次都能带回一些古钱币。部队驻地所在县城历史悠久，20世纪80年代，驻地周边村民家中有的还留有古钱币，周末放假时二哥会到附近的村民家走走，看到古钱币就想办法收集过来。由于他的加入，钱币收藏有了很大的进展，数量品种增加很多，西汉"五铢"钱、王莽时期的"大泉五十"、北宋的"崇宁通宝"、清朝"咸丰元宝当五百"等品相上佳、较为难寻的钱币都是他收集到的。报纸、期刊上有关钱币历史的资料、图片他也裁剪下来，笔记本上也有一些有关钱币内容的记载。通过对钱币知识的学习，我们对历史上各个朝代的铸币情况、钱币计量单位与社会经济的关系、书法艺术在钱币铸造过程中的体现等，都有了一定的了解。收藏钱币的过程不仅丰富了知识，更给我们带来了很大的乐趣，充实了我们的生活。

1987年9月初，二哥寄了一封家信：

爸爸：

　　您好！我已于上星期三平安回到部队，目前一切情况都好，敬请放心。那天雨虽然下得很大，但因先有领利兄弟一直把我送上汽车，故未淋到雨。后来雨下大时我正好在车上，到海军大院时雨也快停了，正好车站有棚子，所以身上一点没湿。为了送我，领利兄弟那天可能被雨淋湿了，请替我谢谢他。

　　我们这里现在已经很凉快了，其他各方面和以前没有什么变化，不多说了。我不专门给顺子写信了。

　　最后代我向继母问好。祝你们老两口身体健康，精神愉快！

儿：子秀
9月2日

这是二哥一生中所写的最短的一封家信。二哥写了十几年的家信，抬头总是"爸爸妈妈"这样的称呼，曾是那样的亲切、自然、顺畅。如今母亲不在了，写信都有些不习惯。失去母亲的情感依托，想诉说的话也少了。

信中提到的领利兄弟，是继母的孩子。母亲去世后，父亲还要照料我和二哥，家里没有女人，生活总是不方便，父亲有此想法，我们兄弟四人都没有意见。继母家离我家也不是很远，二哥和继母的孩子相处得不错。

1988年春节，二哥是在部队度过的。有家室的同志回家团聚，他是单身一人，没什么牵挂，就留在部队值班。

1988年2月25日，农历正月初九，我收到二哥写给我的一封信，这竟是他一生最后一封家信。信中讲了他在部队春节期间的经过，还谈到他对清朝咸丰年间铸币情况[①]的认识。

3月10日下午，我在单位接到二哥部队战友打来的电话，说二哥突然吐血，已送海军总医院。吐血！这是个非常危险的信号，具体情况如何？从部队驻地到海军总医院路途非常远，一路上会不会发生什么事情？我焦急地赶往医院。万幸的是，这次意外出血并不多。这个春天，我几乎每个星期都去医院看望二哥。

经过一段时间的治疗，二哥于6月2日出院。出院后，我和他一起去积水潭医院看望因胃溃疡住院的三哥。

一天晚上，二哥无意间和我谈了一些事情。二哥说如果能再活8年时间他就知足了，万一发生意外，一切从简，不留骨灰，把遗体捐献出去。二哥说会把这些写出来。我不理解他为什么会对我说这样的事，因为我感觉他的身体确实在向好的方向发展，对他的话我不以为然。我笑着对他说，几个8年都不是问题。

6月20日下午，我在单位接到父亲打来的电话，说二哥吐血已送往海军总医院。我赶到医院时，他正在输液。久病成医，这已是第二次吐血，为防止意外，二哥向医生建议插三腔管[②]，但医生说没有必要。这次负责接诊他的是一位女医生。我到医院后，二哥向我说了上述情况。

我缺乏医学知识，感觉二哥已住进医院，又经历过那么多次生死考验，不会有什么问题。在我的潜意识中，住进医院就如同进了保险箱一样，所以也没有把他的意见再去和主治医生沟通。我和父亲商量，白天我陪护，晚上父亲照顾他。

6月21日一切正常，我把剃须刀给二哥带去。吐血之后，他不能吃东西，在医院主要是输液，我陪护着他，尽量少说话。输液，几乎是二哥这几年住院时每

[①] 清朝咸丰年间，受太平天国运动影响，货币贬值，铸币情况在历史上最为混乱。

[②] 插三腔管，防止门静脉出血的一种措施。

天的必备流程。

6月22日清早，我在医院门口见到父亲，一夜之间父亲突然衰老了许多，我非常诧异。父亲悲伤着说："你赶紧去吧。"听父亲此言，我心中困惑，继而闪现一种不祥的预感。我急速来到病房，脑子顿时"嗡"的一下懵了。房间里一片凌乱，地面上有大片的血渍，医生护士围在二哥的床前，他预感的事情发生了。我哭着大声呼喊着"二哥"，可无论我怎样呼喊，躺在床上的他已无任何反应。昨天我离开医院时，二哥还对我说让我明天不用来了，他没事的。现在怎么竟成这样？我焦急地找到科室主任。二哥上次吐血住院，就是主任负责诊治的。第一次住进海军总医院时，主治王医师曾建议他做脾脏摘除手术，肝硬化最大的风险是门静脉大出血，我请求主任现在就进行手术。主任无奈地说："晚了①，现在上手术台他就下不来了。"我几乎哭着哀求说："那您想想办法救救他呀！"主任说："一切全都靠他自己了，挺过了今天，或许还有希望。"

医生护士忙着给二哥输血、输液、插导尿管。突然间他再一次吐血。此时医生拿来三腔管，准备从他鼻腔里插入。二哥人已经昏迷，但这对他的神经系统产生了刺激，身体发自本能地剧烈反抗着，好几个人同时用力按住他的手臂和大腿。反抗中，二哥一口死死地咬住了我的手臂，内心的痛苦使我感受不到肉体的疼感，我没有摆脱，心里流着泪说，只要舒服你就咬吧。

一番挣扎之后，二哥平静了。大量的失血，导致他完全昏迷，没有声响，眼睛无神地望着外面的世界，血浆、药品仍在不断地输入他的体内。

下午，部队一行人赶到。

我一天没有吃饭喝水，没有饥渴的感觉。

晚上，整个病区安静下来，战友们坐在楼道的椅子上。病房地上的血渍没有

---

① 6月21日晚，该科室值班医生是一位外地进修女医生。二哥后半夜突然吐血，父亲去找医生，进修医生束手无策，直到快天亮时才联系主治医生，医生赶到时，一切已晚。

擦洗，上面用床单铺盖着。我跪坐在床前，轻抚着他的手臂，内心祈祷着上苍能够让奇迹发生。

二哥静静地躺在病床上。他的眼神曾闪过一丝明亮，当我急切地把医生喊来时，那明亮的眼神已不再现。

1988年6月23日凌晨一点，二哥平静地离开了这个世界，没有交代一句话。

和部队的同志告别后，我走出医院大门。天降着小雨，马路上空无一人，我的脸上，泪水夹杂着雨水一起流淌下来。二哥的生命力曾是那样的坚强旺盛，可这一次，他走得如此突然和决绝。我永远失去了我至亲的哥哥。我曾经无数次行走在前往三〇二医院、海军总医院的路上。这条曾承载我无限牵挂、忧虑而又那么熟悉的路，今后我因没有探望二哥的机会而再走了。

1988年7月15日，二哥将年满34周岁，他的生命就定格在这里。

八、永远的怀念

部队徐政委专门负责料理二哥的后事,父亲嘱我协助。丧事如何办理,徐政委征求家属的意见。按照二哥生前的遗愿,一切从简。另外,我把二哥捐献遗体的愿望告诉了徐政委,他落实了这件事情。

我发电报把二哥逝世的消息告诉了冉庆云。冉庆云从天津赶来,进家看到二哥的遗照就失声痛哭了。部队战友们出席了遗体告别仪式,二哥小学同学兼战友苏蓝蓝、宋协民,大学同学赵芳也见了他最后一面。

战友张秉森、陈长征两位同志负责整理二哥在部队的遗物,并送至我的家中。

全部遗物清单如下:

被罩:一个;

床单:两条;

枕巾:一条;

秋衣:一套;

全蓝军装:一套;

裤衩:两条;

背心:一件;

棉鞋:一双;

拖鞋:一双;

电热杯：一个；

茶杯：一个；

镜子：一个；

书、信、杂志：若干。

二哥在外语附校读书时，有一个上锁的木质百宝箱，里面放着他的一些东西。他参军以后，这个箱子就归三哥所有。家里除了他写的信外，没有任何他的东西。结婚以后，虽然他住在岳父家，但夫妻二人长期在部队，所以岳父家也没什么他的物品；第一次出院后，住在妻子单位的集体宿舍，添置了一台冰箱；第二次出院，回到父母家，他妻子把他的东西装在一个皮箱里带了回来——皮箱是他去上海上大学时买的，里面是些军装被褥。

十几年来，二哥的物品大都留在了部队，这些物品就是大量的书籍、日记、手稿。其中，书籍非常广泛，除中外文学名著外，还有大量的历史、逻辑学、心理学、社会学、经济学、修辞学及西方哲学、俄语书籍，等等。最为珍贵的是他写的大量的日记、手稿。二哥虽然在物质上很匮乏，但是个精神富有者。

我在充满悲伤的心情中整理二哥的遗物，阅读了这些日记及手稿，才对他的一生有了全面的了解。他不仅聪明睿智，意志坚强，更有一颗投身国家改革、军队现代化建设的赤诚之心，以及豁达宽广的胸襟。

日记记录了二哥参军入伍后不断成长的过程，从中能看到他的思想形成的轨迹；记录了他恋爱结婚的经历，从中能感受到军人组建家庭的不易；记录了他对国家改革开放、思想解放、军队现代化建设及干部制度改革等问题的深刻思考，其中不乏远见卓识。

手稿内容广泛丰富，有对部队工作的建议方案，有具体情报的图文数据分析。手稿诠释了二哥对所从事的具体工作的认识，也说明了他对工作的专注与敬业。手稿也记录了他患病后的一些经历，包括妻子提出离婚的事情。这些文字充满感恩之心及对未来生活的希望。

遗物中有二哥于1985年病危中写给父母、妻子的遗书及遗嘱，交代了全部后事，遗嘱中前两条是：

一、尸体捐献，供医学科研使用。

二、不要举行任何形式的追悼活动，不留骨灰。

二哥在遗嘱中委托战友冉庆云、王景波、苑国良负责整理他在部队的遗物，交代把他的全部手稿都销毁，不再保留。遗嘱的最后一条是"向一切关心帮助过我的同志和朋友表示感谢，祝大家幸福！"。

1985年夏天，是二哥生命最为危急的时期，他交代了全部后事。但这一次，他竟然连一句话都没有机会留下。

二哥处理离婚的事情及感情上的波澜，我也是在手稿中才看到的。

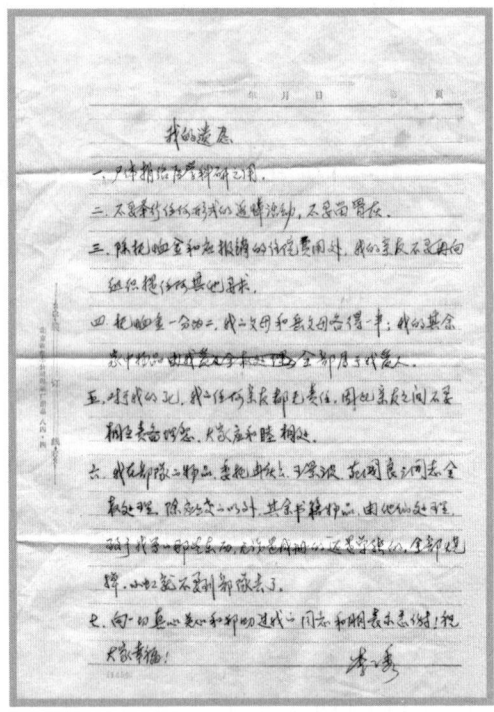

二哥的遗嘱（写于1985年夏）

遗物中，有一篇二哥回顾自己生病后"走出黑暗"①的故事。这篇文章没有标注日期，我推测，当写于1987年春天。

> 走出黑暗。人的一生有许多意外的事情，有意外的幸福也有意外的痛苦，我的故事是从意外的痛苦开始的。1981年，正当我年富力强、风华正茂的时候，一场突如其来的疾病使我躺倒了。在经历了整整一年的治疗之后，当我临床治愈出院时，确诊为重症肝炎。我生

---

① 走出黑暗，是这篇文章开篇4个字，现定为标题。

八、永远的怀念

性好强,看到这诊断,我并未灰心,我坚信,身体是可以恢复的。

可我万万没想到,我所面临的还远非如此。1983年7月,当我第二次住进医院时,我的身体已经承受不了病魔的进攻,在短短几天里,黄疸直线上升,最终突破了30毫克这一危险水平。伴随病情而来的还有严重的肌体反映,全身无力,严重的恶心,竟然让吃饭成了一大困难。有一段时间,我几乎是靠着输液维持生命,每天输液10多个小时。我昏昏沉沉地躺在病床上,其他的思维已经中止,我只能一遍遍地问自己,难道我就这样完了?我还不到30岁,还没来得及真正为人民做些什么,另外,我还有一个年轻可爱的妻子。可喜的是科学毕竟发展了,在六十年代毫无生还的病情,在八十年代,在解放军第三〇二医院里终于可以挽救了。在医生和护士的抢救下,在药品的帮助下,我终于从危险的边缘回到了安全线内。然而,更加漫长也更为艰难的路程也就从此开始了。我即将经历人生中更为严峻的考验,要忍受病痛带给我的折磨,而我也看到了更多的真、善、美。而且,正是这些真、善、美,帮助我战胜了许许多多的困难,使一个几乎绝望的人终于站了起来,把我从黑暗中引向光明。

由于病情多次严重发作,肝细胞大量急剧坏死,我的肝脏已经硬化了。当医生在慎重考虑之后,把这一结果告诉我时,我沉默了很久没有说话。肝硬化,这意味着什么?……我多么希望这一结果是假的,多么希望从未有过的误诊能在我这里发生一次,我才30岁呀!然而,结果是通过科学手段检查出来的,是不容怀疑的,我开始意识到我的生命危险了。我烦躁不安,吃不下饭,睡不好觉,控制不住自己的情绪,开始整夜失眠。我的体力和抵抗力大大降低,病魔和死神也还没有承认它们的失败,在继续施展它们的淫威,终于又一次更沉重的打击到来了。1985年7月的一天，我急性腹膜炎发作，连续几天高烧在39℃以上，腹部硬得像一块木板，腹水使我的肚子鼓得像个大锅，所有的检查化验指标都到了医生也没有把握的危险程度。

我自己也感到快不行了，生命的热量正一点点从我身上散失掉。每当夜幕降临，我一个人昏昏沉沉躺在病床上，往事便不断地在脑海中自然而然地浮现出来，读书、淘气、挨骂、参军……所有当年使我感到不愉快的事，想起来都那么亲切，令人怀念。还有妻子、父母、兄弟、战友，还有那不能实现的理想和愿望。我想到，我该把后事安排一下了，于是我写好了遗嘱和遗书，遗嘱中写到一、二、三……当我把遗嘱写好后，我觉得我该办和能办的事已经办完了，我只有等待了。第二天，一架机器慢慢地推进我的病房，我的心微微一震。那机器我叫不上名字，还是进口的，我只知道病人快不行时会用到它；而且我看到过几次，只要它去过的病房以后没几天，准保就有人包裹着白单被静静地推出来。今天，终于轮到我了。我侧头向窗外望去，视线被对面的高楼挡住，看不到一线蓝天和白云，只能看到几个正向我的房间张望的病友；心里说，再过四五天，也许两三天，我们就再见了，再也见不到了。

然而，崇高的职业道德使医护人员们为了抢救一个同志的生命再次付出了最大的、最后的努力，我们的国家和人民也慷慨地拿出了所能拿出的一切。为了一个普普通通的病人，在人民医务工作者和病魔、死神之间展开了又一场争夺战，上至主任、专家，下至配膳员都在努力。我的半尺多厚的病例记录被医生们反复研究，我的病情曲线图挂在医生办公室的墙上，我的病情讨论会不知开了多少次。一位主任在一次讨论会上郑重地说："谁要把小李的病拿下来，我们就给他请功。"当时没有人应——这病太难了，可是每个人都在心里说："一定要尽最大的努力抢下来。"

医生的抢救工作也进入最后的高峰，各种药品源源不断地通过静脉、肌肉和口腔进入我的体内，去参加与病魔的搏斗；同时，对我的精神治疗也更加广泛深入。每一个医生、护士都担负起了这一任务。他们和我聊家常，谈外面的见闻，鼓励我战胜疾病。为了调节我的食欲，他们送来了自制的或买的各种能提高我食欲的食品；护士长找来理发师傅，剪去我蓬乱的长发，亲手给我洗头，像打扮新郎一样把我收拾得干净整齐，逗我开心。时间不知不觉地过去了，我感到，我体内的气息足了，身上有了力气，食欲提高了，终于我又站起来了！

我的病终于被他们拿下来了，不是被哪一个人，而是被这个光荣可爱的集体，是被许许多多善良的人们拿下来的。没有哪一个人立功受奖，然而他们在病人心目中的形象是崇高的，这崇高的形象是用奖章换不来的。

俗话说，福无双至，祸不单行。我不知道这里是否有宿命的色彩，但我感到这是真的。就在我刚刚站起来没几天以后，我收到妻子向我提出离婚的来信。我的心像被蛇咬了一样紧缩在一起，我似乎一下跌入了痛苦的深渊。接到那封信的当晚，我失眠了，头脑里乱成一片。我想起了我们第一次相识的那天，想起了初恋，想起了婚后的日子，想到我病后她对我的照顾。记得有一次，我非常想吃葡萄，当时已是冬天，她费了很大力气，终于买到一小串。在清洗葡萄时，一小粒掉了下来，那时她身怀有孕，酸甜的葡萄对她有着多大的诱惑，她赶紧把那粒葡萄放到嘴里，一股酸甜的味道直入心中，她多想再吃一粒，再吃一粒，多想痛痛快快吃个够。可是她想到我，毅然控制了自己，把那一小串葡萄全部带给了我。当我知道以后，我发誓，将来一定要买好几斤最好的葡萄，让她吃个够。为了我，她度过了多少难眠之夜，忍受了多少委屈和痛苦；每次探视，她总是第一个到，最后一个走，记不清有多少次误了吃饭。然而，她毕竟还年轻，由于我长期生病，必然使婚姻成为不幸。在"新观念"的影响下，她毕竟也有重新选择生活的权力，我必须理解她。

然而，这对于我这个尚未脱离危险状态的人来说，打击实在是太沉重了。心灵上的极度痛苦，导致生理上的变化，第二天上午我就开始发高烧，将近40℃。医生们为我突如其来的发热而感到紧张。可是，为了她的名誉，我不能把实情告诉医生。我在心里恳求医生能医治我，也原谅她。我强忍内心的痛苦，把泪水流到心里，可是细心的医护人员早已看出了端倪，她们只能从侧面安慰我。负责我的罗医生为我忙了一下午，刚吃过晚饭又冒雨赶到病房，守护在我的床边。我昏昏沉沉地躺着，但心里被伟大的爱震撼着，我一遍遍地对自己说："你要坚强起来，要挺住。"

人们对一个人的同情和帮助，往往是和一个人的痛苦和遭遇成正比的。

1986年2月4日，春节前夕，在与疾病顽强搏斗了910天以后，我的身体奇迹般地好转，我出院了。出院那天，我久久注视着我住了将近一年半的病房。这间病房记录了我的多少经历和体验，在这间小屋里留下了死亡对我的邀请，留下了妻子要求离婚后我的痛苦。我曾多少次趴在窗台上，看外面的世界，看那些健康的人；我曾多少次在内心生起离开这小屋的愿望。然而，真要离开时，我又那么留恋，就像鲁滨逊行将离开那个小小的荒岛一样。我知道，这小屋与我的感情有了斩不断的联系，但我终于迈着坚实的步子走出了小屋，因为我还要面对未来的生活，我还要去接受新的挑战。主任、医生、护士们都来向我祝贺，他们一直把我送出病区大门。910天中，他们不知为我付出了多少心血和汗水，付出多少辛劳，现在他们又一次次地叮嘱我，祝福我。我向他们深鞠一躬，走出了大门。我突然感到心底发酸，一股热泉从心底涌进眼眶。我不知道我留下了什么，带走了什么，说不出心里是苦是甜，我只是克制着没让那股发自心底的热泉从眼中涌流出来。

当我被妻子送回我父母家里时，我站在亦喜亦忧而显得恍惚的父亲面前时，我真不知该说些什么；环顾我的周身，只有一只皮箱，里面装着我的几套军装、一床被褥，此外一无所有。17年前我参军离家时，只带了一只网兜，里面除了洗漱用具和一包糖、几个苹果外，就再没有其他东西了。17年后，当我再次只身回到父母身边时，依然如故——只是我已由一个活泼健康、充满美好理想的少年变成了一个饱受病痛摧残、满脸胡子的大人了。历史竟会是这样，17年不过是一个圆，最终我又回到原来的位置。

不久，父母及哥哥、弟弟们知道了我将离婚的事情。他们是通情达理的，没有谁指责什么，只有当夜深人静时，可以听到从尚未睡着的父母房间里传出几声深沉、伤感、悠长的叹息——那是为了我及我的将来。我把何时离婚的决定权交给了前妻。全家人都在为我担忧，不但家人如此，部队领导在得知我的情况后，立即专门赶到我家，带来了全体同志的关心，询问情况。部队党委也专门召开会议，一致同意一定要保护我，尊重我的意愿，保护我的健康，并多次派专人去我前妻处做调解说服工作。部队领导尽了最后的努力、最后一次劝说调解无效后，对我说："子秀，要相信自己，多保重吧，同志们相信你！"

我的事情不但给全家人心头蒙上阴影，同时也对母亲的身体产生了影响。由于为我忧虑，母亲的心脏病复发了。1986年6月12日，母亲终于带着放不下的心事离开了。

我的又一根精神支柱折断了。失去母亲的巨大痛苦在吞噬着我，强烈的内疚使我无法安定。我想到了死，要去寻找我的母亲，那太容易了。我不止一次地独自徘徊在街头路旁，看着满天的星斗，看着天空中的小鸟，看着那些无忧无虑、活泼可爱的孩子……

我的生命已不仅仅属于我个人，那里融进了医务工作者的心血，融进了人民的汗水，融进了同志们的关心和帮助。那些不知名的献血者的鲜血，至今还在我的血管里奔流，我没有权力随便安排我的生命，拿这些可贵的代价去计较并不值得留念的丢失、毫无价值的失去，是不能容忍的。我应该活下去，我热爱善良的人们，我还要用他们赋予我的生机去创造。

9月2日，部队方面经过多方周折为我准备好了离婚的一切条件，并派专人来陪同我办理离婚手续。带着失去母亲后尚未恢复的痛苦心情，我挺起病弱的身躯，带着迷惑，带着勇敢，带着对过去的告别和对将来的不可知，与曾经与我共过患难、对我曾是那么亲近又那么遥远的前妻办理了离婚手续，并挺起胸膛，登上汽车，返回部队，返回我曾工作过生活过，在那里曾度过我的青春，有着我的欢乐和忧伤，在我困苦时曾给予我帮助支持和温暖，并将继续给予的部队。在那里，有同志和领导在等着我，有高远的大山、开阔的平原、纯净清新的空气在等着我，在那里我将开始新的生活。

我虽然失去了宝贵的健康，虽然失去了家庭，虽然失去了在工作的成功中享受幸福和欢乐的机会，虽然我还会遇到许多困难，虽然死神随时都有可能把我拉走,但我并不悲观,我仍然感到生活的充实,我仍然感到生活的幸福和温暖。因为有部队领导和党组织的关心、帮助,有我们这个制度提供的种种保障,有亲人朋友及许许多多善良的人们从各方面给予我的关心、安慰、鼓励和帮助。是的,我失去了许多宝贵的东西,但是连同它们我也失去了虚伪、自私、怯懦和悲观,然而我更得到了许多东西——这些东西的价值无法衡量:说它微小,也许不被人注意到;说它大,它有推动社会的力量。我个人的遭遇和挫折是微不足道的,但在挫折中我感受到了来自方方面面的真诚的爱。这爱像一团火,温暖着我,照亮了我,使我的生命之船又扬起了信心和勇气的风帆,继续在人生的长河中前行。

在这篇文章中,二哥歌颂了三〇二医院医护人员平凡而感人的事迹,谈到了对前妻的感情,部队领导、战友们对他的关爱、支持和鼓励,记载了他与死神搏斗的经历,讲述了他对人生的感悟。

一个风华正茂、正当施展抱负的青年,身体却突然受到疾病的摧残,母亲病逝、妻子离异,失去了在工作的成功中享受幸福和欢乐的机会,曾经为之奋斗的理想、愿望也很难再实现,死神随时可能把他拉走;然而,面对屡屡而至的挫折和打击,他没有悲观失望,仍然对生活充满美好的憧憬,仍然感到生活的充实、快乐、温暖,生命之船依旧扬起信心和勇气的风帆,继续在人生的长河中前行。

患难可以检验一个人的品格,非常的境遇方显出非凡的气节。二哥的信念是如此坚韧不拔,他的人生轨迹似乎早已对此做了标注。

1970年7月15日,二哥在16周岁生日那天写道:

自己的一生也许是短的，也许长一些。但不管短与长，只要放到党的事业中去，就会发出巨大的能量。短要短得无愧，长要长得无愧。我要下定决心，为党、为人民、为革命永远战斗，为党的利益、人民的利益、革命的利益，奋斗终身。

1979年4月15日，二哥在家信中这样写道：

……我相信在今后大半生中，我也许会碰到更多的使人苦恼甚至使人绝望的事情，但我相信我自己是不会被它们打倒的。我要用种种努力来抗击它们，当然抗击的方式有斗争，有改变，也少不了忍受，但我决不承认我的失败——自暴自弃、轻率地玩忽自己的一生。只要我们的社会制度不变，我就要努力为改造世界和自己本身而奋斗，直至自然的规律来结束我的生命。

1980年8月1日是二哥结婚的日子，在这幸福的时刻他写道：

有些人说，进入家庭生活之后，人在学习上、事业上就开始走下坡路了。这话有一定道理，但也不全对，关键要看人怎样正确处理。我知道，家庭生活会占去我的一些精力，但我的心绝不会动摇和衰老，我要顽强地在生活中挣扎前进，直到丧失最后一点力量。人应当像巨石下的小草一样，只要还有一分生机就要往上长。

二哥的信念是如此坚定！

长期疾病的折磨，致使二哥在脑力及体力上都无法做到像生病前那样思如泉涌般写出大段的文字，七页的原稿是分数段写成的，没有明确的次序。我按照

八、永远的怀念

他的思路把原文进行了串联。此外，还有单独一段是对住院期间医护人员关心呵护他的记载。二哥从1981年11月底住院，到1986年2月出院，其间曾在1983年2月至7月间短暂出院一次；文中所写910天，只是他第二次住院时间。在漫长的住院生活中，三〇二医院的医护人员给了他难以忘怀的关怀、温暖，他一一铭记心间：

罗护士长洗头，蔡护士长晚上煮稀饭，李护士长送咸菜；王医生洗头，买绘画书，罗晓梅主任守候在床边，给煮茶鸡蛋。从主治医生到主任轮流给我查体，张副主任已经60多岁了，亲自给我擦身降热；大小便失禁，赵、王医生护理；肛周脓肿期间，程银法医生热心护理，他自己生病了，还回来看我。住的是传染病区，但有多少医生护士给我送吃的，准备给我送吃的，问我想吃什么。朱宁送香蕉，配膳员小姜过节特地来看望，医生护士们把饭端到床头，扶我坐起，已记不清有多少人了。并不是我可贵，而是他们可贵。他们不是英雄，甚至少有几个上光荣榜；他们有缺点，也有各种困难、牢骚不满，但他们身上都有可贵的闪光点。把这些闪光点连成一片，不就是这个光明的世界吗？他们才是我们这个事业大厦的基石。

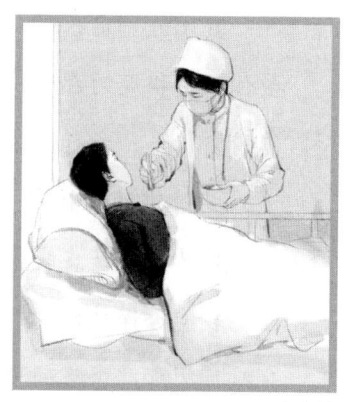

病床前

二哥曾经给我讲过住院期间的一些经历，但看到文章中这样多细节的记录，看到那些医护人员在医疗护理之外，花费时间、精力，把同情、温暖和关爱给予一个普通的病人。这种源自人本性的爱让我敬佩，感激之情油然而生。伟大出自平凡，她们的医德是如此崇高！

二哥的遗物中，有一封写给三〇二医院医护人员的信稿：

九病区各位主任、医生、护士：

你们好！值此新春佳节来临之际，谨向你们表示我真诚的问候和良好的祝愿！离开你们至今已整整两年了。在这两年中，我虽然在生活中遇到一些挫折，但我的精神和身体都经受了检验，特别是身体状况一直比较稳定，现在已能长期在部队从事一般性工作，甚至能够经受住一定程度的疲劳，连续工作一段时间，在整整一天十几个小时连续骑自行车、步行、谈话甚至在一昼夜不休息或休息很短时间的情况下，病情仍然很稳定。这使我对战胜疾病、勇敢生活下去更充满信心，我甚至怀疑在我身上是否发生了某种奇迹。当然，在今后的时间里，我能否保持住这两年的好势头，还不能肯定，争取吧。每当想起生病期间那些艰难的日子，我就自然而然地想起你们。没有你们，没有你们各位为我付出的心血，没有你们为我争取、创造的各种有利条件，就决不会有我的今天。每想起你们，我心里就充满怀念和感激之情，你们给予我的帮助、鼓励，给予我生活的勇气和真挚的爱，我将终生不忘！我感到我没有也无法报答你们，请多多原谅！

我于1987年9月返回部队，中间除短时间回北京外，至今一直在部队工作。领导也很照顾，安排了适当的工作，先在处里负责全处业务工作的质量检查，后又参加技术职称评定工作，搞翻译，写论文、技术工作报告，等等；有时也临时出点力所能及的闲差，比如在部队运动会当当裁判；闲时自己看看书，和同志聊聊天。另外，我还开始业余收藏古钱币。总之，生活还是比较充实的，身体也能适应，我还初步准备明、后年出去旅游一下。我的体会是，心情舒畅，注意休息和营养，病情可能不致恶化太快。今年春节我不回

八、永远的怀念

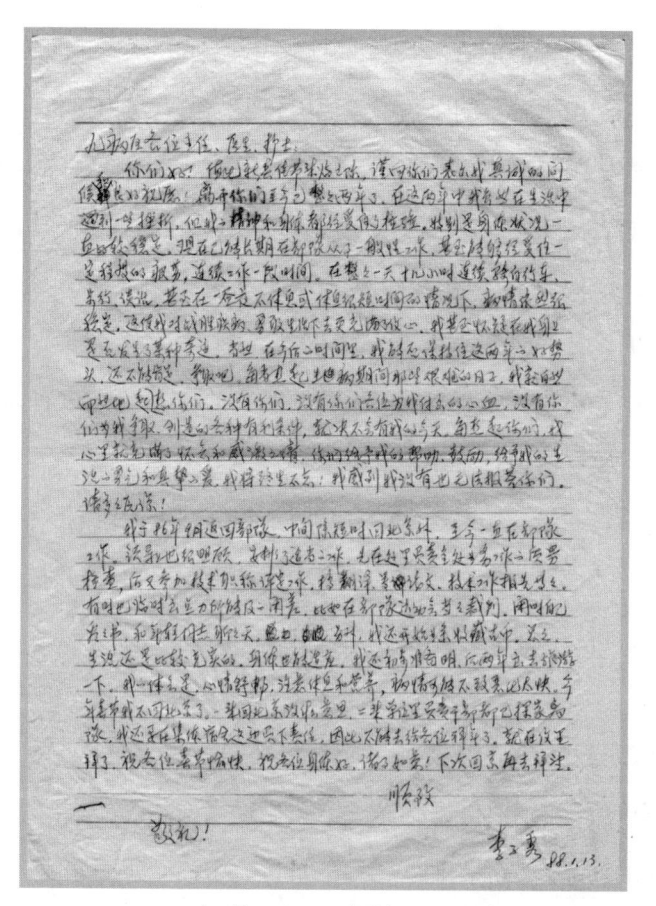

1988年1月13日，二哥写给三〇二医院医护人员的信

北京了，单位里负责干部都已探家离队，我还要在集体宿舍这边负下责任。因此，不能给各位拜年了，就在信里拜了，祝各位春节愉快！祝各位身体好，诸事如意！下次回京再去拜望。

　　顺致
敬礼！

李子秀

1988年1月13日

二哥是一个懂得感恩的人。1987年4月，我陪他去三〇二医院专程登门感谢医护人员。在"走出黑暗"的手稿中，他记载了医护人员为抢救他所做的种种努力，给予的关爱、呵护；出院两年后，在这封春节前写给医院的信中，他再一次向医生、护士们表达了真诚的感谢与思念：是这些可敬的医护人员陪他度过了漫长痛苦的岁月；是他们全身心的付出，一次次挽救了他的生命；是他们给予他温暖、鼓励和帮助。

从这封信中能看出，二哥身上似乎真的发生了奇迹，他的身体状况确实是在逐渐向好的方向发展。但意外还是发生了。

二哥去世后，我给三〇二医院的领导写了封信，告诉他们这个不幸的消息，感谢他们崇高的品德，为抢救二哥的生命做出的种种努力。同时告诉他们，我遵从二哥的遗愿，将二哥的遗体献给医院，供医学研究使用。

感谢部队领导及二哥的战友。

十九年军旅生涯，因上学和生病，二哥中途两次离开部队，是部队及战友完好地保存着他的物品，特别是他生前写的日记、手稿。正因如此，我才能完整地了解二哥的人生旅程、工作经历，乃至他的思想。

二哥是我最亲的哥哥，我的榜样。他9岁住校，15岁参军，虽然在他的生命后期，我有机会和他共同生活了一段时间，但对他过往人生的了解，还是依靠这些留下来的文字。

从日记、手稿中，我看到了二哥从一个不懂事的少年逐渐成长为一个有坚定信仰的战士的心路历程；了解到他是一个思想者，为国家改革开放、军队现代化建设呕心沥血，做出了许多有益的探索；他是胸襟宽阔、意志坚强的人，以顽强的毅力及对人生的认识，战胜了病魔及情感的无情打击；他是一个感恩的人，在书信、文稿中热情赞扬、怀念了白衣战士为抢救他的生命所做的那些感人、无私的奉献；他是一个品德高尚、具有远大理想的人，为了祖国的前途与命运，奋斗了一生，并在生命终结时将遗体献给医院，供医学研究使用。人生短暂，却不平凡。

二哥留下的那些文字，不仅记录了他短暂的人生之旅、记录了他思想成长的历程，也记录了时代的发展变迁，是一份珍贵的历史资料。

我用了将近一年的时间整理二哥留下的遗物，据此写了一份材料，于1989年5月交给了海军领导机关，我在附信结尾写道：

> 尊敬的首长，当我整理完他的遗物时，我的心久久不能平静。他是一个多么难得的人才啊。不幸的是，他却过早地离开了我们。他的不幸，至今仍使我感到痛苦、惋惜，但我为我能有这样一个哥哥而感到自豪，他是我永远学习的榜样。我们国家正处在改革时代，需要更多的像他这样立志献身于国家、人民、民族事业的青年，我们党也需要更多像他这样的共产党员。他的这些遗物对我来说，是一笔珍贵的财富，我将其中部分献给组织。我衷心地希望能有更多的人从他的一生中有所启发。

1989年5月，我写给海军领导机关的信件结尾

1989年8月，我收到冉庆云的来信。

二哥生病期间，冉庆云与二哥一直保持着书信往来。他非常了解二哥强烈的事业心，体会到病中二哥的心情，主动与二哥分享对成功的认识：成功不单是结果，不平凡的过程也是一种成功。犹如漫长的马拉松比赛，桂冠只有一个，但那些克服困难、顽强坚持到终点的选手，不仅战胜了自己也激励了他人，他们也是成功者。他借此鼓励二哥。冉庆云对二嫂也是比较了解的，知道二哥非常爱她，也清楚二嫂在照顾二哥期间的付出和所承受的精神压力。当得知他们离婚的消息后，他感到非常遗憾，但他赞同二哥的决定。母亲逝世后，二哥一些复杂的情感在冉庆云那里得到了释放。

冉庆云在信中谈到了对二哥独特的情感与思念：

……自从子秀去了之后，我有很长时间接受不了这个事实，不管是在梦里还是在我独处的时候，我都一直在和他谈话。那么多年我都习惯了，每当我遇到什么事情的时候，我要商量的人中首先是他，无论他在我身旁还是不在，他用不着讲话，我就能知道他的基本回答。我常常一个人时有两个声音在谈话，而每次这样的谈话之后，我的思绪就比较清楚，心情就比较安定。虽然他离开我们，走了，我的这种习惯也许是不会改了。他的在天之灵也会用一种神秘的方式来和我交流。

子秀的离去，说实话，我不愿意和别人谈起，即使有认识他的人向我问起，我也会用三言两语打发过去。和一般人谈论他，我觉得这是对他的亵渎，也是对我的感情的亵渎。在朋友中间，只有我们两个相互最了解，这不仅是因为我们在思想和气质上的共同点很多，而且还因为在不能言喻的感觉上都有不少的共同点。这就是为什么我们两个可以不说话地坐上一两个小时，然后互相得到安慰鼓舞，默默地离开。

他走了，我不可能再有像他这样的朋友，在生活中越往前走，越觉得得一知己的不易。也许这是上天的安排，他让我们在常人看来不应相识的情况下相识，给我们一段那样美好的时光，然后他便渐渐地把这一切都收走了。他将会创造一种什么情况让我们重新相识？我相信子秀正在天国等着我，当我们见面的时候，我们会有更多的东西可谈，他会把天上的事情说给我，我会把地上的东西告诉他。

子秀走了以后，我常常想到死这个问题。宗教解释过它，科学解释过它，但是活着的人怎么想它，我感到它并不意味着一个肉体的消亡，其中我们可以看到永恒和暂时的冲突与结合。人都将离开这个世界，但是谁都想肯定自己的永恒性，常人用自己的子孙，政治家用自己的政治主张的实施，思想家或一切精神的创造者用自己的思维结果，也许这样就可以解释，为什么子秀在自己的身体状况那样差的条件下，还希望能出一本书——那就是他的孩子，是他永恒性的证实。因为他的书没能写完，也许他是怀着遗憾而去的，但是他的永恒仍然在别的地方得到了体现。只要他的一些思想在朋友中被承认，只要朋友们仍在怀念他，他的永恒性就在延续。

顺子，你已经长成一个男子汉了，不再是去部队玩的那个小男孩，这一点无论是在身体上还是在思想上我都看出来了。我很理解你的心情，你也经历了一些坎坷，但是你也在很多地方像你的二哥。他是坚强的人，我想你也是，他的影响会在你的身上产生效果，我总觉得他一直在天上注视着我们。按着你选择的目标往前走吧，哪怕这一生做不出什么惊人的事情，但是活得不糊涂就是值得的。

冉庆云就像二哥一样，给我以鼓励。

人生总是留有太多的遗憾。1986年2月，二哥从三〇二医院出院回家后，我们累计有近一年时间生活在一起，这也是自我记事后与他在一起的全部时间。我们一起读书、一起交流、一起倾听音乐、一起外出，分享他的故事，感觉有无限的时间。虽然二哥几度处于生命危险的边缘，但都一一化险为夷，生命力是那样的顽强，以致他最后一次出院后对我说"能再活8年时间就知足了"的那句话，我全然没有在意。在二哥生命的最后时刻，前一天我还在静静地陪护，然而再见时，他已完全昏迷，我的呼喊再也无法唤醒他，竟是以这样的方式最后离别，我无法接受。想起他一直都在关心呵护我，想起他坎坷的经历，想起我们在一起的日子，想起他本有可能渡过此劫，想起他才华睿智、思想深邃，还有许多未实现的理想抱负……可命运如此无常！我常常一个人暗自流泪。二哥炯炯有神的双眼，一脸灿烂的笑容，总是浮现在我眼前。1990年6月，我把对二哥的思念之情浓缩为一篇文章，连同他的日记、手稿、相册一并封存起来。

我于1991年9月结婚，父亲于1994年8月病逝。父母生前喜爱看京剧，我后来工作的一家单位，看京剧演出非常方便，但子欲养而亲不待。父母抚养我们兄弟四人很辛苦，却没享受到子女的尽孝，是我一生的愧疚。我把父母的骨灰合葬在一起，但二哥的骨灰我仍保留在家中①，也许这样，他就仍然和我在一起。

父亲去世后，我开始常常有一种梦境，总是梦见二哥被抢救过来，仍然还活着。我无数次从惊喜中醒来，却发现原来是一场梦。2005年秋，我和一位朋友谈及此事，朋友建议我把二哥的骨灰妥善处置。经过长久的思考，我报名参加了民政部门组织的亲人骨灰海葬活动。2006年5月27日，我把二哥的骨灰撒在了天津渤海湾。从此，二哥的生命与蔚蓝的大海融为一体，成为永恒；作为一名水兵，枕着那阵阵波涛永远地安息。保卫祖国的海疆安全，是二哥从军一生的事

---

① 之所以没有将二哥和父母的骨灰合葬在一起，也是考虑到老家的风俗。

业。时隔近二十年，我也是遵从了他的遗愿。

二哥永远在我心底。

2012年3月，我所在的单位中标安徽博物院的物业管理工作，为投标我曾三次去合肥。因为项目工作遇到障碍，5月，公司决定让我去安徽主持工作。前期物业管理工作艰巨，内外矛盾错综复杂，压力很大。与甲方沟通是重要工作之一，平时和院方主管后勤副院长接触较多，但与院长一直没有沟通的机会。临开馆前，一贵宾厅内的消防管道突然崩裂，瞬间水如雨柱般倾泻而出，情况非常紧急。我闻讯后带领员工采取果断措施紧急排水，全然不顾浑身上下被水浇湿。院长得知此情况，也赶来查看，目睹了我们排险的过程。这一幕给院长留下了深刻印象。之后，院长主动约我见面，我们交换了对博物院的建设管理意见。此后，院长对物业工作给予了很大的支持。

安徽博物院是毛泽东主席生前唯一视察过的省级博物院，省领导对开馆工作非常重视。我设计了开馆方案及突发情况处置预案，报院方通过，并提前进行了两次演练。2012年9月29日开馆当天，国家文物局局长、故宫博物院院长及全国各省博物馆馆长悉数莅临，安徽省委书记等领导出席。开馆仪式圆满结束后，院方行政处人员通知我，晚上院长要设宴答谢物业。再三推辞未许，恭敬不如从命，我代表公司出席了院方答谢宴。双方互致感谢之词，我向院方领导一一敬酒之后就告辞了。这天，院领导们确实还有许多重要的事情；另外，在旁边的一间酒楼里，北京前来支援的同志们正等着我开席呢。

匆匆赶到酒楼，大家举杯相庆。从3月份入驻合肥，前来支援的同志非常辛苦，付出了大量心血，也承受了许多委屈。开馆仪式圆满完成，大家心里有说不出的高兴。席间，不知何故我突然想起了二哥，心中袭来一阵酸楚，说不清是苦是甜，眼眶湿润，流下了眼泪，不能自已。大家还以为我是喜极而泣。

2007年5月，因之前身体发生过几次险情，我安装了心脏起搏器。2014年4月初，体检时发现身体异常，之后，我在医院做进一步的检查。4月30日上午，我拖着沉重的脚步还在工作，下午就在医院拿到了癌症诊断书，真是命运不济。5月，在协和医院做手术的那天，心情不免有些紧张。我换上手术服，躺到车上。通向手术室的楼道格外寂静，几乎听不到一丝声响，感觉时间是那样的漫长，手术会怎样？将来还能做些什么？思如乱麻，心中一片茫然。脑海里想起了父母，想起了二哥：在即将手术前、医生再次核对病人信息时，就在一刹那，一切都豁然开朗：做个好人足矣！

　　由于身体缘故，我不能再像以前那样忘我工作了。2015年10月，我出版了一本关于物业管理的书籍，想把我多年的工作经验与同行分享。在后记里我特别写到二哥，写到他对我一生的影响："他离开我已近30年，虽然时间是医治创伤最好的良药，但时间从未割断我对他的思念。他似乎就在天上看着我、鼓励着我。"我以这样的方式表达着对二哥的思念。

　　人生已近花甲之年，我已再无索求。然而，冥冥之中，似乎还有未竟的事情。
　　2019年岁末，命运之神驱使我打开了这个尘封已久的箱子。时隔三十年，我再次端详着一张张二哥的照片，看着上面他那充满青春活力的身影、灿烂的笑容、清澈坚毅的目光，感到是那样亲切；那一篇篇日记、书信、文稿，散发着他的睿智与温情。认识人生，需要生活的积淀。透过日记、文稿，我再一次进入二哥的内心世界，领悟着他的思想，对他的一生有了更深刻的认识——
　　二哥是谦恭孝顺的儿子。虽然自小离家，但他一生孝敬父母。他说出的话，总是让父母听着顺耳；写给父母的家书，不论是关心问候、挂念倾诉，还是无奈恳求，无不交织着与父母的深深情感。他是孝敬父母的榜样。
　　二哥是疼爱妻子的丈夫。不论是在日记还是在写给妻子的信中，都可以看到一个丈夫对妻子深深的爱。这种爱包含着信任、责任、包容、引导和放手。从初恋到结婚再到最后分手，他的这一经历也表明，如何对待爱情是人格的试金石。

二哥是亦师亦友的好兄长。从1973年在上海上大学开始，十多年间他在写给三哥和我的信中，一直启发引导我们要树立正确的人生观，注意品格修养，做一个好人。他直言不讳地指出我们身上存在的问题，体现了一个兄长的责任与担当，在孝敬父母、关爱兄弟方面起到了榜样的作用。他一生对我的关心呵护更为倾注，他是我的精神引领者。

二哥是值得信赖的朋友。他也曾是嘻嘻哈哈，看自己优点多、看别人优点少的少不更事的少年，是组织领导的培养教育、自身个性品质的修炼，使他成长为一个乐观自信、谦虚自敛、胸怀坦荡、志存高远、学识渊博、极重感情、有独立思想的人。以自身的人格魅力，他结交了许多朋友、一生的挚友。他总是关心他人，却很少考虑自己。在他身处逆境时，朋友们给予了无私的关怀。他享受到了人生最珍贵、最真诚、最真挚的友谊。

二哥是懂得感恩的人。那些曾经教授指导他的老师、领导，都在他的记忆中；与他并肩战斗的战友们给予他的关心鼓励，他心怀感激；三〇二医院那些普普通通的医护人员，他毕生不忘；即便是离他而去的妻子，他也不忘她曾经带给自己的幸福及在病中为他所做的付出；还有那些无名献血者的鲜血在他体内奔流。除了感激，无以报答，他能够做的最后一件事是捐献遗体供医学研究使用。

二哥是一个思想者。十年"文化大革命"的终结，特别是十一届三中全会开启了思想解放的大门，他积蓄已久、报效祖国的能量得到充分的释放。他在关于社会主义理论，国家体制改革、军队现代化建设、干部制度改革、法制建设等方面进行持续深入的思考，写下许多充满哲理、独具洞见、视野超前的文章。他的许多观点，今天都得到了证实。其中对于制度建设的重要性认识，在今天仍然具有现实意义。他的思想至今仍闪烁着智慧与理性的光芒。

二哥有着顽强的意志品质、豁达的胸襟、坚定的信仰。久病不愈、妻子离婚、母亲病逝，身患重疾的他不仅身体受到摧残，情感也受到沉重的打击。人生正当青春绽放的时刻，事业家庭却遭受到命运如此无情的重创，然而他经受住了考验。他看清前程的艰辛不测，但他仍然热爱着生活。虽然疾病夺走了他宝贵的健康，虽然死神随时可能来临，但他仍然感受到生活的美好充实，仍然为社会做力所能及的奉献。挫折孕育伟大，跌宕方成传奇。

二哥留下的大量信件，谈及父母亲情、对弟弟的耐心指导、对我的鼓励、对妻子的体谅、对三〇二医院医护人员发自内心的感激。这些关于家庭伦常、亲情、友情、爱情和感恩之心以及在个性修养、如何面对人生逆境方面的文字，平凡隽永，充满人性的光辉，在社会发展急速变化的今天，更显得弥足珍贵。

二哥忠诚于党，忠诚于人民，为国家的改革开放、军队现代化事业呕心沥血；为保卫祖国的安全，战斗在特殊战线上，十几年如一日，兢兢业业；将毕生献给了热爱的祖国、热爱的事业，一片赤胆忠心。

34岁，生命是如此短暂，但人生的价值，并不是用时间，而是用深度来衡量的。二哥在相对有限的岁月里，经历了非同寻常的历史时期，用文字记录了成长中的心路历程；他遍尝了生活中的酸甜苦辣，在平凡的岁月中留下了丰富的思想遗产，有限的生命绽放出了缤纷璀璨的光彩。

1969年（15岁）   1973年（19岁）

八、永远的怀念

1976年（22岁）　　　　1977年（23岁）　　　　1987年（33岁）

  二哥在短暂的岁月中，完成了从一个稚嫩青涩少年到意气风发、沉着自信、坚毅刚强战士的转变。他兑现了自己的诺言：祖国的前途与命运，是每一代人肩负的历史使命；生命就像巨石下的一棵小草，只要有一丝生机，就要向上长；不论有怎样的打击，都要努力奋斗，直到生命的最后一刻。

  每个人都是历史的书写者。二哥留下的文字不仅记录了他的人生之旅，记录了时代发展的浪潮，也记录并传递着他的思想。

后记

感恩与怀念

也许是天意。2019年岁末的一天，冥冥之中，我打开了那个封存已久的箱子。岁月沧桑，再次阅读二哥的日记、书信、手稿，内心有一种深深的触动。虽然二哥离去已有三十多年，但他的思想在当下仍有鲜活的意义，他的人格力量值得传承，他不平凡的经历值得借鉴。看到这些文字，仿佛他仍生活在我们中间。我决心要写一部关于二哥的书！

2020年年初，虽然突发的新冠疫情对社会造成了严重的冲击，疫情之中也发生了许多令人感叹的事情，但我一刻不停开始着手整理资料，全部的素材都来源于二哥留下的文字。尽管日记断续，一些很有价值但与军事有关的手稿也不宜放在书内，好在二哥入伍初始的日记、家信及生前最后的文字都留有一些。

从哪里开始写呢？

没有清晰的思路。写此书只有两个目的：一是力争把二哥的思想呈现出来，其次是感谢。把这些日记、书信中的文字贯穿起来以呈现二哥的全部思想，对我而言很有难度，况且日记完全属个人范畴，将它公开是否妥当？但感谢的目的非常明确。二哥走得匆忙，没留下一句话，但他没有牵挂，唯一想要交代的是感谢所有关心、帮助他的朋友、战友。他未竟的事我来完成。"后记"原本在2020年3月份就写好了，只有一个内容：感谢！感谢一切关心帮助他的人！

后记

写书的时候就想好了要送给哪些朋友，凡是我熟悉的二哥的战友、书中提到姓名及照片合影中有的人，争取都送到。

然而事情远非如此平淡。岁月流逝，三十多年过去了，二哥通讯录上的战友一个都联系不上，包括我很熟悉的冉庆云——他家在天津，多年来我一直在设法联系，但始终未果。还是先从北京的战友开始吧。

宋协民先生是二哥的校友、战友和很好的朋友，二哥生前他也常来我家看望，我想联系到协民哥可能就会联系到其他人。我把协民哥的信息告诉了一位朋友，请他帮助查找，很快就收到了回复。疫情期间，各地防控措施都很严，不便行动。

"五一"过后，脑子才有了较为清晰的思路，写作进度也不断加快。为保证内容的真实性，我把写入书中的日记、书信原件逐一进行了扫描，排入书中，为此花费了不少时间。编辑说没有必要，只要如实写就可以了。

2020年8月底时终于完成了初稿。此时，北京的疫情也基本得到控制，我想可以尝试联系二哥的战友了。

协民哥家庭住址我已找到，9月初两次去寻访，都是铁将军把门，叩门无人应答。会不会是地址有误？还是其他原因？小区保安建议我去居委会核查一下。疫情之下，寻人不是件容易的事。转念一想，我是搞物业的，为何不请小区物业工作人员帮助联系一下呢？9月9日下午，我把自己写的那本物业管理的书权作名片，带着打印的书稿与小区物业负责人进行了一番沟通后，他答应帮忙。我很清楚，物业人员职业操守之一就是保护业主的隐私，但我解释的缘由，使这位负责人认为这是一件很有功德的事情，况且也没有侵害到业主的任何利益。于是，我坐在物业客服接待区耐心等待。过了一会儿，远远地听到物业客服员与业主的对话声。听他们交谈的内容，我猜想电话那边应该是协民哥。我走过去从客服员手中接过电话，果然是协民哥（协民哥为了照看小孙女，住到儿子家，已经有一段时间不住这里了）。

当晚我失眠了。上天助我！

和协民哥取得联系后，我把文章前几部分发给他。协民哥对这段时间的经历记忆深刻。我之前所写的文字完全是依照二哥留下的资料，对二哥母校北京外国语学院附属外国语学校的历史和二哥在部队初期的情况，并不知晓。二哥相册里有许多和协民哥合影的照片。我后来才知道，协民哥比他小一个年级，在二哥日记里留言的石滨是协民哥的同班同学，日记里提到的班长，是和他们一起入伍的北京外贸学院的王宝臣先生，这些都是协民哥告诉我的。

通过协民哥，很快我就联系到与二哥同时入伍的四位外语附校的同班同学：苑国良、刘冠军（刘恒）、史世忠、袁明福。

身兼中国作家协会副主席、北京作家协会主席的刘恒大哥工作非常忙，仍安排时间与我见面。50年前拍摄于官厅水库的那张照片里，他们还都是稚气未脱的小战士，如今都已是近70岁的老人了，真是岁月如梭。冠军哥、协民哥谈了许多当年发生在学校及部队的事情，他们认为二哥是一个追求完美的人。

协民哥非常认真地看了我的初稿，提了许多修改建议。国良哥给我提供了许多信息。比如，二哥在一张纸条上写了一首短诗，附言写道"罗、于看望，少鹏特赋诗于我"。其中罗、于是谁并没有交代，国良哥告诉我他们是罗孝武、于少鹏两位大哥。

家在珠海的史世忠先生讲述了当年去上海实习时给二哥拍照的经过，我由此了解到那张照片背后的故事。世忠哥还提到了部队早期文艺演出的一些事情，外语附校同学丁小平女士所写文字也是世忠哥转发给我的。

袁明福先生也向我谈起许多当年外语附校战友亲密无间的往事。

许多我想联系的战友和不明白的事我都找协民哥。协民哥1973年复员，在部队没有见过冉庆云，知我在寻找，想方设法一次次给我提供冉庆云的联系方式，最终联系上了。

在二哥的影集中，有一张二哥在上海和袁帆、吴立两位军人的合影，照片背后注明了时间、姓名，但他们之间是什么关系我不清楚。协民哥说他们三人都是当年外语附校同年级的同学，并告诉我袁帆先生的联系电话。我因此和袁帆、吴立取得了联系。袁帆先生不仅提供了许多非常珍贵的外语附校时期的照片和信息，而且对我的文章逐篇审阅，并提出建议。袁帆先生从海军退役后，一直从事有关中国海军近现代发展史、教育史、民俗史等方面的研究，著述颇丰。之前我只是在照片上见过袁帆先生，因写此书的缘故而结识，并不断分享他的研究成果及相关历史知识，受益匪浅。

协民哥、袁帆哥给出的建议，使我感到有必要对书稿进一步完善，其中最重要的是资料的获得。非常庆幸的是，这件事得到二哥的同学、战友们的热烈响应。

吴立女士以女性的角度回忆了二哥在上海外国语学院的事情。王渝来先生记述了二哥在上学期间一些非常生动有趣的故事，并特地写信给我，回顾了二哥在部队的一些事情，信中饱含着对老同学、老战友的无限思念。李本茂先生在文中概述了二哥在上海外国语学院三年的学习经历及进步变化，并发来在该校三年的大事记，为书写这段历史提供了参考。上海外国语学院杨力远、王洪民、顾文豪、郭庆刚也讲述了二哥在上海读书的一些事情，班长王本勤先生也给予了热情的帮助。

四十多年过去了，当初的往事仍然历历在目。在二哥这些老同学身上，我感受到那个年代北外附校同学及上外大学同学之间那种深厚质朴的情感，他们之间的友情经受了时间的考验。

联系到协民哥就像是打开了一扇窗一样，许多我想联系的二哥战友的信息就这样一个个找到了。协民哥告诉我，一定要感谢一个人——闫芳，许多战友的联系方式都是经她努力才找到的。我由此与闫芳姐取得联系，原来她也是二哥的一位战友。闫芳姐是"部队北京战友"微信群的牵头人，对部队情感深厚，热情为战友服务，与全国各地的部队战友群都有联系。

闫芳姐在战友群里发布了我写此书的有关事情，激起了许多战友对那段经历的回忆。陈文超先生是二哥当年的师傅，我把二哥那篇有关师徒关系的日记加入书中，以表对陈大哥的感谢。在这部主要由日记、书信等较为严肃内容构成的书中，闫芳姐回忆二哥在战友婚礼上的那段文字，"那个幽默滑稽、坏坏的笑着的他"，为本书增添了生气。

有了闫芳姐的帮助，有关二哥在部队工作的一些情况，以及我需要了解的事情很快就得到答案，也使本书内容变得清晰丰富。闫芳姐还寄给我一套部队战友所著《怀念浦江畔 难忘延川庆》[①]纪念文集，纵贯整个部队发展历史，使我对这支特殊的、英雄辈出的部队有了更全面的了解，对军人那种特殊的情怀有了更深的感受。

《金刚经》讲："不应住色生心，不应住声香味触法生心，应无所住而生其心。"二哥战友杨广宁先生给我打来电话——他的夫人雷燕女士去我家看望二哥时我曾见过，可当我接到他及那些我熟悉的二哥的战友电话时，我还是控制不住自己的情绪。

以协民哥、闫芳姐为纽带，不仅我想知道的事情迅速得到反馈，由此我还知道了许许多多的战友曾给予二哥工作、生活上的帮助，在二哥生病期间去医院、家中看望甚至是在医院陪护等事情。有关这样的事情我不可能全都知晓，在此谨向所有关心帮助二哥的战友表示感谢。

凡二哥在日记中提到名字的战友、合影中的战友，我都努力去联系，因为这是一种缘分。二哥当年的这些战友，对发生在几十年前的事情，仍然印象深刻，大家深切缅怀英年早逝的他，同时也对我写此书给予鼓励。张建国先生、严峻先生、张丰收先生、石海岩先生为本书提供了大量信息。

回忆是灵魂的刻痕，时隔三十多年，一些战友想起他，内心仍然感到非常伤

[①] 刘冠军、王宝臣先生的文章就摘自此书。

悲，不愿提及往事。在他们身上，我感受到军人那种特殊朴素的情感，真是一日军营聚，一生战友情。二哥是幸福的。几十年后，战友们还在深切缅怀他，与他倾诉衷肠。

遗憾的是，一些战友还是没能联系到，其中还有个别战友也因病离世。

袁帆先生撰写《再见子秀》，冉庆云先生作《忆子秀》，宋协民先生撰写《念故友三十二年》，史世忠先生撰写《忆爱美的子秀》，王渝来先生手书《怀念子秀》，李本茂先生撰写《释放正能量　演绎真善美》，袁明福先生撰写《追忆子秀家的饺子》，苑国良先生撰写《发小、同学、战友、兄弟》，杨广宁先生撰写《忆子秀》，吴立女士、杨力远女士、丁小平女士、闫芳女士回忆了曾经与二哥一起学习、工作、生活的经历，陈文超先生讲述了部队期间的师徒之情，王本勤先生回忆了二哥在上外留给他的印象，张丰收先生怀念了与二哥一起工作生活的往事。他们笔下的文字，抒发了同学战友情感，充满缅怀之情，让我感受到一个更加鲜活的二哥。

我中学的同班同学张梅荣女士也写了一篇怀念二哥的文章。

此书我三易其名，均不满意，最终著名作家刘恒先生为本书钦定书名并作序。

是北外附校、上海外院和二哥服役的这支部队独特的精神传承，让我与二哥众多的同学战友取得了联系，得到珍贵的收获。过程惊喜意外，这发端于协民哥、闫芳姐的一片热心，得益于众多同学战友的深厚情谊，汇聚了大家的共同心愿。我感到这些大哥大姐就像我的二哥一样，在帮助我、鼓励我。感恩之情铭刻心中。发生了这许多不寻常的事情，所以，"后记"必须重写。

感谢学校教授二哥的师长；

感谢部队帮助教育二哥的领导；

感谢关心帮助二哥的战友同事；

感谢解放军第三〇二医院所有给予二哥精心医治护理的医护人员；

感谢所有曾经关心帮助过二哥的人们！

在写此书的过程中，还与于少鹏先生、鲁闻先生、祝介胜先生、张秉森先生、王景波先生取得联系。他们不仅是二哥密切的战友，而且在部队工作及二哥生病期间，给予他关心、帮助和鼓励，在此表示真诚感谢。

战友陈长征负责整理了二哥在部队的遗物，陈守园、李启华曾在海军总医院陪护二哥，沈福明、章建武为寻找二哥的战友积极联系，鲁学明、刘克云表达了对二哥的怀念。在此表示感谢。

感谢部队领导谢瑞林先生、徐丕友先生、罗孝武先生，感谢二哥的班长王宝臣先生。

向一切曾经关心帮助二哥的朋友致敬！

感谢我的朋友胡端琪先生为本书做出的特别贡献。

感谢我曾经的同事、天津美术学院硕士研究生国文女士为本书绘制了精美的插图。

感谢我的校友郭卫平先生、出版界马爱梅女士、余玲女士，是他们的热情相助使本书得以出版。

2021年，修改于清明节

附录

再见子秀

袁 帆[*]

1963年9月,我和子秀分别经各自学校推荐,同时考入当年的北京外国语学院附属外国语学校(简称北京外语附校)。从9岁开始,我们成为三年级同班同学,一年后因为所学的语种有区别而分为不同的班级。一直到1969年11月,子秀被海军特招入伍以前,我们都处在同一个环境中学习、成长,说是"发小"并不牵强。

重新见到子秀,已经是1975年10月5日。那时他正在上海外国语学院俄语系求学,同时在那里学习的还有我们当年一个班的吴立同学,不过她是在法语系。我当时还在海军东海舰队服役,因为被清华大学录取,在赴京途中经过上海,于是特意安排了时间去学校看望两位老同学。那次见面距今已经有45年,虽然细节不可能完全记得清楚,但几张当时留下的老照片可以忠实还原我们当时的体态模样和精神面貌。我和子秀都是海军,吴立是陆军,三个曾经一个班的小学生,12年后已经成长为解放军"老"兵,并且还能在上海相聚,无论怎么讲都是一种很奇特的缘分。

---

[*] 袁帆,二哥在北京外语附校的同届校友,先后毕业于清华大学和海军指挥学院,曾在海军服役25年;人生多有跨界,兴趣爱好广泛。

照片上看到的子秀是那么爽朗、乐观，这也是我当时看到他的第一印象，让人一下就能回忆起他从小就有的"笑"模样，相互之间一点儿都没有分别六年的生分感。那天是周日，我们一起到学校附近的虹口公园，游览了这座具有很长历史的公园，并参观了鲁迅纪念馆，共同度过了愉快的几个小时。这次难得的同学相聚虽然时间短暂，但在彼此的军旅生涯中都被当作一次重要的事情铭刻于心，这一点通过各自保留的相聚合影就可以得到充分证明。

从那以后，我们因为都忙于各自的工作、学习和生活，没有更多的联系，彼此的印象永远定格在上海相聚的那一天。直到1992年我收到当时北京外语附校校友会整理的《校友通讯录》，看到在"1963级小学部俄语班"名录的最后一行写着"李子秀，已故（原在海军××××部队）"，我顿时大吃一惊，并为不知子秀究竟发生了什么意外而心神不宁，此后二十多年里这个问题一直萦绕在我脑海里挥之不去。

2020年9月14日，我收到来自子秀小弟子顺经过校友发来的我和子秀、吴立在上海相聚的老照片，那一刹那，又将埋藏在我心里的疑惑重新抖了出来。很快就直接联系上了子顺。他告诉我，他正在撰写一部关于子秀的文集，内中将披露保存至今的子秀遗稿、日记与书信，并陆续将文集初稿发给我。就这样，我通过这些文稿终于能够"再见子秀"。

再见子秀，竟然是以这样的形式，这是我无论如何都想不到的，既令我猝不及防，又让我迫不及待。在十分复杂的心情下通读了子顺编辑的二十余万字文稿，我除了震惊、感动之外，还有深深的惋惜。

为什么"震惊"？是因为这些遗稿将子秀从15岁到34岁的经历忠实还原，告诉我们一个大男孩如何经过四年部队锻炼后又成为上海外国语学院的学生，如何再回到部队继续投入保卫国家的无私奉献，如何恋爱结婚，如何与命运抗争，如何被病魔夺去生命的全过程。真实度极高，珍贵度极强！为什么"感动"？是因为透过子秀的笔触，我们可以走进他在那19年的内心世界，被他的爱国情、父母情、兄弟情、爱人情、战友情、生死情所深深吸引！为什么"惋惜"？ 是因为这样一位有理想、有能力、有感情、有担当的有为之人竟然英年早逝，真是让人感到"天妒英才"的命运不公！

必须承认，子秀只是一个平凡的军人，没有立下过惊天动地的功勋，他所走过的军旅之路，千千万万的普通一兵都曾经践行。我们有着相似的学习背景和从军经历，对他在从军初期日记中记载的那些心路历程有一种似曾相识的感觉，就像重复自己经历过的场景。我们在一个特殊年代的政治、文化语境中开始形成自己的价值观，在看似简单的军队环境里开始学会和不同年龄、不同经历、不同身份的人相处，最终在群体中形成有别于他人的思想理念和行为风格。具体的环境肯定有所不同，但基本路径没有大的区别。

但同时也必须看到，在基本相同的社会发展背景下，子秀不甘平庸，自觉地成为一个不平凡的思想者。在一个强调高度服从的环境中，子秀并没有完全陷入无脑的盲从，在观察社会的思想深度、广度方面，在对军人心理变化的认识方面都逐渐表现出超过常人的不同之处。我敢说，假如他没有遭受病魔的侵害，假如能给他一个适当的锻炼机会，以他所表现出的思想水平、文化修养、表达能力、处事方式，他完全可以胜任更复杂的工作和职务，对社会进步贡献更多的宝贵能量。以一个平凡之身做出了一系列不平凡的举动，表现出"位卑未敢忘忧国"的高风亮节，这使我"再见子秀"后对他由衷地产生出一种敬佩之情。

子秀是不幸的，他没有充分享受人生的美好，没有感受到改革开放后中国发生的翻天覆地之变。子秀又是幸运的，他在相对有限的生命中尝遍了生活的酸甜苦辣，在人生的历练中能留下宝贵的思想遗产，为研究中国现代社会发展，以及一个特殊人群的心理演变过程提供了一个非常完整、非常难得的样本。随着现代中国物质文明与精神文明程度的不断提高，他所表现出的社会价值将随着人们对这本文集的关注逐渐显现，并与日月共存！

也许是一种冥冥之中的"宿命"安排，我在20世纪80年代后竟然长期工作、生活在上海，有时也会路过当年的"上海外国语学院"校址和虹口公园。每当此时，我都会不由自主地回想起1975年10月的那一天相见的情形，想起子秀曾经在这里求学三年……就让这种怀念一直伴随我，直到永远。

再见子秀！

2020年9月22日于上海

忆子秀

冉庆云*

（一）

忆子秀，

初识似故交。

灵犀一点心自会，

南北东西九重霄。

无酒也逍遥。

（二）

忆子秀，

豪情系九州。

踏青沙河[②]忘归路，

畅饮秋月照南楼[③]。

壮志终难酬。

---

* 冉庆云，二哥战友，1969年入伍，洛阳外国语学院毕业；后考入天津外国语大学继续深造，研究生毕业后在天津科技大学任教。

② "沙河"是我们部队外边的一条小河，水很少，被很大的一片小树林覆盖。我们常去那里散步，林子很深。

③ "南楼"是我住的宿舍，叫"南二楼"。子秀常去我那儿聊天，有时喝点自煮的咖啡和酒。

（三）

忆子秀，

常逢在梦中。

音容笑貌仍如旧，

醒来泪眼望长空。

天堂路可通？

2020年9月30日

怀念子秀

王渝来[*]

1973年8月下旬，我，作为一名工农兵学员，迈进了上海外国语学院的大门，学习俄语专业。我们班有15名学员，其中10人是士兵。三年的学校生活，我和李子秀朝夕相处，同是一个军种，同在一个班，同住一个宿舍，结下了深厚的同学谊、战友情。

子秀有一双会"说话"的眼睛，爱看书学习，这是上学第一年他给我留下的印象之一。俄语，对于我这个从未接触过外文的人来说，犹如天书。当我还在练发音、背单词、读句子、学语法，每天刻苦学习还感觉跟不上进度时，我发现子秀却很悠闲地在看哲学、经济、传记、军事等题材的书，书页上画满了点、圈、杠等符号，在书的内页空白处，还有一些评语之类的批注。那时，我认为能读这些枯燥无味的书的人，都是有头脑、有志向的人。博览群书，如饥似渴，这是他留给我的最初印象。奇怪的是，学习俄语并"不刻苦"的他，每次作业都是"优秀"；每次上课老师提问、他的回答不仅发音准确，而且流利正确，经常受到老师的称赞，是当时班里公认的"学霸"。对于我这个上课怕老师提问，回答问题结结巴巴的人来说，内心满是对他的羡慕和钦佩，于是他成了我初学俄语时的第二个"老师"，每当我遇到不懂不会的问题时，子秀总是很耐心地给我讲解。子秀学习没有我刻苦，为什么他学习要比我好呢？这个谜他从来没有说过，我百思也不得其解。多年以后我才知道，子秀上小学时，由于学习成绩优异而被选送到北京外国语学院附小学习俄语，15岁参军入伍，在部队接触的仍然是俄语，难怪他上学第一年学习不刻苦呢，在我们认为很难学的课文对他来说都是小菜一碟啊！

---

[*] 王渝来，二哥在上海外国语学院的同学、战友，1970年入伍，在部队一直服役到退休。

随着接触时间的增多,我发现子秀为人随和,善于交友,幽默诙谐,善于攀谈,活泼开朗是他的另一个特点。三年的大学生活,我只顾埋头苦读,等到毕业时,我才发现子秀的"朋友遍学院"。从老师到同一个系的同学,从学长到学弟学妹们,子秀与他们都建立了广泛的友好联系;无论是学工、学农、学军,他都能与工农兵打成一片,相处融洽。记得1974年我们到上海国棉十九厂学工,我和子秀还有班上另一名女生是一个小组,他是组长,分在白铁车间。子秀很善于与工人拉家常,休息日他就带着我们去工人师傅家里玩耍做客,师傅们都非常喜欢他。学工结束时,师傅们特地为我们三人每人做了一个精致的白铁皮盒,刷上油漆写上赠语;毕业那年,工人师傅还专程到学校看望他,为我们送行告别。那时,我头脑中经常会冒出一个想法,子秀很适合做外交工作,是个当外交家的"料"。

子秀说话办事很稳重,这也表现在他的日常生活中,走路、游泳、跑步、打篮球的节奏都不是很快,显得四平八稳。在我的记忆中,还没有留下他疾走、飞跑、速游、快步运球的印象。1975年的某月,我们去崇明岛某炮连学军。一天夜晚,一阵短促的紧急集合的哨音把我从睡梦中惊醒,宿舍内漆黑一片没有一丝灯光,我的耳边只有"噗噗噗"的穿衣声、叠被打背包声。几个陆军学员动作真快,当我背包打到一半时,他们已经夺门而出了。子秀睡在我的下铺,当我从上铺跳下来摸鞋穿时,他已经把背包背上了,他低声问:"好了吗?"我说:"快了。"看不出这个平时慢动作的人,"关键时刻"动作还挺快的,看来他这六年兵没有白当。

1975年7月学校放暑假,应我和王洪民的邀请,子秀到河北邯郸和涉县做客。记得在我家时,子秀很讨我母亲高兴。一天酒足饭饱后,子秀的筷子掉地上了,他站起身来把裤腰带松了一个扣儿,然后上身笔直地慢慢蹲下去把筷子捡起来(可能是吃得太饱,不敢弯腰)。这个动作,让我母亲和我记忆深刻,以至于多少年过去了,我母亲还夸赞他,说子秀说话讨人喜欢,很随和不拘束,像是家里人一样。还有一次,我们应邀到一个上海女生家里做客,晚饭吃的是肉馅饺子,吃完饭,天南海北地聊开了,子秀无意中说了一句:"饺子真香啊,真想再吃几个。"他的本意是感谢和称赞的意思,没想到,这句话惹了"祸"。女同学明里陪我们聊天,暗中让她家人又忙开了,而这一切都是在悄悄地进行着,我们对此浑然不知。一小时后,当热腾腾香喷喷的饺子再次端上来时,我们都埋怨子秀"多嘴"。同学在一起无拘无束,快乐开心的时光真美好呀!

子秀身上还有点儿文艺细胞。记得1975年有一次学院开大会,要求每个系都要出节目,系里要求每个班必须出一个节目,班长把任务交给了子秀。子秀找到我和另外两名男生商量出什么节目好,但商量无结果。此时,班里一名擅长跳舞的女生建议我们表演一个男生舞蹈,并自告奋勇愿意做我们的编舞指导,没有其他的选项,我们只好硬着头皮接受了。四个男生都是虎背熊腰,可以说没有一点舞蹈细胞,而子秀又是我们四人中腰最"硬"最"直"的一个。舞编教我们的都是些柔软的女孩舞蹈动作,当我们上台表演时,近乎木偶般的舞蹈动作没有一点阳刚之气,带着浓厚女人味的舞姿引得满堂哄笑。我清楚地记得,在上海虹桥农村实习时,虹桥区的文艺宣传队与我们联欢,我们四人在田间地头给这些年轻漂亮的专业女演员表演舞蹈,拙笨的表演,把她们看得直捂着嘴笑。表演过后,有个女演员悄悄对我说,你们那个人(指李子秀)跳起舞来像个大螃蟹。哈哈,我们四个帅气的海军小伙全上女编导的当了。

子秀在政治上积极要求进步。他在我们班里属于年龄小的一个,但兵龄长,1969年他入伍参军时才15岁。入学后,他郑重地向党组织递交了入党申请书。在刻苦学习、积极参加各项政治活动和社会活动中表现突出,并能按时向党组织汇报思想。1975年"七一"前夕,系里召开党员大会,讨论并通过了他的入党申请。记得那天,当子秀面对党旗宣誓,我们唱起雄壮的《国际歌》时,我发现子秀的眼中含着激动的泪花。是啊,加入中国共产党,成为共产党员,是一个人政治生命中的一件大事。要知道,当时不是学生中的佼佼者,要想在学校里入党,可不是一件容易的事啊。能激动得眼含热泪,对此我深有感触和体会。

子秀生活简朴，乐于助人。我与他在校学习相处三年，毕业后又分到同一个部队。有一次我看到子秀在缝补袜子，而这双袜子上已有几个补丁了。在校三年，我们几个当兵的都学会了抽烟喝酒。我们曾多次尝试着劝子秀尝一口酒助兴，抽一根烟提神儿，他都婉言拒绝了。我们部队的驻地离家较远，遇到战友探亲回家买火车票，或委托他在北京买个什么东西，只要战友开口，子秀总是会利用休息日回京的短暂一天，为战友办妥这些事情。由于交通不便，子秀在德胜门附近的家经常成为战友们临时的歇脚住宿之处，这为探亲回家拿着或扛着大包小包的我们来说，提供了极大的方便。子秀热心为战友办事，在部队有口皆碑。

子秀是个有理想、有抱负的有志青年。他酷爱读书，善于分析，勤于思考，笔耕不辍，对时事政治、世故人情有独特的见解。他不随波逐流，不人云亦云，不阿谀奉承。与他接触过的人都会感到，他的知识面要比同龄人渊博，社会经验也要比同龄人显得成熟、睿智。对此，我们都深有体会。

子秀离开我们已经有32年了，但他的音容笑貌至今仍时时闪现在我们面前。每次同学聚会，大家都会提到他，想念他。李子秀，我们的老同学、老战友，我们大家都很怀念你！

2020年10月27日于西安

释放正能量　演绎真善美
——怀念学友李子秀

李本茂[*]

> 对人生美好未来的执着追求，会成为创造功绩的不竭动力。
>
> ——题记

时光指针定格于三年学子的同窗共读，流失岁月并未抹掉朝夕相处的印迹辙痕。上海外国语学院（简称上外）俄语系1973年至1976年同级同班同室的学友心中，深深铭刻着于1988年被病魔夺走生命的一个熟悉名字——李子秀。这位15岁从军、19岁身着海军装，跨入上外学习俄语的学子，凭靠智慧积淀、年少老成的聪明才智，书写了最美好的青春年华。他那充满朝气的厚朴纯真、情趣高雅、追求时尚、乐善好施的美德及音容笑貌，至今令人难以忘怀。

固守存量，追求增量。军营锻炼四年，学习兴趣浓厚的子秀同学，从跨入上外门槛的那一刻起，深知自己是同批入伍战友中进入高等学府的幸运者，更懂得上大学是实现人生愿景的一次大转折。思睿观通、视野开阔的子秀同学，转而把了然于心的感悟变成孜孜不倦追求学业的强劲动力。有过数年学习俄语的经历，他的俄语水准在班上名列前茅，与只字未学过的同学相比形成强烈反差。按理，子秀同学可以高枕无忧，不用费时费心费力，像其他同学那样承受压力、刻苦钻研。理性战胜偏见，睿智的子秀同学把天平的砝码倾斜到超越自我、不断进取的一头。平常依旧按照要求听讲听课，背诵单词和课文，空余时间帮助同学克服学习难关，回答同学咨询的问题。可谓

---

[*] 李本茂，二哥在上海外国语学院的同学、战友，1970年入伍，1987年转业。

有问必答，不厌其烦。确保专业学习领先的同时，子秀同学竭尽全力，博览群书，吸取精华。他经常在图书馆涉猎法律、经济、社科、党史、文学、史学、哲学、天文、地理、生物等方面的书籍，并对诗词歌赋感兴趣，不断背诵名人诗作；进而让知识为自己插上守真抱负的理想翅膀，让知识成为生命列车的动力。

信仰立魂，追求上进。子秀入学前，已是共青团员，入学后，成为一班的团小组长。鉴于对团小组工作认真负责、有朝气有活力的天赋表现，他又被年级同学推荐为团支部的委员，竭尽所能协助团支书有效开展各项工作。此时的子秀同学成熟地感悟到：在部队4年的成长过程中，沐浴着党组织的雨露阳光，自己成为一名合格军人；推荐自己上大学，寄托着党组织的殷切希望；身为团小组长和团支部委员，充满党组织的信任和期待。感性上升为理性认知。于是，子秀同学认真学习新党章，加深对党的性质、宗旨、最高纲领、最终目标的认识，并决心按照党员条件的标准，通过自身努力，争做一名共产党员。入党申请书递交后，在完成学业和各项工作中，他以共产党员的标准严格要求自己，处处起带头作用，在学习雷锋精神陶冶情操的活动中，班长王本勤组织周六晚上留宿学校的同学冒着严寒乘车前往浦东装卸各种蔬菜，然后运回四川北路菜市场，往返时间约六七个小时，回到学校宿舍已是次日凌晨。尽管子秀同学有腰疾，弯腰困难，但每次装菜上下车，从未缺席。成功总是拥抱有准备的人，在年级党组织的培养下，在同班党员的帮助下，子秀同学终于如愿以偿，光荣地成为一名共产党员。

广泛交往，追求情趣。子秀同学性格活泼直爽，语言丰富，表达力强，愿与不同对象进行沟通交流，彼此成为知己朋友：在校内能与不同语系的同学交往交谈，增进对校园生活的彼此了解；在五次开门办学中，能与工人师傅说知心话，与农民谈种植关切话，与军人讲军旅话；进而被国棉十九厂与上港三区从事装卸的工人师傅称为最可爱的工农兵学员。上海外国语学院附属中学有分别姓钟、姓王的两位学习俄语的女中学生，偶然与子秀相遇，通过交谈，她俩就对军人学员增添了崇敬。每逢星期天，两位中学生会来我们班，互相进行俄语对话，彼此提高学习能力。一日三顿在食堂排队买饭菜就餐，每个同学均要与打饭菜的工人师傅接触，所有同学仅是与其打招呼而已，并无过多的语言交流。然而，善于语言交流的子秀同学，却与数位不具备上山下乡条件留在上海参加工作的青年女师傅拉近了跟全班同学友好交往的距离。特别是姓黄、姓邵的两位青年师傅，成为我们班的常客，通过彼此交往，大学生与工人师傅之间不断增进了解和加深情感，进而也给我们排队打饭菜带来些照顾。其他班的同学见状，羡慕赞誉："一班同学真会搞社交。"其实，会交往的功劳应属子秀同学。

胸怀坦荡，追求时尚。子秀同学的内心世界，充满阳光，没有污垢、虚伪、欺诈、私欲，言谈话语没有假话、大话、空话、谎话。子秀同学内善外美的人格情操，遍布北京、上海、陕西、四川、河北、江苏的同学均是亲历者、目睹者、见证者。翻阅子秀辞世留存的日记同样能一一得到见证。子秀同学有写日记的情趣雅兴，无论学习和工作多忙多累，他都抽时间把当天的所见所闻、所感所想用文字记录下来。特别对时事政治的独特见解、学习体念进行详细记录，供日后品味回顾。在日常生活中，他情趣高雅。无论在国棉十九厂，还是在上港三区开门办学，他非常喜欢开展家访活动，对所在班组的工人师傅家庭均一一进行登门拜访。通过唠家常，学习工人师傅热爱祖国、热爱本职工作的特有品质，不断吸取政治营养。去农村开门办学，他同样利用休息日到种菜农民的家里进行拜访，了解种植各种蔬菜的季节，学习种植经验和方法，增进对中国农村、农业、农民的深入了解，形成与农民在情感上的共鸣。子秀同学在生活中，与其他同学有着不同的雅兴。每逢他过生日时，总要花点钱买瓶上海人喜欢喝的黄酒，叫同学把饭菜端回宿舍吃，与他共享过生日的乐趣。时代所限，虽无铺张浪费的大吃大喝，但划拳输者喝酒时的热闹氛围，在当时的确是其乐融融，开心至极。

笔随心走，言为心声。子秀同学留存的厚重日记，道出了对祖国、对社会、对党、对人生、对生活的热爱和追求、认知和见解。字字滚烫，情织如炬，烤得我们眼眶发热，汗颜涔涔。同学们书写的文字，仅为缅怀子秀同学的精气神，愿他在无痛苦的天堂魂灵得到慰藉。

斯人虽远逝，精神仍永存。

2020年11月5日于四川

念故友三十二年

宋协民[*]

1988年，我33岁，初夏时在一个项目担任甲方项目负责人。上午正在开工程例会时，突然办公桌上的电话铃响了，我拿起电话，听出是子秀的弟弟子顺打来的，他告诉我哥哥去世了。放下电话，我坐在那儿很久没动，头扭向窗外，眼泪止不住地流。当时觉得死亡是距离我们非常遥远的事，子秀竟是我人生中最亲近的朋友中第一个离开的人。这是我无法接受的残酷现实。

子秀在学校（北京外国语学院附属外国语学校）时高我一个年级，与他是不打不相识。1968年，我在学校阅览室当临时管理员。一天，安静的阅览室进来两个同学。他们很兴奋，走进后就大声说笑，从架子上拿下报纸、杂志翻动几下就扔在桌子上，引得其他同学侧目而视，他们却满不在乎。我走上前去，批评他们的行为，并劝其安静或离开。两位同学把一个报纸夹子扔在我脚下就嘻嘻哈哈地走了，其中一人就是子秀。我把此事告诉了老师，据说他们因此受到了批评，后来见到我总是愤愤不已。1969年11月，我们一起到了部队，在学校大门口上车时碰到一起，相视而笑，我们是战友了。

在部队我才真正认识了子秀。他爱学习，爱思考，严于律己，热心助人，完全不是我在学校时印象中的子秀，很快我们就成了好朋友。初到部队，我们年纪都比较小，任性、散漫、自以为是的毛病时不时出现。子秀其实只比我大一岁，却像一个成熟的大哥哥，经常耐心地给予我帮助、提醒和说服。记得有一次我不服从区队长的管教，与他顶吵起来。事后子秀知道了找我谈心，谈了

---

[*] 宋协民，二哥在北京外语附校的校友、同期入伍战友，1973年复员，大学毕业后一直在国家机关工作。

很长时间，讲以道，晓以理，最后让我认识到了不对，向区队长做了检讨并道了歉。还有一次，领导安排人员去部队营房的厕所（那种简易旱厕）掏粪，其中有我和子秀。这是又脏又苦的活儿，时值寒冬，天冷得伸不出手，厕坑里的粪便都冻成了冰块。我站在厕所边心里发怵，怎么也下不去手。子秀率先跳下粪坑，用铁镐把粪便刨开，然后用手一块块地搬出来，真叫不怕脏，不怕苦，不怕累，给我印象太深了。

1973年，我复员离开了部队，一直与子秀保持着通信联系，无话不谈，无事不说。1980年我交了个女朋友，特地找了一个机会请他看一看，把把关。记得我们一起到香山游玩，他与我当时的女朋友（现在的夫人）边走边聊。她是北航（北京航空航天大学）火箭发动机专业毕业的，子秀居然还与她聊到了很专业的话题。第二天，子秀很认真给我打来电话，告诉我他的印象和看法，鼓励和坚定了我与女朋友交往下去的信心，直至我们后来结婚成家，白头偕老。如果不认识子秀，没看过他的日记和书信，就不会发现他是一个有理想、有抱负、有追求、有情怀的人，他生前留下遗嘱把自己的遗体献给医学发展研究使用，其高尚品德和崇高境界可见一斑，令人起敬。

现在想起来还有一个笑话。子秀1980年"八一"结婚，新房在北太平庄一带，抽了一个周末我去他的新家贺喜。去贺喜总不能空手，那时结婚送的礼品多是脸盆、枕套、枕巾、暖瓶等日用品。我哥哥刚结婚不久，家里有不少这类东西，我就拿上了一对暖瓶到子秀家了。新娘新郎新婚大喜，高高兴兴，我们去热热闹闹，晚上喝了喜酒快乐而归。过了几天子秀笑着告诉我送的暖瓶是坏的，瓶身瘪了一块。我也不禁哈哈大笑，说这还不知是转了几手了呢。

一晃，我今年已经65岁，与子秀分别32年了，时间真快！昔日往事记忆清晰，历历在目。我印象特别深刻的是1988年6月那天，在海军总医院与子秀告别，我呆呆地看着他像睡着了一样。子秀父亲痛彻心扉的痛哭声才让我觉醒到人生中一个特别好的朋友走了。那种巨大的哀痛让我好久情绪不能平复。

  子秀,我们平生有幸相识并成为挚友,是我们的缘分,也是我人生的收获和财富之一。分手几十年不曾相忘,愈老愈念。你先走了,我们都要走。这本书,这些文字,见证我们曾经的友情,永存、永远、永恒。

二〇二〇年十二月十二日

赤子之秀

追忆子秀家的饺子

袁明福*

我与子秀9岁同窗，15岁同一天步入军营，成为中国人民解放军海军的一名战士。1973年我复员回京读书，他则继续军旅生涯。

1988年的某一天，接到战友打来的电话，真的是突然的噩耗，让我当时脑子嗡嗡作响——李子秀病逝了。怎么可能？真是不敢信此言。此时此刻的我满脑思绪犹如乱麻，一幕幕浮现脑海的是他的笑容……毕竟我们都还年轻啊，那年我们才34岁。

记得1974年夏天他从上海回京探亲，约我见面聊聊。当时的我，还在朱辛庄中央五七艺术大学读书，坐345路公交车，刚好可以路过他的家——祁家豁子站，我们约好周六下午他在车站等我。那天在车上远远地看到他的时候，越发觉得子秀同学变得很精神，他身穿白色水兵服，帽子后面挂着两根飘带，当我下车时，他带着笑容走了过来，很热情地和我打招呼。当年的那个他长大了，成熟了，英俊了。那一年，我们20岁。

到了他家，我们就开始了神聊：队里哪个老兵提干了，谁入党了；食堂变样了——都有了座位（当年我们都是蹲在地上吃饭）；军营里也变了色彩，战士们都穿上了新式的水兵服。这时，子秀妈妈下班回家，手里提了一兜子扁豆。子秀一介绍，他妈妈就说我知道你们，看过你们几个刚当兵时的照片，现在都长大了啊。感慨的同时她又亲切地说道："今天不许走，在家吃饭，咱们吃扁豆馅饺

---

* 袁明福，二哥在北京外语附校的同班同学、同期入伍战友，1973年复员后，考入中央五七艺术大学电影系（"文化大革命"时期的电影学院摄影系）摄影专业，毕业后一直从事电影、电视编导摄影工作，国家一级摄影师。

子。"一句老话说得好：天下美食，好吃不如饺子。我父母是山东人，也爱吃饺子，但是我家从没有包过扁豆馅的饺子，这是第一次。随即，子秀脱下水兵服，帮助妈妈忙活了起来。两人手脚麻利，很快馅就调好了，面也和好了。

我和子秀一起包饺子的时候，又聊起了部队过年吃饺子的事情。在部队过年也要吃上一顿饺子，但是，炊事班不管包，他们只负责和好面、调好馅；各个分队到炊事班去领面领馅，回到各分队的宿舍自己包，包好了再到炊事班去煮。各分队所有不值班的人员都要参与包饺子。把桌子擦干净当案板，把报纸卷成直筒当擀面杖，还有找个酒瓶子当擀面杖的。当然，饺子包出来也就五花八门。分队里北方兵多，包的饺子还凑合，要是南方兵多，那洋相可就出大了，下锅一煮就真的是"露馅"了。结果，有的分队吃的是饺子，有的分队只能吃饺子皮加片汤了。很多南方兵从来没包过饺子，饺子皮没有包紧捏住，所以一煮就破了，结果端回去只能吃片汤了。听着我们聊天，子秀妈妈乐得合不上嘴，说："你们部队哪里人都有，也真是热闹。"

饺子包好了，子秀妈妈赶忙去煮，很快就把热气腾腾的饺子端上桌。她待人热情，脸上总是笑盈盈的，并让我们先吃。吃着扁豆馅的饺子才真真正正地感到了家的温暖。我从没吃过扁豆馅的饺子，慢慢嚼着，仔细品味着扁豆馅的味道。真是太香了，有肉的香味，也有扁豆的清香味——那个味道我印象十分深刻，至今记忆犹新。看着我沉浸在品尝饺子美味的享受中，子秀还笑盈盈地让我多吃点。我们继续吃着聊着，又回忆起了很多往事……

今天，当我追忆子秀同学的时候，我依然能回味起子秀家扁豆馅的饺子。

2020年12月18日

发小、同学、战友、兄弟

——忆子秀二三事

苑国良*

今年9月中旬的一天，我接到子顺的电话，闲聊之中他说正在为哥哥子秀写一本书，没过多时他就把书稿发给了我。看到子顺的文章，我仿佛又回到了和子秀一起工作的日子，看到了子秀在当时的历史条件下对部队建设和社会发展予以关注的敏锐观察能力，对家庭、兄弟、爱人所承担的责任、寄予的期望和饱含的挚爱，以及面对病痛的折磨和生活的坎坷，仍没有放弃对美好生活的向往和追求的顽强意志。这让我从另一个侧面对他有了新的认识和了解。

说实话，我这个人不愿意回忆，虽然美好的回忆能给人带来愉悦，但有的回忆是非常痛苦的，尤其是回忆子秀这位生命戛然停止在34岁这样的青春岁月，从小一起长大的发小、同学、战友、兄弟时，更是痛苦。至今，我时常还恍恍惚惚地觉得他仍在远离部队的某个地方出差没回来。

如今能在发小、同学、战友、兄弟几个称谓之间画上等号的人不多，在我们同班同学当中，我与子秀、冠军、明福、世忠5人就可列入其中。我们从9岁开始在外语附校上小学，继而中学，又于1969年11月份一同参军入伍。多年的相处使我们的感情如同兄弟一般，以至于影响到各自的家庭。说起我们几个，家里的老人和各家的兄弟姐妹都知道和了解，只要我们休假到谁家去，老人们一定会和我们聊上几句，然后留我们在家吃饭。冠军、明福、世忠先于我们退伍，而我与子秀一直在部队工作，在我们几个当中我与他共事时间最长。这期间他上大学、后期我调到海军机关工作分开了一段时间，直到1988年他永远地离开了我们。

---

* 苑国良，二哥在北京外语附校的同班同学、同期入伍战友，在部队一直服役到退休。

记得1978年的一天，不知听谁说子秀恋爱了，我们知道后都很惊讶，觉得这家伙24岁就谈恋爱是不是太早了点，埋怨他对我们保密，不早跟我们透露消息，不够意思。因为那时候的我们每天除了上班、集体学习、劳动，平时大部分时间就是泡在篮球场上，至于恋爱，好像从来没有考虑过。后来他将恋爱情况告诉了我们，结婚的时候我们都给他送去了祝福。他和爱人还在位于北太平庄的家里热情地宴请了我们。那时，结婚对我们来说最大的好处就是能够两个星期回一次家，和家人团聚。当时部队驻地那儿还没有高速公路，单位的班车要在崎岖的山路上行驶两个多小时才能到达城里，遇上雪天是出不来、回不去。可见回一次家也是件很不容易的事。子秀每次从家里回部队大都带些零食给我们，所以，在那个物资匮乏的年代，到他那里吃吃东西聊聊天也算是一种享受了。

在部队，体育活动时很少见到他的身影，看书对他来说也许就是最大的爱好了。那个年代能够读到的书很少，而他不知在哪儿借来了那么多书籍摆放在宿舍的书桌上。我每次去他那儿几乎都看到他端坐在书桌前看书、写笔记，有时推门看到他在看书就退出来不再打扰他。我们聊天当中，他经常会谈到部队建设和发展存在的问题。那时，我认为基层干部主要是把工作干好就行了，部队的发展建设是领导和上级业务机关考虑的事情。看了子顺的书稿我才得知，他将自己的想法考虑成熟后就以文字的形式向当时的部队主官提出了建议，并得到部队主官和领导的肯定。记得那时部队中就有传言，说他是部队后备领导干部的培养对象。作为一名基层部队的干部（可以说是基层的基层了），能够站在部队发展建设全局的高度思考问题、提出建议真是难能可贵，是需要一定的勇气的。

1981年秋天的一个周末是子秀回家团聚的日子。至今我还清楚地记得，那天中午我早早地在食堂吃完饭，然后到他的宿舍送他，也想让他顺便帮我从城里捎点东西回来。但当敲门走进他宿舍时，我发现他趴在床边的桌子上。见我进来，他抬起头指指桌子上的花生让我吃，随后又难受地趴在桌子上。他说话时鼻音很重，不时还擦着鼻涕，好像还没吃饭，自认为是感冒了。见他难受的样子，我嘱他回家赶紧去医院看看。简单地聊了几句，我就不想多打扰他，协助他收拾完带回家的东西，然后送他到单位车站，看着他上了班车才离开。没过几天，我就听他队里的领导说，他住进了医院。只是，他这一走就很长时间没回来。

子秀病愈后第二次返回部队工作那年的一天，他高兴地到我的宿舍，从口袋里拿出一枚铜钱让我看。他告诉我，最近走村串户没白跑，终于在一户农民家里淘换到一枚他喜欢的西汉时期的"五铢钱"，兴奋之情溢于言表。对于收藏古钱币我一窍不通，更不知道什么是"五铢钱"。于是，他就从"五铢钱"始于哪个朝代、流通地域、在中国货币史上占有的地位等方面滔滔不绝地讲了起来，至今我还对他的讲解印象深刻。

一晃几十年过去了。去年11月，北京大学、对外经济贸易大学（原北京对外贸易学院）和北京外国语学院附属外国语学校10位当年一起入伍的战友在京齐聚，纪念我们入伍50周年。其间，大家回忆了离开京城奔赴塞外当兵期间的经历，以及转业、复员后在国家建设、外交战线、军队建设、文学创作等各个领域取得的成绩。交谈中大家自然而然地谈到了子秀，都说如果子秀在的话也一定会和在座的一样，为我们的军队建设做出成就，都为他的英年早逝感到惋惜。

回望来时路，曾经的辉煌和曲曲折折、沟沟坎坎，都随着时光的流逝化作了质朴的平庸，经历过的流光岁月有些已经被我们遗忘了，但有些事情已经永远地镌刻在了我们的脑海里。其中，发小同学的情谊、战友兄弟般的感情随着岁月的沉淀终是愈加牢固。

写于2020年岁终

忆子秀

杨广宁*

我们也许老了，喜欢一个人静静地回忆，脑海中极力拼凑着记忆的碎片，以期青春时光再续。我们确实老了，昔日英姿勃发的少年，如今已鬓发霜白，赋闲故里，几无朝气。我们老了，可我们依然活在这个世界里。老眼昏花实不敢苟且怡年，丢三落四却永不忘部队战友的情义。情义深，志道同，最忆莫过李子秀，我们的好兄弟！

记忆中的你，敦厚实在，睿智豁达，幽默机警，知性接地。你常常挥着手向我走来，昂首健步，爽朗的笑声极具亲和力；意气风发，畅聊时总是含着满满的正气。曾记得，大沙河边，两杆气枪，歪打数只野鸟解馋；不能忘，南二楼上，一瓶杂酒，合凑几首小诗共醉。弱冠从军，我们都是隐蔽战线战壕里的战士，最美好的青春无愧于血染的军旗；少年老成，你总是对事物的发展寻求真理，洋洋洒洒，提交新时期部队建设的万字建议。

天妒英才，世折贤名。你还有那么多的理想要去实现，浓墨重彩的人生大舞台的帷幕也才刚刚开启。你却走了，年富力强，满怀抱负，可你走得还是那么匆匆忙忙。子秀，你在天堂还好吧，这么多年了，难以忘却，我们真的很想你！但愿在另一个世界里我们还会相聚！如有来世，我们，我们还会是生死相交、肝胆相照的铁兄弟！

2021年3月22日写于天津塘沽

---

* 杨广宁，二哥战友，1969年入伍，海军高级电子工程学院毕业，1985年转业。

优秀的模样
——怀念子秀哥哥

张梅荣*

我和李子秀是在同一个大院里长大的邻居,他大我七八岁,我一直叫他子秀哥哥。在我很小的时候,听大人们讲,他在上小学时因学习成绩优秀考入北京外国语学院附属外国语学校,之后又被部队特招入伍。子秀哥哥从小非常聪明、爱学习、懂礼貌,成为我们大院的骄傲。当时还是小孩子的我,自然暗暗以子秀哥哥为榜样,立志做个对国家有用的人。

记得1974年的一天,我放学回家,听到院子里的大人、小孩子都在议论子秀哥哥如何优秀、如何有出息,还说北太平庄照相馆的橱窗里摆放着子秀哥哥的军人照,特别精神!于是,我跟随着院子里的大人们,翻山(那时的土城,现在的元大都遗址)越岭,徒步走到北太平庄照相馆,一眼就看到了威武神气的子秀哥哥的大照片!哇!太帅气啦!他身着海军服,军帽的后边飘逸着风向标,炯炯有神的眼睛里充满着对美好生活的憧憬。当时我最强烈、最直接、也最真实的心理活动就是,如此坚毅的神情必定会让侵略者闻风丧胆(这是我们那个年代最时髦的用语)。那一刻起,子秀哥哥几乎就成为我对"优秀"二字的全部解读和标杆,铭刻在我年少的心里,而那副优秀的模样,也成了我们那个年纪的孩子们的青春偶像。

上初中时,我和子秀的弟弟子顺成为同班同学。子顺也是勤奋好学,为人正直诚实。几十年过去了,我和子顺一直保持着发小的情谊,谈人生,谈理想,谈工作,努力活出优秀的模样。

---

* 张梅荣,我的初中同班同学,曾任某国企财务总监,2008年北京奥组委相关部门负责人。

我并不知道子顺也喜欢写作。当子顺把他出版的第一本书送给我时，我迫不及待地读完。虽然是一本专业的物业管理书籍，但书的后记中清晰地记载着子秀哥哥对子顺一生的影响，如此深厚，他们的兄弟情义更是难舍难分、刻骨铭心。子顺在身患癌症的情况下，把自己的经验汇集成书，争取为物业行业发展贡献力量，子顺的这种精神和境界让我感动。

　　子顺这几年身体一直不好，我时有问候。去年9月，子顺给了我这本书的初稿，我看了半个月，一边看一边回忆，也一边啜泣！子秀哥哥虽然在我脑中印象很深，但似乎没有见过几次面，通过这本书，我对他有了全面的了解。他的思想、灵魂、境界，人格人品的力量，实在太令人钦佩了。尤其让我感慨和敬佩的是，子秀哥哥所写的家信，里面既饱含哥哥对弟弟的关爱、引导，更有对父母的尊敬及对养育之情的感恩。其中，子秀哥哥对弟弟的关爱，让我特别有感触。

　　我也有一个哥哥，长我10岁。从我记事起，父亲就去了驻守嘉峪关的部队，每年探家一次。家里的大事小情都是母亲和哥哥商量办。由于父亲常年不在家，我的家长会都是哥哥代表家长去参加。哥哥在我记事时就给我买了一套连环画，是高尔基的《童年》《在人间》《我的大学》。我从不识字时开始看图，看到上学认识字。高尔基的作品给我留下了深刻印象，这大概就是我的文学启蒙吧，我也因此喜欢上了写作。长兄如父，这是句老话，在我人生成长中深有体会。哥哥不仅疼爱我，还教会我许多做人的道理。

　　我的哥哥没有子秀哥哥那样好的机遇，但同样也是生性好学，有担当。哥哥16岁进了工厂，从一个小钳工做起，最终成为一家合资企业的总经理。

　　我和子顺是幸福的，因为我们都有一个好哥哥，他们都对我们的人生产生了极其深远的影响，是我们学习的榜样。通过这本书，我能理解为什么时隔三十多年，子顺会抱病写下这本怀念子秀哥哥的书。子秀哥哥在天之灵一定会感到欣慰的。

　　子秀哥哥很有孝心，遗憾的是他没能实现自己的心愿。母亲因忧虑而早逝，他又先于父亲离开，没有机会为父母尽孝。我的哥哥退休后一直照顾着年迈的母亲，真是做到了"父母在，儿不远行"。作为女儿，我也是倾力协助哥哥，满怀信心地照顾母亲。母亲今年100岁了，活得像个小孩子似的，无忧无虑地享受着幸福快乐的生活。很少有人会想到，两年前，老母亲还和家人一起打麻将呢！这是子女一片孝心的结果。

子秀哥哥在信中对弟弟们的启发教诲，对父母、兄弟这种骨肉亲情关系的论述，在今天更凸显了他的价值观，他对于"孝悌"的解读是当今我们这个社会需要传承的中华美德。同时，我感到，子秀哥哥对忠孝的认识与我们家的经历是多么吻合。

往日时光，恍如隔世。那些已成为过去的故事，正是此书的撼人心魄之处，再现了一个年轻鲜活的生命，平凡奋斗的一生：为保家卫国无私奉献，为祖国前途殚精竭虑，为孝敬父母、带好兄弟担当责任；在与病魔顽强搏斗七年、经历了苦不堪言的折磨之后，表现出了对死亡的无畏与蔑视，对生命的渴望与感叹，对亲人的牵挂与不舍；为凄婉的爱情编织出最美的神话，对未来人生充满憧憬并寄予希望。他的深邃思想与高尚人格，竟是如此完美地全部凝结在子秀哥哥用自己的文字所谱写的华彩乐章里。

这部书，为子秀哥哥，为我们大家，也为许许多多的普通人，留住了那难忘的岁月，开启了尘封的记忆，沉淀了人生的精华。子秀哥哥短暂的34年，给我们留下了优秀的榜样，让我们看到了一个纯粹的人、高尚的人、灵魂深处饱满的人，一个震撼自己也震撼我们的人。

子秀哥哥的离世，令人痛惜！惋惜！但诗人臧克家先生说过，有的人死了，他还活着！子秀哥哥永远活在我们心里——永恒的定格！

2020年3月28日